grafit

Die norwegische Originalausgabe »Dragsug« erschien 2002 bei
Det Norske Samlaget, Oslo

Deutsche Erstausgabe

Chemnitzer Str. 31, D-44139 Dortmund
Internet: http://www.grafit.de
E-Mail: info@grafit.de

Umschlagfoto: Bjørn Brøresen
Umschlaggestaltung: Peter Bucker
Druck und Bindearbeiten: Clausen & Bosse, Leck
ISBN 3-89425-542-0
1. 2. 3. 4. 5. / 2007 2006 2005

Magnhild Bruheim

Letztes Blind Date

Kriminalroman

Aus dem Norwegischen von
Hanne Hammer

grafit

Die Autorin

Die Schriftstellerin und Journalistin Magnhild Bruheim (1951) lebt und arbeitet in Lillehammer. *Letztes Blind Date* ist ihr fünfter Kriminalroman.

Mesnaelva, Dienstag, 16. Oktober 2001, 12.35 Uhr

Alles begann mit einem roten Limonadenverschluss. Einem einzelnen Verschluss aus Plastik. Einem kleinen Farbfleck, der in der grauen Landschaft leuchtete. Der Verschluss lag auf dem schwarzen Felsen. Hätte der rote Fleck nicht ihren Blick eingefangen, hätte Tone Tarud die tote Frau sicher nicht gesehen.

Der Farbfleck zog sie an. Ein paar Schritte und sie entdeckte, dass irgendetwas in der breiten Felsspalte einige Meter unter ihr lag. Neugierige Verwunderung führte sie näher. Bis sie sah, was es war. Das heißt, zuerst begriff sie nicht, was sie sah. Deshalb vergingen einige Sekunden, bevor sie reagierte.

Die Frau hatte blondes, halblanges Haar und lag mit dem Gesicht zur Erde. Irgendetwas an ihr kam Tone bekannt vor. Sie trug eine Jacke aus dunklem, grobem Stoff, Wolle vielleicht, und eine dunkle Hose. Ein Arm war unter dem Körper verborgen, der andere nach vorn gedreht. Mitten in dem blonden Haar war ein Fleck in der gleichen Farbe wie der Limonadenverschluss. Vielleicht ein wenig dunkler. Und größer. Rotes, frisches Blut.

Tone nahm die Szene langsam in sich auf. Versuchte, eine logische Erklärung zu finden. Die seltsame Stellung. Das Blut, das am Hinterkopf klebte. Die Frau musste gestolpert und in die Felsspalte gefallen sein. Zwei Meter weiter unten fiel der Felsen steil ab. Es wäre leichter zu verstehen gewesen, wenn sie dort hinuntergefallen wäre.

Tone Tarud griff nach dem Handy in ihrer Tasche. Wie lautete die Nummer der Polizei? 110? 112? 113? Warum konnte sie sich das einfach nicht merken?, dachte sie verzweifelt. Sie bemühte sich, die richtigen Tasten zu finden.

Sie versuchte es mit der 112. Und landete bei der Feuerwehr. Die richtige Nummer war die 110. Ihre Stimme ließ sich genauso schwer unter Kontrolle bringen wie ihre Finger, als sie dem Polizisten am anderen Ende erklärte, wer sie war. Bevor sie begriffen hatte, was sie tat, hatte sie versprochen, vor Ort zu bleiben, bis die Polizei eintraf. Sie bereute es sofort.

Hier konnte sie keine Sekunde länger bleiben! Sie wollte hinunter in die Stadt, unter Menschen. Hier war sie ganz allein ... oder? Das rote Blut im Haar. Vielleicht beobachtete sie in diesem Moment jemand durch den Nebel, von einem Versteck im Wald aus? Ihre Brust schnürte sich zusammen. Sollte sie die 110 noch einmal wählen und sagen, dass sie keine Zeit hatte? Wie immer gewann das Pflichtgefühl die Oberhand. Aber da war auch noch etwas anderes: eine neugierige Spannung, die sich nicht leugnen ließ. Was war hier passiert?

Sie wollte nicht auf dem Felsen stehen bleiben. Sie zog sich zurück. Näher zum Weg hin. Hier fand sie einen Sitzplatz, der ihr eine gute Aussicht ermöglichte. Gleichzeitig gab er ihr das Gefühl, nicht ganz so auf dem Präsentierteller zu sitzen. Eine nasse Kälte vermischte sich mit Angst und Neugierde.

Die Gedanken ausschalten. Oder sich mit anderen Dingen beschäftigen. Mit dem Abend. Mit ihrem Blind Date. An diesem Tag, der so gut angefangen hatte. Sie war um 7.30 Uhr aufgewacht und hatte etwas empfunden, was Lebenslust ähnelte. Lust auf den Tag. Lust aufzustehen. Vielleicht war sie endlich auf dem Weg aus dem schwarzen Loch, in dem sie allzu lange gesteckt hatte. Nicht einmal der Anblick des dichten Nebels, der die Landschaft erstickte, hatte sie entmutigen können. Sie hatte einen Plan für den Tag gehabt, der damit begann, dass sie zu Fuß nach Lillehammer gehen wollte. Den ganzen langen Weg von ihrem Haus in Mesnali aus. Das hatte sie erst ein Mal gemacht, seit sie vor fünf Jahren in diese abseits gelegene Gegend gezogen war.

Und jetzt saß sie hier im Wald und fror. Die Bilder kamen wieder und holten sie an den Ort des Geschehens zurück. Rotes Blut in blondem Haar. Gelbes Laub auf schwarzem Fels. Der Limonadenverschluss. Sie bewachte eine Leiche. Bei dem Gedanken an die Frau, die zwanzig Meter unter ihr in der Felsspalte lag, schlug ihr Herz schneller. Wer war sie?

Sollte sie doch die Polizei anrufen und sagen, dass sie nicht warten konnte? Der Boden war feucht und sie saß unbequem. Sie wagte nicht, sich zu rühren. Der Gedanke an *Mord* kam ihr in den Sinn. Eigentlich war er sofort da gewesen, als sie die Leiche entdeckt hatte. Doch jetzt kam er näher, wurde aufdringlicher. *War die Frau ermordet worden?* Oder war ihre Fantasie von dem Projekt, das sie gerade verfolgte, beeinflusst? Sie arbeitete an einer Sendereihe über Morde.

Alles wirkte ganz still, auch wenn die Ohren das Rauschen des Flusses und des Waldes aufnahmen. Falls hier jemand herumschlich, würde sie ihn vielleicht erst bemerken, wenn er ganz nahe war. Wo blieb die Polizei? Auf dem Teil des Weges, den sie einsehen konnte, war kein Zeichen von Leben zu entdecken. Die Uhr zeigte zwei Minuten nach eins. Zwanzig Minuten waren seit ihrem Anruf vergangen. Dauerte es wirklich so lange, von der Polizeiwache hierher zu fahren, zu parken und vom Parkplatz heraufzukommen? 13.02 Uhr. Wenn sie noch lange warten musste, kam sie zu spät zu ihrem Interview.

Ihr linker Fuß schlief langsam ein. Sie musste aufstehen, die Stellung wechseln. In dem Moment, in dem sie sich erhob, knackte es in den Büschen ein paar Meter unter ihr. Angst überkam sie und sie zuckte zusammen. Rührte sich da unten nicht etwas? Nur eine Sekunde, dann war es vorbei.

Ein Vogel flog auf, ebenso erschrocken wie sie. Sie hatte

ihn wohl gestört. Sie musste die Angst vor Geräuschen überwinden, indem sie selbst Geräusche machte. Sie musste jemanden anrufen, reden. Sie hatte das Handy schon in der Hand, als zwischen den Bäumen etwas auftauchte. Erneut spürte sie die Angst, bis sie sah, dass es Polizisten waren. Endlich. Zwei schwarze Uniformen näherten sich, Schritt für Schritt. Ihr Körper war steif, als sie sich erhob, um ihnen entgegenzugehen.

»Høistad.«

»Ruud.«

Die beiden Polizeibeamten stellten sich vor. Beide hatten warme Hände. Tone sagte ihren Namen, wie sie das auch am Telefon getan hatte, und zeigte ihnen die Fundstelle. Sie selbst hielt sich ein wenig auf Abstand. Doch nur so weit, dass sie noch etwas sehen konnte. Wenn sie schon einmal hier war, wollte sie auch alles mitbekommen. Außerdem wusste sie, dass man sie bitten würde zu warten, um sie genauer zu befragen.

Nach einer kurzen Inspektion der Leiche holte einer der beiden sein Handy heraus. Der andere kam zu Tone zurück. »Kennen Sie die Frau?«, fragte er.

»Sie meinen …?« Sie nickte in Richtung der toten Frau. Dann schüttelte sie den Kopf.

»Sie haben uns um 12.40 Uhr angerufen. Wann haben Sie sie gefunden?«

»Unmittelbar davor … natürlich.« Konnte daran ein Zweifel bestehen?

»Gegen 12.35 Uhr also?« Er notierte sich die Zeit auf einem kleinen Block, ohne Tone anzusehen. Sein Haar war leicht gelockt und er hatte eine hohe Stirn. Das Gesicht war rund mit einer etwas platt gedrückten Nase, der Körper mittelgroß und kräftig. Er war jung, kaum über dreißig. »Was haben Sie hier gemacht?«, fragte er.

»Ich war auf dem Weg … in die Stadt.« Sie stotterte leicht.

»In die Stadt? Von wo aus?«

»Von Mesnali. Da wohne ich.«

»Und da gehen Sie zu Fuß?« Er schien das merkwürdig zu finden. Fast schon verdächtig. Dann fügte er hinzu: »Das ist ein gutes Stück.«

»Mir war nach einem Spaziergang.«

»Wie haben Sie sie gefunden?«, wollte er wissen.

Tone versuchte zu erklären, dass sie sich vom Weg entfernt hatte, den Felsen hinaufgeklettert war, um die Aussicht zu genießen und eine Pause zu machen. Plötzlich hatte sie den leblosen Körper entdeckt. Sie erzählte auch von dem roten Limonadenverschluss.

Der Polizist machte sich ein paar Notizen. »Während Sie hier gesessen und gewartet haben«, sagte er, »haben Sie da jemanden gesehen oder mit jemandem geredet?«

»Nein«, antwortete sie.

»Wir würden uns später gerne noch eingehender mit Ihnen unterhalten«, sagte der Lockige und steckte das Notizbuch in die Brusttasche. Er sah auf die Uhr. »Können Sie um, sagen wir, zwei auf die Wache kommen?«

»In Ordnung«, sagte Tone und rührte sich nicht vom Fleck. »Ist sie ..., ist sie gestürzt?«, fragte sie, während sie ihren kleinen Rucksack auf den Rücken schnallte. Sie fand, dass die beiden ihr eine Erklärung schuldig waren.

»Es ist noch zu früh, um dazu etwas zu sagen«, antwortete er abweisend. »Sie muss erst genauer untersucht werden«, fügte er hinzu. Als wollte er den abweisenden Ton wieder gutmachen. »Der Krankenwagen ist unterwegs. Aber es ist nicht leicht, hierher zu kommen. Sie müssen mit der Trage durch den Wald.« Er ging zu seinem Kollegen und sagte etwas zu ihm.

Tone zögerte und blieb noch eine Weile stehen. Sie wusste nicht, worauf sie wartete. Auf nichts, eigentlich. Doch irgendetwas hielt sie fest.

Ruud kam zu ihr zurück. »Geht es Ihnen nicht gut?«, fragte er. Fürsorglich. »Wollen Sie warten und mit uns zusammen hinuntergehen?« Seine Augen waren braun.

»Es ist nicht mehr weit«, antwortete sie. »Wenn das also alles ist?«

»Brauchen Sie jemanden zum Reden?«

Genau das brauchte sie. »Ich rufe Freunde an«, sagte sie.

»Melden Sie sich, falls Sie professionelle Hilfe brauchen.«

Sie bedankte sich höflich und entfernte sich einige Schritte von dem Felsen. Dann folgte sie langsam dem Weg bergab. Kälte und Angst hatten sich im Körper festgesetzt und sie schaffte es nicht, sie abzuschütteln. Ihre Füße begannen wie von selbst zu laufen und blieben erst stehen, als sie unten beim *Birkebeiner* angekommen war. Hier war sie als Kind einmal in der Jugendherberge gewesen. Der Polizeiwagen stand zusammen mit ein paar anderen Autos auf dem Parkplatz. Ansonsten war weit und breit kein Mensch zu sehen. Ihre Hand griff nach dem Handy in der Tasche. Zeit, jemanden anzurufen. Aber wen? Ihr erster Gedanke galt ihrer Tochter, Emma. Aber die konnte sie nicht anrufen, Emma würde nur Angst bekommen. Besser eine Freundin. Sie hatte Glück und erreichte Mette Hermansen. Mette wohnte in der Stadt und konnte Tone nach der Arbeit treffen. Dann sagte sie das Interview ab, für das sie ohnehin zu spät dran war.

Der Nebel machte keine Anstalten, sich zu lichten. Eher das Gegenteil war der Fall. Er legte sich dichter um sie. Tone ging in ihrem normalen Tempo weiter. Sie hatte noch Zeit für eine Tasse Kaffee, bevor sie auf der Polizeiwache sein sollte. Plötzlich zuckte sie zusammen. An dem künstlich angelegten Badesee bewegte sich etwas. Durch den grauen Nebelschleier konnte sie nicht viel erkennen. Aber da stand jemand. Sie fühlte sich unbehaglich. Blieb stehen. Hatte die Person vor, hineinzuspringen? Zu dieser Jahreszeit war bestimmt nicht viel Wasser in dem Becken. Trotz der schlechten Sicht hatte sie den Eindruck, dass es sich um einen Mann handelte. Er beugte sich vor. Was tat er da?

Nein, hier konnte sie nicht stehen bleiben. Ließ das gerade Erlebte alle Menschen verdächtig erscheinen? Sie beschleunigte den Schritt, bis sie sich dem Stadtzentrum näherte. Erst jetzt kam ihr der Gedanke, das hiesige Büro des *Norsk Rikskringkasting* anzurufen und ihnen einen Tipp zu geben. Als Mitarbeiterin beim *NRK* war sie dazu verpflichtet. Außerdem konnten die Nachrichtenredakteure bestimmt schneller als sie in Erfahrung bringen, was passiert war.

Polizeiwache Lillehammer, Dienstag, 14.15 Uhr

Tone Tarud war eine wichtige Zeugin. Eine wichtige Informantin. Jetzt saß sie dem Polizisten gegenüber, mit dem sie bereits oben am Fluss gesprochen hatte.

»Wir möchten gerne, dass Sie uns genau schildern, was passiert ist«, sagte Ruud. »Sowohl bevor als auch nachdem Sie die Frau gefunden haben. Dinge, die Sie gesehen oder gehört haben ... Sind Sie jemandem begegnet?«

Sie hatte die Frage erwartet, hatte die letzte halbe Stunde darüber nachgedacht. Ja, sie hatte auf ihrem Spaziergang ein paar Personen gesehen. Zum einen einen Mann, der ihr ziemlich eilig entgegengekommen war, ungefähr eine Viertelstunde bevor sie die Frau gefunden hatte. Sie hatte ihn für einen Wanderer gehalten. Der anderen Person war sie noch früher begegnet. Oder korrekter – sie hatte ihn noch früher gesehen. Ja, auch das war ein Mann gewesen. Tone hatte sich sogar ein wenig erschrocken. Er war vor einer der am Weg liegenden Hütten herumgelaufen. War plötzlich aus dem Nebel aufgetaucht. Deshalb hatte sie sich erschrocken und war schneller gegangen. Wenn sie genauer nachdachte, meinte sie sich zu erinnern, dass er etwas auf dem Arm gehabt hatte. Tone erzählte, so gut und detailliert sie konnte. Sie erwähnte auch die Person an dem Badesee, um nichts auszulassen.

»Wie sahen die Männer aus?«

Das war schon schwieriger. Der erste Mann hatte leichte Wanderkleidung getragen, dunkel, meinte sie. Er hatte blondes, kurzes Haar, schon etwas gelichtet. Nicht besonders groß, nicht besonders klein. Mitte vierzig, schätzte sie. Die Sache war die, dass sie ihn sich nicht so genau angesehen hatte. Wenn sie auf einem Spaziergang jemandem begegnete, tat sie eins von zwei Dingen: Sie sah dem anderen in die Augen und sagte vielleicht noch Hallo. Oder sie blickte zu Boden oder in die andere Richtung, als hätte sie den anderen gar nicht bemerkt. Heute hatte sie sich für die letzte der beiden Varianten entschieden. Um genau zu sein, hatte sie in ihrem Rucksack nach einer Wasserflasche gesucht, als er vorbeigekommen war. Über den Mann vor der Hütte ließ sich noch weniger sagen. Er mochte um die fünfzig gewesen sein, war ebenfalls mittelgroß, glaubte sie. Aber es konnte auch die graue, dicke Jacke sein, die ihn älter und schwerer hatte erscheinen lassen, als er war.

»Und Sie sind sich sicher, dass Sie die Frau vorher noch nie gesehen haben?«, fragte Ruud. Sein Blick hielt sie einige Sekunden lang fest.

»Das kann ich nicht sagen«, erklärte Tone. »Ich konnte ihr Gesicht nicht erkennen.«

Ruud bediente schnell seine PC-Tastatur. »Wir haben ein paar Bilder eingescannt«, sagte er. Er drehte den Monitor leicht, aber sie musste trotzdem neben ihn treten, um etwas sehen zu können.

Ein Farbbild nahm den Großteil des Monitors ein. Das Gesicht war bleich, gelblich weiß, die Haut glatt, die Augen geschlossen. Der Mund stand halb offen, die Oberlippe war auf einer Seite stark geschwollen. Auf der rechten Stirnseite klaffte eine große offene, blutige Wunde. Das blonde Haar war zerzaust.

Tone hatte bisher erst einen Toten gesehen, vor zwanzig Jahren, und das war ihr Großvater gewesen, ein Achtzigjähriger, der friedlich in seinem Sarg lag. Das hier war etwas ganz anderes. Gemischte Gefühle stiegen in ihr auf. Die Frau auf dem Bild war von einem dramatischeren Tod eingeholt worden, daran bestand kein Zweifel. Wieder hatte Tone das Gefühl, dass ihr etwas an ihr bekannt vorkam. Das Gefühl war diesmal stärker. Gleichzeitig war sie sich sicher, sie nicht zu kennen. Andernfalls hätte sie gewusst, wer sie war, selbst wenn der Tod das Gesicht verändert hatte. Vielleicht war sie ihr schon einmal begegnet oder hatte sie in der Stadt gesehen.

Sie setzte sich wieder auf den Stuhl. »Hat sie sich die Wunde bei dem Sturz zugezogen?«, fragte sie und versuchte zu verbergen, dass sie auf Informationen aus war.

»Das wäre nicht verwunderlich«, antwortete Ruud, bevor er hinzufügte: »Was die Todesursache angeht, die steht noch nicht fest. Deshalb wollen wir auch keine Spekulationen.« Letzteres wurde in einem sehr bestimmten Ton gesagt.

Tone war nicht bereit, sich so schnell geschlagen zu geben. »Aber die Wunde am Hinterkopf?«, fragte sie.

»Wie gesagt, wir wissen es noch nicht.«

»Aber Sie untersuchen den Fall?«

»Wir müssen schließlich die Todesursache klären.«

»Kommt Ihnen irgendetwas verdächtig vor?«, versuchte es Tone.

»Sie sind Journalistin, da sind wir besser vorsichtig mit dem, was wir sagen«, meinte er lächelnd. »Es ist zu früh, um Informationen an die Presse zu geben. Sie rücken uns bereits auf die Pelle. Ein Journalist des *NRK* war in der Leitung, noch bevor wir von dem Lokaltermin zurück waren. Sie haben einen Tipp bekommen«, fügte er kurz hinzu. Es bestand kein Zweifel, wen er bezüglich des Tipps in Verdacht hatte.

»Aber es ist doch nur eine Frage der Zeit, bis Sie selbst damit an die Öffentlichkeit gehen müssen«, wandte Tone ein.

»Es ist nur so verdammt beschwerlich, Zeit auf aufdringliche Journalisten zu verschwenden, wenn wir alle Hände voll zu tun haben. Und das Einzige, was wir sagen können, ist, dass wir nichts sagen können. Wenn man auf die gleiche Frage hundertmal geantwortet hat, möchte man nur noch den Hörer aufknallen.«

Tone wagte es nicht, die Angelegenheit weiter zu vertiefen.

»Haben Sie jemanden gefunden, mit dem Sie reden können?«, sagte Ruud, jetzt in einem milderen Ton.

»Ich werde mich mit einer Freundin treffen«, antwortete sie.

Mette Hermansen und Tone Tarud waren auf dem Gymnasium Freundinnen gewesen. Nach dem Abitur besuchten beide die Pädagogische Hochschule. Doch während des Studiums wurde Tone von einem Kommilitonen schwanger. Darauf folgten eine schnelle Hochzeit, die Geburt der Tochter Emma und eine ebenso schnelle Scheidung. Tone schrieb sich auf der Hochschule für Journalistik ein und bekam einen Job beim *NRK*. Die früheren Freundinnen verloren allmählich den Kontakt zueinander. Doch vor ein paar Jahren hatten sie sich zufällig in Lillehammer wiedergetroffen. Wie sich herausstellte, arbeitete Mette an der dortigen Schule als Lehrerin.

Tone fand Mette, wie verabredet, in einem Café in der Storgata. Mit einer Tasse schwarzen Kaffees und einer Ziga-

GrafiTäter & GrafiTote

Tatort Bayern • Mehr Morde am Hellweg • Mord am Hellweg • Mord am Niederrhein

H. Apotheker: Ayse ist weg

Ard/Junge: Der Witwenschüttler • Meine Niere, deine Niere • Die Waffen des Ekels • Das Ekel schlägt zurück • Das Ekel von Datteln • Bonner Roulette

J. Berndorf: Eifel-Träume • Die Raffkes • Eifel-Liebe • Eifel-Wasser • Eifel-Müll • Eifel-Sturm • Eifel-Jagd • Eifel-Rallye • Eifel-Feuer • Eifel-Schnee • Eifel-Filz • Eifel-Gold • Eifel-Blues

H. Bieber: (zuletzt) Soko Feuer • Beas Beute

O. Bornemann: Brigade der sauberen Hände • Es lebe der Präsident!

M. Bruheim: Letztes Blind Date

A. Capobianchi: Im Namen der Opfer

S. Dazieri: Keine Schonzeit für den Gorilla • Ein Gorilla zu viel

H. Eckert: 617 Grad Celsius • Purpurland • Ausgezählt • Die Zwillingsfalle • Finstere Seelen • Aufgeputscht • Bittere Delikatessen • Annas Erbe

W. Eggers: Ziegelbrand • Die Tote, der Bauer, sein Anwalt und andere

G. Frontera: Das Mallorca-Komplott

R. Gerstenberg: Das Kreuz von Krähnack • Grimm und Lachmund • Hart am Rand • Ganzheitlich sterben

P. Godazgar: Unter Schweinen

Ch. Gūsken: (zuletzt) Faust auf Faust • Die ohne Sünde sind • Der Papst ist tot • Lambertis Fluch • Jungbluth und der Fastnachtsmord

K. Holst: (zuletzt) Volles Haus • Zu lebendig zum Sterben • In den Sand gesetzt • Wege des Todes

A. Hoppert: Die Medwedew-Variante • Erbfall • Der Fall Helms

A. Izquierdo: Schlaflos in Dörresheim • Jede Menge Seife • Das Doppeldings • Der Saumord

R. Junge: Glatzenschnitt • Straßenfest • Totes Kreuz • Klassenfahrt

J. Kehrer: (Auswahl) Wilsberg und die Malerin • Wilsberg und der tote Professor • Wilsberg isst vietnamesisch • Wilsberg und die Schloss-Vandalen • Der Minister und das Mädchen • Das Schapdetten-Virus • Das Kappenstein-Projekt • Wilsberg und die Wiedertäufer • Kein Fall für Wilsberg • Gottesgemüse • In alter Freundschaft • Und die Toten läßt man ruhen

S. Kelly: (zuletzt) Mördernest • Schwesterkind

P. Kirstilä: Tage ohne Ende

R. Knott: Krähenbrut • Karriere ins Jenseits

Leenders/Bay/Leenders: Die Schatten schlafen nur • Ackermann tanzt • Eulenspiegel • Clara! • Feine Milde • Jenseits von Uedem • Belsazars Ende • Königsschießen

F. Lenk: (zuletzt) Paparazzi-Poker • Schattenland

H. Liedtke: (zuletzt) Scharfe Schnitte

V. Molina Foix: Die Frau ohne Kopf

H. Nykänen: (zuletzt) Raid und der dumme Junge • Raid und der Legionär

M. Oggero: Schön, reich, blond und tot

O. Pakkanen: Aus dem Spiel • Macbeth ist tot • Party-Killer

T. Pointner: (Auswahl) Rosenmunds Tod • Ein Tropfen Blut • Und du bist weg • Rechts-Außen

J. Reverte: Gálvez stößt an Grenzen

G. Rigosi: Nachtbus

B. Sauer: Die Buchmalerin • Der Heilige in deiner Mitte

N. Schmid: (zuletzt) Stelzvogel und Salzleiche • Bienenfresser • Der Hundeknochen

W. Schmitz: (zuletzt) Schreiber und der Wolf

U. Steck: (zuletzt) Fass!

F. Thijssen: Rosa • Charlotte • Caroline • Ingrid • Tiffany • Isabelle • Cleopatra

J. Toes: Fotofinish • Verrat • Tief gesunken • Auf der Strecke geblieben

J. Vis: Der Kopf von Ijsselmonde

G. Wollenhaupt: (Auswahl) Grappa und der Tod aus Venedig • Grappa und die acht Todsünden • Grappa und das große Rennen • Zu bunt für Grappa • Grappa fängt Feuer • Grappas Versuchung

J. Zweyer: (Auswahl) Verkauftes Sterben • Glänzender Tod • Tatort Töwerland • Tödliches Abseits • Siebte Sohle, Querschlag West • Glück auf, Glück ab

☐ **Ja,** *ich will mehr über das Krimiprogramm von Grafit wissen. Senden Sie mir kostenlos und unverbindlich weitere Informationen.*

☐ *Bitte senden Sie mir Ihren Newsletter an meine E-Mail-Adresse:*

Meine Postanschrift:

Diese Karte entnahm ich dem Buch:

Mein Kurzkommentar:

1204

Antwort
Bitte
freimachen

grafit

Chemnitzer Str. 31

D-44139 Dortmund

rette. Wie gewöhnlich. Das war das Problem mit ihr, dass man immer im Raucherbereich sitzen musste. Tone legte ihre Jacke auf einen Stuhl und ging zur Theke, um sich einen Caffè latte zu holen.

»Weißt du, dass das der kalorienreichste Kaffee ist, den es gibt?«, sagte Mette aufbauend, als Tone zurückkam. »Mit der ganzen Milch. Ich habe nie darüber nachgedacht, bis ich das gelesen habe.«

»Es gibt wohl Schlimmeres als ein paar Extrakalorien«, sagte Tone. »Im Moment kreisen meine Gedanken um beunruhigendere Dinge.«

»Ja?«, sagte Mette und gab das Signal, dass sie bereit war. »Am Telefon hast du gesagt, dass du etwas Furchtbares erlebt hast.«

Tone sah sich um, beugte sich über den Tisch und flüsterte: »Ich habe eine Leiche gefunden. Ich bin am Fluss entlang von Mesnali in die Stadt gegangen. Plötzlich habe ich in einer Felsspalte eine tote Frau entdeckt.«

Mette starrte sie an. »Ein Unfall?« Sie zündete sich eine neue Zigarette an.

»Die Todesursache ist noch unklar. Sie hatte eine große Wunde am Hinterkopf.« Das Bild kam zurück. Plötzlich hatte Tone das Gefühl, auch eine Zigarette gebrauchen zu können. Ohne zu fragen, nahm sie sich eine aus Mettes Päckchen. Es war lange her, seit sie das letzte Mal geraucht hatte.

»Du lieber Himmel.« Mette starrte sie mit großen Augen an.

»Ich muss meine Nerven beruhigen«, sagte Tone. »Ist das okay?«

»Bedien dich«, sagte Mette großzügig. »Ich will genau wissen, was passiert ist.«

»Ich habe natürlich die Polizei informiert«, fuhr Tone fort und nahm einen Zug. Inhalierte tief.

»Was haben die gesagt?«

»Sie wollten alles wissen, ob ich jemanden gesehen habe, Personenbeschreibungen, auf der Polizeiwache haben sie mir dann ein Bild von dem Gesicht der Toten gezeigt …« Sie zog erneut an der Zigarette. Aber es beruhigte die Nerven nicht. Ganz im Gegenteil, der Körper wurde noch unruhiger. Übelkeit war im Anzug. Sie machte die Zigarette aus und trank einen Schluck Kaffee, aber das machte die Sache auch nicht besser. Sie suchte nach der Toilette. Sie hatte das Gefühl, sich übergeben zu müssen, aber es kam nichts heraus.

»Nach so einem Erlebnis ist einem schon etwas sonderbar zu Mute«, sagte Tone, als sie zurückkam.

»Ja, sicher. Du musst doch völlig fertig sein«, sagte Mette verständnisvoll. Dann sah sie auf die Uhr und erklärte, dass sie noch etwas vorhabe. »Ich muss in einer halben Stunde zum Training. Komm mit, dann bekommst du vielleicht ein bisschen Abstand.«

Tone hatte nicht die geringste Lust, ins Fitnessstudio zu gehen, aber sie hatte noch weniger Lust, sich selbst überlassen zu bleiben. Bis zu ihrer Verabredung waren es noch drei Stunden. Wenn sie die nicht absagen wollte, musste sie sich überlegen, was sie solange mit ihrer Zeit anfangen sollte. Sie konnte also ebenso gut Mette begleiten.

Auf der Fahrt zum Strandtorget hinunter erzählte Tone von ihren Plänen für den Abend. Dass sie sich mit einem Mann treffen wollte, den sie noch nie gesehen hatte. Ein Blind Date. Mit jemandem, den sie im Internet kennen gelernt hatte.

»Du scheinst es zu lieben, aufregend zu leben«, sagte Mette und sah sich nach einem freien Parkplatz um.

»Ich arbeite an einer Radiosendung über Menschen, die ihre Partner über das Internet gefunden haben«, erklärte Tone. Das war zumindest ein Teil der Wahrheit. »Ich weiß nur nicht, ob ich nach dem, was heute passiert ist, eine Verabredung durchstehe«, fügte sie hinzu.

Sie gingen langsam auf das Gebäude zu, das einmal eine große Fabrik gewesen war. Tone bat um eine Probestunde. Sie hatte im letzten Jahr mit dem Training aufgehört und deshalb nach Weihnachten ihre Mitgliedschaft gekündigt.

Erst als sie in der Trainingshalle stand und die Stunde begonnen hatte, begriff sie, dass es sich um eine Doppelstunde handelte. Für durchtrainierte Leute. Um sie herum hüpften und schwitzten und amüsierten sich alle. Alles Frauen. Tone amüsierte sich nicht. Am schwierigsten war die Synchronisation von Armen und Beinen, was ihr einfach nicht gelang. Auch die Gedanken spielten nicht mit. Sie wollten hoch in den Wald und sich die Leiche ansehen. Das Erlebnis ließ sie nicht los.

Nach einer halben Stunde verließ sie die Halle. Sie fühlte sich mutlos, schlecht in Form und ein bisschen zu dick. Der einzige Trost war die Sauna.

Sie spritzte so viel Wasser auf den Ofen, dass die Hitze kaum auszuhalten war. Während sie den Schweiß aus allen Poren strömen spürte, entschloss sie sich, ihre Verabredung einzuhalten.

Rica Hotel, Dienstag, 19.10 Uhr

Er würde in der Bar sitzen. So hatten sie es verabredet. Tone kam zehn Minuten zu spät, er müsste also schon da sein. Sie blieb in der Tür stehen, um einen kurzen Blick hineinzuwerfen. Bestimmt beobachtete er sie. Sah ihr Zögern, taxierte sie und dachte: Das muss sie sein, sie passt zu der Beschreibung. Blondes Haar, normale Figur, durchschnittlich groß, schwarze Hose mit leichtem Schlag, kurze, schwarze Lederjacke. Sie hatte ihm gemailt, was sie anhaben würde.

In der kleinen Bar saßen nur acht oder zehn Personen, und ihr Blick fiel schnell auf einen Mann, der ihr zuwinkte. Hier bin ich. Komm rüber. Tone ging langsam auf ihn zu und versuchte, sich an den Anblick des Mannes zu gewöhnen, der dort saß. Ihn in sich aufzunehmen und zu akzeptieren. Zu versuchen, den Teil seines Ichs zu finden, den sie bereits kannte.

Der erste Eindruck war enttäuschend. Das ließ sich nicht leugnen. Er stimmte nicht mit dem Bild überein, das sie sich von ihm gemacht hatte.

»Håkon Arfoss.« Er stand auf und gab ihr die Hand.

»Tone Tarud.« Sie lächelte entgegenkommend. Sie mussten offen und positiv sein. Einander eine Chance geben. So lauteten die ungeschriebenen Regeln. Jetzt sollten sie sich erst einmal unverbindlich kennen lernen und herausfinden, ob sie sich miteinander wohl fühlten.

»Was möchtest du trinken?« Er blieb stehen und wartete auf ihre Antwort.

»Ein Glas Rotwein«, sagte sie schnell. Sie wollte keinen unentschlossenen Eindruck machen. Lieber lebhaft und selbstsicher erscheinen.

Mit einer Handbewegung deutete er an, dass sie sich setzen sollte, während er sich um die Getränke kümmerte. Tone folgte ihm mit den Augen. Jetzt war sie an der Reihe, ihn aus der Distanz zu betrachten. Als Erstes fiel ihr auf, dass sein blondes Haar dünner war, als sie es sich vorgestellt hatte. Die Beine waren kürzer. Vielleicht war er ein wenig o-beinig. Aber warum mit den Mängeln beginnen? Er war höflich, freundlich, ein Mann, der einem in die Augen sah. Aus den E-Mails wusste sie, dass sie gemeinsame Interessen hatten. Er hatte Kontakt zu ihr aufgenommen, nachdem er ihr Profil gelesen hatte.

Tones Chataktivitäten hatten mit der Idee zu einer Sendereihe begonnen. Sie wollte eine Reportage über die verschiedenen Methoden der Partnersuche von Singles machen. Eine davon war das Internet. Sie loggte sich in einen Chatroom ein und erstellte ihr Profil. Ehe sie sich versah, wurde sie mit E-Mails von unbekannten Männern überschwemmt. Warum nicht einen Schritt weiter gehen?, dachte sie. Warum nicht einen oder zwei der Männer treffen und sehen, was passiert?

Mit einem von ihnen war sie jetzt verabredet. In den Mails war sie forsch aufgetreten, hatte geschrieben, dass sie Herausforderungen liebe. Dass sie sich für Bergsteigen, Gletscherwanderungen und Wildwasserfahrten interessiere, aber niemanden habe, mit dem sie diese Sportarten betreiben könne. Er hatte geantwortet, dass er gerne mitmachen wolle. Im Laufe des Abends sollte sich zeigen, wie risikobereit sie wirklich waren.

Håkon Arfoss kehrte dem Bartresen den Rücken und kam mit einem Weinglas auf sie zu. Tone versuchte, die Gedanken an die tote Frau aus ihrem Kopf zu verbannen. Sie konnte jetzt nicht über sie reden, nicht mit einem Fremden. Die Lokalnachrichten um 18 Uhr hatten berichtet, dass die Polizei das Gebiet um den Fundort der Leiche abgesperrt hatte. Das konnte nur bedeuten, dass etwas an ihrem Tod verdächtig war. Vielleicht konnte sie den Vorfall ganz beiläufig erwähnen. Sagen, dass sie zufällig im Radio davon gehört hatte.

»Prost, auf unsere Verabredung!«, Tone hob ihr Weinglas. Der Wein war sauer. Billiges Gesöff, dachte sie.

Er antwortete, indem er das Pilsglas hob, das er schon zur Hälfte geleert hatte. »Findest du die Situation eigentlich merkwürdig?«, fragte er.

»Natürlich ist sie irgendwie merkwürdig«, sagte Tone und begegnete seinem festen Blick. Seine Augen schienen grau zu sein, doch konnte das Licht in der Bar auch täuschen. »Sehr merkwürdig«, antwortete sie und versuchte sich an einem Lachen.

»Hast du dich schon mit vielen Männern getroffen?«, fragte er direkt. In den Mails hatten sie darüber nichts geschrieben.

Eigentlich kann ich auch ehrlich sein, dachte sie und sagte: »Mit drei oder vier.«

»Drei oder vier?«

»Mit dir sind es vier. Und du?«, fragte sie schnell zurück.

»Zwanzig, dreißig«, lachte er. Tone lachte nicht. »Das war etwas übertrieben«, fügte er hinzu und lächelte. Seine Zähne waren gerade und schön. »Ungefähr so wie du. Vier oder fünf vielleicht.«

»Wie lange machst du das schon?«

»Bald ein halbes Jahr. Ohne die Richtige gefunden zu haben.« Es war schwer zu sagen, ob er versuchte, einen Scherz zu machen, oder ob er es ernst meinte. »Aber ich gebe die Hoffnung nicht auf. Und du?«

Und sie? Was sollte sie darauf antworten? Sie hatte ihm nichts von der Sendereihe erzählt. »Mit einigen habe ich immer noch E-Mail-Kontakt«, sagte sie ausweichend. »Mehr nicht.« Tone hatte keine Lust, über die anderen zu reden. Das war privat. »Hast du wenigstens Leute gefunden, mit denen du ein paar Touren machen kannst?«

»Doch schon, ich war ein paarmal unterwegs«, sagte er ohne Begeisterung. Vielleicht war es nicht der große Erfolg gewesen? Ihr kam der Gedanke, dass er nicht gerade wie ein hartgesottener Bergsteiger aussah. Dass er nur eine große Klappe hatte, genau wie sie. Vor dem PC sah alles so einfach aus.

Das Handy in ihrer Handtasche unterbrach die schleppende Unterhaltung. Es war das Lokalradio. Tone entschuldigte sich und ging nach draußen. Eine Mitarbeiterin des *NRK* wollte sie live in der Morgensendung haben. Tone hatte die Leiche gefunden und jetzt sollte sie den Hörern von ihrem Erlebnis erzählen.

»Weißt du etwas Neues – ich meine, weil die Sache jetzt im Radio kommt?«, fragte Tone.

»Der Todesfall ist verdächtig. Die Polizei ermittelt«, sagte die Journalistin. »Das haben sie gerade bestätigt.«

Tone war schwindelig, sie musste sich an die Wand lehnen. Sie hatte es die ganze Zeit geahnt, doch es in klaren Worten bestätigt zu bekommen, war etwas anderes.

»Hallo, bist du noch da?«

»Das hat mich jetzt erst einmal umgehauen«, brachte Tone hervor. Im Moment hatte sie nicht die geringste Lust, im Radio über ihr Erlebnis zu berichten. Sie müsse darüber nachdenken, sagte sie. »Außerdem kann ich morgen früh nicht«, fügte sie hinzu.

»Wir können jetzt eine Aufnahme machen«, sagte die Journalistin eifrig.

»Ich bin gerade bei einem Geschäftsessen«, schwindelte Tone, da ihr nichts Besseres einfiel. Es war albern, sie ging nie zu Geschäftsessen. Aber sie wusste aus Erfahrung, dass es nichts brachte, mit Zweifeln zu argumentieren.

»Das muss ein schreckliches Erlebnis gewesen sein«, lockte sie die Journalistin voller Verständnis.

»Ich war geschockt«, sagte Tone, froh, darüber reden zu können. »Ich habe ja nur einen Waldspaziergang gemacht ... und plötzlich stand ich vor einer Leiche.« Unversehens war sie mitten in einem längeren Bericht.

»Du schilderst das sehr lebendig«, sagte die Journalistin, nachdem sie mehrere Minuten miteinander geredet hatten. »Kannst du das nicht einfach für eine Aufnahme wiederholen? Es dauert auch nicht lange.«

»Leider nicht«, sagte Tone bestimmt. Sie musste die Eindrücke sortieren, bevor sie im Radio einfach drauflosplapperte. »Ich rufe dich an, wenn ich hier fertig bin. Falls es nicht zu spät wird.«

»Was war dein erster Eindruck, als du mich heute Abend gesehen hast?«, fragte er, als sie später im Restaurant saßen und auf ihr Essen warteten.

»Ich weiß nicht«, sagte sie, kam jedoch zu dem Schluss, dass sie ruhig ehrlich sein konnte: »Dass du keine Ähnlichkeit mit dem Bild hast, das ich mir von dir gemacht habe.«

»Hattest du einen Robert-Redford-Typen erwartet?«, fragte er und lächelte.

»Brad Pitt trifft es eher«, sagte sie schnell. Sie fühlte sich langsam wohler, weil sie merkte, dass er nicht ganz ohne Charme war. »Und du? Hast du gehofft, eine Julia Roberts zu treffen?«

»Daneben. Sie ist nicht mein Typ«, antwortete er. »Aber ich gebe zu, dass ich mir dich ... ein bisschen anders vorgestellt habe.«

»Dunkel und geheimnisvoll?«

Er lachte wieder. »Ich wusste, dass du blond bist, das hast du erzählt. Aber da du geschrieben hast, dass du dich für Risikosport interessierst und Herausforderungen liebst, hatte ich mir dich nicht ... so feminin vorgestellt, ja, vielleicht ist es das. Aber ...«, er hob das Glas, um ihr zuzuprosten, »feminine Blondinen gefallen mir am besten.« Er machte einen selbstsicheren Eindruck, selbstsicherer, als sie zuerst gedacht hatte.

»Du meinst dumme Blondinen?«, rutschte es ihr heraus.

»Ganz im Gegenteil. Blondinen können äußerst klug und gefährlich sein«, sagte er und zwinkerte ihr zu. »Was dich angeht, halte ich dich für eine Frau mit unterschiedlichen Seiten. Die womöglich etwas zu verbergen hat. Etwas, das sie nicht erzählen will.«

Tone kam sich irgendwie interessant vor. Fast hätte sie ihm von ihrem Erlebnis im Wald erzählt. Das Gespräch mit der Journalistin ging ihr durch den Kopf. Die Polizei hielt den Todesfall für verdächtig. War es Mord? Sie griff nach ihrem Glas und versuchte, etwas zu sagen, was mit all dem nichts zu tun hatte. »Ich musste gerade an eine Sendung denken, an der ich arbeite«, sagte sie.

»Apropos Sendung ..., ist deine Sendung über die Tanzveranstaltung für Singles schon ausgestrahlt worden?«

»Sie kommt am Freitag.«

»Wenn ich kann, höre ich sie mir an«, sagte er. »Du hast einen interessanten Job.«

»Und du?«, sagte sie. »Findest du deine Arbeit nicht interessant?« Er hatte ihr erzählt, dass er in einer EDV-Firma arbeitete. Soweit sie sich erinnerte, hatte er sie gegründet. »Im EDV-Bereich gibt es doch laufend Neuentwicklungen.« Bessere Fragen fielen ihr zu dem Thema nicht ein.

Die Bedienung brachte das Essen, das Gespräch verstummte und ihre Gedanken schweiften erneut ab. Zu dem Radiointerview am nächsten Morgen. Sollte sie zusagen? Es war ihre Geschichte, ihr Erlebnis, deshalb war es nur richtig, dass *sie* darüber sprach. Solche Augenzeugenberichte kamen gut im Radio. Die Formulierungen bildeten sich mühelos in ihrem Kopf. Sie würde den Limonadenverschluss erwähnen. Die Geschichte dramatisieren. Sagen, dass sie sofort an ein Verbrechen gedacht habe. Oder war das zu weit hergeholt?

»Ich habe heute eine schöne Waldwanderung gemacht«, sagte Håkon Arfoss, als sie später wieder in der Bar saßen. Er sah Tone gespannt an. »Ich war schon früh in der Stadt und habe am Vormittag etwas für meine Kondition getan.«

Warum erzählte er ihr das? Konnte Arfoss der Spaziergänger sein, dem sie begegnet war? Der Gedanke kam so plötzlich, dass sie etwas Wein auf dem Tisch verschüttete. Sie bekam kein Wort heraus. Es passte einfach zu gut. Jetzt hatte sie auch das Gefühl, ihn wiederzuerkennen.

»Apropos Wanderung«, sagte er und sein Blick ließ sie nicht los. Waren seine Augen grau oder blau? »Du hast gesagt, dass du dich für Bergsteigen interessierst. Ich habe mir gedacht, dich am nächsten Wochenende zur ersten Lektion einzuladen.«

Sie drehte das Glas und starrte in den Wein. »Ach ja?«, sagte sie geistesabwesend. Sie stellte das Glas ab und begann, in ihrer Handtasche zu wühlen.

»Ich will nach Lom«, antwortete er. »Da gibt es eine gute Kletterwand.«

»Braucht man dafür keine Ausrüstung«, sagte sie, um Zeit zu gewinnen.

»Das lässt sich arrangieren.«

»Können wir später darüber reden? Ich muss zur Toilette«, sagte sie und stand auf.

Ihr Körper fühlte sich steif und ihr Gang unnatürlich an. Im Spiegel begegnete sie ihren eigenen erschrockenen Augen. Ihr Gesicht musste sie verraten haben! Sie blieb einige Minuten auf der Klobrille sitzen, um sich eine Entschuldigung auszudenken.

Auf dem Weg zurück in die Bar hatte sie Gelegenheit, ihn einige Sekunden aus der Distanz zu studieren. Sie hätte es sofort sehen müssen. Arfoss glich immer mehr dem Bild, das sie von dem Mann im Wald hatte. Der Beschreibung, die sie der Polizei gegeben hatte.

»Ein verlockendes Angebot«, sagte sie und versuchte, zu lächeln. »Ich weiß nur nicht, ob ich Zeit habe.« Sie griff nach der Handtasche und holte ihren Terminkalender heraus. Für diese Woche hatte sie nichts eingetragen. »Es sieht leider so aus, als hätte ich schon eine Verabredung«, sagte sie leise. »Aber ich kann versuchen, sie zu verschieben.« Sie klappte den Kalender zu und steckte ihn zurück in die Tasche. »Ich schicke dir eine Mail, wenn ich das geklärt habe.«

»Was ist mit dem Wochenende danach?«, sagte er eifrig.

»Wie gesagt, es wäre schön ...«, sagte sie und fragte sich, wie sie aus der Situation herauskommen sollte. Wie konnte sie herausfinden, ob es Arfoss war, den sie gesehen hatte? Sollte sie ihm von ihrer Vermutung erzählen? Aber vielleicht ging es ihm genau darum. Er könnte sie gesehen haben und jetzt testen, ob sie ihn auch bemerkt hatte! »Lass mich erst klären, was mit dem nächsten Wochenende ist, dann sehen wir weiter ...«, fügte sie ungeschickt hinzu.

Saved by the bell. Das Handy unterbrach ihr Gespräch. »Entschuldigung, ich hätte es ausschalten sollen«, sagte sie erleichtert und erhob sich. »Ich gehe nach draußen.«

Es war noch einmal die Journalistin vom *NRK*. Sie war auf dem Sprung nach Hause und hatte das Live-Gespräch am nächsten Morgen vorbereitet. Da sie nichts von Tone gehört hatte, rechnete sie mit ihrem Okay. »Du wirst kurz nach sieben angerufen«, teilte ihr die Journalistin unbekümmert mit.

»Nein, das ist nicht okay«, protestierte Tone. Sie konnte sich jetzt nicht öffentlich in die Sache reinziehen lassen.

»Warum nicht?«

»Weil ..., ich mag nicht darüber reden. Es war ein schreckliches Erlebnis.«

»Es geht dir vielleicht besser, wenn du erst einmal darüber geschlafen hast. Kannst du mit deiner Entscheidung nicht bis morgen früh warten?«

Tone schaffte es nicht, ihr zu widersprechen. Sie kannte die Überredungskünste der Journalisten. Deshalb ließ sie sich widerstrebend darauf ein und tröstete sich mit dem Gedanken, dass sie auch am nächsten Morgen niemand dazu zwingen könnte.

Als sie zurück in die Bar kam, meinte Håkon Arfoss, dass es vielleicht an der Zeit sei, den Abend zu beenden. Tone war erleichtert, gleichzeitig aber auch überrascht. Sie hatte den Eindruck gehabt, als hätte er sich auf einen langen Abend eingestellt. Er war kurz angebunden und reserviert, als er sagte: »Morgen ist auch noch ein Tag.« Dann trank er aus. »Und du hast es weiter nach Hause als ich«, sagte er. Er wollte im Hotel übernachten, da er sechzig Kilometer entfernt wohnte.

Vor der Tür gaben sie sich die Hand und bedankten sich für den Abend. Tone wahrte den Schein und sagte, dass es nett gewesen sei und dass sie sich wegen des Wochenendes melden werde.

Es regnete, als sie durch die herbstlich dunklen Straßen zum Bahnhof bummelte, um sich ein Taxi zu nehmen. Er hatte nicht versucht, sie auf sein Zimmer einzuladen. Ein gutes Zeichen. Aber es erstaunte sie auch ein wenig. Auf dem ganzen Nachhauseweg nagte die Frage an ihr, ob sich Håkon Arfoss den ganzen Abend darüber im Klaren gewesen war, dass sie sich im Wald begegnet waren. Aber warum hatte er dann nichts gesagt?

Budal Mesnali, Dienstag, 23.55 Uhr

Der Kiesweg war von gelbem, nassem Laub bedeckt. Tone bat den Fahrer, sie bis vor die Tür zu fahren, und bezahlte teuer für die lange Fahrt. Bis er wieder auf der Hauptstraße war, hatte sie aufgeschlossen und war im Haus.

Das grüne Lämpchen des Anrufbeantworters blinkte nervös im Halbdunkel. Sie warf ihre Tasche auf den Boden und hängte ihre Jacke über einen Küchenstuhl. Nachdem sie zwanzig Minuten auf ein Taxi gewartet hatte, war sie völlig durchgeweicht. Dann ging sie zum Anrufbeantworter und drückte die Wiedergabetaste.

Die Stimme, die aus dem Anrufbeantworter kam, klang hektisch: »Marta Kristiansen hier … Ich möchte die Verabredung absagen. Es passt mir doch nicht so gut. Es ist mir einfach zu heikel.« Es folgte eine Pause. Dann beendete sie das Gespräch mit: »Ja, das wollte ich Ihnen nur sagen … Tschüss.«

Tone wartete auf die nächste Mitteilung. Es kam nichts, der Anrufer hatte einfach aufgelegt. Dann folgte ein weiterer anonymer Anruf. Und das war alles. Das Band spulte zurück. Hatte Marta Kristiansen noch einmal versucht, sie zu erreichen? Tone sah auf das Display des ISDN-Telefons im Arbeitszimmer. Der letzte Anruf war von einem *unbekannten Teilnehmer.* Genau wie die beiden Anrufe davor. Vielleicht hatte Marta sie ursprünglich anrufen wollen, um zu reden. Tone spielte die Mitteilung noch einmal ab. Täuschte sie sich oder hörte sich die Frau wirklich ein wenig ängstlich an? Auf jeden Fall war es zu spät, um zurückzurufen.

Marta Kristiansen. Sie war eine der Frauen, mit denen sie sich im Rahmen einer neuen Dokumentarreihe verabredet hatte. Sie wollte die Eltern oder andere Angehörige von Mördern interviewen. Der vorläufige Titel der Sendereihe war inspiriert von der einzigen Person, mit der sie bisher gesprochen hatte: *›Ist es meine Schuld?‹, fragt sich die Mutter eines Mörders.* Tone hatte ungefähr zwanzig Personen angeschrieben. Zwölf hatten geantwortet und sieben sich zu einem Interview bereit erklärt. Menschen, die bereit waren, darüber zu sprechen, wie sie es erlebten, dass ihr Sohn oder ihre Tochter zum Mörder oder zur Mörderin geworden war. Wie sie den Gedanken aushielten, einem Menschen das Leben geschenkt zu haben, der einen anderen umgebracht hatte.

Jetzt wollte eine der Mütter einen Rückzieher machen. Das konnte sie nicht zulassen. Ich muss sie morgen früh anrufen und überreden, dachte Tone. Sie hatte ja schon zugesagt, deshalb dürfte es nicht so schwierig sein. Oder Tone könnte so tun, als hätte sie die Nachricht gar nicht bekommen, und Frau Kristiansen zum vereinbarten Termin aufsuchen.

Die Notizen zu der Reihe lagen in einer Mappe auf dem Schreibtisch. Auf einem gelben Merkzettel stand, dass Tone sich für Donnerstagnachmittag mit Marta Kristiansen in Tøyen verabredet hatte. Ihr Sohn war wegen Mordes an seiner Ehefrau verurteilt worden. Er hatte sie mit einem Messer erstochen. Das Motiv: Eifersucht. Der Mord war vor gut neun Jahren geschehen. Und der Mann zu dreizehn Jahren Gefängnis ohne Bewährung verurteilt worden. Soweit Tone wusste, konnte er inzwischen wieder draußen sein. Bei dem Gedanken machte ihr Herz einen Satz. Sie drehte eine schnelle Runde durch das Zimmer und zog alle Vorhänge zu. Sie waren dick und versperrten den Blick ins Haus.

Sie wollte nichts mehr lesen. Für heute war ihr Bedarf an Todesfällen gedeckt. Die Frau im Wald war bestimmt ermordet worden. Håkon Arfoss' Bild tauchte vor ihrem inneren Auge auf.

Wen konnte sie so spät noch anrufen? Sie entschied sich für Irene Eikeli, die auch allein lebte.

Das Telefon schellte lange, bevor eine verschlafene Stimme antwortete. Tone entschuldigte sich vielmals und erklärte, dass sie einfach mit jemandem reden müsse. »Ich habe einen schrecklichen Tag hinter mir«, begann sie. Dann strömten die Worte aus ihr heraus, sie redete mehrere Minuten ohne Unterbrechung. Über den Fund der Leiche, den Mord, die Verabredung. Die Freundin am anderen Ende wurde allmählich wach und bat um Details. Doch als Tone ihren Verdacht äußerte, mit dem Mörder zu Abend gegessen zu haben, schlug Irene ihr vor, sich vielleicht doch erst einmal auszuruhen. Es konnte der Schock sein, der sie die Eindrücke durcheinander bringen ließ, sagte sie. Tone hatte da ihre Zweifel.

»Bist du sicher, dass es richtig ist, jetzt alleine zu sein?«, fragte Irene.

»Und mit wem sollte ich zusammen sein?«

»Du hast doch bestimmt Freunde in Lillehammer.«

»Aber niemanden, der mitten in der Nacht hierher kommen kann.«

»Sicher.« Die Freundin kam mit weiteren wohlmeinenden Worten und guten Ratschlägen und war klug genug, ihr nicht vorzuschlagen, das Gespräch zu beenden. Es war Tone, die sich nach einer Stunde hilfreichen Telefonierens verabschiedete. Da hatte sie sich leer geredet und beide gähnten nach jedem zweiten Satz. Die Uhr zeigte halb zwei. In fünfeinhalb Stunden würde das Telefon sie wecken.

Ganz richtig. Das Telefon weckte sie. Aber nicht um sieben Uhr morgens, sondern um halb drei in der Nacht, wie ihr die roten Zahlen des Radioweckers anzeigten. Tone musste gerade eingeschlafen sein. Das Telefon fiel beinahe auf den Boden, als sie nach dem Hörer tastete und sich mit ihrem Namen meldete. Am anderen Ende war es still. »Wer ist da?«, fragte sie. Sie hörte jemanden atmen, dann wurde aufgelegt. Der Apparat im Schlafzimmer hatte kein Display, sodass sie nicht sehen konnte, von welcher Nummer aus angerufen worden war. Hatte sich jemand verwählt? Dann hätte er sich zumindest entschuldigen können. Sie dachte an die beiden anderen anonymen Anrufe. Konnte das Marta Kristiansen sein, die erneut versuchte, Kontakt zu ihr aufzunehmen? In dem Fall musste sie total verzweifelt sein. Tone dachte an die Männer, die sie im Internet kennen gelernt hatte, aber sie wusste nicht mehr über sie, als sie ihr erzählt hatten. War ein Verrückter unter ihnen? Einer, der ihr Angst einjagen oder sie auf diese Weise terrorisieren wollte? Håkon Arfoss? Was für ein Mann war er?

An Schlafen war nicht mehr zu denken. Die Nacht draußen war schwarz und aufdringlich. Das Schlafzimmer lag glücklicherweise im Obergeschoss, sodass der Gedanke, dass jemand draußen vor dem Fenster stehen könnte, gar nicht erst aufkam. Ohne das Licht im Schlafzimmer anzumachen, ging sie ins Bad und holte sich ein Glas Wasser.

Fröstelnd lag sie in ihrem Bett und rührte sich nicht. Der leuchtende rote Digitalanzeiger zeigte das Fortschreiten der Nacht an. Sie versuchte, an Ideen für neue Sendereihen zu denken. Doch die Wirklichkeit drängte sich brutal in ihr Bewusstsein. Der Telefonanruf. Die Leiche im Wald. Der rote Fleck am Hinterkopf. Ein Mörder, der frei herumlief. Arfoss, der im Wald gewesen war.

Die Dokumentarreihe schob sich wieder in den Vordergrund. Nach dem ersten Interview hatte sie große Erwartungen in sie gesetzt. Lief der Rest ebenso gut, hatte sie Stoff für mehr. Für ein Buch. Sie hatte bereits einen Verlag angeschrieben und die Idee unterbreitet. Aber vielleicht war es doch nicht so einfach. Eine der Quellen, in die sie die größten Hoffnungen gesetzt hatte, machte einen Rückzieher. Warum hatte Marta Kristiansen sich anders entschieden?

Budal, Mittwoch, 17. Oktober, 9.10 Uhr

Tone erwachte schlagartig. Irgendein lautes Geräusch war von draußen hereingedrungen, ein dumpfer Knall. Sie sah auf die Uhr. Zehn nach neun. Das Zimmer lag im Halbdunkel. Die dicken Gardinen hielten den Tag außen vor.

Langsam kam sie zu sich. Sie hatte den größten Teil der Nacht wachgelegen, bis sie gegen Morgen in einen schweren Schlaf gefallen war. Die Ereignisse des gestrigen Tages begannen in ihrem Kopf Karussell zu fahren. Zuletzt dieser anonyme Anruf in der Nacht.

Wollte der *NRK* sie nicht heute früh angerufen haben? Darüber musste sie sich keine Gedanken mehr machen. Nach dem nächtlichen Anruf hatte sie den Stecker im

Schlafzimmer herausgezogen, erinnerte sie sich. Und das Handy lag unten im Arbeitszimmer.

Um dem neuen Tag ins Auge sehen zu können, würde sie erst einen Kaffee im Bett trinken. Der Gedanke, gleich wieder unter die Decke kriechen zu können, gab ihr die Kraft aufzustehen. In Pantoffeln und Morgenmantel tapste sie die Treppe hinunter in die Küche. Während sie wartete, dass das Wasser kochte, warf sie einen müden Blick auf den Tag dort draußen. Er war genauso grau wie der vorherige. Der Traubenkirschbaum gegenüber dem Schuppen hatte nur noch wenig Laub. Das meiste lag um den Baumstamm verstreut.

Plötzlich zuckte sie zusammen. Die Schuppentür stand weit offen! Tone war seit Tagen nicht mehr in dem Schuppen gewesen und sicher, dass die Tür verschlossen war. Vielleicht war das die Erklärung für den Knall, den sie gerade gehört hatte: die Schuppentür, die gegen die Wand schlug.

Ein Klicken ließ sie zusammenfahren. Es war nur der Wasserkocher, der sich ausgeschaltet hatte. Sie schien langsam schreckhaft zu werden. Sie holte eine Tasse aus dem Schrank und füllte sie mit Kaffeepulver. Die Hände versagten ihr den Dienst und ein Teil des Pulvers landete auf der Küchenbank. Sie rief sich zur Ordnung. Für die offene Schuppentür gab es bestimmt eine Erklärung, sie wollte nicht weiter darüber nachdenken.

Sie überlegte, den PC einzuschalten und zu sehen, ob neue E-Mails eingegangen waren. Sie widerstand der Versuchung, ging aber trotzdem ins Arbeitszimmer, um das Display des Telefons zu überprüfen. Es verriet ihr jedoch auch nicht, wer sie in der Nacht angerufen hatte. *Unbekannter Teilnehmer*, war alles, was dort stand. Sie steckte das Handy in die Tasche des Morgenmantels, nahm die Kaffeetasse und ging wieder nach oben.

Der heiße Kaffee brannte auf ihren Lippen. Das Handy zeigte zwei Anrufe an. Die Mailboxstimme informierte sie, dass der erste um 7.30 Uhr eingegangen war. Beide Anrufe kamen vom *NRK.* Sie hatten mehrmals versucht, sie anzurufen, sowohl über das Festnetz als auch auf ihrem Handy. Ein milde ausgedrückt irritierter Moderator wunderte sich, wo sie bliebe.

Die Lokalnachrichten um zehn begannen mit einer Meldung über die tote Frau. »Eine Frau wurde gestern in der Nähe des Mesnaelva in Lillehammer tot aufgefunden. Die Polizei ermittelt, kann über die genaueren Umstände zum jetzigen Zeitpunkt jedoch noch nichts bekannt geben. Die etwa dreißig- bis vierzigjährige Frau wurde gestern gegen halb eins von einer Spaziergängerin entdeckt. Die Polizei bittet um Hinweise ...« Das Erlebnis kam wieder näher, die Radiostimme zog sie in das Geschehen hinein. Eine zufällige Spaziergängerin. Das bin doch ich, dachte Tone. Die Tote hatte vorläufig noch keinen Namen und keinen Heimatort. Das konnte nur bedeuten, dass die Polizei ihre Identität noch nicht kannte.

Vielleicht hatte die Lokalzeitung mehr. Sie schloss die Tür auf, trat in den Herbsttag hinaus und ging langsam den kurzen Weg zum Briefkasten. Auf dem Rückweg zwang sie sich, zu der dunklen Türöffnung des Schuppens hinüberzusehen. Wahrscheinlich hatte sie die Tür nicht richtig verriegelt. Während sie geschlafen hatte, musste ein Windstoß an der Tür gerüttelt haben, sodass das Schloss aufgesprungen war. Was sollte es sonst gewesen sein?

Drinnen stürzte sie sich auf die Zeitung. Der Fund der toten Frau war der Aufmacher. Er nahm fast die ganze Titelseite und noch eine weitere Seite ein. Auch hier nichts über ihre Identität. Es war nicht sicher, ob sie aus der Gegend war, stand in dem Leitartikel. Auch die Spaziergängerin wurde erwähnt. *Sie verständigte sofort die Polizei. Diese hat ein größeres Gebiet um den Fundort abgesperrt und ermittelt die Todesumstände, äußert sich jedoch weder über ein Fremdeinwirken noch über mögliche Verdächtige. Unseren Informationen zufolge sollen kurz vor der Entdeckung der Toten zwei Männer auf dem Weg gesehen worden sein, der am Fluss entlangführt.*

Diese Information stammte von ihr. Und jetzt wusste sie auch, wer einer der Männer war. *Die Polizei bittet Passanten, die sich in dem Gebiet aufgehalten haben, sich zu melden. Jeder, der etwas gehört oder gesehen haben könnte, wird aufgefordert, sich mit einer Polizeidienststelle in Verbindung zu setzen. Die Polizei hat ein größeres Gebiet nach Beweismaterial abgesucht, will vorläufig jedoch weder bekannt geben, welche Spuren sie verfolgt, noch welche Theorien über das Geschehen vorliegen.*

Irene Eikeli hatte ihr geraten, der Polizei von Håkon Arfoss zu erzählen. Tone war sich nicht sicher und kam zu dem Entschluss, damit noch zu warten.

Sie musste Emma anrufen. Nur um ihre Stimme zu hören. Ihr Handy war ausgeschaltet und der Anrufbeantworter forderte sie auf, eine Nachricht zu hinterlassen. Sie ist sicher in Blindern, dachte Tone und teilte ihr kurz mit, dass sie am nächsten Abend in die Stadt kommen werde. Emma studierte im zweiten Jahr und hatte die kleine Zweizimmerwohnung, die Tone noch immer in Oslo besaß, unter der Bedingung übernommen, dass Tone an den Tagen, an denen sie in der Stadt zu tun hatte, dort wohnen konnte.

Das örtliche Büro des *NRK* rief am Vormittag an. Sie wollten Tone für die *Aktuelle Stunde* um 12 Uhr haben. Sie sagte mit Entschiedenheit Nein. »Du solltest doch schon heute Morgen dabei sein«, sagte die Mitarbeiterin am anderen Ende. Tone bestand darauf, dass sie nichts versprochen hatte, und schaffte es, neue Überredungsversuche abzuwehren.

Dann beschloss sie, zu arbeiten, und schaltete den PC ein.

Zuerst sah sie die E-Mails durch. Fünf neue Mails, eine davon von Håkon Arfoss. Sie verspürte Widerwillen, sie zu öffnen. Schob es hinaus, indem sie erst die anderen Nachrichten las. Ein Chefredakteur erkundigte sich nach dem Beitrag, den sie über eine Schlankheitskur machen sollte. Irene Eikeli fragte, wie es ihr gehe. Karl-Erik, einer ihrer drei Chatfreunde, wollte wissen, ob sie Freitagabend in Oslo sei. Er war bisher der Einzige, bei dem es geknistert und mit dem sie sich auf der gleichen Wellenlänge gefühlt hatte. Leider war er verheiratet, wie sich im weiteren Verlauf des Abends herausgestellt hatte. Und jetzt besaß er die Frechheit, ein neues Treffen vorzuschlagen. Er war sich sicher, dass ein weiterer Kontakt ihnen beiden Vergnügen bereiten werde, schrieb er.

Eine der Mails kam von einem unbekannten Absender und war um 0.30 Uhr abgeschickt worden, kurz nachdem sie nach Hause gekommen war. Neugierig begann sie zu lesen. *Mann, 44, sucht Frau in der Nacht. Und findet dich, Frau, 42, blond und blauäugig. Nicht zu blauäugig, denke ich. Mit unverbrauchtem Lebensmut, aber ohne Mann an deiner Seite. Ich glaube, du bist eine Frau, die die Männer anzieht, wenn du dein wahres Gesicht zeigst. Der Zufall will es, dass du gerade jetzt alleine bist und im Dunkeln nach Kontakten suchst. Wie auch ich …* Der Brief war mit *Orion* unterzeichnet. Sowohl der Ton wie auch das, was dort stand, sprachen sie an. Er hatte ihr Profil gelesen, erzählte aber nur wenig über sich und seine Lebenssituation. Nächtliche Gedanken. Tone beschloss, zu antworten, nicht viele Worte, doch genug, um Interesse zu signalisieren.

Håkon Arfoss hatte seine Mitteilung eine halbe Stunde, nachdem sie sich vor dem Hotel verabschiedet hatten, geschrieben: *Warum spielst du nicht mit offenen Karten? Um es direkt zu sagen: In der nächsten Woche ist nichts in deinem Terminkalender eingetragen. Ich habe nachgesehen, als du draußen warst und telefoniert hast. Du hast behauptet, du hättest da schon eine Verabredung. Aber irgendwie habe ich gespürt, dass du bluffst. Deshalb habe ich nachgesehen. Du findest das vielleicht unverschämt, aber ich habe meinen Verdacht bestätigt.*

Ich hatte den Eindruck, dass wir uns heute Abend gut verstanden haben, die Unterhaltung kam allmählich in Gang, nachdem du etwas aufgetaut warst, und die Stimmung hat mich glauben lassen, dass sich etwas Spannendes daraus entwickeln könnte. Wenn du deine Kontaktsuche über das Internet ernst meinst …, dann musst du deine Haltung ändern und den Leuten mit mehr Respekt begegnen. Aber vielleicht verbirgst du ja irgendetwas?

Tone las es noch einmal. *Aber vielleicht verbirgst du ja irgendetwas?* Am früheren Abend hatte er etwas Ähnliches gesagt. Was wusste er? Sie musste bald die Polizei informieren.

Die Unruhe trieb sie vom PC in die Küche und zum Fenster. Die Schuppentür stand noch immer weit offen. Sie wusste, was sie zu tun hatte.

In der Zeit, seit sie allein hier wohnte, hatte Tone gelernt, der Angst ins Auge zu sehen. Das Übel bei der Wurzel zu packen. Jedes Mal wenn sie ein unheimliches Geräusch im Haus hörte, zwang sie sich, nachzusehen, wo es herkam, und der Sache nachzugehen. Antworten zu finden, um wieder rational denken zu können. Jetzt ging es um eine Tür, die ohne Erklärung aufgegangen war.

Die Angst sagte ihr, dass jemand im Schuppen sein könnte. Aber die Vernunft half ihr, die zwanzig Meter zu gehen. Sie war auf der Hut, für alle Fälle. Ihr Puls stieg, als sie den Schuppen betrat. Es gab kein Licht und sie musste mit dem spärlichen Tageslicht auskommen. Ein paar Sekunden blieb sie still stehen. Außer einem Traktor in der Ferne war kein Laut zu hören. Hier war niemand, stellte sie fest. Es musste der Wind gewesen sein. Ihr Fuß trat gegen etwas, das auf dem Boden lag. Ein Spaten oder ein Rechen, der umgefallen war. War das auch der Wind? Oder war es ihr irgendwann passiert? Vielleicht war ein Tier hereingekommen, während die Tür offen stand? Als sie sich hinunterbeugte, um das Gerät aufzuheben, entdeckte sie auf dem Boden einen kleinen weißen Zettel. Sie hob ihn auf und steckte ihn in ihre Tasche. Sie mochte nicht länger hier sein. Sie trat hinaus, machte die Tür hinter sich zu. Und dann war es vorbei, für dieses Mal. Ihre Beine drohten, sie im Stich zu lassen, als sie zurück zum Haus ging.

Die Mappe mit den Unterlagen für die Dokumentarreihe lag auf dem Schreibtisch. Tone blätterte sie durch, bis sie den Zeitungsausschnitt über Atle Kristiansen gefunden hatte. Sie war entschlossen zu tun, was sie konnte, um ein Interview mit der Mutter, Marta Kristiansen, zu bekommen. Morgen Nachmittag würde sie bei ihr schellen und so tun, als hätte sie den Anruf nicht erhalten.

Der Zeitungsausschnitt beschäftigte sich mit dem Mord und den Ermittlungen im Herbst 1992. Ein paar kleinere Artikel berichteten über das Gerichtsverfahren und das Urteil. Der Mann behauptete, unschuldig zu sein, war jedoch aufgrund des Beweismaterials verurteilt worden. Sein Name wurde in keinem der Artikel erwähnt, ein Bild gab es auch nicht. Er war der Ehemann, der seine Frau etwa vierundzwanzig Stunden, nachdem sie verschwunden war, als vermisst gemeldet hatte. Wer die Familie kannte, hatte keinen Zweifel, um wen es sich handelte. In den Tagen, nachdem die Leiche gefunden worden war, brachten die Zeitungen den Namen der Toten: Lotte Kwam Kristiansen, siebenundzwanzig Jahre alt. Das Bild zeigte eine lächelnde junge Frau mit blondem, lockigem Haar. Gut aussehend. Der verdächtige und später verurteilte Ehemann war Ende dreißig.

Als Motiv wurde Eifersucht vermutet. Atle Kristiansen verdächtigte seine Frau, einen Geliebten zu haben. Es kam nie heraus, wer der andere Mann war. Stattdessen tauchten starke Zweifel auf, ob es überhaupt einen anderen gegeben hatte. In den ersten Tagen sprach die Polizei von Atle Kristiansen als von einem Zeugen. Am dritten Tag saß er in U-Haft, verdächtigt des Mordes an seiner zehn Jahre jüngeren Frau.

Was war in diesen Tagen in Marta Kristiansen vorgegangen? Trauerte sie zusammen mit dem Sohn, überzeugt von seiner Unschuld? Oder schlich sich ein kleiner Zweifel ein? Was für ein Junge war Atle gewesen? Tone rief Word auf, um die Fragen, die sie ihr stellen wollte, aufzuschreiben.

Ihre Augen streiften das Dokument, das sie unter *Tone* gespeichert hatte. Die Tagebuchnotizen. Vor einigen Wochen hatte sie einen Status-quo-Bericht zu ihrer Lebenssituation erstellt. Jetzt überflog sie das Geschriebene. Es war nicht sonderlich erfreulich, dafür aber wahr: *Tone Tarud, 42, Single, genauer gesagt: verlassen worden, mittelmäßige Journalistin oder bestenfalls mit einem Talent ausgestattet, das bisher noch niemand richtig zu würdigen gewusst hat, 1,70 m, gut 67 Kilo, Gehalt ca. 250.000 Kronen pro Jahr, 600.000 Kronen Schulden, eine erwachsene Tochter, die ihre Mutter mehr als Last denn als Freude empfindet.*

An dem Abend, an dem sie das geschrieben hatte, hatte sie beschlossen, etwas an ihrer Situation zu ändern. Nach zwei Gläsern Rotwein hatte sie, sentimental geworden, eine neue Bestandsaufnahme gemacht, wie ihre Situation in zwei Monaten, um Neujahr, aussehen sollte: *Tone Tarud, 42, frisch verliebt, Journalistin beim norwegischen Rundfunk, mehrere Serienerfolge in der letzten Zeit, ein laufendes Buchprojekt, 1,70 m, knapp über 60 Kilo, keine besonderen finanziellen Probleme, viele gute Freunde, eine erwachsene Tochter, zu der sie guten Kontakt hat.*

Vorläufig waren das nur Worte in einem Dokument, nichts hatte sich in der verstrichenen Zeit geändert, dachte sie missmutig.

Rastlos sah sie noch einmal die Post durch. Orion hatte bereits auf ihre kurze Mail geantwortet. *Bingo! Ich wusste, dass wir wie geschaffen füreinander sind. Ein Signal wird gesendet … und empfangen, der Kontakt ist hergestellt. Ich spüre deine Nähe, wo immer du auch bist, irgendwo. Ich sehne mich danach, dich näher kennen zu lernen, viel näher. Die Worte strömen aus mir heraus, aber sie sollen aufgespart bleiben, bis das Dunkel sich um mich schließt in einem Raum, wo niemand stört …*

Tone versuchte, sich vorzustellen, wie er aussah, wo er saß, während er das schrieb. In einem geschäftigen Büro mit Kollegen um sich herum?

Sie schrieb ein paar Zeilen zurück, um ihn zu weiterem Kontakt zu ermutigen.

Budal, Mittwoch, 22.00 Uhr

In den Nachrichten um 22 Uhr kam etwas über den Mord: »Die Polizei in Lillehammer ermittelt in einem Mordfall. Eine Frau wurde gestern am Mesnaelva tot aufgefunden. Die Tote, eine Frau in den Dreißigern, wurde gegen 12.30 Uhr von einer Spaziergängerin entdeckt. Die vielen Verletzungen der Toten lassen darauf schließen, dass sie einem Gewaltverbrechen zum Opfer gefallen ist. Vorläufig hat die Polizei niemanden unter Verdacht.«

Es wurde ermittelt! Jon Ruud hatte nichts davon erwähnt. Am späten Nachmittag hatte Tone ihren ganzen Mut zusammengenommen und angerufen. Jetzt wusste die Polizei von Håkon Arfoss. Vielleicht würde die Polizei schon am nächsten Tag Kontakt zu ihm aufnehmen.

Tone fror und zog eine Jacke an. Jetzt war jeder Zweifel ausgeräumt: Die Frau, die sie gefunden hatte, war einem Gewaltverbrechen zum Opfer gefallen. Die Nachricht war ins ganze Land ausgestrahlt worden. Noch immer hatte die Tote keinen Namen. War auch sie nur eine ganz gewöhnliche Spaziergängerin gewesen?

Die Nachrichten waren vorbei, doch im Radio wurde weitergeredet. Sie bekam nicht mit, was gesagt wurde, aber sie hatte Stimmen um sich. Als Gegengewicht zu dem schweigenden Dunkel draußen. Sie riss sich aus der Apathie, stand auf. Eine Tasse Tee wäre gut, dachte sie. Mit steifen Schritten ging sie in die Küche. Plötzlich fühlte sie sich beobachtet. Aber das war unmöglich. Sie war allein und alle Gardinen waren zugezogen. Sie legte die Hände um den Wasserkocher. Spürte die von ihm ausgehende Wärme.

Die Küche war gemütlich, auch wenn sie renoviert werden musste.

Vor gut fünf Jahren war sie mit ihrem damaligen Lebensgefährten Stian nach Budal gezogen. Angefangen hatte alles mit einem verrückten und schönen Gedanken, der im Zusammenleben gewachsen war. Warum nicht ein Haus weit ab von Oslo kaufen? Vielleicht war die Vorstellung von einem Haus auf dem Land mit Katze und Kaninchen gar nicht so absurd. Jedenfalls wenn man Katze und Kaninchen wegließ. Sie wollten auf eine Arbeitsgemeinschaft bauen, ihre Jobs reduzieren und umdenken. Mehrere hunderttausend Kronen und Unmengen von Träumen investierten sie in das gute Leben. Sie schafften es, Bad, Schlaf- und Arbeitszimmer zu renovieren, bis er herausfand, dass das doch nicht das gute Leben war. Tone blieb mit einem teilweise renovierten Haus, größeren Schulden als je zuvor, einem halben Job einerseits und freiberuflicher Arbeit plus einer Überdosis an Frieden und Ruhe andererseits allein zurück. Heute Abend schätzte sie den Frieden und die Ruhe weniger denn je.

Als der Tee fertig war, fiel ihr ein, dass das Fenster im Schlafzimmer einen Spalt breit offen stand. Der Gedanke, in einem Kühlraum schlafen zu müssen, behagte ihr gar nicht. Sie zwang sich, nach oben zu gehen, um es zu schließen. Sie hatte den Fensterhaken in der Hand, als sie plötzlich auf Widerstand stieß. Das Fenster wollte nicht so wie sie. Ein kräftiger Windstoß blies dagegen. Erst als der Wind etwas nachließ, konnte sie es unter großem Kraftaufwand schließen. Der Wetterwechsel hatte sie vollkommen überrascht. Jetzt knackte es in den Wänden, als wollte der Wind das ganze Haus mitnehmen. Ein starkes Brausen vom Wald gegenüber erfüllte die Luft.

Tone wäre am liebsten im Schlafzimmer geblieben und hätte sich unter der Decke versteckt. Aber unten brannten alle Lichter und der PC war noch eingeschaltet. Sie ging wieder hinunter. Hier spürte man den Wind weniger. Dafür hörte sie ein neues Geräusch von der Welt da draußen. Regen. Landregen, der vom Wind gegen den Hang geschleudert wurde.

Die Worte auf dem Monitor starrten sie an. Sie hatte versucht, die Ideen für ihre freiberufliche Arbeit zu systematisieren. Einen Arbeitsplan zu erstellen. Am frühen Abend war sie schon unkonzentriert gewesen, jetzt war es noch schlimmer. Das Telefon war ihre Rettung. Die Uhr zeigte halb elf. Irene Eikeli nahm zu Hause nicht ab, ging aber ans Handy. Sie war auf der Arbeit, konnte nicht reden, wollte jedoch versuchen, später zurückzurufen. Auf jeden Fall hatten sie sich ja für den kommenden Abend verabredet, erinnerte sie die Freundin. Mette Hermansen war mit Kollegen aus, sagte ihr Mann. Vielleicht konnte sie mit einem ihrer Chatfreunde reden? Vor ein paar Stunden hatte sie eine neue lange Mail von Orion bekommen, auf die sie geantwortet hatte. Vielleicht lag neue Post für sie bereit. Sie schloss das Textdokument, rief das Outlook-Programm auf und klickte erwartungsvoll auf *Posteingang.* Eine neue Mail. Von Orion. *Ich warte auf dich. Kommst du heute Abend? Ich horche auf deine Schritte, deinen Atem. Wenn das Dunkel uns umgibt und andere zur Ruhe gehen, ist es für zwei Nachtmenschen Zeit sich zu treffen. Für die, die die Tage nicht im Griff haben, können die Nächte ein Trost sein. Weil unsere Seelen … In der Nacht kommen wir uns und anderen am nächsten. Ich sehne mich nach deiner Nähe. Wagst du es, mit mir in die Nacht zu gehen? Wagst du es, einen Schritt weiter zu gehen?* Der Text, der nun erotischer wurde, nahm Tone gefangen.

Wenn du dich hingelegt hast, kannst du meine Hand spüren, die deinen nackten Körper streichelt. Zieh dich ganz aus, damit ich dich sehen kann, wie du bist. Genieße meine Liebkosungen, meine Hände, die sich über deine Brüste nach unten bewegen, zum Bauch, zum Schritt … Sie war verunsichert. Doch alles war schließlich anonym. Sie konnte kühn sein. Sie schrieb zurück, dass sie mit ihm zusammen in die Nacht gehen, dass sie ihn mit ins Bett nehmen wolle.

In der nächsten Mail wurde er noch intimer, ging detaillierter zu Werke, kam mit Vorschlägen. Sie strich sich mit der rechten Hand über die Brüste, klemmte die Brustwarzen ein. Versuchte, sich vorzustellen, es sei ein fremder, aufregender Geliebter. Sie spürte die Erregung. Sollte sie mitmachen? Sie las weiter, zog den Reißverschluss ihrer Hose herunter, schob die Hand hinein, fand eine Stellung, in der sie sich spüren konnte. Der Mittelfinger glitt in die warme, nasse Spalte. Sie schloss die Augen und gab sich ihren Empfindungen hin.

Aber dann hörte sie auf. Sie konnte das nicht. Oder wollte es nicht. War wieder in dem Zimmer, vor dem PC, bei dem Mord, dem Mann, den sie im Wald gesehen hatte. Schnell schloss sie die Mail, beendete die Korrespondenz für den Abend und fuhr den PC herunter. Stattdessen schaltete sie den Fernseher ein und zappte zwischen den drei Kanälen, die sie empfangen konnte, hin und her. Nichts von Interesse, Ende, aus.

Sie ging in die Küche, um das Licht auszumachen. Ihre Jacke hing über einem Stuhl und erinnerte sie an den Zettel, den sie in eine der Taschen gesteckt hatte. Sie holte den Zettel heraus. Eine Restaurantquittung. Sie musste sie irgendwann beim Holzholen verloren haben.

Ein Geräusch ließ sie erstarren. Es klopfte an der Außentür. Wer kam zu dieser Zeit hierher? Sie blieb ganz still stehen. Hielt den Atem an. Rührte nicht einen Finger. Es klopfte mehrmals. Hörte sie Schritte auf dem Kies?

Zeit und Ort existierten nicht länger. Die Angst hielt sie gefangen. Als sie sich wieder bewegen konnte, wusste sie nicht, wie lange sie so gestanden hatte. Kein Laut war mehr zu hören. Sie hielt die Restaurantquittung immer noch in der Hand. Sie war von einem italienischen Restaurant, dessen Name ihr nichts sagte. Die Rechnung ließ darauf schließen, dass zwei Personen dort gewesen waren. Eine Flasche Wein, zwei Hauptgerichte, zwei Desserts, zwei Kaffee. Die Quittung war auf den 3. Oktober datiert. Was hatte sie an diesem Tag vor zwei Wochen gemacht? Es musste ein Mittwoch gewesen sein, rechnete sie zurück. War das nicht der Tag, an dem sie das erste Interview für die Dokumentarreihe gemacht hatte? Sie würde in ihrem Terminkalender nachsehen, war sich aber bereits sicher, dass dieser Zettel nicht aus ihrer eigenen Tasche gefallen war.

Tøyen, Donnerstag, 18. Oktober, 16.45 Uhr

Marta Kristiansen wohnte in Tøyen. Ein feuchtkalter Luftzug strich durch die Straßen, durch die Tone vom Bahnhof aus ging. Sie holte eine kleine, füllige, ältere Frau in einem dunkelblauen Mantel ein. Die Frau stimmte genau mit dem Bild überein, das Tone sich unterwegs von Marta gemacht hatte. Als sie stehen blieb und den Schlüssel in einen Briefkasten an der Tür mit der richtigen Hausnummer steckte, war Tone sich sicher. Deshalb stellte sie sich vor und sagte: »Ich glaube, wir haben eine Verabredung.«

Die Frau wandte ihr ein verwundertes Gesicht zu.

»Ich habe eine Verabredung mit Marta Kristiansen«, berichtigte sich Tone für den Fall, dass sie sich geirrt hatte.

»Ja, Marta wohnt hier«, sagte die Frau und ließ sie herein, ohne sich ihrerseits vorzustellen.

Tone ging hinter ihr die Treppe hinauf.

»Sie wollen also Marta besuchen«, sagte die ältere Frau, als sie vor ihrer eigenen Tür stand. Ihr Blick war neugierig, lechzte nach Informationen. »Sind Sie mit ihr verwandt?«

Glücklicherweise hatte Tone sich nicht als Journalistin vorgestellt, sondern nur ihren Namen genannt.

»Nein«, sagte sie und drehte sich um, um weiterzugehen.

»Sie wohnt eine Etage höher«, rief die Frau ihr nach. »Die linke Tür.«

Marta und Torbjørn Kristiansen stand auf einem Türschild aus Holz. Tone drückte auf die Klingel und dachte an die Nachricht auf dem Anrufbeantworter. Was, wenn Marta auf ihrer Absage bestand? Was hatte sie eigentlich gesagt? Sie hatte irgendetwas in der Richtung gesagt, dass sie sich nicht treffen konnten, weil es ihr zu heikel war. In einem seltsamen Tonfall. Sie hatte keinen Grund genannt, keinen anderen Termin vorgeschlagen.

Plötzlich stand sie vor ihr. Alles war so still vonstatten gegangen, dass Tone kaum gemerkt hatte, wie die Tür sich geöffnet hatte. Marta Kristiansen hatte keine Ähnlichkeit mit dem Bild, das Tone sich von ihr gemacht hatte. Sie hatte eine Frau zwischen siebzig und achtzig erwartet, die Frau in der Tür war kaum über fünfundsechzig. Sie war schlank, fast mager. Das Haar dunkelbraun gefärbt, aber der graue Ansatz deutlich sichtbar. Zwei braune Augen sahen Tone skeptisch an.

»Ich bin Tone Tarud«, sagte Tone und streckte ihr die Hand hin. »Wir waren um fünf verabredet.«

»Haben Sie die Nachricht nicht bekommen, die ich Ihnen auf den Anrufbeantworter gesprochen habe?«

»Welche Nachricht?«, sagte Tone.

»Ich habe Sie angerufen, um abzusagen. Weil es mir nicht passt.«

Tone spielte die Überraschte. »Wann war das denn? Ich war die letzten Tage in Oslo. Deshalb habe ich den Anrufbeantworter nicht abgehört.« Sie sah die Frau ratlos an. »So ein Pech. Was machen wir jetzt?«

Marta Kristiansen blieb ihr die Antwort schuldig. Oder sie fühlte sich nicht verpflichtet zu antworten.

»Passt es Ihnen am späteren Nachmittag besser?«, versuchte es Tone. »Wenn Sie jetzt beschäftigt sind.«

»Weder am späteren Nachmittag noch ein andermal«, sagte Marta bestimmt. »Ich habe mir die Sache noch einmal durch den Kopf gehen lassen. Ich habe keine Lust, bei irgendeiner Sendung mitzumachen.«

»Keine Lust, bei der Sendung mitzumachen?«, Tone war sehr enttäuscht und tat alles, um das auch zu zeigen. »Sie haben doch positiv auf meinen Brief reagiert ...«

»Ja, aber die Dinge haben sich geändert.« Marta klang jetzt etwas freundlicher.

Das gab Tone die Hoffnung, ihren Widerstand brechen zu können. »Was hat sich denn geändert?«, fragte sie.

»Ich habe es mir einfach anders überlegt. Ich möchte das nicht.«

Nun gut, irgendetwas hatte sich geändert. Tone wollte wissen, was, und war entschlossen, es herauszufinden. »Das überrascht mich jetzt etwas«, sagte sie und fügte hinzu: »Sie sind für mich eine der wichtigsten Kandidatinnen für die Sendung. In Ihrem Brief haben Sie Ihre Erfahrungen so gut in Worte gefasst. So etwas zu hören, tut anderen in einer ähnlichen Situation gut. Aber Sie müssen natürlich selbst entscheiden ...« Tone sah sie hoffnungsvoll an. »Können wir nicht kurz miteinander reden, ohne dass ich das Gespräch aufnehme? Vielleicht bringt mich das auf Ideen, worüber ich mit den anderen sprechen kann.«

Marta Kristiansen zögerte.

»Wenn Sie eine halbe Stunde hätten ...«, sagte Tone.

Die Tür wurde geöffnet und Tone konnte hereinspazieren. Eine enge Diele führte ins Wohnzimmer. Sie sah sich schnell um. Eine Wand war ganz mit Fotos bedeckt. Drei Hochzeitsfotos waren darunter. Die eine Braut sah aus wie eine jüngere Ausgabe von Marta Kristiansen.

»Sind das Ihre Kinder?«, fragte Tone und nickte zur Wand hin. Sie konnte auch gleich zur Sache kommen und mit dem schwierigen Teil beginnen.

»Meine Tochter Frida«, antwortete sie und zeigte auf eines der Fotos. Sie ähnelte ihrer Mutter.

»Und das da ist Lotte ... und Atle«, fügte sie hinzu. Das Bild war von einem Amateur aufgenommen worden.

»Hatten Sie irgendwann den Eindruck, dass die beiden es nicht gut miteinander hatten?«, fragte Tone.

»Ist es nicht meistens so, dass die Nächsten am wenigsten wissen?« Marta stellte sich neben das Bild, sah es jedoch nicht an. Stattdessen sagte sie zu Tone: »Ich hatte den Eindruck, dass es ihnen ging wie den meisten. Sie hatten gute und schlechte Tage. Genug gute, um zusammenzubleiben.«

»Deshalb hat Sie überrascht ..., was passiert ist?«

»Wie ich Ihnen geschrieben habe ... Man kann es einfach kaum glauben. Alles wird so unwirklich. Chaotisch. Wie wenn ein Unfall passiert und dir plötzlich klar wird, dass es dich erwischt hat.«

Atle Kristiansen war in seiner Jugend ein ganz normaler Junge gewesen, hatte sie in dem Brief geschrieben. Der Gedanke, dass er einmal zum Mörder werden würde, lag ebenso fern wie die Vorstellung, dass er Staatsminister werden könnte. Seine Mutter konnte ihn sich nicht als Monster vorstellen. Das war einer der Gründe, warum Tone Marta Kristiansen unbedingt in der Sendung haben wollte. Sie repräsentierte die Mütter, die glaubten, ein Heim mit ganz normal funktionierenden Menschen geschaffen zu haben. Und die deshalb völlig überrumpelt waren, als ihr Kind plötzlich des Mordes beschuldigt wurde. Auf eine ehrliche und glaubwürdige Weise hatte sie beschrieben, wie sie rückblickend nach der möglichen kleinen Andersartigkeit in seinem Wesen gesucht hatte.

Tone wollte, dass sie das jetzt wiederholte. Sie wollte, dass Marta sich warm redete und vergaß, dass sie sich nicht interviewen lassen wollte. Tone wollte die Hoffnung nicht aufgeben, dieses Haus mit einer ausgezeichneten Bandaufnahme zu verlassen. »Aber wie haben Sie reagiert, als Sie die Nachricht erhielten?«, fragte sie.

»Zuerst habe ich erfahren, dass Lotte tot ist. Das war der erste Schock. Dann kam die Nachricht, wie sie gestorben ist. Ich war sicher, dass ein Fremder das getan hat. Ein Verrückter.«

Sie standen noch immer vor der Wand mit den Familienbildern. Dann ging Marta Kristiansen zum Sofatisch und begann aufzuräumen. »All das habe ich Ihnen doch schon geschrieben«, sagte sie. »Es besteht kein Grund, mich zu wiederholen.«

Sie war nicht so leicht zu täuschen, wie Tone gehofft hatte.

In dem Brief hatte sie auch erwähnt, dass der Sohn ein Opfer seines Temperaments geworden war. Das war die Antwort, die die Mutter für sich gefunden hatte. Sie wusste, dass er sowohl in seiner Jugend als auch später zum Jähzorn neigte.

»Wie lange haben Sie geglaubt, dass er unschuldig ist?«, fragte Tone.

Marta Kristiansen blickte sie scharf an. Die Frage wühlte sie offenbar auf. Dann antwortete sie: »Ich weiß es nicht. Es bringt nichts, in diesen Dingen zu graben.« Sie machte eine Pause und sah auf die Uhr. »Man muss das hinter sich lassen, egal wie schlimm es ist«, sagte sie. »Darüber nachzugrübeln macht es nur schlimmer.«

Sie wollte, dass Tone ging. Es war aus ihrer Körpersprache und ihrem ganzen Verhalten ersichtlich. Aber Tone wollte bleiben. Wenn sie sich nicht täuschte, war die Frau ein wenig nervös. »Wie lange hat er noch?«, fragte sie.

Marta Kristiansen zögerte kurz und sah sie unsicher an. »Er ist entlassen worden. Vor einem Monat.«

Tone hatte die ganze Zeit geahnt, dass Kristiansen wieder draußen war. Hatte die Situation sich deshalb geändert? Hatte er der Mutter verboten, über den Fall zu reden?

»Das wusste ich nicht«, sagte Tone. Sie runzelte die Stirn und machte ein Gesicht, als wollte sie sagen, dass sie es hätte wissen müssen. »Und was macht er jetzt?«

»Er hat in der Haft eine zusätzliche Ausbildung gemacht. Und jetzt … Er sucht Arbeit. Sie haben ihm geholfen, eine Wohnung zu finden …«

»Dann beginnt er ein neues Leben?«, Tone konnte den Gedanken, dass das ungerecht war, nicht unterdrücken. Die junge Frau würde nie eine solche Chance bekommen.

»Wenn man das so nennen will«, antwortete Marta und sah traurig aus. Sie hatte sich auf einen Stuhl gesetzt. Tone tat es ihr gleich.

»Aber als Mutter …« Tone schaffte es nicht, gleich auf den Punkt zu kommen. »Wie ist das für Sie, dass er jetzt ein freier Mann ist?«

»Das Wichtigste ist, alles hinter sich zu lassen, das ist die einzige Möglichkeit, weiterzukommen.«

»Und deshalb wollen Sie bei der Sendung nicht mitmachen?«, sagte Tone. Sie klang ärgerlicher, als sie beabsichtigte. »Er möchte auch nicht, dass Sie mitmachen?«

»Darum geht es nicht. Ich glaube einfach, dass es so besser ist.«

Tone begann, sich ernsthafte Sorgen zu machen, dass sie Marta nicht würde überreden können. Zu der Sendung, die die beste werden sollte, die sie je gemacht hatte. Aber das ging nicht ohne die Hilfe von Leuten wie Marta. Sie griff nach einem der Strohhalme, die sich bewährt hatten: Lob. »Am meisten hat mir an Ihrem Brief imponiert, dass er so reflektiert ist«, sagte sie. »Sie schaffen es, Gedanken und Gefühle in Worte zu fassen, mit denen bestimmt viele ... in ihrer Situation ... zu kämpfen haben.«

Die braunen Augen sahen Tone an, aber Marta reagierte nicht auf das Lob.

»Sie haben so viele Kraftreserven«, fügte Tone hinzu. Und das meinte sie wirklich. So wirkte Marta Kristiansen auf sie. Die zierliche Frau gehörte nicht zu den Wohlhabenden dieser Gesellschaft. Die kleine Wohnung verstärkte diesen Eindruck noch. Viel Luxus gab es hier nicht. Aber die Frau besaß Würde und hatte ihr Teil dazu beigetragen, ihrer Familie ein würdevolles Leben zu schaffen. Bevor sie dieser unverdiente Schlag traf: Eines ihrer Kinder stand hinter dem schlimmsten Verbrechen, das ein Mensch begehen konnte, einem anderen Menschen das Leben zu nehmen. Für diese Frau musste das die Niederlage ihres Lebens und der Grund zu lebenslanger Trauer gewesen sein.

»Wie kann ein Mensch mit so einer Niederlage leben?« Die Frage entschlüpfte ihren rotierenden Gedanken.

»Sie meinen meine Niederlage als Mutter? Oder seine Niederlage? Für ihn war es schließlich am schlimmsten.«

»Ich frage mich, wie Sie das als Mutter empfunden haben«, sagte Tone und vermied es, dass Wort *Niederlage* noch einmal in den Mund zu nehmen. »Er ist ja von allen verurteilt worden«, fuhr sie fort. »Während Sie selbst so viel mehr über ihn wussten ..., all das Gute, das Liebe.«

»Meine einzige Hoffnung ist, dass es ihm gelingt, sich ein lebenswertes Leben aufzubauen«, antwortete Marta kurz.

»Haben Sie sich nach seiner Entlassung oft gesehen?«, fuhr Tone fort.

»Wir haben uns häufiger getroffen. Er ist ein paarmal hier gewesen und ich habe ihn in seiner neuen Wohnung besucht.«

Marta Kristiansen war zu höflich, um Tone zu bitten zu gehen. Sie hatte klar zu verstehen gegeben, dass sie bei der Radiosendung nicht mitmachen wollte. Jetzt räumte sie weiter auf, ohne noch etwas zu sagen.

Tone verstand den Hinweis, sie konnte sie nicht länger bedrängen. Sie konnte sich nur noch für die Störung entschuldigen. Bevor sie ging, griff sie trotzdem nach dem letzten Strohhalm: »Wenn es so weit ist ..., ist es in Ordnung, wenn ich Ihren Brief in der Sendung vorlese? Ganz anonym, natürlich.«

Marta Kristiansen zögerte und Tone fügte schnell hinzu: »Sie brauchen mir nicht gleich zu antworten. Ich kann Sie anrufen, wenn es so weit ist.« Ein cleverer Schachzug, dachte sie. Er bot ihr eine neue Chance. Vielleicht bestand doch noch Hoffnung.

Die Tür war hinter ihr ins Schloss gefallen, und Tone war auf dem Weg die Treppe hinunter, als eine Etage tiefer eine Tür aufging. Die rundliche Frau, die ihr vor dem Haus begegnet war. Sie ging ein paar Schritte vor Tone her nach unten. In der Hand hielt sie einen Schlüssel, mit dem sie einen leeren Briefkasten öffnete.

»Es soll kälter werden«, sagte sie und drehte sich zu Tone um. »Das haben sie im Radio gesagt.« Sie zog die Jacke fester um sich, um deutlich zu machen, wovon sie sprach.

Tone verdächtigte sie, sie abgepasst zu haben. Aber sie war neugierig, was die Frau von ihr wollte, und blieb stehen. »Ja, der Winter steht vor der Tür«, sagte sie.

»Sie haben Marta besucht. Wie geht es ihr?«

»Gut, soweit ich weiß.«

»Ja, ja«, sagte die Frau finster. »Jetzt ist er wieder draußen.«

»Sie meinen den Sohn?«

»Ich habe ihn in der letzten Zeit ein paarmal gesehen.« Sie schüttelte den Kopf. »Was für eine hässliche Geschichte. Es hat mich total schockiert, dass er das getan hat. Und dann auch noch seine Frau. Sie wissen schon, da muss etwas klick gemacht haben.«

»Sie kannten ihn?«

»Atle hat als Junge schließlich hier gewohnt. Er war im gleichen Alter wie einer von meinen.«

»Mochten Sie ihn?«

»Ich hatte nichts an ihm auszusetzen. Aber man weiß eben nie, wie es in den Leuten aussieht, in ihrem tiefsten Inneren. Es war wohl die Eifersucht ...« Sie verschränkte die Arme vor der Brust, um zu zeigen, dass ihr langsam kalt wurde. »Wenn wir reden wollen, gehen wir besser hinein«, sagte sie und sah Tone abwartend an.

Tone hatte keinen Grund, mit ihr zu gehen. Sie tat es trotzdem. Diese Frau konnte ihr bei der Sendung nicht helfen, aber vielleicht hatte sie etwas zu erzählen.

Sobald sie zur Tür herein waren, wusste Tone, dass es ein Fehler gewesen war. Die Frau überfiel sie mit ihrer Redseligkeit. »Sie müssen die Unordnung entschuldigen, wenn ich gewusst hätte, dass ich Besuch bekomme ... Das passiert nicht oft, ja, ja, so ist das nun einmal ...« Langsam ging sie von der Diele ins Wohnzimmer. Die Wohnung war etwa so groß wie Martas. Aus der Küche kam ein strenger Geruch nach Kochfisch. Die Frau redete weiter: »Seit ich alleine bin ..., seit gut zwölf Jahren jetzt. Und von den Kindern bekomme ich auch nicht viel zu Gesicht. Meistens bleibt es beim Telefonieren. Ich habe zwei Jungen. Der eine ist ein hohes Tier beim Militär, der andere macht irgendwas mit Computern. So ist das heute. Ja, ja, ich bin froh, dass ich so alt bin, dass ich mich mit so etwas nicht mehr beschäftigen muss. Er lebt im Ausland. Ich habe Lasse erzählt, dass Atle wieder auf freiem Fuß ist. Die beiden haben viel zusammen herumgehangen ...«

Endlich kam sie auf ein interessantes Thema zu sprechen und Tone packte die Gelegenheit beim Schopf: »Hatten die beiden auch als Erwachsene noch Kontakt zueinander?«

»Ein paarmal haben sie sich wohl noch gesehen, nachdem sie hier ausgezogen sind. Bis das mit Lotte passiert ist. Seit dem Prozess haben sie nicht mehr miteinander gesprochen.«

»Seit dem Prozess?«, fragte Tone neugierig. »Was ist denn da passiert?«

»Lasse musste gegen ihn aussagen.«

»Warum denn das?« Tone stand am Fenster, sodass sie auf die Straße hinuntersehen konnte. Jetzt drehte sie sich um und sah ihre Gastgeberin, deren Namen sie nicht kannte, an.

»Er wusste etwas«, sagte sie unsicher. »Und man hat doch die Pflicht ...«

»Und das hat böses Blut gegeben?«, fragte Tone.

»Das können Sie sich doch denken. Aber wenn es um Strafsachen geht, hat jeder die Pflicht, die Wahrheit zu sagen«, entschuldigte sie ihren Sohn.

»Hat das ihr Verhältnis zu Marta Kristiansen beeinträchtigt?«

»Aus Marta wird man nicht so leicht klug.« Sie machte eine Pause. »Ich frage mich, wie es ihr jetzt wohl geht, wo er wieder draußen ist. Was hat sie denn gesagt?«

»Darüber haben wir kaum gesprochen. Ich habe sie aus einem anderen Grund besucht.«

»Aber sie hat es erwähnt?«

»Sie hat erzählt, dass er draußen ist, ja.«

»In der letzten Zeit habe ich ihn öfter kommen und gehen gesehen. Man weiß ja nicht, ob man sich noch sicher fühlen kann. So etwas wiederholt sich doch oft.«

Misstrauische Nachbarn gehörten für Menschen, die sich in der gleichen Situation befanden wie Marta Kristiansen, auch zum Alltag, dachte Tone. Schiefe Blicke und Vorurteile. Eine Verurteilung, die auch eine Mutter treffen konnte. Tone sah auf die Uhr und sagte, dass sie noch eine Verabredung habe.

Dunkelheit legte sich bereits über die Stadt, als sie mit schnellen Schritten zum Bahnhof ging.

Ein Auto schwenkte hinter Tone auf den Bürgersteig und parkte. Ein gutes Stück entfernt, doch nah genug, um sie nervös werden zu lassen. Sie musste sich zur Ruhe ermahnen. Es war sechs Uhr nachmittags und absolut normal, dass Autos am Straßenrand parkten. Aber niemand stieg aus. Spionierte ihr jemand nach? Atle Kristiansen? Plötzlich war der Gedanke da, und sie zählte zwei und zwei zusammen. Marta, die nicht reden wollte. Tone drehte sich nicht um. Normalerweise hatte sie um diese Tageszeit keine Angst, doch hatte sich in den letzten Tagen einiges geändert.

Torshov, Donnerstag, 18.30 Uhr

Die Musik schlug ihr entgegen, als sie die Wohnungstür öffnete. Bis zum Anschlag aufgedreht. Und kein Mensch zu sehen. Tone steuerte auf die Stereoanlage zu und drehte die Lautstärke herunter. Da tauchte Emma aus dem Bad auf. »Ist es verboten, Musik zu hören?«, fragte sie wütend.

»Es ist wohl kaum nötig, sie so laut zu stellen, dass du die Vögel draußen vertreibst«, sagte Tone und versuchte, ruhig zu bleiben.

Das war Wasser auf Emmas Mühlen. »Was für Vögel? Möwen? In dem Fall wäre es ein gutes Werk.« Sie stand mit nassem Haar in der kleinen Diele. Aus dem Bad dampfte es. »Ich wusste nicht, dass du heute kommst«, sagte sie. »Wolltest du nicht über das Wochenende in Budal bleiben?«

»Ich hatte einen Interviewtermin«, sagte Tone. Als müsste sie sich verteidigen. »Ich habe dir doch auf den Anrufbeantworter gesprochen.«

»Da müssen wir uns missverstanden haben«, sagte Emma und ging ins Wohnzimmer. Nicht dass sie selbst etwas missverstanden hatte. Nein, bestenfalls wurde die Schuld gleich verteilt.

»Ich habe nicht vor, das Wochenende über hier zu bleiben«, sagte Tone, obwohl sie genau das am liebsten getan hätte. Sie war enttäuscht, dass es ihnen so schwer fiel, normal miteinander zu reden. Im Grunde genommen war Emma ein liebes Mädchen. Tone war stolz auf sie. Sie war immer gut zurechtgekommen, in der Schule und mit Freunden. Sozial und in vieler Hinsicht gut geraten. Aber offensichtlich hatte sie es im Moment nicht leicht mit sich. Zu diesem Schluss war Tone gekommen. Nur aus diesem Grund klappte es zurzeit nicht zwischen ihnen.

»Sehr gut, ich erwarte nämlich Besuch«, sagte Emma. Ein wenig milder. Sie trug einen türkisfarbenen Bademantel. Eigentlich war ihr Haar blond wie das der Mutter. Aber seit einiger Zeit färbte sie es dunkel. Dunkelbraun mit roten Strähnen. Ihr Gesicht ist zu blass für so eine Haarfarbe, dachte Tone, war aber klug genug, dazu und zu einigen anderen Dingen ihre Meinung für sich zu behalten.

»Großmutter hat übrigens heute Nachmittag angerufen«, erklärte Emma.

»Wollte sie etwas Bestimmtes?«, fragte Tone. Immer auf der Hut, wenn es um die Eltern ging.

»Ich hatte den Eindruck, dass sie lange nichts mehr von dir gehört hat.«

»So lange ist das nun auch wieder nicht her«, sagte Tone und rechnete nach. Eine Woche. Oder eher zwei. Die Zeit verging so schnell. Seit sie pensioniert waren, waren ihre Eltern erheblich kontaktbedürftiger geworden. Sie nahm das schnurlose Telefon und wählte die Nummer der Eltern in Elverum. Pensionierte Lehrer, alle beide. Der Vater war vierundsiebzig, die Mutter einundsiebzig. Die Mutter nahm ab. Wie gewöhnlich. Die Redseligere der beiden. Sie begann über alles Mögliche zu reden. Über die restliche Familie. Was sie die letzten Tage gemacht hatten. Nach einer Weile folgten die zur Genüge bekannten Themen: dass die Zeit ihnen lang wurde. Dass nur noch Schrott im Fernsehen lief. Dass nur selten jemand vorbeikam. Tone versuchte einzuwenden, dass es doch genug anderes gab, womit man sich beschäftigen konnte. Alles eine Wiederholung früherer Gespräche. Tone versprach, bald vorbeizukommen. Sie mussten Vaters Fünfundsiebzigsten planen, sagte sie. Die Mutter antwortete, dass sie gar nicht so sicher sei, ob er eine Feier wolle. Das Gespräch endete damit, dass Tone sagte, sie müsse sich fertig machen. Sie wolle mit Irene und Liv-Helle, an die die Mutter sich doch bestimmt erinnere, ausgehen.

»Mir schlottern richtig die Knie«, sagte Tone. »Seit ich die Leiche gefunden habe, sind ein paar Dinge passiert, die ich mir nicht erklären kann.« Sie saß zusammen mit ihren Freundinnen Irene Eikeli und Liv-Helle Bardal in einer Kneipe in Tostrup. Nach ihrem Journalistikstudium hatten die drei Kontakt zueinander gehalten. Tone erzählte einen Teil dessen, was sie seit ihrem letzten Gespräch mit Irene erlebt hatte.

»Glaubst du, dass das Auto heute Nachmittag etwas mit dem Mord zu tun hat?«, fragte Liv-Helle skeptisch.

»Es kann auch mit dem Besuch bei Marta Kristiansen zu tun haben«, antwortete Tone. »Oder es ist einfach nur der Beweis, dass ich langsam paranoid werde.«

»Aber die offene Schuppentür und die fremde Restaurantquittung ... Vielleicht war an dem Tag, an dem der Mord in Lillehammer passiert ist, ein Fremder in Budal – oder in der Nacht«, sagte Irene. Sie dachte kurz nach. »Und gestern Abend hat jemand bei dir an die Tür geklopft?«

»Man sollte auch nicht überdramatisieren«, sagte Liv-Helle. »Aber du musst der Polizei alles sagen. Es besteht kein Grund, die Mutige zu spielen. Du kannst bestimmt eine Überfallmeldeanlage oder so etwas bekommen.« Sie klang wie eine Mutter. »Und deine Internetaktivitäten sind sicher auch nicht das Klügste«, fügte sie hinzu.

Der moralische Seitenhieb ärgerte Tone und ließ sie sich albern vorkommen. »Dabei geht es um eine Idee für eine Sendereihe«, sagte sie.

»Ich weiß, dass es damit angefangen hat, aber inzwischen ist doch wohl ein bisschen mehr daraus geworden«, wandte Liv-Helle ein. »Ich weiß nicht, was du damit bezweckst. Vielleicht bist du ja nur auf Sex aus?« Sie hatte es spaßig gemeint, ein Versuch, die Stimmung aufzulockern.

»Nicht eine der vier Verabredungen, die ich bis jetzt hatte, hat mit Sex geendet«, sagte Tone und ging auf den Spaß ein. »Aber einige Briefe sind schon ein bisschen heiß«, fügte sie hinzu.

»Heißt das, du hast mit Briefsex angefangen?«, fragte Liv-Helle trocken.

»Das wäre bestimmt nicht das Dümmste«, sagte Irene. »Jedenfalls ist das Safersex.« Sie lachte über ihren eigenen Kommentar.

»Sich durch das Schreiben und Lesen von Sexgeschichten

befriedigen?«, Liv-Helle ließ den Gedanken auf sich wirken. »Na ja, kann mir schließlich egal sein«, sagte sie.

»Aber du hast Recht«, sagte Tone und sah Liv-Helle an. »Es ist nicht ungefährlich. Ich weiß schließlich nichts über die Männer, mit denen ich mich treffe. Fast nichts. Alles, was sie vor oder während der Verabredung erzählen, kann erfunden sein. Wir treffen uns als unbeschriebene Blätter und geben einander die Chance, als ganz andere Persönlichkeiten aufzutreten als die, die wir sind. Håkon Arfoss machte einen sympathischen Eindruck. Wir konnten gut miteinander reden. Aber dann habe ich herausgefunden, dass er vielleicht ein ganz anderer ist. Vielleicht sogar ein Mörder.«

»Und du bist sicher, dass jetzt nicht deine Paranoia mit dir durchgeht«, warf Liv-Helle ein.

»Genau das weiß ich nicht.«

Die dritte Flasche Wein kam auf den Tisch, Irene musste zur Toilette und Tone stellte fest, dass ihr Handy seit dem Besuch bei Marta Kristiansen ausgeschaltet war. Die Polizei in Lillehammer hatte eine Nachricht hinterlassen: »Jon Ruud, Polizei Lillehammer. Ich würde gerne mit Ihnen reden. Können Sie mich anrufen, sobald Sie diese Nachricht bekommen. Es ist Donnerstagnachmittag, zwanzig nach fünf.« Kurz und bündig. Was wollte er von ihr? Aber es war zu spät, um zurückzurufen.

Es war nach eins, als Tone vor der Wohnung in Torshov aus dem Taxi stieg. Sie hielt den Türschlüssel in der rechten Hand bereit. In dem Moment, als das Taxi wieder auf die Straße bog, spürte sie die gleiche Angst wie am Nachmittag. Ein Auto parkte ein Stück weiter auf der gegenüberliegenden Straßenseite. Die Scheinwerfer waren ausgeschaltet, aber der Motor lief. Die Meter bis zum Hauseingang wurden ihr lang. Folgte ihr jemand? Sie wollte den Schlüssel ins Schloss stecken, aber er passte nicht. Der Schlüssel passte nicht mehr zu der Tür! Das Gefühl, verfolgt zu werden, nahm ihr den Atem. Sie versuchte es noch einmal. Nichts. Sekunden verstrichen. Endlich. Der Schlüssel steckte, sie konnte ihn umdrehen und hineinschlüpfen.

Als sie drinnen hinter der geschlossenen Tür stand und durchatmete, begriff sie, dass niemand sie verfolgt hatte. Der Hinterhof war menschenleer.

In der Wohnung waren fast alle Lampen aus. Emma schlief bestimmt, dachte sie. Auf dem Sofa im Wohnzimmer war ein Bett für sie gemacht. Sie ging zum Fenster und spähte durch einen Schlitz in der Gardine hinaus, sah, wie das Auto gerade anfuhr. Hätte sie sich mit Autos besser ausgekannt, hätte sie vielleicht die Marke erkennen können. Sie musste sich schlau machen, was Automarken anging.

Als Tone unter der Bettdecke lag, starrte sie in den dunklen Raum. War sie jetzt völlig paranoid oder beobachtete sie wirklich jemand?

Marienlyst, Freitag, 19. Oktober, 10.30 Uhr

Die tote Frau vom Mesnaelva hatte einen Namen bekommen: Sofie Lyse. Er stand auf der Titelseite der Zeitung, die vor Tone auf dem Schreibtisch lag.

In einer Stunde würde die Sendung über das Singletreffen ausgestrahlt werden. Vorher musste Tone noch ihren Beitrag für die Reihe über Schlankheitskuren redigieren. Wenn sie finanziell mit einem halben Job klarkommen wollte, musste sie zumindest die freiberuflichen Aufträge erfüllen, die sie zugesagt hatte. Deshalb hatte sie am Vortag auf dem Rückweg von Oslo in dem Fitnessstudio vorbeigeschaut, das es sich zur Aufgabe gemacht hatte, ihre Figur zu formen. In Zusammenarbeit mit ein paar anderen Journalisten sollte sie verschiedene Methoden testen, die einen schlankeren Körper versprachen. Aus einem kritischen Blickwinkel heraus. Tone rechnete damit, auch nach beendeter Kur noch alle ihre Kilos drauf zu haben, aber man durfte hoffen.

Jetzt wollte sie erst einmal lesen, was die Zeitungen über den Mord schrieben. Die, die vor ihr lag, brachte drei Seiten über den *Fall Sofie.* Die Polizei suchte nach Bekannten der Toten, die sich am Dienstag in der Gegend um Lillehammer aufgehalten haben könnten. Der Artikel enthielt bereits bekannte Informationen, aber auch einige neue. Lyse hatte Freunden gegenüber erwähnt, dass sie am Samstagabend nach Oslo wollte, um sich dort mit einem Mann zu treffen, den sie im Internet kennen gelernt hatte. Niemand kannte den Namen des Mannes. Seitdem hatte keiner der Freunde mehr etwas von ihr gehört oder gesehen. Niemand hatte eine Erklärung dafür, warum sie später nach Lillehammer gefahren war.

Im Internet? Tone hielt im Lesen inne. Der Gedanke war

plötzlich da: Sie und die tote Frau hatten zwei Dinge gemeinsam. Sie waren zur selben Zeit im Wald gewesen und sie hatten über das Internet Kontakt gesucht. Hatten sie sich auch mit demselben Mann getroffen?

Der Name Sofie Lyse sagte ihr nichts. Doch wenn sie das Bild betrachtete, hatte sie wieder das Gefühl, die Frau zu kennen. Es war etwas unscharf, offensichtlich aus einem Foto, auf dem noch andere Personen abgebildet waren, herausgeschnitten und stark vergrößert worden.

Die siebenunddreißigjährige Sofie Lyse aus Gran war geschieden und wohnte allein, las sie. Keiner der Nachbarn erinnerte sich, sie in den letzten Tagen gesehen zu haben. Sie hatte am Freitag ganz normal gearbeitet und hätte anschließend nach Hause fahren sollen. Es war bekannt, dass Lyse sich in den letzten Monaten mit mehreren Männern getroffen hatte, die sie im Internet kennen gelernt hatte. Die Polizei hatte ihren PC sichergestellt und wollte ihre E-Mails durchgehen, auf der Jagd nach Namen und anderen Informationen. Die Autopsie ergab nichts, was auf einen sexuellen Missbrauch schließen ließ.

Der Exmann von Sofie Lyse wohnte in Oslo. Er hatte der Polizei erklärt, seit ein paar Jahren keinen Kontakt mehr zu seiner ehemaligen Frau gehabt zu haben. Über einen Streit zwischen den früheren Ehepartnern war nichts bekannt.

Die Zeitung brachte auch einen größeren Beitrag über die Partnersuche im Internet und die entsprechenden Websites. Zitate von Paaren, die sich auf diese Weise gefunden hatten. Informationen über Kontaktanzeigen und Agenturen. Leute, die sich der Internetseiten und der entsprechenden Firmen bedienten, hatten nichts zu befürchten, hieß es. Anonymität sei gewährleistet, die Teilnehmer entschieden selbst, ob sie ihre Identität preisgeben wollten. Ein Interview mit dem Redakteur einer Website, der erklärte, dass die Kontaktsuche über das Internet völlig ungefährlich sei. – *Wir bekommen Rückmeldungen von Leuten, die dank unserer Website das Glück gefunden haben, sagt er. – Nicht eine einzige Klage ist eingegangen, dass jemand sich bedroht gefühlt hat …*

Tone war wütend auf sich selbst, weil sie ihr eigenes Wissen über den Fall journalistisch nicht verwertet hatte. Sie wünschte, sie würde in der Nachrichtenredaktion arbeiten. Sie hatte genug exklusive Informationen für ein paar interessante Beiträge. Sollte sie den Kollegen einen Tipp geben? Vorläufig nicht, entschied sie. Sie wollte lieber darüber nachdenken, ob sie das Material nicht selbst nutzen konnte.

Ihr Verdacht bezüglich der Restaurantquittung hatte sich bestätigt. Am 3. Oktober hatte Tone das erste Interview für die neue Dokumentarreihe gemacht. Mit einer verzweifelten Mutter, die vor zwei Jahren miterleben musste, wie ihr Sohn zum Mörder wurde. Anschließend war Tone nach Hause in die Wohnung in Torshov gefahren. Im Restaurant war sie nicht gewesen.

Marienlyst, Freitag, 11.30 Uhr

Tone Tarud gehörte im System des norwegischen Rundfunks einer aussterbenden Rasse an. Sie machte Talkshows. Im Radio, wohlgemerkt. Das war das Besondere. Im Fernsehen war das an der Tagesordnung, doch im Radio war es altmodisch. Die Leute waren überfordert, wenn der Kommentar länger als vier bis fünf Minuten dauerte. Das war jedenfalls die Theorie. Deshalb konnte Tone nicht damit rechnen, dass der Durchschnittshörer ihre Sendungen mitbekam.

Gleich würde die Reportage über das Singletreffen im Hotel *Hedemarken* ausgestrahlt werden. Tone hatte die Aufnahme für die Sendung vor zweieinhalb Wochen, am letzten

Septemberwochenende, gemacht. Die Annoncen, die jeden Donnerstag in den Lokalzeitungen erschienen, hatten sie auf die Idee gebracht. Sie wandten sich mit Party- und Tanzveranstaltungsangeboten an Singles. Die Sendung sollte herüberbringen, wie es sich anfühlte, Single, im besten Alter und auf der Jagd nach dem Glück zu zweit zu sein. Sollte die Hoffnung vermitteln, dieses auf einer Tanzveranstaltung mit Gleichgesinnten zu finden.

Tone war sich auf der Veranstaltung wie eine Heldin vorgekommen. Nicht weil sie mutig war, sondern weil sie sich so bloßgestellt fühlte. Sie hatte geplant, als ganz normaler Single hinzugehen und zu sehen, wie man sich als solcher fühlte, auf der Pirsch und mit diversen Erwartungen. Das beinhaltete, dass auch andere sie als Single auf Männersuche betrachteten. Sie wollte diese Insidererfahrung machen und das Ganze aus dieser Sicht darstellen. Für sie war das ein harter Auftrag. Zu hart, wie sie feststellen musste, als sie in dem Tanzlokal stand. Die Rolle eines Kontakt suchenden Singles im Internet einzunehmen war eins, doch diese Situation war etwas anderes. Sie schaffte es nicht, das durchzustehen, und klammerte sich stattdessen an das Aufnahmegerät.

Zuerst hatte sie eine der Veranstalterinnen interviewt. Linn Haldorsen war eine kleine, gedrungene Dame um die fünfzig, die Energie versprühte. Ihr ganzes Gesicht war ein einziges großes Lächeln. Als Tone sie nach der Idee hinter der Veranstaltung fragte, antwortete Linn, dass sie selbst absolut tanzbesessen sei. Aber Ehepaare und Liebespaare wollten immer nur miteinander oder mit Partnern von anderen tanzen, sagte sie. Deshalb hatte sie zusammen mit einer Freundin beschlossen, Singletreffs zu organisieren. Der Gedanke war einfach der, dass die Leute jemanden fanden, mit dem sie tanzen konnten.

Es war leicht, mit Linn Haldorsen zu reden, nur sprach sie

nicht über das, was Tone am meisten interessierte. Über die Erwartungen. Über die Hoffnung, jemanden zu treffen, mit dem man mehr als ein paar Tänze teilen konnte. Eine der Annoncen, die Tone ausgeschnitten hatte, zierte eine Wurfscheibe mit einem Pfeil, der genau ins Schwarze traf. Sie sagte ihr Teil darüber aus, was die Leute erwarteten.

Die Sendung begann mit der von ihr aufgenommenen Tanzmusik. Nach fünfzehn bis zwanzig Sekunden wurde sie leiser und die Stimme von Svein-Åge Sule erklang: »Die Hoffnung ist doch die, dass ich eine Frau finde, weil … das Leben ohne Frauen ein bisschen einsam ist. Es ist schön, jemanden zu haben, mit dem man alles teilen kann. Ohne Frau ist es einsam auf einem Hof. Ohne sie gibt es keine Kinder. Niemanden, der alles weiterführt. Die Alten sind ja eines Tages nicht mehr da. Und man steht mit allem alleine da. Das hat keine Zukunft, wissen Sie …«

Svein-Åge war zusammen mit einem Freund aus Valdres zu der Tanzveranstaltung gekommen. An den Wochenenden besuchten sie oft solche Veranstaltungen, erzählten sie. Sule war Anfang fünfzig, schätzte sie. Ein wenig füllig, aber nicht dick. Eher kräftig. Er hatte blondes, lockiges Haar und ein rundes Gesicht. Er trug seinen Sonntagsanzug und roch stark nach Rasierwasser. Seine Schlichtheit und Aufrichtigkeit rührten Tone. Keine Spur von Prahlerei.

Danach kam die weibliche Hauptperson zu Wort: »Zu so einem Treffen kommt man schon mit einigen Erwartungen, es kann ja sein, dass sich etwas ergibt. Obwohl man mehrere Beziehungen hinter sich hat, ist man auf der Suche. Das muss ich schon zugeben.«

Als Tone die Sendung jetzt hörte, ärgerte sie sich, dass sie das unpersönliche ›man‹ nicht durch ›ich‹ ersetzt hatte. Leider war ihr das während der Aufnahme nicht aufgefallen. Anne Lomen fiel das Erzählen leicht. Tone war auf Anne und ihre Freundin gestoßen als sie, jede mit einer Zigarette in der Hand, dasaßen und lange Blicke auf die Tanzfläche warfen. Die eine war dunkel, die andere blond. Die Dunkle hatte braune Augen und war kräftig gebaut, die Blonde zierlich. Die Blonde machte ihr klar, dass sie an einem Interview nicht interessiert war, und ignorierte Tone daraufhin. Die Dunkle war entgegenkommender. Fand, dass nichts dabei war.

Ihre Freundin hatte nur gleichgültig mit den Schultern gezuckt und sich eine neue Zigarette angezündet, während die Dunkle sich bereit erklärte, auf die Fragen zu antworten. Auf der Tanzfläche war die Blonde gefragter. Svein-Åge Sule war einer derjenigen, die über die Tanzfläche kamen und sich vor ihr verbeugten.

Tone sah Sule vor sich, wie er mit der Blondine vorbeischwebte. Sein Gesicht war konzentriert und glänzte vor Schweiß. Seine Tanzpartnerin sah starr vor sich hin. Sie war attraktiv, sah aber ungesund aus und etwas verlebt.

Irgendetwas dämmerte Tone. Die Frau, die sie hier sah, hatte Ähnlichkeit mit einer anderen, die sie heute in den Zeitungen gesehen hatte. Und an dem Fluss. Die tote Frau. Deshalb war sie ihr bekannt vorgekommen. Es war die Freundin von Anne Lomen, den Namen hatte sie sich auf der Tanzveranstaltung nicht gemerkt. Nun wusste sie ihn. Sofie Lyse. Die Frau hatte mehrere Tänze mit Sule getanzt.

»Gibt es so etwas wie Romantik auf diesen Tanzveranstaltungen? Ist Amor mit seinen Pfeilen unterwegs?«, Tone hörte ihre eigene Stimme. Die Frage war an Svein-Åge gerichtet.

»Das kommt vor …«, sagte Svein-Åge verlegen. Tone erinnerte sich, dass er zu seinen Kameraden geschielt hatte, als er das sagte.

»Erzählen Sie«, munterte sie ihn auf. »Erzählen Sie von den romantischen Erlebnissen.«

»In den letzten Jahren habe ich zwei, drei Frauen kennen gelernt, mit denen ich mich öfter getroffen habe.«

»Und die haben Sie beim Tanzen kennen gelernt?«

»Ein paar von ihnen …«

Sie hatte wenig Konkretes erfahren, weil einer der vorwitzigen Kameraden eingegriffen und Sule aufgefordert hatte, von *der letzten Berta* zu erzählen. Der Kommentar hatte bei dem Rest der Gruppe für Heiterkeit gesorgt. Der Vorwitzige hatte Tone angesehen und mit den Händen etwas illustriert, was wohl die Körperformen der besagten Frau sein sollten. »Ja, wenn es nach ihr gegangen wäre, wäre der arme Svein-Åge jetzt ein verheirateter Mann«, hatte er gesagt, und Tone hatte auf den Pausenknopf gedrückt. Das war nicht für die Aufnahme geeignet.

Tone konnte sich nicht länger auf die Sendung konzentrieren. Sie nahm die Stimmen wahr, ihre eigenen Kommentare. In Gedanken war sie bei jenem Abend. War da noch mehr passiert, woran sie sich erinnern müsste?

Da war noch ein anderer Mann gewesen, der Interesse an Sofie Lyse gezeigt hatte. Als Tone am späteren Abend die Tanzenden beobachtete, hatte plötzlich ein Mann vor ihr gestanden und sie aufgefordert. Er war dunkel und kräftig gebaut. Das bemerkte sie, als sie zu tanzen begannen. Sie hatte ablehnen wollen, aber keine brauchbare Entschuldigung gefunden. Außerdem sah er nicht übel aus, ganz im Gegenteil. Sie tanzten einen Gesellschaftstanz. Er tanzte nicht besonders gut und es war anstrengend, ihm zu folgen. Im Gegensatz zu den Männern aus Valdres war er nicht frisch rasiert. Er trug auch nicht seinen Sonntagsanzug, sondern eine schwarze Samthose und eine dunkelgraue Jacke. Ein etwas lässigerer Stil, der der Situation im Grunde genommen angemessener war. Er sagte nichts, wirkte eher abwesend und desinteressiert. Machte nur die Schritte, die nötig waren, dass ein Tanz daraus wurde. Tone fragte sich, warum er sie überhaupt aufgefordert hatte.

»Sind Sie oft auf solchen Veranstaltungen?«, hatte sie ihn gefragt, nur um etwas zu sagen.

»Nicht sehr oft«, antwortete er, ohne ihrem Blick zu begegnen. Und Sie?, hätte er fragen können. Aber das tat er nicht. Sie hätte ihm gerne erzählt, dass sie hier war, um eine Radiosendung zu machen. Vielleicht könnte sie ihn interviewen? Sie beschloss zu warten und zu sehen, ob er noch einmal mit ihr tanzen würde.

»Sollen wir noch einmal?«, fragte sie deshalb, als die Musik zu Ende war.

»Gerne«, antwortete er. Aber sein Blick suchte noch immer das Lokal ab. »Sind Sie mit ihm zusammen hier?«, fragte er plötzlich und nickte in eine Richtung. Tone folgte seinem Blick. Er musste Svein-Åge meinen, der auf dem Weg zum Ausgang war.

Tone lächelte vor sich hin. Obwohl er glaubte, dass sie nicht allein hier war, hatte er die Chance ergriffen, sie aufzufordern. Sie hatte nichts dagegen, er gehörte bestimmt zu den Besseren, die man auf so einer Veranstaltung treffen konnte. Vielleicht war das doch nicht der schlechteste Ort, nach dem Glück zu suchen?

»Ich arbeite an einer Radioreportage«, sagte sie. »Den Mann, den Sie gesehen haben, habe ich interviewt. Vielleicht können wir uns auch unterhalten?«

»Worüber?«

»Warum man zu diesen Veranstaltungen geht ..., über die Erwartungen ...« Tone fühlte sich unsicher. Die Idee schien zu schrumpfen und ganz klein zu werden. Als wäre das, womit sie sich beschäftigte, idiotisch.

»Ich denke, da bin ich nicht der Richtige«, sagte er trocken. Woraufhin ihr ihr Vorhaben noch idiotischer vorkam und sie nichts mehr sagte. Als der Tanz zu Ende war, bedankte er sich höflich. Er habe eine Bekannte gesehen, mit der er reden müsse, sagte er. Kurz darauf sah sie ihn mit der Blondine auf der Tanzfläche.

Hatten die beiden lange getanzt? Tone konnte sich nicht daran erinnern. Sie hatte damals nicht weiter darauf geachtet. Sie konnte sich auch nicht erinnern, ob sie die beiden später am Abend zusammen gesehen hatte. Stattdessen tauchte eine weitere Erinnerung an Sofie Lyse auf.

Nachdem Tone mit allen Aufnahmen fertig war, war sie zum Auto gegangen, um zu überprüfen, ob alle Interviews und Hintergrundgeräusche in Ordnung waren. Es war schon nach ein Uhr nachts und sie wollte nach Hause, vorher aber noch ihren beiden Hauptpersonen Gute Nacht sagen.

Während sie auf die Eingangstür zulief, tauchte die blonde Freundin von Anne Lomen auf. Tone hatte den Eindruck, dass auch sie aus einem Auto kam. Trotz der Dunkelheit sah Tone, dass sie aufgeregt war, vielleicht sogar geweint hatte. Drinnen verschwand sie auf der Toilette. Tone ging in den Tanzsaal und wechselte ein paar Worte mit Anne. Svein-Åge konnte sie nirgends sehen. Schließlich ging sie, ohne noch einmal mit ihm gesprochen zu haben. Auf dem Weg zu ihrem Auto spähte sie in die Richtung, aus der die Frau gekommen war. In einem der Autos, an denen sie vorbeikam, sah sie die Silhouette eines Mannes hinter dem Lenkrad.

Wer war dieser Mann? Darüber machte sie sich jetzt Gedanken. Nachdem sie die blonde Frau in der Felsspalte gefunden und in das tote Gesicht gesehen hatte.

Jetzt gab es noch mehr, wovon Tone die Polizei in Kenntnis setzen musste. Jon Ruud hatte sie am Vorabend angerufen, um mit ihr zu reden. Hatte er Neuigkeiten? Sie *hatte* die tote Frau vorher schon einmal gesehen. Jetzt musste sie nachdenken, alle Aspekte durchgehen und herausfinden, welche Fäden in dem Durcheinander zusammenliefen. Vielleicht gar keine. Bestand zum Beispiel eine Verbindung zwischen Håkon Arfoss und der Tanzveranstaltung?

Sie spürte ein leichtes Zittern im Körper. Das mochte daher rühren, dass sie nicht richtig gefrühstückt hatte. Von einem Knäckebrot konnte man nicht stundenlang leben. Vielleicht sollte sie eine Kleinigkeit essen? Nein, erst musste sie ihre Gedanken sortieren. Sie holte Stift und Papier heraus und schrieb: *Tanzveranstaltung am 29. September. Sofie Lyse hat mehrere Tänze mit Svein-Åge Sule aus Valdres getanzt. Später mit einem Dunkelhaarigen. Wahrscheinlich mit einem unbekannten Mann im Auto geredet. Am 16. Oktober tot aufgefunden. Ermordet. Håkon Arfoss in der Nähe der Fundstätte gesehen.* Arfoss war nicht auf der Tanzveranstaltung gewesen. Jedenfalls hatte sie ihn dort nicht gesehen.

Tone nahm den Hörer ab und wählte die Nummer der Polizei. Ihre Hände waren klamm.

»Polizei«, sagte eine Stimme am anderen Ende. Sie bat, mit Jon Ruud verbunden zu werden. Bei ihm sei besetzt, lautete die Antwort. Also begnügte sie sich damit, eine Nachricht zu hinterlassen.

Anne Lomen musste mehr wissen, dachte sie und suchte nach ihrer Telefonnummer. Auf ihrer Arbeitsstelle erfuhr sie, dass Anne außerhalb zu tun hatte und kaum vor Geschäftsschluss zurück sein werde. Auf dem Handy antwortete ihr nur die Mailbox und Tone hinterließ ihr eine kurze Nachricht.

Anschließend versuchte sie es bei Svein-Åge Sule. Nach dem zweiten Klingelzeichen nahm er ab. Sie fragte ihn, ob er die Sendung gehört habe.

»Leider nicht. Ich war mit etwas anderem beschäftigt«, antwortete er ohne große Begeisterung. »Aber wird sie nicht wiederholt?«

Tone gab ihm die Wiederholungszeiten, lobte seinen Beitrag und sagte, dass das Ergebnis ihrer Meinung nach gut geworden war. »Aber ich bin neugierig, wie der Abend geendet hat«, tastete sie sich vor. »Sie haben vor allem mit einer Frau getanzt …«

»Ach das … Mehr ist da nicht draus geworden«, sagte er zögernd. »Aber im Moment bin ich beschäftigt und habe keine Zeit …«

»Ich wollte Sie nicht stören«, unterbrach Tone ihn entschuldigend. »Ich wollte nur hören …, ja, wie Ihnen die Sendung gefallen hat …«

»Ich verspreche, mir die Wiederholung anzuhören«, sagte er, bevor er auflegte.

Was hatte sie erwartet? Dass er drauflosreden würde in dem unbändigen Drang, alles bis ins kleinste Detail zu erzählen? Jetzt hatte sie noch mehr Fragen: Wusste er, dass die Frau, die ihm auf der Tanzveranstaltung so gut gefallen hatte, tot war? War er deshalb so kurz angebunden und desinteressiert gewesen? Ein Gedanke führte zum anderen. Bis sie sich selbst Einhalt gebot. Es war in Ordnung, der Fantasie freien Lauf zu lassen, aber die Situation vertrug nicht noch mehr Kriminalgeschichten. Sie war bereits nervös genug. Die Uhr zeigte zwei Minuten vor drei und sie schaltete das Radio an. Die Nachrichten brachten nichts Neues über den Todesfall.

Anne Lomen rief knapp eine halbe Stunde später zurück. Sie hatte die Sendung nicht gehört, weil so viel passiert war, sagte sie.

»Ja?« fragte Tone.

»Sie erinnern sich bestimmt, dass ich mit einer Freundin auf der Tanzveranstaltung war. Mit Sofie. Wissen Sie, was passiert ist?«

»Nein«, antwortete Tone, in der Hoffnung, weitere Informationen zu bekommen.

»Sie haben doch sicher von dem Mord in Lillehammer gehört? Die Tote ist Sofie.« Die dramatische Enthüllung hing eine Weile zitternd in der Luft, bevor sie hinzufügte: »Ich habe gerade mit der Polizei gesprochen.«

»Sofie Lyse«, sagte Tone. »Ich habe den Namen an dem Abend nicht mitbekommen. Aber als ich das Bild in der Zeitung sah, hatte ich den Eindruck, sie zu kennen. Weiß die Polizei mehr? Über den Mord …, den Mörder?«

»Soweit ich erfahren habe, nicht. Sie setzen sich mit allen in Verbindung, die sie gekannt haben. Gestern habe ich auch schon mit ihnen geredet. Es ist einfach schrecklich.« Annes Stimme zitterte.

»Das muss schlimm für Sie sein«, sagte Tone. »Haben Sie sie gut gekannt?«

»Wir waren Freundinnen. Eigentlich haben wir uns erst in den letzten Jahren häufig gesehen, obwohl wir im selben Dorf aufgewachsen sind.«

»Haben Sie nach dem Tanzabend noch einmal mit ihr gesprochen?«

»Wir arbeiten ja beide im Einkaufszentrum, auch wenn wir uns dort nicht jeden Tag sehen. Am Freitag habe ich zum letzten Mal mit ihr telefoniert.«

»Und da war alles in Ordnung?«, fragte Tone, weil ihr nichts Besseres einfiel.

»Sie wollte sich am nächsten Abend mit einem Mann treffen.«

»Wissen Sie, mit wem?« Die Frage erschien Tone selbst etwas unverfroren, deshalb fügte sie hinzu: »Die Zeitungen haben von einem Mann geschrieben, den sie über das Internet kennen gelernt hat. Aber ich muss gerade an die Männer auf der Tanzveranstaltung denken. Ich frage mich, was an dem Abend passiert ist.«

»Ehrlich gesagt, habe ich keine Ahnung, mit wem sie verschwunden ist. Sie wollte es mir nicht sagen. Das heißt …, sie hat gesagt, dass sie einen alten Bekannten wiedergetroffen hat, mit dem sie nach Hause gefahren ist. Sie fühlte sich nicht gut, hat sie gesagt. Wir hatten eigentlich vor, in dem Hotel zu übernachten, aber sie ist dann doch nach Hause gefahren. Das hat mich ehrlich gesagt ein bisschen gewundert. Denn es schien ihr den ganzen Abend gut zu gehen.«

»Aber dass sie ermordet worden ist!«, sagte Tone und wartete eine Weile. »Gab es jemanden, der ihr möglicherweise den Tod wünschte? Und der zu so etwas fähig wäre? Einen Exmann ..., einen Geliebten ..., irgendwas in der Richtung?«

»In ihrem Leben hat es viele Männer gegeben. Vor allem im letzten halben Jahr, seit sie mit dem Chatten angefangen hat. Sie hat es auch auf anderem Weg versucht, mit Anzeigen, Partnervermittlungen ...«

»Wissen Sie, ob Sofie unangenehme Erfahrungen dabei gemacht hat?«, fragte Tone mit dem Gefühl, sich zu wiederholen.

»Nein«, sagte Anne gedehnt.

»Natürlich, der Täter kann ja ein völlig Fremder gewesen sein. Und ihre Freundin die Unglückliche, die zur falschen Zeit am falschen Ort war.«

In dem Moment, in dem Tone die Worte ausgesprochen hatte, begannen ihre Hände zu zittern. Plötzlich ging ihr die Tragweite ihres Erlebnisses auf. Wäre sie am Dienstag nur eine halbe Stunde früher dran gewesen, wäre vielleicht sie zur falschen Zeit am falschen Ort gewesen.

Auf dem Weg nach Lillehammer, Freitag, 19.Oktober, 19.00 Uhr

Tone Tarud konnte die Lichter der Stadt in der Ferne sehen. Sie hielt sich knapp unter der Geschwindigkeitsbegrenzung. Es gab nichts, was eilte. Am allerwenigsten, in ein leeres

Zuhause zu kommen. Außerdem konnte sie während der Fahrt in Ruhe nachdenken. Sie fragte sich, was die Polizei von ihr wollte. Jon Ruud hatte mit Informationen gegeizt, nur gesagt, dass es um dasselbe ginge wie beim letzten Mal. Also musste es mit Håkon Arfoss zu tun haben, nahm sie an. Sie hatten verabredet, dass sie am Samstagmorgen vorbeikommen würde.

Die Lichter kamen immer näher. So viele Heime, dachte sie. So viele Menschen. Tausende von Menschen, so nah. Und sie war auf dem Weg in ein leeres, dunkles Haus. Sie überlegte, ob sie bei Freunden vorbeischauen oder jemanden zu sich einladen sollte. Daran hätte sie früher denken müssen, aber vielleicht war es ja noch nicht zu spät.

Sie verließ die E6 Richtung Stadt, hielt auf einem Parkplatz und holte Handy und Adressbuch aus der Tasche. Mette Hermansen ging nicht ans Telefon und Tone hinterließ eine Nachricht. Eine andere Freundin war bereits verabredet. Sie versuchte es nicht weiter. Stattdessen rief sie bei Pepes an und bestellte eine große Pizza. Sie fuhr ins Zentrum und holte das Essen ab, bevor sie zur letzten Etappe nach Hause startete. Sie würde sich mit dem Fernseher trösten.

Sie wunderte sich selbst, wie sehr der Geruch der warmen Pizza und der Gedanke an einen gemütlichen Abend vor dem Fernseher mit einem Glas Rotwein sie beruhigten. Doch der innere Frieden dauerte nicht lange.

Unmittelbar bevor sie von der Straße nach Budal abbiegen wollte, sah sie ein Paar Scheinwerfer, die von ihrem Haus aus auf sie zukamen. Das Auto, dessen Marke sie wie üblich nicht erkennen konnte, erreichte die Landstraße, bevor Tone dort war. Tone fuhr ein Stück an der Abzweigung vorbei, bevor sie wendete. Sie parkte so nahe der Eingangstür wie möglich. Sie blieb mit geschlossener Autotür und eingeschaltetem Licht eine Weile sitzen, um zu sehen, ob das Auto zurückkam. Was es nicht tat. Es graute ihr, die wenigen Schritte bis zur Haustür zu gehen. Dann hatte sie eine Idee und wählte die Nummer ihrer Wohnung in Oslo.

Glücklicherweise war Emma da. »Du bist wieder zu Hause?« Tone rief sie immer an, um Bescheid zu sagen.

»Ich bin gerade angekommen und auf dem Weg ins Haus«, antwortete Tone und stieg aus. Der Telefonkontakt gab ihr Sicherheit. Vielleicht war es eine trügerische Sicherheit, aber eine trügerische war besser als gar keine.

Wahrscheinlich hörte Emma an ihrer Stimme, dass etwas nicht stimmte. »Ist etwas nicht in Ordnung?«, fragte sie ein wenig ängstlich.

Tone verneinte das, während sie zur Tür ging und aufschloss. »Ich habe mir eine Pizza gekauft«, erklärte sie, als sei alles in bester Ordnung.

»Mach es dir gemütlich«, sagte Emma, die Besuch von ihrem Freund aus Bergen hatte.

Damit war das Gespräch beendet, aber Tone war zumindest im Haus. Schnell waren alle Lichter im Erdgeschoss eingeschaltet, die Gardinen vorgezogen, die elektrischen Heizkörper aufgedreht und aus dem Fernseher kamen Stimmen. Ein wohlmeinender Moderator tat sein Bestes, um sympathisch zu wirken. Die Pizza war nur noch lauwarm, aber Tone schaffte es nicht, sie im Ofen aufzuwärmen. Sie war so hungrig, dass sie ein großes Stück in Rekordzeit verschlang. Sie holte eine Flasche Rotwein aus dem Schrank im Wohnzimmer. Der Wein war ein wenig zu kalt, aber das war egal.

Wessen Auto hatte sie gerade gesehen? Höchstwahrscheinlich das einer Bekannten, die sie mit einem Besuch hatte überraschen wollen. Mette vielleicht, sie war nicht zu Hause gewesen, als sie bei ihr angerufen hatte.

Im Fernsehen lief eine Musiksendung. Mehr oder minder

unbekannte Künstler sangen einstudierte Hits. Tone interessierte sich weder für die Künstler noch für die Hits. Lieber nahm sie ihr Weinglas mit zum PC.

Sechs neue E-Mails eingegangen. Eine war von Irene, eine von Karl-Erik Rogne, zwei von Orion, eine von einem ihr unbekannten Absender, eine von Håkon Arfoss. Noch vor einer Woche hätte sie die Mails erwartungsvoll geöffnet. Jetzt schnürte sich ihr der Magen zusammen. Sofie Lyse. Sie war bestimmt auch auf neue Kontakte gespannt gewesen.

Bei dem Unbekannten handelte es sich um einen Mann, der auf der Internetseite ihr Profil gelesen hatte. Fünfundfünfzig Jahre, aus Trondheim. Er erzählte einiges über sich und seine Lebenssituation. Tone hatte keine Lust zu antworten. Weder auf diesen Brief noch auf weitere, die von Kontakt suchenden Männern folgen würden. Sie klickte die Seite an und löschte ihr Profil.

Das Weinglas war leer. Tone ging in die Küche und füllte es neu. Die Flasche war schon zur Hälfte geleert. In so einer Flasche ist wirklich nicht viel, dachte sie.

Irene hatte ihr eine Wie-geht's-Nachricht geschickt, Karl-Erik Rogne beklagte sich, weil sie auf frühere Mails nicht geantwortet hatte, und fragte, ob sie sich am Wochenende treffen könnten. Die Mails von Orion wollte sie zuletzt lesen. Ohne länger zu zögern, öffnete sie die Nachricht von Arfoss: *Hej. Ich habe nichts mehr von dir gehört. Bist du sauer, dass ich dir auf die Schliche gekommen bin? Es ist in Ordnung, wenn du keinen weiteren Kontakt möchtest, aber die allgemeinen Höflichkeitsregeln könntest du doch einhalten. Okay? Ich schreibe dir, weil an dem Abend, an dem wir uns getroffen haben, etwas passiert ist. Ich glaube, du weißt, was. Kannst du so bald als möglich Kontakt zu mir aufnehmen? Håkon.*

Die Mail war am Vorabend um 23.15 Uhr abgeschickt worden. Tone beschloss, nicht zu antworten. Am nächsten

Morgen würde sie erfahren, was die Polizei über Arfoss herausgefunden hatte.

Jetzt wandte sie sich den Nachrichten von Orion zu. Sie hatten am Donnerstag ein paar Mails ausgetauscht, doch bei Tageslicht war ihr unwohl bei der Sache geworden und sie hatte einen nüchterneren Ton angeschlagen. Der Ton der E-Mail war erotisch forscher als bisher. Er hatte ihr geschrieben, bevor er zu Bett gegangen war. Sie spürte die Spannung im Körper, als sie schnell die Zeilen überflog. Sie würde mit ihrer Antwort warten.

Die zweite Mail enthielt eine Geschichte: *Ich bin auf eine Geschichte gestoßen, die zu dieser nächtlichen Stunde passt. Sie handelt von einer Frau in den Vierzigern, die alleine in einem Haus wohnte. Die Frau hatte gerade ihrem Leben in der Stadt den Rücken gekehrt und ein Haus auf dem Land gekauft. Hinter ihr lag ein unglückliches Leben. Der Mann, den sie geliebt und mit dem sie zwanzig Jahre zusammengelebt hatte, war fort. Ohne Erklärungen. Spurlos. Sie wusste nicht, ob er sie einfach verlassen hatte oder was passiert war. Im gleichen Jahr bekam die einzige Tochter eine rätselhafte Krankheit. Die Ärzte hatten keine Erklärung, das Mädchen wurde immer schwächer und verschwand auf seine Weise. Nach ein paar Monaten war sie tot.*

Deshalb brach die Frau auf, um ein neues Leben zu beginnen. Sie war Malerin und wollte Bilder schaffen, die Hoffnung ausdrücken sollten. Ruhe. Frieden.

Sie malte zu allen Tages- und Nachtzeiten. So versuchte sie, die Sorge und den Schmerz wegzuarbeiten. Versuchte, das Leiden zu übermalen. Malte lebendige Farbflächen im Licht einer starken Lampe, während draußen die Herbstnacht pechschwarz war. Der Raum hatte keine Gardinen. Sie mochte das schwarze Unbekannte dicht um sich herum. Sie hatte keine Angst vor der Dunkelheit und der Einsamkeit. Sie war zu unglücklich, um sich zu fürchten. Sie arbeitete so viel wie mög-

lich, reduzierte den Schlaf auf ein Minimum. Denn im Schlaf kam ihr das Leben zu nahe. In den Träumen holte der Schmerz sie ein.

Eines Morgens, als sie nach einer kurzen Nacht zurück in ihr Arbeitszimmer kam, wusste sie, dass jemand dort gewesen war. Sie wusste es, bevor sie es sah. Gegen Mitternacht hatte sie ein Bild in Frühlingsfarben zurückgelassen. Es hatte auf der Staffelei gestanden und der Jahreszeit getrotzt. Jetzt fiel das Tageslicht darauf. Und es war in ein Herbstbild verwandelt. Dunkle, rote Farbe verteilte sich kreuz und quer darüber. Wie Blut. Dann entdeckte sie Blutspuren auf dem Boden. Während des Herbstes passierte das Gleiche noch mehrere Male. Und die Frau kehrte sich immer weiter nach innen, zurück zu Schmerz und Leiden, öffnete Wunden und malte Blut.

Was bezweckte er damit, ihr solch eine Geschichte zu schicken? Wollte er Unbehagen erzeugen? Sie in etwas Unheimliches verstricken? Eine Frau, die allein wohnte. Wie sie selbst. Unwillkürlich sah Tone zu Boden. Natürlich war da keine Blutspur. Draußen vor den dicken Gardinen hing farblos und schwer der Herbst.

Als wenig später das Telefon schellte, hatte sie ein weiteres Glas Wein geleert und versuchte, sich mit der beliebten Freitagsshow *Nytt på Nytt* zu amüsieren. Sie wollte nicht drangehen, bis ihr einfiel, dass es Emma sein könnte. Im nächsten Moment war sie bei dem Anrufbeantworter und schaltete ihn ein. Ihre eigene Stimme informierte sie, dass dies ein automatischer Anrufbeantworter sei und dass der Anrufer eine Nachricht hinterlassen könne. Dann folgte der Piepton.

»Hallo, Mama, ich bin's, Emma. Ich dachte, du bist zu Hause.«

Tone griff nach dem Hörer. »Ich hatte vergessen, den Anrufbeantworter auszuschalten.«

»Ist etwas passiert?«

»Was soll passiert sein?«

»Du klingst ein bisschen nervös.«

»Ich bin gelaufen, um noch rechtzeitig abzuheben.«

»Ich habe mir Gedanken gemacht, ob du den Anruf erhalten hast ... Also, vor einer Stunde hat hier jemand angerufen und nach dir gefragt. Er wollte mit dir über eine Radiosendung reden. So habe ich ihn jedenfalls verstanden. Deshalb habe ich ihm deine Nummer in Budal gegeben, aber ich glaube, er hatte sie bereits.« Sie klang unsicher. »Das wollte ich dir nur sagen.«

»Hat er seinen Namen genannt?«

»Soweit ich weiß, nicht.«

Über was für eine Radiosendung?, fragte sich Tone, als sie aufgelegt hatten. Über die Sendung, die heute ausgestrahlt worden war? Oder ging es um die Dokumentarreihe, an der sie gerade arbeitete? Wollte jemand sie an ihrem Vorhaben hindern? Sie schüttelte über ihre eigene Dramatisierung den Kopf. Aber die Neugier ließ sie den Anrufbeantworter ausschalten. Sie trank noch ein Glas Wein, sah sich das Freitagsprogramm an und wartete auf den nächsten Anruf.

Der Anruf kam um Viertel vor zehn. Tone ließ es dreimal schellen, bevor sie nach dem schnurlosen Telefon griff, das neben ihr auf dem Tisch lag. Sie sagte »Hallo«, ohne ihren Namen zu nennen.

»Hallo«, sagte jemand am anderen Ende. Unsicher. »Spreche ich mit Tone Tarud?« Die Stimme war ihr unbekannt. Ein wenig rau.

»Richtig.«

Er zögerte, bevor er weitersprach: »Sie sind die Journalistin?«

»Auch das ist richtig«, sagte Tone reserviert. »Aber ich würde gerne erfahren, mit wem ich spreche.«

»Ja, sicher. Mein Name ist Kristiansen.«

»Das sagt mir nichts«, sagte sie und dachte sofort an Marta Kristiansen.

»Sie waren gestern bei meiner Mutter.«

»Ach so, dann sind Sie der Sohn von Marta Kristiansen«, sagte Tone, so ruhig sie konnte. Ihr Herz schlug so heftig, dass sie fürchtete, er könnte es durch das Telefon hören. Marta hatte gesagt, dass sie nur einen Sohn hatte. »Atle, richtig?« Sie gab sich alle Mühe, gelassen zu klingen, als sei es absolut normal, mit einem Mörder zu sprechen.

»Soweit ich das verstanden habe, haben sie über mich gesprochen.«

»Nein«, protestierte Tone. »Es ging um Ihre Mutter.«

»Es ging um Mörder.«

»Um deren Eltern«, berichtigte sie ihn. »Oder andere Angehörige.«

»Ich habe den Brief gelesen, den Sie ihr geschrieben haben.«

»Ach so«, sagte Tone, die immer sicherer war, dass er es war, der Marta Kristiansen ausgeredet hatte, mit ihr zu reden.

»Ich würde gerne mit Ihnen reden«, sagte er. Jetzt klang seine Stimme ein wenig belegt.

»Wir reden miteinander«, sagte Tone entgegenkommend. Aber nicht so entgegenkommend, dass er den Eindruck bekommen konnte, sie ließe sich einschüchtern.

»Ich meine ..., ich würde mich gerne mit Ihnen treffen.«

Sie erschrak so, dass ihr beinahe das Telefon aus der Hand gefallen wäre. »Marta ..., Ihre Mutter ... hat gesagt, dass sie bei der Sendung nicht mitmachen will«, brachte sie heraus. »Das ist kein Problem.« Tone hoffte, dass er nicht hörte, wie ihre Stimme zitterte. »Es stimmt, dass ich mit ihr geredet habe«, versuchte sie es tapfer weiter. »Aber sie hat Nein gesagt. Ich habe nicht vor, sie zu überreden, falls es das ist, wovor Sie Angst haben.«

Er machte eine Pause. »Davor habe ich keine Angst«, sagte er mit derselben belegten Stimme. »Nicht vor Ihrer Sendung.« Neue Pause.

Tone sagte nichts. Jetzt war er an der Reihe, sich zu erklären. In der Zwischenzeit konnte sie versuchen, das Zittern zu überwinden. Sie musste einen klaren Kopf bewahren.

»Ich möchte Sie um Hilfe bitten«, kam es endlich. »Sie als Journalistin ..., Sie können mir vielleicht helfen.«

»Helfen?« Verwirrung mischte sich in ihre Angst. »Wie soll ich Ihnen helfen können?«

»Sie könnten eine Reportage über meinen Fall machen.«

»Über Ihren Fall?«

»Ja, Sie wissen doch, dass ich wegen Mordes verurteilt worden bin.« Seine Stimme war jetzt härter. Sicherer.

»Sie meinen, ich soll eine Sendung über den Mordfall machen?«, fragte Tone erschrocken. »Warum sollte ich das? Ich meine ...«

»Weil ich unschuldig bin.«

»Aber ...« sie kam nicht weiter. Sie dachte an die Beweise, die dem Gericht vorgelegen hatten. Es war unmöglich. Nicht einmal Marta Kristiansen hatte behauptet, er sei unschuldig verurteilt worden.

»Sie können mir helfen, dass das Verfahren wieder aufgenommen wird. Herausfinden, was wirklich passiert ist.«

»Da brauchen Sie wohl eher die Hilfe eines Anwalts«, sagte sie schnell.

»Später«, sagte er. »Zuerst möchte ich meine Geschichte erzählen.«

Darauf konnte sie sich nicht einlassen. Sie konnte keine Reportage machen, die auf seiner Version des Falls beruhte. Er war wegen Mord verurteilt worden. Er konnte nicht ernsthaft glauben, dass sie ein Interview mit ihm bringen würde, in dem er seine Unschuld beteuerte. Er musste verstehen, dass das nicht ging. Selbst wenn sie dumm genug wäre, sich darauf einzulassen, würden andere ein solches Projekt stoppen. Aber sie wagte nicht, ihm das direkt zu sagen. »Ich halte das für sehr schwierig«, sagte sie vorsichtig.

»Ich habe viel zu erzählen, von dem ich glaube, dass es Sie interessieren wird«, sagte er und machte sie neugierig. »Journalisten wollen doch die Wahrheit ans Licht bringen«, fügte er hinzu. Es war schwer zu sagen, ob er versuchte, ironisch zu sein.

»Wie gesagt, ich bin mir nicht sicher, ob das die richtige ...«, versuchte sie es wieder. Sie wollte ihn nicht provozieren. »Aber ich werde darüber nachdenken«, fügte sie hinzu.

»Können wir uns sehen?«

»Ich weiß nicht, wann ich wieder in Oslo bin«, sagte sie und hatte plötzlich Angst, dass er vorschlagen könnte, hierher zu kommen. Angst, dass er sie hier aufspüren könnte.

»Ich komme gerne zu Ihnen hoch«, sagte er, wie als Antwort auf ihre Gedanken.

»Nein, nein ...«, unterbrach sie ihn hastig. »Ich muss nächste Woche wieder nach Oslo. Ich weiß nur noch nicht genau, wann«, wandte sie ein. »Wenn Sie mir Ihre Telefonnummer geben, kann ich Sie anrufen, wenn ich mehr weiß. Am Wochenende bin ich die meiste Zeit unterwegs.« Letzteres fügte sie hinzu, um auf der sicheren Seite zu sein.

Er gab ihr seine Handynummer. Tone notierte sie sich, während ihre Gedanken nach einem Weg suchten, wie sie sich aus dieser Affäre ziehen konnte.

Später fiel ihr ein, dass sie vergessen hatte, ihn zu fragen, ob er vor ein paar Abenden vor dem Haus, in dem seine Mutter wohnte, geparkt hatte.

Die Leute auf dem Bildschirm redeten und redeten. Einer lachte, dann lachten mehrere. Das meiste rauschte an Tone vorbei. Der Moderator war gut in Form, schaffte es jedoch nicht, etwas Wesentliches aus seinen Gästen herauszuholen. Alles war leicht und unkompliziert. Nichts musste hinterfragt werden. Vielleicht sollte es so sein. Oder sie war so durcheinander, dass sie den Sinn nicht mitbekam.

Sie musste sich etwas einfallen lassen. Sie wollte nicht das ganze Wochenende allein im Haus sein. Die heutige Nacht am liebsten auch nicht. Aber hatte sie eine Wahl? Namen von Freunden und Bekannten, die in ihrer Reichweite wohnten, schwirrten ihr durch den Kopf. Ein Angebot tauchte in ihren Gedanken auf. Warum nicht? Verdammt. Sie musste die Chancen ergreifen, die sich ihr boten.

Sie ging zurück an den PC. Rief Outlook auf und öffnete eine der E-Mails, klickte auf Antworten und schrieb: *Hej. Wie geht es dir? Ein guter Vorschlag, uns am Wochenende zu treffen. Einverstanden, falls du noch willst. Hatte in den letzten Tagen so viel zu tun, dass ich nicht die Zeit hatte, meine Mails zu lesen. Wo wollen wir uns treffen? Hier? In der Stadt? Ich überlasse dir gnädig die Wahl ..., Tone.*

Karl-Erik Rogne antwortete umgehend. Nicht nur Tone nutzte den Freitagabend zum Chatten! *Hej. Ich habe mich gefreut. Hatte mich bereits gewundert, ob du den Kontakt abbrechen willst. Leider kam deine Antwort ein bisschen zu spät, der morgige Abend ist bereits verplant. Für etwas viel Langweiligeres. ABER: Wir können uns anschließend treffen. Was hältst du davon, wenn ich zu dir komme? Es kann spät werden, sehr spät. Gegen Mitternacht, ist das okay? Antworte Ja, bevor du es dir anders überlegst, dann schläfst du sehr viel besser. Ich gehe davon aus, dass du keine männliche Gesellschaft hast, da du Kontakte über das Internet suchst. Hast du dich in letzter Zeit mit vielen Chatfreunden getroffen? Der Gedanke macht mich eifersüchtig. Aber daran können wir Samstagabend etwas ändern. Gruß von einem deiner Verehrer.*

Er war ein bisschen zu selbstsicher. Es ärgerte Tone, dass sie so nachgiebig war. Eigentlich hatte sie erst einmal genug von verheirateten Männern. Gleich nachdem ihr Exfreund Stian sie verlassen hatte, hatte sie sich auf so eine Beziehung eingelassen. Das endlose Warten auf kleine Signale und sorgfältig geplante Schäferstündchen waren das Dümmste, das eine frisch verlassene Frau in ihrem Alter sich antun konnte. Nachdem sie geduldig mehrere Monate nach seiner Pfeife getanzt hatte, kam die totale Niederlage: Er zog sich ins Hauptquartier zurück.

Und jetzt war sie dabei, die gleiche Dummheit noch einmal zu begehen. Das konnte nur Probleme geben, das wusste sie genau. Sie machte sich das ganz klar, ließ keinen Zweifel offen.

Es war dumm. Karl-Erik hatte ein Wochenende Urlaub von der Familie. Und sie stand bereit, um ihn in die Arme zu schließen. Am Tag darauf würde er wieder zu Frau und Kindern zurückkehren. Während sie mit gemischten Gefühlen und einem durcheinander geratenen Leben dasaß. Andererseits brauchte sie einen Verehrer, der das Ganze nicht so ernst nahm. Keinen, der nach einer Frau suchte und herausfinden wollte, ob sie zusammenpassten oder nicht. Er war genau das, was sie im Moment brauchte. Einen, der ihr helfen konnte, Blockierungen und Angst loszuwerden. Karl-Erik war einfach die perfekte Lösung. Die Weinflasche war leer. Tone schrieb zurück, dass sie sich auf ihn freue.

Polizeiwache Lillehammer, Samstag, 20. Oktober, 10.00 Uhr

Die Polizei wollte mehr über ihre Beziehung zu Håkon Arfoss wissen. Jon Ruud bestätigte ihr, dass sie mit ihm gesprochen hatten. Tone erzählte alles, woran sie sich erinnerte, ohne zu wissen, ob sie ihnen damit bei der Aufklärung des Mordes helfen konnte. Sie selbst war an anderen Fragen mehr interessiert. »Steht Arfoss unter Verdacht?«, tastete sie sich vor.

»Arfoss ist als Zeuge vernommen worden«, antwortete der Polizeibeamte reserviert. »Er hat zu dem fraglichen Zeitpunkt einen Waldspaziergang gemacht, wie Sie uns gesagt haben. Aber wir haben nichts, was ihn mit dem Mord in Verbindung bringt.«

»Heißt das, dass er aus der Sache raus ist?«

»Das habe ich nicht gesagt, wir müssen allen Möglichkeiten gegenüber offen sein. Deshalb habe ich Sie gebeten, uns von dem Internetkontakt zu erzählen.« Ruud legte die Hände auf den Schreibtisch und schob den Bürostuhl nach hinten. Dann schlug er das rechte Bein über das linke. »Da ist noch etwas anderes, um das ich Sie bitten möchte …«

»Hat er mich gesehen?«, unterbrach sie ihn.

Ruud schüttelte langsam den Kopf. »Er hat ein paar Leute gesehen, aber es deutet nichts darauf hin, dass er weiß, dass Sie dort waren.«

»Hat er verdächtige Personen gesehen?«

»Das wissen wir noch nicht. Wir versuchen, uns einen Überblick über die Leute zu verschaffen, die sich in dem Gebiet aufgehalten haben. Einige haben sich bei uns gemeldet.«

»Hat Arfoss gefragt, wer Ihnen den Tipp gegeben hat?«

»Wir bekommen immer wieder solche Tipps. Aber wir geben die Informanten nicht preis.«

»Er hat versucht, Kontakt mit mir aufzunehmen«, erklärte Tone.

»Ist das so verwunderlich?« Ruud runzelte die Stirn und sah sie fragend an. »Ich meine …, Sie sind doch Chatfreunde? Oder waren es zumindest?«

Sie glaubte, einen herablassenden Unterton zu hören. Sie beschloss, ihn zu ignorieren. »Wir haben seit besagtem Abend keinen Kontakt mehr gehabt«, sagte sie. »Ich glaube, er weiß, dass ich ihn gesehen habe, und will deshalb mit mir reden.« Sie erzählte ihm von den E-Mails.

»Vielleicht sollten Sie versuchen herauszufinden, was er von Ihnen will. Da Sie über das Internet kommunizieren …«

»Ich weiß nicht, mir ist das nicht ganz geheuer. Es passiert so viel, das ich mir nicht erklären kann …« Tone entschloss sich, auf gegenseitiges Vertrauen zu setzen und erzählte ihm von den anonymen Anrufen.

»Und Sie glauben, dass Håkon Arfoss dahinter stecken kann?«, fragte Ruud.

»Er ebenso gut wie jeder andere.«

»Wer käme sonst noch infrage?«

»Ich weiß es nicht.«

»Wenn Sie von anonymen Anrufern belästigt werden und sich deswegen nicht sicher fühlen, nun ja, dann müssen wir etwas unternehmen. Sollte sich das wiederholen, schreiben Sie den genauen Zeitpunkt auf, dann können wir nachforschen, wer angerufen hat. Informieren Sie uns, wenn das noch einmal vorkommt«, forderte er sie auf.

»Gut«, sagte Tone. »Es sind aber noch andere Sachen passiert.« Sie äußerte ihren Verdacht, dass jemand an ihre Tür geklopft hatte. Sie erzählte von der offenen Schuppentür und der fremden Restaurantquittung, die sie vor Ruud auf den Tisch legte.

Er wollte Details hören. »Sind Sie sicher, dass Sie alleine in Ihrem Haus bleiben wollen?«, fragte er.

Tone erzählte, dass sie über das Wochenende Besuch bekommen würde. »Nächste Woche bleibe ich in Oslo«, sagte sie.

»Wir halten Kontakt«, sagte er, »und sehen, was passiert. Aber zögern Sie nicht, uns anzurufen.« Er wartete kurz, bevor er auf das zurückkam, weswegen er sie ins Präsidium bestellt hatte. »Wie ich bereits gesagt habe, wollte ich Sie noch um etwas anderes bitten. Wir wissen, dass Sofie Lyse viele Bekanntschaften über das Internet geknüpft hat. Ich weiß nicht, wie viele Leute Sie dort kennen gelernt haben, aber es könnte doch sein, dass Sie und Lyse gemeinsame Chatfreunde hatten.«

Er drückte sich diplomatisch aus, registrierte Tone. »Wissen Sie, ob Sofie Lyse Kontakt zu Håkon Arfoss hatte?«, fragte sie.

»Genau das wollen wir herausfinden«, antwortete er. »Wir werden ihre E-Mails durchsehen. Und dabei können Sie uns helfen – vielleicht können Sie ihn identifizieren.«

»Haben Sie ihn gefragt, ob er Lyse gekannt hat?«

»Natürlich«, sagte er. »Arfoss behauptet, dass er sie nicht gekannt hat. Aber es könnte doch sein, dass sie Mails ausgetauscht haben, ohne die Identität des anderen zu kennen.«

»Ich bin Sofie Lyse übrigens schon früher einmal begegnet«, informierte ihn Tone. »Als ich ihr Bild gesehen habe, konnte ich mich nicht daran erinnern. Aber als ich jetzt das Bild in den Zeitungen sah und mir eine Radiosendung angehört habe, die ich über ein Singletreffen gemacht habe …«

Ruud sah sie verwundert an. »Heißt das, dass sie bei der Sendung mitgemacht hat?«

»Sie nicht. Aber ihre Freundin, Anne Lomen.« Tone berichtete ihm kurz, was sie über Sofie Lyse wusste. Von den Männern, mit denen sie getanzt hatte. Von dem Autofahrer, den sie beobachtet hatte. Leider konnte Tone ihm nicht sagen, was für ein Auto es gewesen war.

Zu Hause in Budal blieb Tone vor der Tür stehen und sah sich um. Die Bäume hatten den größten Teil ihres Laubes verloren. Jetzt war alles klar für den Winter, dachte sie deprimiert. Als sie sich umdrehte, um hineinzugehen, trat sie mit dem linken Fuß auf eine Zigarettenkippe. Mit Filter. Es lag noch eine zweite von derselben Sorte da. Wer hat hier gestanden und geraucht?, war ihr erster Gedanke. Die Kippen sahen frisch aus und sie hatte seit mehreren Wochen keine Gäste mehr gehabt, die rauchten. Schnell schlüpfte sie durch die Tür mit dem Namensschild aus Keramik. Das eine Lüge erzählte: *Hier wohnen Tone und Stian.*

Auf dem Anrufbeantworter redete die Stimme von Mette Hermansen. Sie hatte Tones gestrige Nachricht erhalten und wollte gerne vorbeikommen. Sie brauchte jemanden zum Reden, erklärte sie. Tone ging es genauso. Deshalb rief sie zurück und gab ihr Okay zu einem Besuch, nur müsse die Freundin vor Mitternacht gehen.

Es war Zeit für eine Mahlzeit, ein Glas Wasser, zwei Scheiben Knäckebrot mit magerem Käse und eine Tasse Tee. Sie war wieder auf Diät. Die Pizzastücke, die sie am Vorabend übrig gelassen hatte, lagen noch immer auf dem Tisch und sahen unappetitlich aus. In den Abfall damit. Die fettarme Mahlzeit ließ sie sich schlanker fühlen.

Das Gefühl dauerte an, bis sie nackt im Bad stand und sah, dass ihr Körper noch immer derselbe war. Die Haare an den Beinen verschlimmerten den Eindruck noch. In der letzten Zeit hatte sie sich vernachlässigt. Sie öffnete die Tür des Badezimmerschränkchens und suchte nach der Dose mit Wachs. Ging hinunter in die Küche, um ihn zu erwärmen. Und wieder hinauf ins Bad, wo sie die Stoffstreifen holte. Schmierte den Wachs auf die Streifen, pappte die Streifen auf ihre Haut und riss sie wieder ab. Es tat nicht allzu weh. Schon bald waren ihre Beine glatt, die Haare klebten wie Abfall an dem Wachs. Jetzt wollte sie anderen Regionen mit hässlichen Körperhaaren zu Leibe rücken. Her mit Rasierapparat und Nagelschere. Für ihren Männerbesuch wollte sie auch ohne Kleider hübsch aussehen. Es war nicht unwahrscheinlich, dass sie im selben Bett landeten. Eine gespannte Freude durchrieselte ihren Körper.

Als sie kurz darauf unter der Dusche stand, war sie in Gedanken wieder auf der Polizeiwache und bei Jon Ruuds Vorschlag. Sollte sie Håkon Arfoss schreiben und ihn fragen, was er wollte? Jetzt jedenfalls noch nicht, beschloss sie. Sie ging das Gespräch auf der Wache noch einmal durch und stieß auf etwas Neues, das ihr Stoff zum Grübeln gab: Warum hatte sie nicht die Gelegenheit genutzt und der Polizei von Atle Kristiansen erzählt? Sie war kurz davor gewesen, aber irgendetwas hatte sie davon abgehalten.

Frisch geduscht und grübelnd setzte sie sich an den PC. Sie loggte sich im Chat ein. Sah sich einige der Männerprofile an und dachte an Sofie Lyse. Sofie hatte Männerbekanntschaften über das Internet gesucht. Wer von diesen Männern hatte Kontakt zu ihr gehabt? War es dieser Sport, der ihr so gefährlich geworden war, dass er mit dem Tod geendet hatte?

Und worauf hatte sie selbst sich da eingelassen? Ihre E-Mails mit der Polizei durchzugehen! Höchstwahrscheinlich beinhaltete das, dass sie alle Mails vorlegen musste, die sie von Chatfreunden bekommen hatte. Das könnte peinlich werden.

Eine neue Mail von Orion war eingegangen. Er war ziemlich hartnäckig, stellte sie fest. Sie hatte die Mails vom Vortag immer noch nicht beantwortet. Die neue Nachricht war um drei Uhr nachts abgeschickt worden. Sie war lang, voller Fantasien und Gedanken über ihre Person. Es war erregend und erschreckend zugleich. Sie war in Kopf und Fantasie eines fremden Mannes. Wozu brauchte er sie? Wozu lud sie die Leute eigentlich ein, wenn sie sich im Internet anbot?

Plötzlich hielt sie im Lesen inne. Einige Sätze hatten sich in ihrem Bewusstsein festgesetzt. Tone musste zurückgehen und sie noch einmal lesen, im Zusammenhang: *Wenn du in tiefem Schlaf liegst …, ist dieser Schlaf voller Träume? Wirst du auch einmal von mir träumen? Woran hast du gedacht, bevor du eingeschlafen bist? An mich, Orion? Wenn du alleine in deinem Bett liegst, in deinem Haus, nichts als Nacht um dich herum … Hast du Angst, alleine zu sein?*

Hatte sie ihm erzählt, dass sie allein in einem Haus wohnte? Tone klickte sich durch den Ausgangsordner und fand, was sie geschrieben hatte. Es war, wie sie gedacht hatte, sie hatte ihm nichts von dem Haus erzählt und auch keinerlei Andeutungen darüber gemacht, wo sie wohnte. Sie genossen Anonymität – und das sollte auch so bleiben. Für sie war er *Orion.* Für ihn war sie *Tato,* der Name, den sie in ihrem Profil benutzt und mit dem sie alle Briefe unterschrieben hatte. Vielleicht sollte sie das Pseudonym wechseln.

Dass Orion davon ausging, dass sie allein wohnte, war nicht wirklich verwunderlich. Sie hatte schließlich geschrieben, dass sie ihn mit ins Bett nehmen wollte. Und warum sollte sie sonst Männerbekanntschaften über das Internet suchen? Aber dass sie ein Haus hatte? Ein seltsames Gefühl bemächtigte sich ihrer. Diese Geschichte, die er ihr geschickt hatte. Auch darin ging es um eine Frau, die allein in einem Haus wohnte. Und um eine Blutspur.

Ein Gedanke biss sich fest: Wusste Orion, wer sie war?

Budal, Samstag, 18.30 Uhr

Mette Hermansen wollte vor allem über ihre Probleme reden. Vor zwei Abenden hatte sie erfahren, dass ihr Mann eine Geliebte hatte. Jetzt stand sie in Tones Küche und redete sich ihren Frust von der Seele, während sie Gemüse und Hähnchen für ein Wokgericht schnetzelten. Die erste Flasche Wein war geöffnet. Tone hatte versucht, bei der Freundin Interesse für das zu wecken, was sie selbst zu erzählen hatte, hatte jedoch eingesehen, dass sie warten musste, bis sie an der Reihe war.

»Er treibt dieses Doppelspiel schon seit einem halben Jahr«, sagte Mette und sank auf einen Stuhl.

»Typisch«, sagte Tone und nahm sich eine Zwiebel vor. »Will er sich scheiden lassen?« Sie spürte eine alte Bitterkeit in sich aufsteigen.

»Er weiß nicht, was er will.« Mette zündete sich eine Zigarette an, obwohl Tone sie gebeten hatte, im Haus nicht zu rauchen.

Tone hörte der Freundin geduldig aber unkonzentriert zu, während sie die restlichen Zutaten allein schnitt. Die meiste Zeit dachte sie an ihre eigenen Sorgen. Sie bekam jedoch genug mit, um kleine, passende Bemerkungen einbringen zu können. Sie holte den Wok vom Schrank und stellte ihn auf die Platte. Während das Öl heiß wurde, goss sie sich Wein nach. Die Flasche war fast leer. Mette musste sich rangehalten haben.

»Ich verstehe solche Frauen nicht«, sagte Mette. »Sie wissen doch, dass sie anderen etwas kaputtmachen.«

Ärger wallte in Tone auf. »Jetzt aber mal ehrlich«, protestierte sie. »Dafür sind die Männer doch selbst verantwortlich.« Sie hatte vor kurzem eine dreimonatige Beziehung mit einem verheirateten Mann gehabt. In einigen Stunden bekam sie Besuch von einem anderen verheirateten Mann. »Der Reis«, sagte sie, »kannst du den Reis aufsetzen? Er ist in dem Topf da.«

Mette drückte die Zigarette aus und stand widerwillig auf.

Während des Abendessens gelang es Tone endlich, das Gespräch auf ihr Thema zu bringen. Mette schlug vor, die E-Mails zusammen durchzugehen. Sie war mehr als bereit, Tone beim Verfassen von Nachrichten an Håkon Arfoss und Orion zu helfen. »Falls Orion mit einem der anderen identisch ist, komme ich vielleicht darauf, wer er ist«, sagte sie. »Ich habe eine ziemlich gute Intuition.« Es war offensichtlich, dass sie ein bisschen zu viel getrunken hatte.

Sie räumten schnell den Tisch ab und setzten sich dicht nebeneinander vor den PC. Tone las die letzten beiden Mails laut vor, die sie von Håkon Arfoss bekommen hatte.

»Ich gebe der Polizei Recht«, sagte Mette. »Du musst herausfinden, was er will. Es ist keineswegs sicher, dass er der Mörder ist. Deine Vermutung, dass er dich gesehen hat, kann stimmen.«

Tone ließ sich überreden. Die Antwort, die sie an Arfoss schickte, war kurz. *Ich weiß nicht, worauf du anspielst, wenn du schreibst, dass nach unserem Treffen etwas passiert ist. Etwas, das mit uns zu tun hat? Worüber, meinst du, müssen wir reden?*

»Und jetzt zu Orion«, sagte Mette und lehnte sich schwer gegen Tone, um besser von dem Monitor lesen zu können.

Tone übersprang die erotischsten Briefe, öffnete jedoch ein paar andere, unter anderem den mit der Geschichte, die sie am Vorabend gelesen hatte.

»Irgendwie eklig«, kommentierte Mette. »Der Mann könnte verrückt sein ... Du weißt schließlich nichts über ihn«, sagte sie schulmeisterhaft. »Vielleicht macht er anderen gerne Angst ... Aber ich glaube nicht, dass er weiß, wer du bist. Vielleicht will er, dass du das glaubst ..., tastet sich langsam vor.«

»In dem Fall ist ihm das gelungen. Während die ersten Mails mich interessiert, mich neugierig gemacht haben.«

»Die waren nicht so sexfixiert, sagst du? Lass sehen.«

Sexfixiert war nicht ganz das richtige Wort und Tone fand, dass diese Mails weniger mit der Sache zu tun hatten. Aber Mette gab nicht nach.

»Macht dich so etwas geil?«, fragte sie und las die Briefe.

»Eigentlich nicht«, sagte Tone nüchtern.

»Hast du in dem gleichen Stil zurückgeschrieben?«

»Ich antworte nicht mehr auf seine Mails«, sagte Tone und umging die Frage.

»Aber das heißt nicht, dass er dir auch nicht mehr schreibt. Er kann dich mit einer Mail nach der anderen bombardieren.«

Tone sah ein, dass Mette Recht hatte. »Und was soll ich tun?«

»Du musst ihm ein Treffen vorschlagen. Ihn dazu bringen, seine Identität preiszugeben.«

»Und wenn er gefährlich ist ... oder zumindest verrückt?«

»Du kannst dich natürlich nicht alleine mit ihm treffen«, sagte Mette ein wenig nuschelnd, aber klar im Kopf. »Ich komme mit. Du schlägst ein Treffen außerhalb von Lillehammer vor. Und ich bin die Freundin, die zufällig auftaucht, wenn die Situation es erfordert.«

Die Idee war gar nicht so dumm. Falls sich hinter Orion ein Bekannter verbarg, würde er einem Treffen nicht zustimmen. Oder kommen, um Tone zu überraschen. Mit Mette im Hintergrund bestand kein Risiko. Falls nötig, konnte sie die Polizei alarmieren. Tone rief die letzte Mail von Orion auf und klickte *Antworten* an. Sie fragte ihn, was er ihr mit der Geschichte sagen wollte. Schrieb, dass er sie neugierig gemacht und sie Lust bekommen habe, ihn zu treffen. Sie schloss mit der Frage: *Traust du dich?*

Jetzt lagen zwei Mails im Postausgang. Tone klickte auf *Senden* und damit war das erledigt.

Mette Hermansen hatte mit ihrem untreuen Ehemann ausgemacht, dass er sie um zehn Uhr auf dem Rückweg von einer Tagung abholte. Kurz vor zehn rief er an und sagte, dass er sich verspäten werde. Tone schlug vor, in der Zwischenzeit einen Spaziergang zu machen. Mit dem Handy in der Tasche für den Fall, dass Karl-Erik Rogne anrufen sollte.

Ein kräftiger Wind pfiff durch die Baumspitzen. Sie entschlossen sich so zu gehen, dass sie Rückenwind hatten. Das Gespräch schleppte sich dahin. Tone war ungeduldig, sie wollte Mette aus dem Haus haben, bevor ihr nächster Gast kam. Mette war auf ihr eigenes Problem zurückgekommen.

»Ich bin entschlossen zu kämpfen«, erklärte sie. »Kämpfe um das, was du liebst.«

»Das ist sicher vernünftig«, sagte Tone. Sie schaffte es nicht, sich engagiert an der Unterhaltung zu beteiligen. Ihre Gedanken waren woanders. Vielleicht hatte Orion bereits geantwortet. Und Håkon Arfoss ebenfalls. Bald kam der Mann, mit dem sie die Nacht verbringen wollte.

Sie drehten um und der Wind blies ihnen entgegen. Mit vorgebeugtem Oberkörper mussten sie gegen ihn ankämpfen. Sie waren noch knapp hundert Meter von der Einfahrt zum Haus entfernt, als Tone sie entdeckte: die Scheinwerfer eines Autos, das ein Stück entfernt parkte. Sie griff nach Mettes Arm. »Da steht ein Auto«, flüsterte sie.

Mette begriff nicht ganz, obwohl Tone ihr von den Autos erzählt hatte. »Das ist bestimmt Tom. Er ist doch früher dran«, sagte sie mit normaler Stimme. Sie klang froh und steuerte auf das Auto zu. Vielleicht hatte sie sich überlegt, wie sie ihre Ehekrise lösen konnte.

Was dann passierte, ging so schnell, dass Tone es gar nicht richtig mitbekam. Das parkende Auto schaltete das Fernlicht ein, startete abrupt, kam auf sie zu, machte einen Schlenker um sie herum und fuhr weiter. Sie sah nur noch die roten Schlusslichter.

»Verdammt ..., was für ein Fahrstil!«, rief Mette. »Das war jedenfalls nicht Tom.«

Tones Herz schlug so heftig, dass es wehtat. »Hast du gesehen, was für ein Auto das war?«, brachte sie hervor.

»Schwer zu sagen«, antwortete Mette. »Es ging alles so schnell. Aber das Auto war kleiner als unseres. Die Nummer hat auf 11 geendet, soweit ich sehen konnte. Oder auf 44. Osloer Kennzeichen, glaube ich.«

Sie blieben noch eine Weile stehen, um sich von dem

Schrecken zu erholen. Sie waren erst ein paar unsichere Schritte weitergegangen, als wieder ein Auto kam und hielt. Ein bekanntes Gesicht tauchte auf, als das Fenster heruntergekurbelt wurde. »Steht ihr hier draußen und wartet auf mich?«, fragte Tom. »Bist du fertig?« Er wandte sich an Mette, die zur anderen Seite ging und sich ins Auto setzte. »Ich rufe dich morgen an«, sagte sie. Dann waren sie weg. Nach Hause zu Streit oder Versöhnung, dachte Tone. Oder zu beidem.

Sie begann die langen Meter bis hoch zum Haus zu gehen. Karl-Erik konnte in einer Stunde da sein. Sie musste in Licht und Wärme kommen und ausharren. Nicht mehr an das Auto denken, das sie erschreckt hatte. Doch plötzlich merkte sie, dass der Wagen wieder da war. Es musste derselbe sein. Das Licht beleuchtete den Weg, den sie entlangging, kam jedoch nicht näher. Parkte es?

Angst stieg in ihr hoch. Sie würde niemals entkommen. Sie war gefangen. Erstarrte. Sie hörte, wie unten am Weg eine Autotür zuschlug. Oder war das nur Einbildung? Ihre erste Reaktion war Flucht. Aber die Füße verweigerten ihr den Dienst. Als wäre ihr Atem verbraucht. Der Wind traf sie von der Seite. Irgendwie erreichte sie trotzdem die Tür. »Ist da wer?«, rief sie mit nervöser Stimme, als sie mit dem Schlüssel in der Hand davor stand. Es konnte Karl-Erik sein, der früher dran war. Sie war überzeugt, dass jemand den Hang heraufkam. Der Schlüssel fiel ihr aus der Hand. Als sie sich bückte, um ihn aus dem nassen Gras aufzuheben, war sie sicher, dass jemand im Dunkeln direkt neben ihr stand. Doch der einzige Laut, den sie hörte, war das Brausen des Windes. Das ist das Ende, fuhr es ihr durch den Kopf. Sie würde nicht entkommen. Etwas Unabwendbares hatte sie schließlich doch noch eingeholt.

Dann steckte der Schlüssel im Schloss. Eine Sekunde später stand sie in der Diele. Das konnte nicht Karl-Erik gewesen sein. Er hätte sich ihr zu erkennen gegeben. Seit sie die Mail an Håkon Arfoss geschickt hatte, waren einige Stunden vergangen. Hatte er sie gelesen und war von Hamar hierher gefahren, um sie aufzusuchen? Oder war es Atle Kristiansen, der hergekommen war, obwohl sie gesagt hatte, dass sie das nicht wollte? Ihr Gefühl sagte ihr, dass der Autofahrer ihr nachspioniert hatte. Weggefahren war, als er gesehen hatte, dass sie nicht allein war. Zurückgekommen war, als er mitbekommen hatte, dass die Freundin gefahren war. Vielleicht stand er jetzt da draußen. Nur eine Tür zwischen sich und Tone.

Sie lief die Treppe hoch in die obere Etage und zum Fenster, von wo aus sie den Weg sehen konnte. Richtig. Da stand jemand. Ganz ruhig. Das Licht der Hoflampe war so trübe, dass sie nicht erkennen konnte, wer das war. Dann bewegte er sich, drehte sich um ... Oder war es eine Frau? Die lange Jacke ..., die Art zu gehen. Das war untypisch für einen Mann. Die Person ging zur Landstraße und verschwand in der Dunkelheit. Kurz darauf startete das Auto.

Tone schlich sich in die Küche hinunter, griff nach dem schnurlosen Telefon und blieb mit ihm in der Hand sitzen. Bereit, die Polizei anzurufen. Falls etwas passieren sollte.

Aber es passierte nichts. Die Person kam nicht zurück. Sie musste es sich anders überlegt haben. Oder war es doch ein Mann? Keine verdächtigen Laute. Nur Warten. Angstvolle Spannung. So blieb sie sitzen.

Budal, Sonntag, 21. Oktober, 00.20 Uhr

Karl-Erik Rogne rief zwanzig Minuten nach Mitternacht an, um ihr mitzuteilen, dass er gleich da sein werde. Tone hatte bereits über eine Stunde gewartet. Ihre Stimmung war auf dem Nullpunkt und sie war erschöpft.

Karl-Erik und Tone hatten sich schon einmal getroffen. Er hatte ihr Profil im Chat gesehen und Kontakt zu ihr aufgenommen. Sie hatten sich in einem Restaurant verabredet und geredet, bis es schloss. Anschließend waren sie jeder zu sich nach Hause gegangen. Im Laufe des Abends hatte er ihr erzählt, dass er verheiratet, aber interessiert war, andere Frauen kennen zu lernen. Aus diesen *anderen* wurde dann ausschließlich Tone. Er wollte sie wiedersehen. Tone hatte keine Lust und lehnte ab. In den nächsten Wochen hörte sie nichts von ihm, doch dann kamen mehrere E-Mails. Ob sie sich nicht noch einmal treffen könnten, fragte er. Aus Schaden klug geworden, lehnte sie ab. Bis heute. Jetzt hatte sie ihn sogar zu einem nächtlichen Besuch zu sich nach Hause eingeladen. Das Signal war eindeutig.

Und dann stand er in der Tür. Er hatte nichts von seinem Charme eingebüßt. Groß, schlank, dunkelbraunes Haar, nicht ganz kurz, ein gewinnendes Lächeln. In der Hand hielt er eine Flasche Rioja. Ein bisschen zu kalt, stellte Tone fest, als sie sie entgegennahm.

»Hier wohne ich also«, sagte sie und ließ den Blick durch den Raum gleiten. Ihr fiel für den Anfang nichts Besseres ein. Ihre Gedanken waren mit anderem beschäftigt. Sie musste sich zusammennehmen. Bei ihrem letzten Treffen war das Gespräch wie von selbst geflossen.

»Ich verstehe das«, sagte er lächelnd. Sein Blick hielt sie fest. Als wollte er ihre unsichere Eröffnungsreplik noch deutlicher machen. Ließ sie sich linkisch fühlen. Unprofessionell. »Du hast es bestimmt schön hier draußen. Ein bisschen einsam vielleicht?«

»Zurzeit wohne ich mehr in Oslo«, sagte sie, obwohl das nicht stimmte. »Möchtest du ein Glas Wein?« Die Standardworte einer Gastgeberin.

»Darauf freue ich mich schon die ganze Zeit«, sagte er, als sie ihm eingeschenkt hatte.

Ohne nachzudenken, fragte sie, woher er so spät am Abend kam. Das war ein Fehler. Das ging sie nichts an. Er antwortete ausweichend und fragte sie stattdessen über das Haus aus. Ihr Weinglas leerte sich schneller, als es klug war. Plötzlich hatte sie einen leichten Schwips. Vielleicht weil sie bemüht war, ruhig zu werden. Oder weil sie die Gegenwart des Mannes nervös machte, den sie die ganze Nacht für sich haben sollte.

»Bist du nervös?«, fragte er unvermittelt.

»Ja. Aber das hat nichts mit dir zu tun«, erklärte sie. Eigentlich konnte sie es ihm erzählen. Sie berichtete von dem Auto, das sie erschreckt hatte. Von der Person, die draußen in der Dunkelheit gestanden hatte. Von den Geschehnissen der letzten Tage. Den Telefonanrufen. Um dann zum Ausgangspunkt zurückzukommen. »Hast du das über Sofie Lyse gelesen?«, fragte sie. »Von der Frau, die man tot in Lillehammer gefunden hat?«

Karl-Erik Rogne sah sie zunächst zweifelnd an. »Die Zeitungen haben über den Fall geschrieben«, sagte er.

»Ich habe sie gefunden«, sagte Tone. »Ich habe von hier aus einen Spaziergang in die Stadt gemacht. Ich habe die Leiche zufällig entdeckt.«

Er sah sie ungläubig an. »Du warst das?«, sagte er. Nach einer Denkpause fügte er hinzu: »Was hast du gemacht?«

»Die Polizei angerufen, natürlich.«

»Um Himmels willen! Dann bist du ja eine Zeugin in dem Fall. Hast du etwas Wichtiges gesehen?«

»Ein paar Leute«, sagte Tone ein bisschen stolz. »Männer.«

»Jemanden, den du kennst?«

»Bei einem weiß ich, wer er ist.«

»Ja?«

»Ich glaube, es wäre falsch, den Namen auszuplaudern. So etwas ist wohl konfidentiell.« Sie hatte Schwierigkeiten, das letzte Wort auszusprechen. Wenn sie beschwipst war, kam sie hin und wieder ins Stottern.

»Glaubst du, der Mann hat etwas mit dem Mord zu tun?«

»Ich weiß nur, dass er verhört worden ist.«

»Du hast nicht mit ihm gesprochen?«

»Er hat versucht, Kontakt zu mir aufzunehmen. Ich habe ihn ... über das Internet kennen gelernt.« Sie hatte gar nicht vorgehabt, ihm das zu erzählen, aber plötzlich sprudelte es aus ihr heraus.

Karl-Erik sah sie nachdenklich an. Als verdächtige er sie, sich eine Geschichte auszudenken, um Eindruck zu machen.

»Ich habe nicht gelogen«, sagte sie und hob ihr Glas. Er schenkte ihr nach.

»Vielleicht fühlst du dich deshalb verfolgt ... von Autos und anonymen Anrufen.« Er lächelte. »Heute Nacht bin ich jedenfalls da und passe auf dich auf.«

»Ich fühle mich schon sehr viel sicherer«, sagte sie und versuchte zu lächeln. Sie streckte das Bein unter dem Tisch aus und berührte seins.

Er sah sie aufmerksam an, bevor er sagte: »Ich bin beeindruckt. Dass du es schaffst, so ruhig zu bleiben. Andere wären zu Tode erschrocken und hysterisch. Aber du behältst einen klaren Kopf.« Er griff über den Tisch nach ihren Händen. »Du fühlst dich ganz kalt an«, sagte er. »Ich glaube, ich muss dich ein bisschen aufwärmen.«

Er stand auf und kam zu ihr herüber. Begann, ihr den Nacken zu massieren, die Schultern, die Arme. Strich ihr über das Haar, das Gesicht. Hände, Hände. Überall. Genau das brauchte sie jetzt. Die kleinste Berührung war ein Geschenk. Der Körper machte sich bereit.

»Zeigst du mir, wo ich schlafen soll?«, sagte er und zog sie von ihrem Stuhl hoch.

Budal, Sonntag, 21. Oktober, 9.05 Uhr

Plötzlich war Tone hellwach. Es dauerte nur einige Sekunden, bis sie sich erinnerte, dass sie nicht allein war. Und noch einige Sekunden, bis ihr klar war, dass der Platz neben ihr leer war. Der Radiowecker zeigte 9.05 Uhr. Die letzten zwei Stunden hatte sie fest geschlafen. Sie schaltete die Leselampe an. Richtig. Da lag kein Mann. Auch die Kleider auf dem Stuhl waren fort. War er gefahren? Ohne sich zu verabschieden?

Sie sprang aus dem Bett. Pinkelte, wusch sich und machte sich frisch. Spürte, dass sie sich letzte Nacht lange geliebt hatten und dass seit dem letzten Mal viel Zeit vergangen war. Zog einen Morgenmantel an und ging hinunter. In der Küche war Licht. Aus dem Wohnzimmer hörte sie eine leise Stimme. Es konnte das Radio sein. Wahrscheinlicher war es ihr Gast, der da redete, dachte sie. Was auch stimmte. Durch den Türspalt sah sie seinen Rücken. Er stand am Fenster, dem grauen Morgen zugewandt, und sprach ins Handy. Sofort war der Gedanke da: Da steht er und telefoniert mit seiner Frau. Sein schlechtes Gewissen hat ihn anrufen lassen. Um mit ihr zu plaudern. Um ihr zu sagen, dass alles in Ordnung ist. Dass sie sich keine Sorgen machen muss.

Tone wusste, worauf sie sich eingelassen hatte. Sie hatte ihn ohne mit der Wimper zu zucken zu diesem demütigenden Erlebnis eingeladen. Trotzdem fühlte sie sich verletzt. Es war doch nicht nötig, es so deutlich zu machen. Der PC war an. Hatte sie vergessen, ihn am Vorabend auszuschalten?

Sie zog sich zurück und füllte Wasser in den Wasserkocher, damit er sie hören konnte. Sie wollte sich nicht hineinschleichen. Sie wollte mit offenen Karten spielen. Kein Lauschen oder Spionieren. Er sollte sein Gespräch in Ruhe beenden. Wenn sie gewollt hätte, hätte sie ihn erschrecken können. Hätte so laut *Guten Morgen!* sagen können, dass seine Frau es am anderen Ende gehört hätte. Aber so etwas tat sie nicht, sie verlor nicht mehr die Kontrolle.

»Bist du schon auf?« Er stand hinter ihr in der Küche.

»Ich bin wohl nicht die Erste«, sagte sie nur.

»Ich konnte nicht schlafen«, sagte er, kam zu ihr und legte von hinten die Arme um sie. Seine Hände glitten unter den glatten, weichen Morgenmantel. Begannen, mit ihrer Brust zu spielen. Er flüsterte ihr ins Ohr, dass die Nacht schön gewesen sei.

So etwas kann er sich nach einem gemütlichen Morgengespräch mit seiner Frau erlauben, dachte sie. Aber genau das war nicht ihr Problem. Außerdem … konnte er ja auch im Büro angerufen haben. Sie schaltete die Kaffeemaschine ein, bevor er sie zum Küchentisch zog und darauf legte. Sie ließ sich bereitwillig verführen. Er glitt mühelos in sie hinein und es war schnell vorbei. Sie war noch nie auf dem Küchentisch geliebt worden. Sie und Stian hatten zu wenig Fantasie gehabt, dachte sie.

Tone hätte am liebsten den Kaffee mitgenommen und wäre wieder ins Bett gegangen. Um einander näher zu kommen. Aber sie schlug es nicht vor. Stattdessen holte sie zwei Kaffeetassen, goss Kaffee ein und setzte sich ihm gegenüber.

»Soll ich dir eine Geschichte von einer Frau erzählen, die alleine in einem Haus wohnte?«, fragte er. »In einem Haus, das Ähnlichkeit mit diesem hat.« Er machte eine entsprechende Handbewegung, um zu zeigen, was er meinte.

»Gerne.« Sie war zu allem bereit.

»Die Frau hatte gerade ihrem Leben in der Stadt den Rücken gekehrt und ein Haus auf dem Land gekauft. Hinter ihr lag ein unglückliches Leben. Der Mann, den sie geliebt und mit dem sie zwanzig Jahre zusammengelebt hatte, hatte sie verlassen. Ohne Erklärung. Spurlos. Im selben Jahr bekam ihre Tochter eine rätselhafte Krankheit …«

Ein seltsames Gefühl stieg in Tone auf. Breitete sich langsam im ganzen Körper aus. Orions Geschichte! Sie sagte nichts, unterbrach ihn nicht. Sie musste Ordnung in ihre Gedanken bringen.

»Die Frau war Malerin«, erzählte er weiter. »Sie wollte ein neues Leben mit neuen Bildern anfangen und kam zu dem Haus, das sie an einem Spätherbsttag gekauft hatte.«

Während seine Stimme erzählte, überlegte sie, was sie sagen sollte. Versuchte er ihr zu sagen, dass er und Orion ein und dieselbe Person waren? Oder hatte er einfach ihre E-Mails durchgesehen und gelesen, was Orion ihr geschrieben hatte? Für den PC zu Hause benutzte sie kein Passwort.

»Ich habe diese Geschichte schon einmal gehört«, sagte sie. »Ich habe sie als E-Mail von einem Mann bekommen, der sich Orion nennt.«

»Was für ein Zufall«, sagte er verwundert. »Ich habe geglaubt, ich könnte dir eine spannende Geschichte erzählen. Die Wahrheit ist, dass ich sie selbst als E-Mail erhalten habe. Wahrscheinlich eine Wandergeschichte. Schade.«

»Die Erklärung kann auch einfacher sein«, antwortete sie und gab ihm die Chance, sich ihr zu erklären. »Kommt dir der Name Orion irgendwie bekannt vor?«

»Ich bin nicht so versiert in der Mythologie. Oder meinst du, ich sollte wissen, wer sich hinter dem Pseudonym verbirgt? Du glaubst doch nicht, dass ich das bin?« Er lachte kurz auf. »Dass ich eine gespaltene Persönlichkeit bin und dir unter zwei Namen schreibe.« Er griff über den Tisch nach ihren Händen. »Ich glaube, es tut dir nicht gut, alleine zu wohnen. Bist du vorsichtig genug mit deinen Chatfreunden?«

»Du hast die Geschichte auf meinem PC gelesen«, sagte sie und umging die Frage. »Ich habe gesehen, dass er an ist.«

Tone versuchte zu klingen, als sei es in Ordnung, dass er ihren PC einschaltete.

»Der PC war an«, antwortete er. »Du hast geschlafen … Deshalb habe ich mir die Freiheit genommen, nach meiner Post zu sehen.«

»Und dir meine gleich mit angesehen?«, rutschte es ihr heraus. Aber sie hatte sich schnell wieder unter Kontrolle. »Das war ein Scherz. Aber das weißt du ja.« Sie musste ihm vertrauen.

»Es ist gar nicht so leicht, zu wissen, woran man bei dir ist«, sagte er und gab ihr das Gefühl, geheimnisvoll zu sein. Oder undurchsichtig.

Sie flirteten mit den Beinen und hielten ihre Blicke eine Weile fest. »Du hast meine Frage nicht beantwortet«, fuhr er fort. »Ob du mit deinen Chatfreunden vorsichtig genug bist.«

»Ich chatte nicht mehr«, sagte sie, »ich habe das Profil gelöscht und antworte nicht mehr auf Post von Unbekannten. – Und du?«, fragte sie zurück. »Versuchst du dich an neuen Kontakten?«

»Der letzte war am …« Er dachte nach. »Am 7. September. In einem Restaurant in Oslo. Da habe ich mich mit einer Journalistin vom *NRK* getroffen. Ich konnte sie nicht vergessen, aber leider war es gar nicht so leicht, ein neues Treffen mit ihr zu vereinbaren.«

Er flirtete mit ihr. Sie wollte mehr erfahren. Bevor es ihr richtig klar war, hatte sie schon gefragt: »War unter den Frauen, die du über das Internet kennen gelernt hast, nicht zufällig auch Sofie Lyse?«

Die Frage ließ sein Gesicht erstarren. »Wie meinst du das?«, fragte er. Sichtlich verärgert. »Ich gehöre nicht zu denen, die sich überall eine Geliebte halten, um die Auswahl zu haben. Wenn es das ist, was du willst, ist das deine Sache.«

»Ich bin mit keinem der anderen ins Bett gegangen«, sagte sie.

»Sicher?«, fragte er. Etwas milder.

»Sicher.« Als müsste sie ihm Rechenschaft ablegen. Treu sein. Sie kam sich albern vor. Aber irgendwie gefiel ihr die Situation auch. Sie versuchten herauszufinden, wie sie zueinander standen.

»Wann sehe ich dich wieder?«, fragte er.

»Vielleicht nächstes Mal, wenn deine Frau dir freigibt«, sagte Tone. Sie wollte ihm zeigen, dass sie mit der Situation zurechtkam. Keine beleidigten Gesichter. Keine Versuche, den anderen zu binden. Ihnen beiden war klar, dass er verheiratet war. No problem.

»Ich rufe dich an«, sagte er, bevor er ging. »Vielleicht früher, als du denkst.«

Dann war Karl-Erik Rogne aus ihrem Leben verschwunden, für dieses Mal. Sicher nicht für immer. Aber zu einer festen Einrichtung durfte er nicht werden. Sie musste aufpassen, sich nicht verletzbar zu machen.

Sie stand am Fenster und sah, wie er sich ins Auto setzte. Ein helles Auto mit einem auf 153 endenden Kennzeichen.

Marienlyst, Montag, 22. Oktober, 10.05 Uhr

Tone nahm nur selten an den Arbeitsbesprechungen der Abteilung teil, doch jetzt saß sie hier. Als erster Punkt stand die Besprechung einer Sendereihe auf der Tagesordnung, die vor kurzem ausgestrahlt worden war. Eine der Sendungen wurde auseinander genommen und kritisiert. Da waren Fragen, die nicht gestellt worden waren. Interviewpartner, die zu leicht davongekommen waren. Der Schwerpunkt war unklar, die Form der Darbietung altmodisch. Die Kritikerin, Henriette, eine frisch ausgebildete, resolute Frau, ging mit unverbrauchter Energie an die Sache heran. Der erfahrene Journalist, dessen Reihe kritisiert wurde, wurde sauer und erhob Einspruch. Tone hatte einen Teil der Sendung gehört und interessant gefunden. Trotzdem sagte sie nichts. Der Kollege musste das vertragen können, er gehörte zu denen, denen ein bisschen Kritik nicht schaden konnte.

Die Kritikerin wandte sich der nächsten Sendereihe zu. Tone schweifte ab, dachte stattdessen an ihr eigenes Projekt. Nach der Besprechung wollte sie Atle Kristiansen anrufen. Am Telefon hatte er gesagt, dass er nichts gegen die Radiosendung habe. Vielleicht konnte er seine Mutter überreden, sich doch interviewen zu lassen.

Sie hörte, wie ihr Name genannt wurde, und plötzlich richteten sich alle Blicke im Raum auf sie. Sie waren bei der Programmplanung angelangt. Tone erinnerte zunächst daran, dass Freitag ihr Featureprogramm über eine Tanzveranstaltung für Singles ausgestrahlt worden war. »Ich weiß nicht, ob sich das jemand angehört hat?«, sagte sie.

»Ja, es war ausgezeichnet«, meinte Henriette unerwartet.

»Danke. Nett, dass du das sagst. Du bist die Einzige in der Abteilung, die die Sendung kommentiert hat«, sagte Tone, zufrieden mit diesem Seitenhieb. »Ich arbeite zurzeit an einer Dokumentarreihe«, informierte sie die anderen. »Ich interviewe Eltern und Angehörige von Mördern.«

»Was bezweckst du damit?«, fragte Henriette skeptisch.

Die Frage war absolut berechtigt und Tone hatte für sich eine Zielsetzung formuliert, als das Projekt noch in den Kinderschuhen steckte. Hatte aber so wenig mit anderen darüber gesprochen, dass sie jetzt, wo sie darüber reden sollte, unsicher wurde. Sie erinnerte sich kaum an das, was sie aufgeschrieben hatte. »Ziel ist es, mit einer Gruppe von Menschen zu sprechen, von denen wir sonst nie etwas hören. Menschen, die vergessen und übersehen werden und in der Versenkung verschwinden«, sagte sie. »Und die nicht um das Wort bitten, weil sie sich schämen. Weil sie sich selbst schuldig fühlen an dem, was passiert ist ...«

Es entstand eine Pause, die Henriette nutzte: »Hört sich interessant an. Was ich jedoch wissen möchte, ist, aus welcher Perspektive du das Thema angehen willst.«

»Das könnt ihr später besprechen«, unterbrach sie der Chefredakteur. »Wir müssen zum Ende kommen. Nur noch schnell ein paar Worte zu den Plänen für die nächsten Tage.«

Ein paar andere Mitarbeiter informierten darüber, was die Hörer an den Radioapparaten *da draußen* in den kommenden Tagen erwartete. Dann war die Besprechung zu Ende. Die Leute erhoben sich, ein Teil sichtlich erleichtert, eine ermüdende Besprechung überstanden zu haben. Tone war froh, nicht den ganzen Tag in einem Büro sitzen zu müssen, stattdessen mit ihren eigenen Ideen arbeiten zu können. Sie wollte mit Menschen zu tun haben, gerne mit solchen in Grenzsituationen. Ein spannendes Leben leben.

Ein wichtiger Teil von mir sehnt sich zurück in unsere Nacht. Wann wird das nächste Mal sein? Das war die Danke-schön-Mail von Karl-Erik, abgeschickt am gestrigen Abend. *Ein wichtiger Teil von mir.* Und was ist mit dem Rest?, dachte Tone. War sie dabei, ihre Grube tiefer zu graben? Sich in hoffnungslose Dinge zu verstricken, von denen sie wusste, dass sie sie besser lassen sollte?

Sie hatte die an ihre private Adresse – ttarud@online.no – geschickten Mails nicht gelesen, seit sie am Vortag von Budal losgefahren war. Nach ihrer Ankunft in Oslo hatte sie Emma zum Abendessen eingeladen. Ihr Freund aus Bergen war abgereist. Sein Besuch schien Emma nicht in gute Laune versetzt zu haben. Ihre Stimmung verbesserte sich auch nicht, als Tone sie vorwarnte, dass sie in der nächsten Zeit öfter in Oslo sein werde. Emma machte keinen Hehl daraus, dass ihr der Gedanke, ihre Mutter jeden Morgen auf dem Sofa im Wohnzimmer vorzufinden, nicht gefiel. Sie musste eine andere Regelung für die Wohnsituation in der Stadt finden, dachte Tone. Aber im Moment hatte sie zu viel anderes um die Ohren.

Keine Nachricht von Orion. Dafür war eine Antwort von Håkon Arfoss eingegangen: *Du fragst, worüber ich mit dir reden will. Warum habe ich das sichere Gefühl, dass du die Antwort kennst? Vor einer Woche hat die Polizei Kontakt zu mir aufgenommen. Sie wollten wissen, ob ich Sofie Lyse gekannt habe. Ich bin zu dem Zeitpunkt, als sie wahrscheinlich ermordet wurde, im Wald beobachtet worden. Beobachtet von einer Frau, die zufällig auch dort war. Kein Wort, wer diese Frau ist. Warum habe ich das sichere Gefühl, dass du diese Frau bist? Nur, als wir uns ein paar Stunden später getroffen haben, hast du nichts gesagt, nichts von der Leiche, nichts davon, dass du mich gesehen hast. Damit du es weißt: Ich will in nichts hineingezogen werden, das mit Sofie Lyse zu tun hat. Lass mich außen vor. Ich hatte keinen Grund, mir ihren Tod zu wünschen.*

An dem Tag waren noch andere Menschen im Wald. Möglicherweise fällt der Verdacht bald auf dich. Es können weitere Informationen eingehen. Der Wald hat tausend Augen.

Tone war wie gelähmt. Las die Nachricht mehrere Male und versuchte, zu begreifen, was dort stand, direkt und zwischen den Zeilen. Der letzte Absatz kam ihr fast wie eine Drohung vor. Und da war noch etwas anderes: Er leugnete nicht, Sofie Lyse gekannt zu haben. Wollte nur aus allem herausgehalten werden, was mit ihr zu tun hatte. Behauptete, kein Motiv gehabt zu haben, sie zu töten. Teilte er ihr indirekt mit, dass er derjenige war, mit dem Sofie Lyse sich treffen wollte? Vielleicht hatte er für diesen Tag mehrere Verabredungen mit Chatfreundinnen getroffen.

Sie öffnete die dritte neu eingegangene E-Mail. Sie war von Anne Lomen, die gerne mit ihr reden wollte. Tone versuchte, sie anzurufen, doch Anne war nicht da. Schließlich nahm sie ihren ganzen Mut zusammen und wählte die

Nummer, die Atle Kristiansen ihr gegeben hatte. Sie bereute es sofort und wollte nach dem zweiten Klingelton wieder auflegen. Doch ehe sie sich versah, hörte sie seine Stimme. Er schlug vor, sich am Nachmittag zu treffen.

Sie stimmte zu. »Auf eins sollten Sie jedoch vorbereitet sein«, sagte er, nachdem sie Ort und Zeit verabredet hatten. »Wir haben uns schon einmal gesehen.«

»Wann und wo?«, fragte Tone überrascht.

»Das werden Sie bald herausfinden«, sagte er und legte auf.

Grünerløkka, Montag, 17.00 Uhr

Als Tone Tarud die Straßenbahn in Birkelunden verließ und die Straße Richtung Restaurant überquerte, nieselte es. Nicht so stark, dass sie einen Schirm vermisste. Matschiges Birkenlaub bedeckte den Bürgersteig wie kleine Farbflecken. Sie kam ganz pünktlich zu der Verabredung. Sie blieb an der Tür stehen und sah sich in dem Restaurant um. Ungefähr die Hälfte der Tische war besetzt. Keiner der Leute, die dort saßen, schien auf sie zu warten. Keiner gab ihr ein Zeichen. Sie ging in den anderen Teil des Restaurants. Auch hier reagierte niemand auf sie. Würde sie Atle Kristiansen erkennen, wie er gesagt hatte? Hatte er an dem Tag, an dem sie seine Mutter besucht hatte, in dem parkenden Auto gesessen?

Sie fand einen Tisch, von dem aus sie auf die Thorvald Meyers Gate und den Parkplatz sehen konnte. Um zehn nach fünf war er immer noch nicht da. Eine gut gewachsene Bedienung fragte freundlich, was Tone haben wollte. Die Speisekarte war wenig verlockend, aber da sie Hunger hatte, bestellte sie einen griechischen Salat. Und ein großes Bier. Das Bier kam schnell. Jetzt war es zwanzig nach. Sie schaute auf die Leute, die draußen vorbeigingen.

Als er auf das Restaurant zugesteuert kam, wusste sie sofort, dass er derjenige sein musste, auf den sie wartete. Ihr Herz machte einen Satz. Natürlich hatte sie ihn schon einmal gesehen. Sie war nur nicht fantasievoll genug gewesen, in diesen Bahnen zu denken.

Seine Augen sichteten sie, als er im Restaurant stand. Mit sicheren Schritten kam er zu ihrem Tisch, zog seine feuchte Jacke aus und setzte sich.

»Ja, das ist wirklich eine Überraschung«, sagte Tone. Überrumpelt.

»Sie erkennen mich wieder?«, stellte er fragend fest.

Sie schaffte es nicht, eine beiläufige Bemerkung zu machen. Die Überraschung war zu groß. »Wussten Sie damals schon, wer ich bin?«, fragte sie.

»Ich wusste, dass Sie Journalistin sind. Das war mir klar. Sie haben schließlich Leute interviewt. Ich hätte mich an dem Abend gerne länger mit ihnen unterhalten. Aber ich musste mich noch um andere Dinge kümmern …«

»Sie haben sich für Sofie Lyse interessiert«, sagte sie. »Und wollten von mir Informationen über den Mann, mit dem sie die ganze Zeit getanzt hat.«

»Ich wollte herausfinden, mit wem sie zusammen war.«

»Und ich frage mich natürlich, warum?«

»Das ist ein bisschen kompliziert. Tatsache ist, dass ich mit Sofie über Lotte sprechen wollte, über meine Frau. Ich wollte wissen, ob sie mehr über das wusste, was damals passiert ist …« Er unterbrach sich, als die Bedienung kam, um seine Bestellung aufzunehmen. Er bestellte ein großes Bier.

»Damals …«, sagte Tone verwirrt. »Sie meinen, als man Sie wegen Mord verurteilt hat?«

»Als Lotte ermordet wurde«, berichtigte er. »Vielleicht sollte ich da anfangen.«

Atle Kristiansen hatte interessante Augen. Hätte Tone jemand nach seiner Augenfarbe gefragt, hätte sie nach dem ersten Eindruck gesagt, sie seien braun. Doch bei näherem Hinschauen waren sie eher dunkelblau. Das Haar war füllig, fast schwarz. Mit einzelnen grauen Strähnen. Auf dem Bild, das zu Hause bei seiner Mutter stand, hatte sie ihn nicht wiedererkannt. Das war vielleicht nicht verwunderlich. Sie hatte ihn sich auf der Tanzveranstaltung nicht genau angesehen. Er hatte sie aufgefordert und es hatte ihr Spaß gemacht, mit ihm zu tanzen. Aber er hätte wohl lieber mit Sofie Lyse getanzt.

»Das Ganze hat also mit Sofie Lyse zu tun,« sagte sie und versuchte, ihre Eindrücke zu ordnen. »Das heißt, Sie kannten sie von früher.«

Die Bedienung brachte das Bier und er trank einen Schluck. Tone wartete noch immer auf ihren Salat.

»Eigentlich nicht«, antwortete er. »Aber ich wusste, dass Lotte sie kannte. Deshalb habe ich gedacht, dass sie etwas wissen könnte.«

»Was hätte sie Ihrer Meinung nach wissen können? Wer der Mörder ist? Dann wäre es doch wohl bei den Ermittlungen herausgekommen«, sagte Tone skeptisch. Der Mann ihr gegenüber war wegen Mord verurteilt worden. Und das sicher nicht ohne Grund. »Sofie Lyse hätte doch bestimmt die Wahrheit gesagt, wenn sie etwas Wichtiges gewusst hätte?«

»Ich habe nie geglaubt, dass sie wusste, wer der Mörder ist.«

Ihre Einwände schienen ihn zu ärgern. »Aber ich war überzeugt, dass sie etwas über Lotte wusste. Über Lottes Liebhaber.«

»Sie sind sich also immer noch sicher, dass sie einen Geliebten hatte?«

»Natürlich«, sagte er hitzig. »Sie hat es mir schließlich selbst erzählt. Warum sollte sie mich in dem Punkt anlügen?«

Tone zuckte mit den Schultern. Was sollte sie sagen? Es gab keinen Grund, den Mordfall mit ihm zu erörtern. Er würde sich nur über ihre Gegenargumente aufregen. Bereits jetzt merkte sie, dass sein Temperament leicht mit ihm durchging. Sie saß hier, weil er etwas von ihr wollte. Und ihr ging es nur darum herausfinden, was das war.

Die Bedienung steuerte mit einem Tablett auf den Tisch zu. Der Salat war nicht dazu angetan, sie in bessere Stimmung zu versetzen. Absolut durchschnittlich oder nicht einmal das. Dazu gab es ein paar Scheiben Brot und einen Becher mit Dressing. Hellrosa. Sie probierte es und ihre schlimmste Befürchtung bewahrheitete sich: Thousand Islands. Zu griechischem Salat.

»Ich verstehe nicht ganz, was ich für Sie tun kann«, sagte Tone und begann, den Salat ohne Dressing zu essen. Sie war schließlich auf Diät.

»Ich glaube, dass Sie mir helfen können«, sagte er und kramte in seiner Jackentasche. Er holte ein Päckchen Tabak heraus und legte es auf den Tisch. »Sie sind Journalistin und können die Sache an die Öffentlichkeit bringen.«

»Aber, wie ich Ihnen schon gesagt habe, ich bin keine Ermittlerin«, wandte sie ein. »Keine Anwältin.«

»Können Sie mir nicht erst einmal zuhören?«, bat er.

Sie zuckte erneut mit den Schultern und gab ihm eine Art Freizeichen, das zu sagen, was er zu sagen hatte. Gleichzeitig registrierte sie, dass er selbst gedrehte Zigaretten rauchte.

»Lotte und ich ..., wir waren erst ein paar Jahre verheiratet, als sie starb. Wir kannten einander nicht so lange. Sie war erheblich jünger als ich, erst knapp über zwanzig, als wir uns kennen lernten. Ich war ziemlich unstet, in jeder Hinsicht. Habe es nie lange irgendwo ausgehalten, weder bei einer Arbeit noch in einer Beziehung. Aber nachdem Lotte in mein Leben getreten war, änderte sich das. Das Einzige, was ich mir wünschte, war ein beständiges Familienleben.

Wir wollten Kinder und waren uns einig, dass sie erst einmal zu Hause blieb.«

Die Hände, mit denen er das Päckchen mit Tabak öffnete und eine Zigarette zu drehen begann, zitterten leicht. Er zündete sie an, bevor er weiterredete: »Kurz nachdem wir zusammengezogen waren, wurde mir klar, dass es nicht so beständig werden würde. Weil Lotte nicht beständig war. Es fing damit an, dass sie eines Nachts nicht nach Hause kam. Ihre Entschuldigung, dass sie bei ihrer Schwester gewesen war und die letzte Bahn verpasst hatte, wirkte nicht sehr glaubwürdig. Sie hätte doch anrufen können, sagte ich. Sie behauptete, es versucht zu haben und dass niemand abgenommen hätte. Und so weiter. Ich lasse die Details aus. An dem Tag hatten wir unseren ersten großen Krach.«

»Was hat die Schwester gesagt?«, fragte Tone, um etwas zu sagen.

»Sie hat Lotte gedeckt. Hat alles bestätigt.«

»Es konnte doch auch wahr sein.«

»Die Geschichte wiederholte sich. Mehrere Male. Die Kräche auch. Zum Schluss hat sie es zugegeben. Dass es einen anderen gab. Dass es ihn schon lange gegeben hatte. Ich hatte so viele Fragen.«

»Und Sie haben geglaubt, Sofie Lyse könnte sie Ihnen beantworten?«

»Irgendetwas hat mir gesagt, dass sie etwas darüber wusste, was Lotte zu verbergen versucht hat. Deshalb wollte ich mit ihr reden. Sehen, ob sie jetzt eher bereit war, etwas zu sagen als bei der Verhandlung.« Er machte eine Pause und winkte der Bedienung. Er bestellte ein neues Bier und Tone tat es ihm gleich. Der Salat war schnell aufgegessen. Das Dressing konnten sie zurückhaben.

»Was hat sie gesagt?«, fragte sie ihn, um ihn wieder zum Reden zu bringen. Sie konnte sich auch die ganze Geschichte anhören, wenn sie schon einmal hier war. Sie fragte sich, was Atle Kristiansen vorhatte. Sein Leben war in eine Sackgasse geraten. Aber konnte es sein, dass er tatsächlich unschuldig war? Oder wollte er nur den Liebhaber seiner toten Ehefrau finden?

»Sie hat ausweichend geantwortet, dass sie nicht glaubte, dass Lotte einen anderen hatte. Dass ich das nur erfunden hätte. Sie sagte, was alle während der Ermittlungen und des Prozesses sagten. Ich glaube, sie hatte Angst.«

Kein Wunder, dachte Tone. Bestimmt hatte Sofie Lyse wie alle anderen geglaubt, dass Kristiansen seine Frau umgebracht hatte. Dass er gefährlich war. Und selbst wenn sie gewusst hatte, dass es einen anderen gab, hätte sie ihn wohl kaum ausgeliefert. »Warum ist es so wichtig für Sie, herauszufinden, wer dieser eventuelle Geliebte war?«, fragte sie. Obwohl sie die Antwort erriet.

»Weil das die Spur ist, die wir brauchen, um die Person zu finden, die meine Frau ermordet hat«, sagte er.

»Ich weiß nicht, was ich für Sie tun kann«, sagte Tone. Sie wollte die Sache jedoch nicht ganz fallen lassen. Sie war neugierig und unsicher zugleich. »Ich kann schließlich nicht wissen, ob Sie unschuldig verurteilt worden sind. Was haben Sie sich vorgestellt, dass ich tun kann? Sie interviewen? Einen Bericht machen?«

»Sich für den Fall interessieren. Informationen ausgraben. Die Punkte finden, die nicht stimmen.« Er machte eine Pause, bevor er hinzufügte: »Denken Sie zumindest darüber nach.«

Eins hätte Tone ihn gerne gefragt. Aber sie ließ es. Behielt die Frage lieber für sich: War es Zufall, dass die Frau, von der er auf der Tanzveranstaltung Informationen hatte haben wollen, wenige Wochen später tot war?

Es war dunkel, als Tone wieder auf der Straße stand. Der Nieselregen war in gewöhnlichen Regen übergegangen. Atle

Kristiansen war in dem Restaurant sitzen geblieben. Er folgte ihr nicht. Nur mit den Augen. Sie war sich sicher, dass er sie beobachtete, während sie zur Haltestelle ging. Sie wartete eine Viertelstunde, bis die Straßenbahn endlich kam. Drei Haltestellen und sie war zu Hause. Fast zu Hause. Das letzte Stück ging sie zu Fuß und hielt nach parkenden, verdächtig aussehenden Autos Ausschau.

Torshov, Montag, 18.45 Uhr

Emma sah fern. Tone setzte sich aufs Sofa. Die Tochter fragte sie nicht, wo sie gewesen war, und Tone sagte nichts. Im Fernsehen wurde eine Gruppe Jugendlicher interviewt. Ein junges Mädchen mit Piercings im ganzen Gesicht. Nase, Augenbrauen, Mund. Die Arme waren nackt und voller Tätowierungen.

»Ich habe darüber nachgedacht, mir auch ein Piercing zuzulegen, in einer Augenbraue vielleicht«, sagte Tone. Vor allem, um überhaupt etwas zu sagen. Aber auch, weil ihr wirklich der Gedanke gekommen war. »Etwas Ausgeflipptes.«

Emma sah sie erschrocken an: »Bitte nicht, Mama«, sagte sie. Sie selbst hatte sowohl ein Piercing als auch eine Tätowierung. »Blamier mich nicht. Du hast deine Jugend gehabt. Bist du nicht voll auf die Hippiebewegung abgefahren? Stell dir mal vor, deine Mutter hätte sich angezogen wie du.«

»Die Jugend hat kein Monopol auf alles Neue«, sagte Tone ein wenig spitz.

Emma seufzte. »Und deine Generation muss schließlich nicht alles nachäffen, was der Jugend einfällt.«

»Es sind nicht die Jugendlichen, denen alles Neue einfällt.« Tone spürte, dass sie leicht sauer auf ihre Tochter war.

»Was gibt es sonst Neues?«, fragte Emma, damit war das Thema für sie erledigt.

»Dies und das«, sagte Tone. »Hast du Zeit?« Sie konnte ihrer Tochter zumindest von ihrer Arbeit erzählen.

»Eigentlich nicht. Ich will mich mit ein paar Kommilitoninnen treffen.« Emma stand auf. »Kann ich mir deine Lederjacke ausleihen?« Ohne eine Antwort abzuwarten, nahm sie die schwarze Lederjacke ihrer Mutter vom Haken.

»Nein«, sagte Tone. »Die ist nur für Damen um die vierzig. Blamier mich nicht.«

»Sehr witzig«, sagte Emma, zog die Jacke an und ging.

»Denken Sie darüber nach«, hatte Atle Kristiansen gesagt. Und genau das tat Tone, als sie allein war. Was sollte sie ihm antworten? Das Treffen mit Atle Kristiansen hatte sie verwirrt. Ihren Horror, einem Mörder gegenüberzusitzen, hatte sie ziemlich schnell überwunden. Mehr als das: Sie hatte das Gefühl, dass er unschuldig war. Mette hätte es Intuition genannt. Trotz seines heftigen Temperaments, das unter der Oberfläche schwelte, gelang es ihm, Vertrauen zu wecken. Es hatte auch mit seiner Erscheinung zu tun. Als sie auf der Tanzveranstaltung zusammen getanzt hatten, hatte sie seine physische Nähe als angenehm empfunden. Eine Art Anziehung ging von ihm aus. Was hinderte sie eigentlich daran, sich mit dem Fall zu beschäftigen? Ein bisschen zu graben? Ins Detail zu gehen? Sie war schließlich neugierig.

Vor kurzem hatte sie in einer Zeitung gelesen, dass es in vierzig von sechsundsechzig Fällen, die in den letzten acht bis zehn Jahren von den norwegischen Justizbehörden wieder aufgenommen worden waren, zu einem Freispruch gekommen war. Auch in Mordfällen. Norwegen war das Land der Justizirrtümer.

Falls Atle Kristiansen eine Wiederaufnahme seines Verfahrens durchgesetzt bekommen sollte, hatte er demnach Chancen, freigesprochen zu werden. Und falls er unschuldig verurteilt worden war, konnte eine große Sache daraus werden. Ein Buchprojekt. Material für eine Fernsehsendung. Vielleicht war das eine Chance, die ihr frei Haus geliefert wurde.

Sie könnte auf jeden Fall anfangen, über alles, was passierte, Tagebuch führen. Über die Personen. Konnte die Eindrücke festhalten. Die Unterlagen durchgehen.

Tone ließ sich so von ihren Gedanken mitreißen, dass sie nicht sitzen bleiben konnte. Motiviert und unruhig wanderte sie im Zimmer umher. Kreativität und Gefühle arbeiteten um die Wette. Sie stellte den Wasserkocher an. Als er kurz darauf klickte, füllte sie Kaffeepulver und Wasser in eine Tasse. Dann wanderte sie weiter. Drehte die Tasse in den Händen. Ließ ihren Gedanken freien Lauf. Stellte die Tasse weg. Loggte sich in den PC ein.

Zuerst musste sie ihre E-Mails lesen. Eine neue Flirtmail von Karl-Erik: *Mit wem warst du heute Abend zusammen? Eine Verabredung mit einem neuen Mann? Erzähl ..., damit ich weiß, was mir entgangen ist. Ist er noch bei dir?*

Man sollte meinen, er hätte ihr nachspioniert und sie mit Atle zusammen gesehen. Aber es war wohl eher ein Versuch herauszufinden, ob es noch andere gab. Das sollte er gerne glauben. Er konnte den Eifersüchtigen spielen, so viel er wollte. Das hielt das Gleichgewicht aufrecht. Sie schrieb eine Antwort und erzählte, dass sie gerade von einer Verabredung nach Hause gekommen war, was im Grunde genommen auch stimmte. Sie fügte noch hinzu, dass sie davon ausgehe, dass er in den nächsten Tagen genug mit seiner Frau zu tun habe. Dass sie sich jedoch gerne nochmal treffen könnten, wenn sie einen Termin fänden.

Während sie die Nachricht abschickte, ging eine neue E-Mail ein. Orion hatte geantwortet! Er gab ihr keine Erklärung, warum er ihr die Geschichte geschickt hatte, kommentierte jedoch ihren Vorschlag, sich zu treffen. *Du schlägst ein Treffen vor. Vielleicht, wenn du wieder einmal in Oslo bist.*

Du scheinst des Öfteren hin- und herzupendeln. Falls du also diese Woche in Oslo sein solltest, schreib es mir. Auch wo du dich aufhältst. Dann kann ich die Menschen auf der Straße studieren und in der Menge nach dir suchen. Wenn ich dich sehe, weiß ich, dass du das bist …

Sie erschauderte. Auch wenn sie einige E-Mails ausgetauscht hatten, hatte sie nie erwähnt, wo sie wohnte. Da war sie sich hundertprozentig sicher. In ihrem Profil hatte sie geschrieben, dass sie in Oslo wohnte. Um auf der sicheren Seite zu sein, um so lange anonym zu bleiben wie nötig.

Tone schrieb zurück: *Ich brauche nicht nach Oslo zu fahren. Ich wohne hier. Ich bin nicht so leicht hereinzulegen, wie du vielleicht glaubst. Was bezweckst du damit, dass du dich für einen Fremden ausgibst? Willst du mich erschrecken? Oder soll das ein guter Witz sein? In dem Fall muss ich dich enttäuschen. Ich halte ihn nicht für gut, jedenfalls nicht über so lange Zeit. Aber meinetwegen können wir gerne noch eine Weile Katz und Maus spielen. Gib mir ein paar Hinweise, dann werde ich bald wissen, wer du bist. Die von deinen nächtlichen Gedanken geprägten Briefe haben mich neugierig gemacht.*

Es war okay, einen einigermaßen freundlichen Ton beizubehalten, dachte sie und las noch einmal durch, was sie geschrieben hatte.

Sie saß grübelnd da. Wer war Orion? In Gedanken ging sie die Liste mit möglichen Kandidaten noch einmal durch. Zu Karl-Erik passte so etwas nicht. Håkon Arfoss? Hatte er sich mit einem anderen Namen eingeloggt und ihr einen neuen Brief geschrieben, unmittelbar nachdem er ihr nach ihrem Treffen die unfreundliche Mail geschickt hatte? Versuchte er, über Orion einen vertraulichen Kontakt aufzubauen, um auf diese Weise herauszubekommen, was sie über den Mord an Sofie Lyse wusste? Sollte das der Fall sein, deutete es darauf hin, dass er etwas zu befürchten hatte. Das konnte gefährlich werden. Sie durfte sich nichts anmerken lassen. Sie konnte ihm nicht antworten. Sie speicherte die Nachricht unter *Entwurf*.

Oder war Orion doch ein Fremder? Ein Verrückter. Der Dinge schrieb, die zufälligerweise auf ihr Leben zutrafen?

Torshov, Dienstag, 23. Oktober, 9.30 Uhr

Eines späten Abends bekam ich einen Anruf von einem fremden Mann. Er wollte sich mit mir treffen. Vor neun Jahren war er wegen Mordes an seiner Frau verurteilt worden. Jetzt hatte er seine Strafe abgesessen, war gerade wieder auf freiem Fuß. Ein Mörder?, dachte ich. Sollte ich mich auf ein Treffen mit einem Mörder einlassen? Aber der Mann behauptete, unschuldig zu sein. Er bat mich, die Journalistin, um Hilfe, um den Fall noch einmal an die Öffentlichkeit zu bringen. An einem regnerischen Nachmittag trafen wir uns in einem Restaurant. Da wusste ich, dass die Geschichte bereits begonnen hatte, bevor ich den Anruf bekam …

So hatte Tone am vorigen Abend ihre Tagebuchaufzeichnungen begonnen. Das Schreiben war ihr leicht von der Hand gegangen. Sie war aufgeblieben und hatte auf die Tastatur eingehämmert, bis Emma gegen Mitternacht nach Hause kam. Die Tochter war guter Stimmung gewesen, aber zu müde, um ihr noch Gesellschaft zu leisten.

Tone hatte für diesen Tag keinen Interviewtermin, die Arbeit an der Dokumentation ging zu langsam voran. Eigentlich hätte sie den Tag für freiberufliche Aktivitäten nutzen müssen, in der letzten Zeit hatte sie zu wenig produziert. So etwas wirkte sich schnell auf die Finanzen aus. Aber ihr fehlte der notwendige Schwung, um auf neue Ideen zu kommen. Alle Gedanken kreisten um die jüngsten Ereignisse. Im Moment reizte es sie vor allem, mehr über den Fall Kristiansen zu erfahren. Sollte sie zu dem Anwalt Kontakt aufnehmen, der ihn damals vertreten hatte? Dafür war es noch zu früh, beschloss sie. Wer sonst konnte etwas wissen?

Ihre Augen streiften die Tagebucheintragungen auf dem PC. Sie hatte über das Singletreffen geschrieben, auf dem sie Kristiansen zum ersten Mal begegnet war. *Auf dieser Tanzveranstaltung interessierten wir uns beide für eine ganz bestimmte Frau.* Er war dort gewesen, um mit Sofie Lyse zu reden, weil er glaubte, dass sie etwas über den Mord an seiner Frau wusste. Fest stand, dass Kristiansen von ihr nichts erfahren hatte. Aber vielleicht hatte sie ihrer Freundin Anne Lomen etwas erzählt!

Es gab einiges, worüber Tone mit ihr reden wollte. Anne Lomen war der Name des Tages. Tone rief in dem Geschäft an, in dem sie arbeitete, und bekam sie ans Telefon. »Sie haben mir vor ein paar Tagen eine Nachricht geschickt, dass Sie mit mir reden möchten«, begann Tone. »Ich habe versucht zurückzurufen.«

»Ja, das stimmt«, sagte Anne zögernd, als hätte sie es schon wieder vergessen.

»Ging es um etwas Besonderes?«

»Nein«, sagte sie lang gezogen. »Ich habe mich nur gefragt, ob Sie mehr über den Mord an Sofie wissen.«

»Nicht mehr als Sie. Soweit ich das verstanden habe, hat die Polizei ein paarmal mit Ihnen geredet.«

»So oft nun auch wieder nicht. Aber …, es gibt also noch immer keinen Verdächtigen?«

»Soweit ich weiß, nicht.«

Am anderen Ende wurde es still. Als Tone lange genug gewartet hatte, sagte sie: »Da ist noch etwas anderes, worüber ich gerne mit Ihnen reden würde. Sie sind in der Sendung über das Singletreffen so gut angekommen. Deshalb hätte ich Sie gerne bei einer neuen Sendung dabei …, über Singles, die Kontakte über das Internet suchen. Sie haben mir doch erzählt, dass Sie das versucht haben …«

»Ich weiß nicht …«, sagte Anne Lomen unsicher.

»Sie werden natürlich nicht namentlich genannt bei dem Interview«, beeilte sich Tone hinzuzufügen.

Anne zögerte noch immer, aber sie verabredeten trotzdem, sich in anderthalb Stunden im Einkaufszentrum *Gran* zu treffen.

Anne Lomen hatte sich ein Baguette zum Kaffee gekauft. Es war mit Salat, Schinken, Käse und Tomaten belegt. Jetzt neigte sie den Kopf leicht zur Seite, öffnete ihren Mund weit und biss zu.

»Wir sollten das Interview vor einem PC machen«, sagte Tone. Während sie den Käse von ihrem halben Brötchen nahm, die Butter wegkratzte und den Käse wieder an seinen Platz legte. »Dann können wir reden, während wir uns die Internetseiten ansehen und die Profile studieren.«

»Wollen Sie die Aufzeichnung bei mir zu Hause machen?«

»Auf Ihrer Arbeit gibt es doch bestimmt auch einen PC, den wir benutzen können.«

»Das geht nicht«, kam es schroff. »Da hören die anderen, worüber wir sprechen. Und ich komme mir irgendwie albern vor.« Anne sah sie vertrauensvoll an. »Außerdem war ich nicht sehr aktiv. Ich war nur ein paarmal im Internet und habe nur auf wenige Profile geantwortet.« Sie redete, als wollte sie einen Rückzieher machen.

»Das macht nichts«, sagte Tone schnell. »Wir reden einfach ein bisschen über das Thema. Sehen uns Briefe von Leuten an, die sich auf diese Weise gefunden haben. Aber wenn Sie die Aufnahme lieber zu Hause machen möchten, ist das von meiner Seite aus in Ordnung. Sollen wir uns treffen, wenn Sie Feierabend haben?«

»Heute geht es nicht«, sagte Anne Lomen sofort. »Ich habe schon eine Verabredung«, erklärte sie mit vollem Mund.

Tone wunderte sich, dass sie bei ihrem Telefonat nichts

von dieser Verabredung gesagt hatte. Sie kommentierte es nicht weiter, sondern versuchte, Anne Lomen zu überreden, sich jetzt interviewen zu lassen. Aber die dunkelhaarige, braunäugige Frau mit dem etwas breiten Gesicht ließ sich nicht überreden. »Sie können an einem anderen Nachmittag zu mir kommen«, schlug sie vor.

Tone sah ein, dass sie sich damit zufrieden geben musste, und ging zum nächsten Thema über: »Da ist noch etwas anderes, worüber ich gerne mit Ihnen reden möchte«, sagte sie. »Auf der Tanzveranstaltung habe ich mit einem Mann gesprochen, der Atle Kristiansen heißt. Sagt Ihnen der Name etwas?«

Anne kniff die Augenbrauen zusammen, dachte nach und sagte: »Der Name kommt mir bekannt vor.«

»Das kann gut sein. Am späteren Abend hat der Mann mit Sofie Lyse getanzt. Ich hatte den Eindruck, dass er etwas von ihr wollte. Hat sie Ihnen erzählt, worum es ging?«

»Was sollte das gewesen sein?«, antwortete Anne verwundert. Vielleicht ein wenig skeptisch.

»Nun ja«, sagte Tone. Das Brötchen war zäh. Außerdem hatte sie keinen Appetit. »Vielleicht ging es um seine Frau, die vor ungefähr neun Jahren gestorben ist. Sie wurde ermordet und Kristiansen als Täter verurteilt. Ich weiß nicht, ob Sie sich an den Fall erinnern?«

»Doch, ich denke, ich erinnere mich daran«, sagte Anne ohne weitere Erklärungen. Stattdessen biss sie noch einmal in ihr Baguette.

»Und Sofie hat Ihnen nichts … von ihrem Gespräch mit Kristiansen erzählt? Was er von ihr gewollt hat?«

Anne sah erst nachdenklich aus, dann schüttelte sie den Kopf.

»Atle Kristiansen glaubt, dass Sofie Lyse etwas über den Mord an seiner Frau wusste.«

»Glauben Sie das auch?«

Eine wichtige Frage, auf die Tone keine Antwort hatte. Deshalb antwortete sie nur: »Keine Ahnung.«

»Aber wo Sie gerade fragen ... Glauben Sie, dass er auch etwas mit dem Tod von Sofie Lyse zu tun hat? Haben Sie ihn im Verdacht, auch sie ermordet zu haben ..., weil sie zu viel wusste?«

Der Gedanke lag Tone nicht fern. Aber Kristiansen hatte seine Strafe abgesessen, warum sollte er eventuelle Zeugen aufspüren, wenn er schuldig war? Sie musste Anne eine angemessene Erklärung für ihre Frage liefern. »Ich habe Sofies Leiche gefunden«, vertraute sie ihr an. »Deshalb beschäftigt mich der Fall so.« Irgendetwas sagte ihr, dass es ihr von Nutzen sein könnte, Annes Vertrauen zu gewinnen.

Anne sah sie schockiert an. »Davon haben Sie nichts gesagt, als wir letztes Mal miteinander gesprochen haben.«

»Ich hatte Angst, in etwas hineingezogen zu werden. Deshalb wollte ich nicht, dass irgendjemand davon erfährt. Aber jetzt sage ich es Ihnen trotzdem.« Tone biss in das zähe Brötchen. »Am Telefon haben Sie erwähnt, dass Sofie Lyse ein paar Abende vor ihrem Tod eine Verabredung mit einem Mann hatte. Wissen Sie, mit wem?«

Anne schüttelte den Kopf. »Sie hatte schließlich mehrere Chatfreunde.« Sie stand auf und nahm ihre Tasse. »Ich gehe Nachschub holen.« Als sie zurückkam, zündete sie sich eine Zigarette an.

Tone sah nach einem Hinweis auf Rauchverbot, stellte jedoch fest, dass Anne ihnen einen Platz in der Raucherzone gesichert hatte. »Sie erinnern sich an keine Namen?« fragte sie.

»Letzte Woche hat Sofie von einem Mann erzählt. Sie hatte keine Lust, sich mit ihm zu treffen. Ein interessanter Typ, hatte ich den Eindruck. Er hatte einen merkwürdigen Namen.« Anne dachte nach. »Natürlich nur ein Pseudonym. Er hat sich Orion genannt.«

Jetzt war es an Tone, wie gelähmt dazusitzen und Anne anzustarren. Hatte sie richtig gehört? Ihre Gedanken waren blockiert. Aber sie musste etwas sagen: »Orion?« Als hätte sie den Namen noch nie gehört. »Er muss doch auch einen richtigen Namen haben. Wenn sie ihn getroffen hat, wusste sie vielleicht, wie er in Wirklichkeit heißt.«

»Wenn das so ist, dann hat sie es mir jedenfalls nicht gesagt. Ich weiß nicht einmal, ob sie sich überhaupt getroffen haben.«

Tone gelang es, sich zusammenzunehmen. »Haben Sie das der Polizei erzählt?«

»Der Polizei? Nein. Sollte ich das?«, fragte sie. Es schien sie unangenehm zu berühren, dass sie nicht daran gedacht hatte.

»Ich weiß es nicht«, antwortete Tone. Sie wusste nicht, was sie noch sagen sollte. Im Moment war sie froh, dass das hier kein Interview war. Mit ihrer Konzentration war es vorbei. Auf der Serviette lag ein halb gegessenes Brötchen. Wenigstens sparte sie ein paar Kalorien ein.

»Und Sie?«, hörte sie Anne Lomen aus weiter Ferne.

Tone hatte keine Ahnung, wovon sie redete. »Ob ich mit der Polizei gesprochen habe?«

»Nein, ich dachte an das andere. An Ihre Sendereihe über Kontaktsuchende. Haben Sie es auch mit dem Chat versucht?«

Tone schüttelte den Kopf. Schaffte es nicht, darauf einzugehen.

»Nein? Dann sind Sie sicher verheiratet oder wohnen mit jemandem zusammen? Haben einen Freund?«

»Nichts von alledem«, sagte Tone und versuchte, unbeschwert zu klingen. »Mein Lebensgefährte hat mich Neujahr verlassen. Seitdem bin ich Single.«

»Aber Sie treffen sich doch bestimmt hin und wieder mit Männern?«

»Das letzte Mal ist schon ziemlich lange her«, log Tone.

Anne Lomens Mittagspause war zu Ende. Tone musste die Information über Orion in Ruhe bei einer Tasse Kaffee verdauen. Als sie an der Theke vorbeiging, spürte sie ein plötzliches Verlangen nach etwas Süßem. Wenig später saß sie mit einem Sahneschnittchen da. Es war Ewigkeiten her, dass sie so etwas gegessen hatte.

Bevor sie von dem Parkplatz des Einkaufscenters fuhr, nahm sie ihr Handy und rief die Polizei in Lillehammer an. Sie hatte Glück und bekam Jon Ruud an die Strippe. Er bat sie, ihm die Mails von Orion zu schicken.

Während sie Richtung Stadt fuhr, dachte sie über ihr Gespräch mit Anne Lomen nach. Sie hielt etwas zurück, dachte Tone. Je mehr sie darüber nachdachte, desto stärker wurde das Gefühl. In ihrer Mail hatte Anne geschrieben, dass sie mit Tone reden wollte. Doch als die Gelegenheit da war, hatte sie dichtgemacht. Tone beschloss, den Kontakt zu Anne Lomen zu halten.

Oslo, Dienstag, 14.00 Uhr

Tone fuhr auf direktem Weg zur Nationalbibliothek. Nachdem sie lange genug in der Gegend herumgefahren war, fand sie endlich einen kostenfreien Parkplatz. Ein gutes Stück entfernt, eine Viertelstunde Fußweg, wie sich herausstellte.

In der Bibliothek ging sie zur Information und bat um die Filmrollen von *Dagbladet*, *VG* und *Aftenposten* von September und Oktober 1992. Tone hatte bereits früher einige Zeitungsartikel über den Fall Kristiansen gelesen und war im Groben darüber informiert. Für eine dokumentarische Bearbeitung reichte das jedoch nicht.

Lotte Kwam Kristiansen war am 7. September 1992 als vermisst gemeldet worden. Der Ehemann hatte Kontakt zur

Polizei aufgenommen, nachdem Lotte vierundzwanzig Stunden nicht nach Hause gekommen war. Zwei Tage später berichteten die Zeitungen über ihr Verschwinden. Die Polizei fahndete nach ihr. Am darauf folgenden Tag tauchte erstmals der Gedanke an ein Verbrechen auf. Am 16. September wurde die Leiche von Lotte Kristiansen im Østensjøvannet gefunden. Die Ermittlungen ergaben, dass sie durch mehrere Messerstiche getötet worden war. Der Ehemann wurde verhört. Den Zeitungen gegenüber erklärte die Polizei zunächst, dass er nicht unter Verdacht stünde, doch wenig später saß er in Untersuchungshaft. Die Polizei ging davon aus, dass Kristiansen seine Frau am Tag vor der Vermisstenmeldung ermordet und in der Nacht ins Østensjøvannet geworfen hatte.

Bis Ende September nahm der Fall immer weniger Platz in den Zeitungen ein. In der ersten Oktoberwoche fand sie nichts mehr. Sie hoffte, dass über den Prozess berichtet worden war. Er musste mehrere Monate später stattgefunden haben. Am schnellsten ließ sich das herausfinden, indem sie jemanden anrief, der sich mit Sicherheit daran erinnerte. Tone legte den Pausenzettel auf das Lesegerät, verließ den Lesesaal durch den bedrückenden Korridor und suchte sich einen Sitzplatz.

Atle Kristiansen war zu Hause in seiner Wohnung in Gamleby. Er hatte gerade einen erneuten Gang zum Arbeitsamt hinter sich, um einen Job zu finden, sagte er. Vorläufig hatten sie nichts für ihn. »Sie haben also über den Fall nachgedacht?«, fragte er.

»Ein wenig«, antwortete Tone. Sie erklärte ihm, dass sie Zeitungen durchsah und den Zeitpunkt der Gerichtsverhandlung wissen musste.

Er erinnerte sich nicht an das genaue Datum, nur dass es in der zweiten Februarhälfte gewesen war. »Haben Sie sonst noch etwas herausgefunden?«, fragte er.

Sie antwortete wahrheitsgemäß mit Nein und erwähnte nichts von dem Treffen mit Anne Lomen früher am Tag. »Aber ich habe viele Fragen.«

»Auf die ich Ihnen antworten kann?«

»Vielleicht. Aus dem, was ich bisher gelesen habe, geht hervor, dass Sie kein Alibi für den entsprechenden Zeitraum hatten?«

»Ich war zu Hause. Ich wollte zu Hause sein, wenn sie zurückkam. Damit wir uns aussprechen konnten. Eine Lösung finden konnten, um unsere Ehe zu retten.«

»Aber sie ist nicht zurückgekommen? Und Sie haben erst am folgenden Tag Kontakt zur Polizei aufgenommen?«

»Ich bin davon ausgegangen, dass sie die Nacht bei ihrem Liebhaber verbringt. Habe gedacht, dass sie sich für ihn entschieden hat.«

»Nachbarn haben am Nachmittag einen lauten Streit aus der Wohnung gehört?«

»Soll das ein neues Verhör werden?«, fragte er. »Sind Sie so misstrauisch?«

Das sollte ihm doch eigentlich klar sein, dachte Tone, sagte es aber nicht. »Ich muss mir ein Bild machen. Wenn ich etwas tun soll ...«

»Hören Sie«, sagte er. »Ich werde Ihnen alles erzählen, was Sie wissen wollen. Aber können wir uns nicht von Angesicht zu Angesicht unterhalten?«

Seine Augen können einem gefährlich werden, dachte Tone, als sie sich knapp eine Stunde später mit Atle Kristiansen in einem Restaurant im Zentrum traf. Sein Gesicht war markant, ein wenig asymmetrisch. Er saß vor einem großen Bier.

»Sie bezweifeln, dass ich unschuldig bin«, sagte er. Fast ärgerlich.

»Wenn ich mich darauf einlasse, mich mit dem Fall zu beschäftigen, muss ich mit offenen Karten spielen«, sagte sie recht zufrieden mit ihrer Antwort. Sie winkte der Bedienung und bestellte ein Mineralwasser.

»Natürlich«, sagte er. »Ich bin nur so ungeduldig. Jemanden zu finden, der mir glaubt.«

»Wenn ich davon überzeugt wäre, dass Sie schuldig sind, hätte ich mich nie darauf eingelassen.«

»Gut«, sagte er entspannter und lehnte sich im Stuhl zurück, das Pilsglas in der Hand. »Was wollen Sie wissen?«

»Worüber haben Sie am Nachmittag gestritten?«

»Über ihren Geliebten. Sie hat mir erst an diesem Nachmittag gesagt, dass es tatsächlich einen anderen gab. Sie hatte vor, ihn am selben Abend zu treffen.«

»Und das haben Sie der Polizei erzählt?«

»Zuerst da … da habe ich nichts davon gesagt. Nicht in den ersten Tagen, als sie nur vermisst war. Aber nachdem man sie gefunden hatte und die Nachbarn ausgesagt hatten, dass sie einen Riesenkrach gehört hätten, so haben sie unseren Streit bezeichnet, ja, da bestand kein Grund mehr, zu schweigen.«

»Womit Sie sich selbst ein klassisches Motiv gegeben haben.« Sie notierte sich einige Punkte auf ihrem Block.

»Die Polizei war der Ansicht, dass der Mord im Zusammenhang mit dem Krach stand und dass Lotte sich nie mit einem anderen Mann getroffen hat«, antwortete er. »Sie haben mir die Geschichte mit dem Liebhaber nicht geglaubt. Hielten alles für reine Erfindung, für einen Ausdruck meiner Eifersucht.«

»Und Sie hatten keine Ahnung, wer der Geliebte war?«

»Damals nicht. Aber jetzt«, antwortete er und überraschte sie. »Ich habe es herausgefunden.«

Tone trank den letzten Tropfen Mineralwasser. »Und?«, sagte sie und wartete auf die Fortsetzung.

»Er war ein Kindheitsfreund«, sagte er. »Ich habe das erst viel später verstanden. Als ich im Gefängnis saß und Tag für

Tag grübelte, tauchten einzelne Erinnerungen auf, Situationen, Bilder. Kleine Bruchstücke. Ich habe versucht, diese Stücke zu einem Ganzen zusammenzufügen. Da tauchte sein Gesicht auf. Als Erwachsene hatten wir kaum noch Kontakt, aber eines Tages haben wir uns zufällig getroffen ..., kurz bevor das mit Lotte passiert ist. Irgendetwas war mit seinem Gesichtsausdruck. Hintergründig. Lauernd. Als steckte mehr hinter der Frage, wie es mir ging. Wie es *uns* ging, Lotte und mir. Er wirkte ..., wie soll ich das sagen ..., vielleicht auf eine selbstgerechte Weise zufrieden.«

»Aber es muss doch Leute gegeben haben, die Bescheid wussten. Freunde von Lotte ..., Familie.«

»Natürlich hat es Leute gegeben, die Bescheid wussten«, sagte er erregt. »Aber sie haben es bestritten, dass sie eine Affäre hatte. Das Ganze war ein verdammtes Komplott.«

»Warum sollten alle ein Interesse daran gehabt haben, ihn zu schützen?«

»Das müssen wir herausfinden ..., hier dürften wohl einige Antworten zu finden sein.«

»Und weil er ihr Geliebter war, kann er auch ihr Mörder sein, meinen Sie?«, fragte Tone. Sie war durcheinander. »Weiß er, dass Sie ihn verdächtigen?«

»Noch nicht.« Er sah sich um, dann richtete er den Blick direkt auf Tone. »Kann ich mich darauf verlassen, dass Sie dabei sind? Haben Sie zugestimmt?«

Tone fühlte sich unsicher. Gegen die Wand gedrängt. »Das habe ich eigentlich nicht ...«, sagte sie vorsichtig.

»Dann reden wir weiter, wenn Sie sich entschieden haben. Denken Sie bis morgen darüber nach. Da erwarte ich Ihre endgültige Antwort.« Er sah auf die Uhr.

»In Ordnung«, sagte Tone unschlüssig. Und um wieder ein bisschen die Oberhand zu gewinnen, fügte sie hinzu: »Nur noch eins, bevor Sie gehen. Gab es Indizien, die gegen Sie sprachen?«

»Sie haben behauptet, welche zu haben. Die Ermittler haben Haare im Kofferraum des Autos gefunden. Und Fasern von einer Jacke, die Lotte gehört hat.« Er trank den letzten Schluck Bier. »Aber die Sache ist die«, sagte er erregt und betonte jedes Wort, »dass Lotte an dem Abend das Auto genommen hat. Am Tag nach ihrem Verschwinden stand es wieder unten auf der Straße, der Schlüssel steckte. Aber die verdammten Ermittler haben das überhört. Sie hatten sich eine Theorie zurechtgelegt und an der hielten sie fest, verdammt nochmal.« Er stand auf und zog seine Jacke an, die über der Stuhllehne hing.

Ein Kindheitsfreund, dachte Tone, als sie wieder allein war. Die Nachbarsfrau, an deren Namen sie sich nicht erinnerte. Ihr Sohn war ein Kindheitsfreund gewesen. Hatte sie nicht gesagt, dass er gegen Atle Kristiansen ausgesagt hatte?

Tone musste einen Entschluss fassen: Sollte sie an dem Fall dranbleiben? Im Grunde hatte sie sich bereits entschieden.

Hovseter, Dienstag, 20.30 Uhr

Hej! Mein Profil habe ich einfach aus einer Laune heraus in den Chat gesetzt. Hätte nie gedacht, auf diese Weise meinen Partner zu finden. So kann man sich irren. Ich habe viele Antworten bekommen und hatte einige Dates, ohne dass sich mehr daraus entwickelt hat. Aber eines Abends habe ich IHN getroffen. Einen wirklich klasse Typen. Es stellte sich heraus, dass es die große Liebe ist. Vor knapp einem Jahr haben wir uns zum ersten Mal getroffen. Heute sind wir verheiratet, haben ein kleines Mädchen von fünf Wochen und sind unheimlich glücklich. Dank dem Internet, das uns zusammengeführt hat. Ein Mädchen aus dem Vestland.

»Absolut unglaublich, falls das stimmt«, sagte Irene Eikeli. »Aber das meiste wird wohl erfunden sein.«

»Tja, erwiesenermaßen haben sich ziemlich viele Leute über Kontaktanzeigen kennen gelernt«, sagte Tone. »Warum sollten sich also nicht auch welche über das Internet kennen lernen. Und wenn es geklappt hat, erzählen sie anderen eben gern davon.«

Sie saßen dicht beieinander vor Irenes PC. Tone hatte einen ruhigen Abend mit einer Freundin gebraucht, mit guten Ratschlägen und Zuspruch, und sich bei Irene eingeladen. Der Bericht von ihrem Treffen mit Anne Lomen hatte die beiden inspiriert, sich in den Chat einzuloggen und die *Geschichten* anzuklicken. Es wimmelte nur so von kurzen und langen Geschichten von Usern, die einander gefunden hatten. In vielen Fällen war es *die große Liebe.* Die Freundinnen lasen sich gegenseitig die Texte in romantischem Tonfall laut vor. Allmählich wurde es ermüdend, alles zu lesen, deshalb gingen sie dazu über, den Text zu überfliegen und nur die besten Stellen herauszupicken. Die Geschichten waren mit Vornamen oder Pseudonym unterschrieben.

»Okay, sollen wir es dabei bewenden lassen?«, fragte Tone. Sie hatte solche Geschichten schon früher gelesen.

»In Ordnung«, sagte Irene. »Aber können wir uns nicht noch ein paar Profile ansehen? Ich bin neugierig, wie das funktioniert.« Sie klickte weiter aufs Geratewohl in den Seiten mit den Geschichten herum.

»Stopp mal«, sagte Tone. Die Unterschrift unter einer der letzten Geschichten hatte ihre Aufmerksamkeit erregt. *Sofys.* War es ein Zufall, dass das Pseudonym an Sofie Lyse erinnerte? Sie las:

Hej,

als ich von den Chatseiten erfuhr, habe ich das Ganze für einen Witz gehalten. Nie hätte ich gedacht, den Mann meines Lebens auf diese Weise zu finden. Ich bin 37 Jahre alt und habe mein Profil vor mehreren Monaten ins Internet gestellt. Seitdem ist einiges passiert. Spannende Sachen. Ich habe viele

Männer getroffen, mehr, als ich mir je hätte träumen lassen. Wir haben einander geschrieben, Mails ausgetauscht und Verabredungen getroffen. Ich habe mir keine Chance entgehen lassen. Das Echo zeigt, dass es viele Angebote gibt, auch für Frauen in meinem Alter. Manche suchen einen Partner fürs Leben, andere wollen hin und wieder Spaß haben, flirten und so. Mir geht es um beides. Ich warte auf »den nächsten Mann in meinem Leben«. In der Zwischenzeit möchte ich flirten und Spaß haben. Und den habe ich. Jeder Tag bringt neue Spannung. In der letzen Zeit hatte ich Briefkontakt zu einem Mann, den zu treffen ich sehr gespannt bin. Den Rätselhaften. Den Romantiker. Den Erotiker. Er hat mir vor ein paar Wochen geschrieben. Wir haben viel gechattet. Die Briefe, die ich bekommen habe, waren erregend. Erotisch, aber auch stimmungsvoll. Das hier ist mehr als die anderen Geschichten, das fühle ich. In einigen Tagen wollen wir uns treffen. Bei dem Gedanken empfinde ich eine kribbelnde Freude. Zufrieden und erwartungsvoll, Sofys.

Hier stimmte einfach zu viel. »Sofie Lyse«, sagte Tone. »Hier hat sie über Orion geschrieben.« Als Irene sie fragend ansah, fügte sie hinzu: »Anne Lomen hat doch erzählt, dass Sofie Lyse Kontakt zu Orion gehabt hat. Sofie und Orion.« Tone musste es wiederholen, um sich sicher zu sein. »Druck es aus«, bat Tone.

Irene las die Geschichte auf dem Monitor, während der träge Drucker sie zu Papier brachte. »Hast du auch solche Briefe bekommen?«, fragte sie und zitierte: »Erotisch, aber auch stimmungsvoll«.

»Er hat wohl allen dasselbe geschrieben«, sagte Tone trocken. Überrascht nahm sie ein flüchtiges Gefühl der Enttäuschung wahr. Lächerlich. »Eine praktische Methode, mehrere Beziehungen am Laufen zu haben«, sagte sie leichthin.

»Du hast gesagt, dass er deinen Vorschlag, sich mit dir zu treffen, positiv aufgenommen hat«, sagte Irene.

»Er hat vorgeschlagen, dass wir uns diese Woche treffen. Aber nachdem er mir zu verstehen gegeben hat, dass er weiß, dass ich zwischen Oslo und einem anderen Ort pendle, habe ich Angst bekommen.«

»Nichtsdestotrotz kannst du das als Einladung verstehen, noch einen Schritt weiterzugehen. Warum willst du dich nicht darauf einlassen?«

»Um herauszufinden, wer er ist?«, fragte Tone und fühlte Panik bei der Vorstellung, dem Mann von Angesicht zu Angesicht gegenüberzustehen. »Nach allem, was ich weiß, kann er hinter dem Mord an Sofie Lyse stecken.«

»Höchstwahrscheinlich war er der Mann, mit dem sie sich treffen wollte«, folgerte Irene. »Aber wenn du herausfinden willst, wer er ist, musst du dich mit ihm treffen. Schick ihm eine Mail, in der du um konkrete Vorschläge zu Ort und Zeit bittest. Falls es zu einem Treffen kommt, kann ich in der Nähe bleiben und notfalls die Polizei verständigen.«

»Vielleicht ein bisschen riskant«, wandte Tone ein. Aber in ihrem tiefsten Inneren wusste sie, dass es einen Versuch wert war. Wenn sie zu zweit waren, war es sicherer. Sie öffnete ihre E-Mails, rief seine letzte Mail auf und antwortete: *Wir können uns gerne diese Woche treffen. Schlag einen Zeitpunkt und einen Ort vor, dann sehen wir, ob es klappt. Deine Briefe machen mich neugierig. Ich bin mir immer sicherer, dass wir einander etwas zu sagen haben.*

Vor dem Mietshaus in Torshov war nur schwer ein Parkplatz zu finden. Wie üblich zu dieser Zeit. Tone fuhr langsam um den Häuserblock und weiter in die umliegenden Straßen. Bis sie eine Lücke fand, in die sie sich hineinquetschen konnte. Mit zehn Zentimeter Abstand zu dem hinter ihr parkenden Auto. Die Parkplatzsituation in der Stadt hatte sie zu einer Expertin im Einparken gemacht.

Es war kurz vor Mitternacht und es waren kaum noch

Menschen unterwegs. Sie trug hochhackige Schuhe, die auf dem Bürgersteig klapperten. Im Hintergrund fuhr eine Straßenbahn zur Vogts Gate hoch. Mit schnellen Schritten ging Tone die Parallelstraße entlang. Mit nervösen Schritten. Hier war es still und menschenleer.

Glaubte sie. Aber plötzlich merkte sie, dass jemand hinter ihr ging. Ein gutes Stück entfernt, aber trotzdem. Sie drehte sich nicht um. Wechselte jedoch die Straßenseite, sodass sie einen guten Grund hatte, sich nach beiden Seiten umzusehen. Ein Schatten verschwand in einer Toreinfahrt. Sollte sie Irene auf dem Handy anrufen? Mit ihr reden, bis sie im Haus war? Geh besser so schnell du kannst, sagte sie sich. Tu, als ob nichts sei. Konzentrier dich. Sei auf der Hut.

Sie musste erneut die Straße überqueren. Ein schneller Blick die Straße hinauf. Nichts. Sie ging weiter. Näherte sich ihrem Haus. Noch fünfzig Meter. Da hörte sie Schritte hinter sich. Näher als eben. Tone begann leicht zu laufen. Dann schneller. Sie konnte nicht mehr denken.

Sie schlüpfte in die Toreinfahrt und war im Hinterhof. Nur noch zehn Meter. Ihre Hand umkrampfte den Schlüssel in der Tasche. Er folgte ihr. Sie war nicht allein. Bald würden seine Hände nach ihr greifen. Sie wusste es. Aber sie durfte nicht aufgeben. Es gelang ihr, die Tür zu öffnen. Während sie sich in Sicherheit brachte, drehte sie sich zu dem Dunkel draußen um. Niemand war zu sehen. Er hatte sich also versteckt. Niemand stand da, sie zu überfallen.

Sie sank auf die Treppe. Musste sich beruhigen. Falls Emma noch wach war, musste sie einen ganz normalen Eindruck machen. Nicht außer Atem sein. Nicht so verängstigt aussehen. Sie wartete einige Minuten, bevor sie es endlich schaffte, die Treppe zu ihrer Wohnung hinaufzusteigen.

Emma war noch wach und sah sich eine Serie an. Sie hatte eine Decke über die Beine geworfen. Sie nahm kaum wahr, dass ihre Mutter hereinkam. Tone hängte ihre Jacke auf und setzte sich an das Fußende des Sofas. Erst da sprach Emma sie an: »Wartest du, dass du dich hinlegen kannst?«

»Ich kann gut noch etwas aufbleiben und mich ein bisschen unterhalten«, sagte Tone. Versuchte, ruhig zu atmen. Ihr Puls raste noch immer.

»Findest du nicht auch, dass wir zu eng aufeinander hocken?«, fragte Emma.

»Wir haben darüber gesprochen, eine andere Lösung zu finden«, antwortete Tone, erstaunt darüber, wie ruhig sie in einer solchen Stresssituation sein konnte. »Im Moment habe ich zu viel anderes um die Ohren.«

Emma ließ sich so schnell nicht abwimmeln: »Warum verkaufst du nicht das Haus in Budal? Und kaufst dir eine Wohnung in der Stadt?« Als läge es im Verantwortungsbereich der Mutter, sich um etwas Neues zu kümmern.

»Was glaubst du, was für eine Wohnung ich für den Verkaufspreis bekomme?«, Tone gelang es nicht, ihren Unmut hinunterzuschlucken. Am liebsten hätte sie geweint und sich trösten lassen. »Heutzutage muss man schon Millionär sein, um hier in der Stadt eine kleine Bleibe zu finden.«

»Hast du das Haus mal schätzen lassen?«

Das hatte sie nicht und wie meistens landete ihre Diskussion an diesem Punkt. »Die einzige Alternative ist die, dass ich sowohl das Haus als auch diese Wohnung verkaufe und eine neue kaufe, die ein Zimmer mehr hat«, sagte Tone. Dass sie *ich* sagte, geschah in voller Absicht.

»Und wo, hast du gedacht, soll ich wohnen?«, sagte Emma gekränkt.

»In einer Dreizimmerwohnung hätten wir beide ein eigenes Schlafzimmer«, antwortete Tone.

»Ich kann doch nicht mein Leben lang mit meiner Mutter zusammenwohnen.«

Tone hätte sagen können, dass sie ausziehen konnte wie

viele andere junge Leute in ihrem Alter. Aber es bestand kein Grund, die Sache auf die Spitze zu treiben. Sie war gerne bereit, ihrer Tochter zu helfen. Mehrere Freundinnen von Emma waren von ihren Eltern bei dem Kauf einer eigenen Wohnung unterstützt worden. Tone verstand nicht, wo sie das Geld hernahmen. Verstand nur, dass der Reichtum floss, aber nie in ihre Richtung.

»Mit einem Studiendarlehen kann man eben kein normales Leben führen«, klagte Emma.

»Du verdienst ganz gut mit deinem Kellnerjob«, erinnerte sie Tone. Ihre Tochter hatte im Monat nicht viel weniger zum Leben als sie. Tone hätte ihr einen Vortrag darüber halten können, mit wie wenig sie während ihres Studiums ausgekommen war. Aber das hatte sie bereits früher versucht. Jetzt hielt sie klugerweise den Mund. Auch Emma musste durch Erfahrungen lernen.

Tone zog die Decke zurecht. Das war völlig überflüssig, aber sie verspürte den Drang, fürsorglich zu sein. Das Gefühl, die Tochter zu beschützen. Den einzigen Fixpunkt in ihrem Leben. Ihr durfte nichts passieren.

Ihr Handy piepste, als sie auf dem Weg ins Bad war. Eine Mitteilung, dass eine SMS eingegangen war. Sie holte das Handy aus der Tasche und rief die Nachricht auf. *Es ist gefährlich, mit dem Feuer zu spielen,* stand da. Mehr nicht. Kein Absender. Sie überprüfte die Handynummer, von der die SMS geschickt worden war. Soweit sie wusste, kannte sie niemanden mit dieser Nummer. Aber es war einfach, sie zu speichern, deshalb löschte sie die Nachricht nicht.

Sie sank auf die Toilette. Bar aller Kräfte. Der Streit mit Emma hatte ihr den Rest gegeben. Das Zittern kam zurück. Ein unerträglicher Gedanke tauchte in ihrem Bewusstsein auf: Wenn es wirklich jemand auf sie abgesehen hatte, konnte das bedeuten, dass auch Emma in Gefahr war.

Flesland, Mittwoch, 24. Oktober, 15.30 Uhr

»Das Kind, dem du das Leben geschenkt, das du zur Taufe getragen und dem du einen Namen gegeben hast ... Nichts liegt dir so fern wie der Gedanke, dass aus diesem Kind einmal ein Monster wird.« Dieser Satz ging Tone nicht mehr aus dem Kopf, als sie in dem Bus zum Flughafen saß. Etwas in dieser Richtung hatte sie gesagt, die Mutter, die sie gerade interviewt hatte.

Noch bevor sie in den Flughafenbus gestiegen war, hatte sie gewusst, dass sie nicht rechtzeitig zum Abflug der Maschine da sein würde, für die sie ein Ticket hatte. Jetzt konnte sie nur hoffen, im nächsten Flugzeug einen Platz zu bekommen. In drei Stunden hatte sie eine Verabredung mit Atle Kristiansen.

Ein Monster? Nicht die Mutter selbst betrachtete ihren Sohn als Monster. Aber sie glaubte, dass andere das taten. Die Eltern: ein gut situiertes Ehepaar in den Fünfzigern. Zwei tüchtige, anscheinend gut geratene Kinder. Dann kam der Schock: Während der Sohn seine Wehrpflicht ableistete, erschoss er einen anderen Soldaten. Die Familie verstand nichts. Der Junge war doch immer so lieb gewesen. Allmählich kam heraus, was anderen aufgefallen war: In der letzten Zeit war er unausgeglichen gewesen. Warum hatten die Eltern die Signale übersehen?

Tone bekam einen Platz in der Maschine um 17.30 Uhr. Demnach müsste sie es schaffen. Die Wartezeit konnte sie nutzen, um sich die Aufnahme anzuhören. Die Mutter hatte sie freundlich empfangen. Der Vater war zur Arbeit, wollte lieber nicht bei der Sendung mitmachen. Der Sohn im Gefängnis. Die Tochter in Oslo, ausgezogen. Die Familie. Die Mutter, die allein auf dem Sofa saß, versuchte, ein gutes

Wort für den Mörder einzulegen. Sie war am Ende und bezog Invalidenrente. Das Leben hatte sich von ihr abgewandt, sagte sie während der Aufnahme: »Heute ist mir klar, dass mein Leben total sinnlos war. Ein Trümmerhaufen. Ich schleppe mich von einem Tag zum nächsten.« Und gleich drauf: »Man hätte ihm helfen müssen. Er hat dem Militärarzt gesagt, dass er ein Problem hat. Das ist später herausgekommen.«

»Und Sie selbst?«, fragte Tone auf dem Band. »Haben Sie Hilfe bekommen?«

»Warum sollte ich Hilfe suchen? Ich bin doch mitverantwortlich für das, was passiert ist. Wir Eltern formen doch unsere Kinder.«

Tone holte ein Blatt Papier aus der Tasche und notierte sich einige Stichworte. Das zentrale Thema: *Ist es meine Schuld? Mitverantwortung. Scham. Das eigene Kind nicht gekannt zu haben. Verteidigung des Menschen, nicht der Tat.* Sie hatte ein paar Anhaltspunkte für den roten Faden, der sich durch die Sendung ziehen sollte.

Marta Kristiansen, dachte sie. Sie ist eine von ihnen. Wusste sie, dass ihr wegen Mord verurteilter Sohn an einer Wiederaufnahme des Verfahrens arbeitete? Wusste sie, dass er die Journalistin um Hilfe gebeten hatte, die sie abgewiesen hatte?

Tone nahm ein Taxi vom Hauptbahnhof zu der Adresse in Gamlebyen. Neben der Klingel klebte ein kleiner Papierzettel mit dem Namen *Atle Kristiansen.* Gleich nachdem sie die Klingel gedrückt hatte, rasselte es im Türschloss. Sie stieß die Tür auf und stieg die Stufen in die dritte Etage hoch.

Und wenn er doch ein Mörder war? Dieser Gedanke nahm ihr das bisschen Atem, das ihr nach dem Treppensteigen noch geblieben war. Vielleicht war sie leichtsinnig. Oder dummdreist. Gutgläubig. Naiv. Das würde man ihr attestieren können, falls es schief ging. Immerhin hatte sie gewisse Vorsichtsmaßnahmen getroffen. Irene Eikeli hieß das Sicherheitsnetz, das sie auffangen sollte, falls nötig. Irene wusste, wo sie war. Sie hatten verabredet, dass sie tätig wurde, wenn Tone sich nicht bis 20.30 Uhr per Handy bei ihr gemeldet hatte.

An der linken Tür in der dritten Etage hing ein weiterer Zettel, der als Namenschild fungierte. Die Tür war angelehnt, aber sie schellte trotzdem.

»Kommen Sie herein«, tönte es von drinnen.

Er empfing sie in einer kleinen Diele.

»Woher wussten Sie, dass ich das bin?«, fragte sie.

»Das habe ich mir gedacht«, antwortete er. Er stand dicht neben ihr, was die Diele noch kleiner wirken ließ. »Außerdem …, meinen Sie, ich hätte jemanden zu fürchten?«

Hatte ein Mörder jemanden zu fürchten? Vielleicht hatten andere viel mehr Grund, ihn zu fürchten? Die Diele war so schlecht beleuchtet, dass sie Schwierigkeiten hatte, sein Gesicht zu sehen. An der Decke musste eine Birne kaputt sein, dachte sie.

»Was ist mit dem, der damals davongekommen ist?«, fragte sie als Antwort auf seine Frage. »Was glauben Sie, wie er darauf reagiert, dass Sie eine Wiederaufnahme des Verfahrens anstreben?«

»Ich bin darauf vorbreitet, mich damit auseinander zu setzen«, antwortete Atle Kristiansen düster, drehte sich um und die Diele wirkte wieder größer.

Tone folgte ihm mit einigen Schritten Abstand. Der Raum, in den sie kam, war ein Zimmer von fünfzehn bis zwanzig Quadratmetern. Sie hatte schon gemütlichere Wohnungen gesehen. Sparsam eingerichtet. Die paar Möbel, die er hatte, waren unmodern. Aber nicht so unmodern, dass man sie als Antiquitäten bezeichnen konnte. Ein Sofa, ein paar Stühle, ein Wohnzimmertisch, eine Kommode. Für das

Inventar wäre eine zehn Quadratmeterwohnung ausreichend gewesen. Kein einziges Bild an den graugelb tapezierten Wänden. Gestreifte Gardinen in matten Blautönen. Er hatte es also geschafft, Gardinen aufzuhängen. Mithilfe einer umsichtigen Mutter, nahm sie an.

»Setzen Sie sich«, sagte er. Er selbst blieb stehen. »Tee oder Kaffee?« Die Frage überraschte sie. Sie hatte nicht damit gerechnet, etwas angeboten zu bekommen.

»Tee, danke«, antwortete sie und setzte sich in einen der abgenutzten Lehnstühle.

Als er aus der Küche zurückkam, brachte er einen Wasserkessel und zwei Tassen mit. Den Kessel stellte er auf eine Zeitung, die auf dem Tisch lag.

»Ich bin nicht so gut eingerichtet«, sagte er und ließ den Blick durch den Raum gleiten. Hatte er ihre Gedanken gelesen? »Aber ich bin daran gewöhnt, es einfach zu haben«, fügte er hinzu.

»Wie ist das, Jahr für Jahr im Gefängnis zu sitzen ..., wenn man unschuldig ist?«, fragte sie unbeholfen.

»Man lernt eine Menge Überlebensstrategien.« Er redete, als hätte er die Zeit genutzt, sich mit Psychologie zu beschäftigen. »Tee, sagten Sie?«, und als sie das bejahte: »Zucker?« Letzteres wollte sie nicht und er verschwand wieder in der Küche. Diesmal kam er mit zwei gelben Lipton-Teebeuteln, einem großen Glas Pulverkaffee und einem Teller mit vier Kopenhagenern zurück.

Die Kopenhagener waren für ihre Diät viel zu fett. Eine einzige dieser Kalorienbomben würde den Essensplan zunichte machen, den sie bis heute geschafft hatte einzuhalten. Aber sie konnte nicht widerstehen. Er war in eine Bäckerei gegangen und hatte Kuchen gekauft, um sie zu bewirten. Mehr brauchte es nicht, um Tone zu rühren.

»Die Teilchen sind wirklich ausgezeichnet.« Sie hörte selbst, wie dumm und albern sie daherredete.

Er tat, als hätte er es nicht gehört. »Haben Sie sich entschieden?«, fragte er direkt. Falls er gespannt war, verbarg er es gut.

»Die Antwort ist: Ja«, antwortete Tone und holte das Diktiergerät hervor. »Ist es in Ordnung, dass ich das benutze? Das erspart mir einiges an Arbeit.«

»Sie haben sich also ernsthaft entschieden, sich mit dem Fall zu beschäftigen?«, fragte er noch einmal.

»Brauchen Sie einen Beweis oder reicht es, wenn ich Ihnen sage, dass ich bereits einiges an Zeit und Gedanken investiert habe?«

Er lächelte flüchtig. Sein Gesicht veränderte sich. Die verbissene Maske zersprang und machte einem offeneren Ausdruck Platz. Einem entspannteren. Ganz kurz sah Tone den Mann, in den Lotte Kwam sich verliebt hatte. Der auf der Tanzfläche auch auf sie eine gewisse Anziehung ausgeübt hatte. Der rote Pullover, den er trug, stand ihm gut.

»Natürlich«, sagte er. »Ich habe nur Angst, dass Sie auf eine schnelle Story aus sind. Ein journalistisches Ausschlachten einer tragischen Geschichte. Dass Sie sich plötzlich zurückziehen und sagen, dass Sie jetzt haben, was Sie brauchen. Ausreichend Stoff für eine interessante Sendung.«

Tone spürte eine gewisse Intimität. Erregend und kompliziert zugleich. Sie fragte sich, wann er wohl das letzte Mal mit einer Frau zusammen gewesen war. Neun Jahre hinter Gittern. Was war mit den Wochen, die er jetzt draußen war? Sich diese Frage zu stellen war nur natürlich, dachte sie. Aber hier und jetzt war sie fehl am Platz. Jetzt versuchten sie erst einmal herauszubekommen, mit wem sie es zu tun hatten. Tasteten sich vor. »Sie wollten doch den Fall ans Licht bringen«, sagte sie, um keinen Zweifel daran aufkommen zu lassen, um was es ging. »Deshalb haben Sie sich an eine Journalistin gewandt. Damit ich Ihnen helfe, den Fall in die Medien zu bringen.« Sie war froh, halbstarken Liptontee und keinen Wein zu trinken. Die Situation machte sie ein wenig nervös.

»In Ordnung«, sagte er wie ein gehorsamer Schuljunge. »Womit fangen wir an?«

»Mit einer wichtigen Frage«, sagte sie. »Auf welcher Grundlage wollen Sie eine Wiederaufnahme durchsetzen?«

»Erstens waren die Indizien nicht stichhaltig. Sie ließen sich mit dem Auto in Verbindung bringen, aber nicht mit mir. Selbst wenn die Spuren darauf hindeuteten, dass Lotte im Kofferraum transportiert worden war, war nicht ich derjenige, der das Auto benutzt hat. Zum Zweiten: Einer der Zeugen hat eine Falschaussage gemacht. Ich habe Ihnen erzählt, dass ich glaube, dass Lottes Liebhaber ein Kindheitsfreund von mir war. Seine Mutter hat falsch ausgesagt. Mona Hegge, die Nachbarin meiner Mutter. Ich habe viel darüber nachgedacht, ob sie das absichtlich getan hat. Oder ob sie sich nur im Zeitpunkt geirrt hat, wie ich zuerst angenommen habe. Da waren so viele Eindrücke, dass ich nicht im Stande war, sie zu sortieren. So viele Zeugen, die aufgetaucht sind. Beweise der einen oder anderen Art. Dem Verteidiger ist es nicht gelungen, alles zu entkräften. Außerdem glaube ich, dass er von meiner Schuld ausgegangen ist. So traurig es ist, das sagen zu müssen, für ihn war der Fall vor allem eine Prestigeangelegenheit.«

Hegge. Jetzt erinnerte sich Tone, dass dieser Name an der Tür der Wohnung gestanden hatte, in der sie letzte Woche gewesen war. »Ich habe mit der Nachbarin gesprochen«, sagte sie eifrig. »Sie hat gesagt, dass ihr Sohn vor Gericht gegen Sie ausgesagt hat.«

Atle Kristiansen zog die Augenbrauen zusammen, sodass sich eine tiefe Furche zwischen ihnen bildete. »Da bringt sie etwas durcheinander«, sagte er. »Lasse hat nicht vor Gericht ausgesagt.« Kristiansen dachte nach. Schraubte den Deckel von dem großen Kaffeeglas und füllte Pulver in die Tasse.

Goss es mit Wasser aus dem Kessel auf. »Seine Mutter hat behauptet, gesehen zu haben, wie ich am frühen Abend ins Auto gestiegen bin. Und zwar nachdem Lotte meiner Aussage zufolge das Haus verlassen hatte. Aber das war gelogen ..., absoluter Unsinn. Ich hatte meine Mutter besucht ..., ja, aber früher am Tag.«

»Das könnte sie getan haben, um ihren Sohn zu schützen«, sagte Tone. »Weil sie möglicherweise etwas wusste.« Sie dachte nach, bevor die nächste Frage sich meldete: »Welches Motiv könnte er gehabt haben, Lotte umzubringen, wenn er derjenige war, für den sie sich entschieden hatte?«

»Ich weiß es nicht, aber irgendetwas kann an dem Abend passiert sein.«

Sie saßen eine Weile schweigend da. »Und was denken Sie, kann ich tun?«, fragte sie.

»Kontakt zu Lasse Hegge aufnehmen. Ihn kennen lernen ..., sein Vertrauen gewinnen. Versuchen, nach und nach die Wahrheit aus ihm herauszuholen.«

Der Raum begann sich um sie zu drehen. Meinte er, sie sollte einen mutmaßlichen Mörder aufsuchen und ihn mit unbequemen Fragen konfrontieren? Worauf hatte sie sich da eingelassen? Sie trank den letzten Schluck kalten Tee und verschluckte sich. Schnell hielt sie die Hand vor den Mund, während der Husten ihr fast den Atem nahm und die Tränen ihr in die Augen schossen. Ein tapferer Versuch, die Stimme zu klären, misslang.

»Gehen Sie in die Küche und holen Sie sich ein Glas Wasser«, schlug er vor.

Sie kam sich puterrot und hässlich vor, aber es blieb ihr glücklicherweise erspart, ihr Gesicht zu sehen. Weder in der Diele noch in der kleinen Küche gab es einen Spiegel. Während das Wasser langsam kalt wurde, nutzte sie die Gelegenheit, sich umzusehen. Das Mobiliar war genauso einfach wie in der übrigen Wohnung. Die einzige Ausnahme bildete ein kleiner Laptop. Er stand mit hochgeklapptem Monitor auf dem Küchentisch. Der Monitor war dunkel. Aber das Gerät konnte trotzdem eingeschaltet sein. Was für einen modernen, teuren PC er sich angeschafft hat, dachte sie und trank von dem kalten Wasser. Ihr Hals war leicht wund und der Anfall noch nicht vorbei. Die Tränen lagen auf der Lauer. Aber sie fühlte sich besser.

»Ich wollte Sie nicht erschrecken«, sagte er, als sie wieder im Wohnzimmer war. »Wenn Ihnen die Idee nicht gefällt ...« Er beendete den Satz nicht. »Vielleicht können Sie zumindest mit ihm reden. Sagen, dass Sie einen Tipp bekommen haben, dass er der Liebhaber war, so tun, als wüssten sie nicht mehr.«

Das war gefährlich genug und die Idee gefiel ihr überhaupt nicht, aber sie sagte trotzdem: »Und wo finde ich Lasse Hegge?«

»Eine journalistische Herausforderung«, sagte er mit einem neuen kleinen Lächeln. Das nicht lange währte. Darunter lag der ihr bereits bekannte schroffe Ernst. »Nach dem, was Mona Hegge meiner Mutter erzählt hat, lebt er im Ausland. In den USA, soweit ich das verstanden habe.«

»Beschaffen Sie das Geld für einen Trip hinüber?« Tone versuchte, witzig zu sein.

Er ging auf den Ton ein. »Falls nötig«, sagte er. »Wir können ja den Erstattungsbetrag für den Justizirrtum als Vorschuss nehmen.«

Beide lächelten vorsichtig. »Haben Sie noch etwas Teewasser?«, fragte sie und hängte den nassen Beutel in die Tasse.

Er legte die Hände um den Kessel. »Es ist nicht mehr sehr warm«, sagte er.

»Das macht nichts. Ich möchte nur noch ein bisschen.« Sie goß die Tasse halb voll. »Gibt es sonst noch jemanden, mit dem ich reden sollte?«, fragte sie.

»Lottes Schwester«, sagte er, wieder angespannter. »Synne Sørensen.«

»Die, die Lotte immer unterstützt hat?«

»Und die mehr gewusst haben muss, als sie vor Gericht sagen wollte. Mit mir hat sie nach Lottes Tod nicht ein einziges Wort mehr geredet. Vor Gericht hat sie weinend gesagt, dass ich ihr Leben zerstört habe. Das Leben der ganzen Familie.«

Irgendetwas sagte Tone, dass das Verhältnis zwischen Kristiansen und seiner Schwiegerfamilie nie eins der besten gewesen war.

»Damit dürften Sie genug zu tun haben«, fuhr Atle Kristiansen fort und lehnte sich im Stuhl zurück. Als gäbe es nichts mehr zu sagen. Er holte den Tabak hervor und drehte sich eine Zigarette. Er zündete sie an, ohne zu fragen, ob sie das störte. Wahrscheinlich hatte er sich diese Art von Rücksichtnahme im Gefängnis abgewöhnt. Außerdem war es seine Wohnung, sodass es nur recht und billig war. Es war wohl an der Zeit zu gehen, dachte sie. Signalisierte er ihr das nicht?

»Melden Sie sich bei mir, wenn Ihnen noch etwas einfällt«, sagte sie und packte das Diktiergerät zusammen. Sie nahm die Tasse, in der noch immer ein Schluck Tee war, und trug sie in die Küche. »Arbeiten Sie viel am PC?«, fragte sie, als sie in der Diele standen.

»Gar keine schlechte Zuflucht, wenn man nichts anderes zu tun hat«, war die Antwort.

»Surfen Sie auch im Internet?«, bohrte sie nach und dachte, dass auch er vielleicht eine Partnerin über das Internet suchte. Für jemanden mit seiner Vergangenheit dürfte diese Möglichkeit nicht die schlechteste sein.

Er antwortete nicht auf die Frage, sondern sagte stattdessen: »Ich habe einen Teil der Gedanken aufgeschrieben, die ich mir … zu dem Fall gemacht habe.«

»Darf ich sie lesen?«

»Wenn ich sie systematisiert habe. Ich habe daran gearbeitet, als Sie kamen.«

»Sie können sie mir per E-Mail schicken. Warten Sie, ich gebe Ihnen meine Adresse.« Sie kramte in der Tasche.

»Ich habe Ihre Adresse«, sagte er schnell. Bevor er hinzufügte: »Oder vielleicht doch nicht.«

Tone stutzte. »Ich kann mich nicht erinnern, sie Ihnen gegeben zu haben«, sagte sie.

»Vielleicht stand sie in dem Brief, den Sie meiner Mutter geschrieben haben«, sagte er. »Aber ich weiß nicht, ob ich sie mir aufgeschrieben habe.«

»Hier haben Sie für alle Fälle meine E-Mail-Adresse und meine Telefonnummer«, sagte sie und reichte ihm ihre Karte.

In der Straßenbahn nach Hause versuchte sie, ihre Eindrücke zu sortieren. Der Versuch wurde durch die wohlbekannte Melodie des Handys unterbrochen. In der ersten Zeit hatte sie einen Standardklingelton gehabt. Doch nachdem sie des Öfteren nervös nach dem Handy gesucht hatte, sobald ein Klingelton ertönte, hatte sie sich gezwungen, die undurchschaubare Gebrauchsanweisung zu lesen, um einen anderen Ton einzustellen. Es hatte sich als so einfach herausgestellt, dass es fast schon zum Heulen war, sich gegen so etwas gesperrt zu haben.

Es war Karl-Erik Rogne. »Hej, hast du Zeit, dich mit mir zu treffen?«, fragte er unbekümmert.

»Jetzt oder später?«, antwortete sie leichtsinnigerweise. Zumindest hatte sie Lust, sich ein bisschen leichtsinnig zu fühlen. Sie hatte gerade entdeckt, dass es noch andere Männer auf der Welt gab.

»Jetzt«, war die Antwort. »Ich habe Überstunden gemacht und möchte irgendwas unternehmen. Oder um ehrlich zu sein: Ich habe Lust, dich zu treffen. Es kommt mir wie eine Ewigkeit vor, seit wir uns das letzte Mal gesehen haben.«

Eine etwas zu starke Übertreibung, dachte sie. Aber was soll's. »Ein Abend ohne Familienpflichten, mit anderen Worten?« Sie konnte es nicht lassen.

»So ähnlich. Kann ich zu dir kommen?«

»Im Moment sitze ich in der Straßenbahn.«

»So etwas habe ich mir schon gedacht.«

»Wieso?«

»Du redest, als hättest du Angst, dass andere dich hören«, sagte er lachend. »Die Leute benehmen sich sehr unterschiedlich, wenn sie von öffentlichen Orten aus mit dem Handy telefonieren. Einige schreien, als wollten sie zeigen, dass sie Freunde, Familie, Geliebte oder was auch immer haben. Du verrätst, dass du zu den vorsichtigen Typen gehörst. Angst hast, andere in deine Privatsphäre zu lassen. Ich schätze, du drehst dich zum Fenster, während du sprichst.«

Es stimmte, aber das sagte sie ihm nicht. »Ich bin in einer Viertelstunde zu Hause«, informierte sie ihn kurz.

»Dann bin ich, sagen wir, kurz vor neun da«, sagte er. »Ich habe die Adresse aus dem Telefonbuch. Nur für den Fall, dass du dich wunderst.«

Danach musste sie also nicht fragen. Sie hatte genug anderes, worüber sie sich Gedanken machen musste. Aus dem einen oder anderen Grund hatte sie Emma nicht erwähnt, als sie Karl-Erik eingeladen hatte. Oder als er sich selbst eingeladen hatte. Aber als Emma am Morgen aus dem Haus gegangen war, hatte sie gesagt, dass es wahrscheinlich spät werden würde. Sie hatte es gesagt, weil Tone ein gemeinsames Abendessen vorgeschlagen hatte.

Tone sah auf die Uhr. Zeit, Irene anzurufen.

Torshov, Mittwoch 20.20 Uhr

Emma war zu Hause. Das passte ihr schlecht, aber Tone wollte nett sein. Für eine gute Stimmung zwischen Mutter und Tochter sorgen. »Hej, was für eine Überraschung. Ich dachte, du kommst heute später«, sagte sie gut gelaunt.

»Hej«, kam es vom Sofa. Das war alles. Emma war vom Fernseher in Anspruch genommen. Tone musste nur einen Blick darauf werfen, um zu sehen, was sie guckte. Sie war in etwa auf dem neuesten Stand. Eine Comedy-Show. Wirklichkeitsfremd. Eine neue der in der letzten Zeit so zahlreichen Serien.

»Dass du dir so einen Schrott ansiehst«, sagte Tone resigniert. Sie wünschte sich, ihre Tochter würde sich für andere Dinge interessieren. Für Politik, zum Beispiel. Zumindest für etwas, was von einem gewissen gesellschaftlichen Engagement zeugte. Als sie selbst zwanzig war, hatte sie sich in vielen verschiedenen Interessengruppen engagiert. Sowohl auf der Pädagogischen Hochschule als auch auf der Journalistenschule gab es reichlich davon. Oder für Literatur. Theater. Musik. Irgendeine Form von Eigeninitiative.

»Weißt du überhaupt, wovon du sprichst?«, kam es spitz von Emma.

Mehr bedurfte es nicht, stellte Tone fest. Zurzeit lag die Toleranz ihrer Tochter bei null. Man sollte meinen, sie sei fünfzehn und keine zwanzig. Vielleicht hatte sie Probleme. Wirkliche Probleme. Jedenfalls war sie nicht ganz sie selbst. »Was ist los mit dir?«, sagte sie. »Dass du so reagierst, wenn ich einfach nur nett sein will. Heute Morgen hast du gesagt, dass es spät wird. Da ist es wohl nur natürlich, wenn ich das kommentiere.«

Sie merkte, wie schroff ihre Stimme klang. Sie hatten das

gleiche Temperament. Gerade in diesem Punkt hätte Tone sich gewünscht, dass Emma mehr nach ihrem ruhigen Vater gekommen wäre.

»Ich habe nur gefragt, ob du weißt, wovon du redest«, wiederholte Emma. Viel gedämpfter. Als hätte sie höflich eine wichtige Frage gestellt. »Da du das Programm so einfach verurteilst.«

»Ich habe ein paarmal hineingesehen. Ab und zu«, berichtigte Tone sich. Selbst das war eine Übertreibung. Aber eine notwendige, um nicht ganz das Gesicht zu verlieren. »Um zu wissen, worüber ich rede. Als Journalistin muss man auf dem Laufenden sein, was den Mediensektor angeht«, fügte sie hinzu. Damit hatte sie gleichzeitig klargestellt, dass sie in diesem Bereich die Fachfrau war. Tone war ein Medienmensch. Emma nicht. Sie war nur Verbraucherin. Oder Missbraucherin, fühlte sie sich hin und wieder versucht zu sagen.

»Ach ja«, sagte Emma. Die Augen noch immer am Bildschirm klebend. »Auch wenn du das für eine Scheißsendung hältst, ich finde sie amüsant. Und genau das brauche ich jetzt.«

»Ich erwarte Besuch«, sagte Tone und wechselte das Thema. Im selben Moment wurde ihr klar, dass es unmöglich war. Karl-Erik konnte nicht hierher kommen.

»Wieder eine dieser Chatgeschichten?«, fragte Emma.

Tone bereute, ihr von ihrem Hobby erzählt zu haben. Aber es war ihr an einem Abend herausgerutscht, an dem ihr die Tochter wie ein erwachsener Mensch vorgekommen war, mit dem man vertrauliche Gespräche führen konnte. Nicht wie der kantige Teenager, dem sie jetzt glich.

»Wir gehen aus. Du brauchst dir also keine Sorgen zu machen«, sagte Tone.

»Aber das *tue* ich«, sagte Emma ängstlich. »Du musst vorsichtig sein. Die Frau, die in Lillehammer ermordet wurde, hat sich auch mit Chatfreunden getroffen. Wahrscheinlich hat einer von denen sie umgebracht.«

Tone spürte einen Anflug von schlechtem Gewissen, dass sie Emma nichts von ihrem Erlebnis erzählt hatte. »Ich chatte nicht mehr. Und den Mann, mit dem ich mich heute Abend treffe, kenne ich«, sagte sie freundlich und schmückte die Wahrheit ein bisschen aus. »Du brauchst dir also keine Sorgen zu machen.«

Sie hielt das Handy in der Hand, um nach der Nummer von Karl-Erik zu sehen, als das Telefon schellte.

»Ich dachte, du wohnst allein«, sagte Karl-Erik Rogne am anderen Ende. »Auf der Klingel stehen zwei Namen.«

»Emma ist meine Tochter«, erklärte Tone.

»Dann passt es wohl nicht so gut?«

»Wir gehen besser aus«, antwortete sie. »Wo bist du jetzt?«

»Ich stehe unten auf der Straße.«

»Du kannst ruhig raufkommen und Guten Tag sagen.« Es würde Emma gut tun zu sehen, dass es auch unter den Männern, die Kontakte über das Internet suchten, attraktive Exemplare gab, dachte sie. Dass der Mann verheiratet war, musste sie ihr ja nicht sagen.

»Ich warte lieber unten.«

»Wie du willst.« Sie hätte »du Feigling« hinzufügen können. Aber wozu sollte das gut sein? Er wollte ihr Verhältnis vor anderen geheim halten. Das war seine Sache. Hatte sie etwas anderes erwartet? Mal ehrlich, hast du nicht etwas idiotische Erwartungen?, fragte sie sich. Natürlich sollte sie besser absagen. Sie brauchte nur zu sagen, dass es doch nicht so gut passte. Aber sie hatte das Bedürfnis rauszukommen. Das Bedürfnis, mit jemandem zu reden. Deshalb nahm sie die Jacke vom Haken und verabschiedete sich von Emma.

Der Herbstabend war mild und windstill. Tone sah sich suchend in dem dunklen Hinterhof um. Da stand niemand.

Sofort dachte sie an die Person, die ihr am Vorabend gefolgt war. Wer war das gewesen?

Sie bog um die Ecke und stand draußen vor der Toreinfahrt. Sah nach rechts und nach links. Auch hier war niemand. Hielt er sie zum Narren? Nachdem er sie an der Angel hatte? Sie konnte nicht leugnen, dass er in den letzten Tagen in ihren Gedanken herumgespukt war.

Ein leiser Pfiff fing ihre Aufmerksamkeit. Ein dunkler Schatten auf der anderen Straßenseite. So weit von Haus- und Straßenlaternen entfernt wie nur möglich. Hielt er es für notwendig, so vorsichtig zu sein? Dann sollte er sich besser an seine Frau und das Familienleben halten. Ohne Risiko.

Sie lief schräg über die Straße. Ein paar Schritte und sie stand direkt vor ihm. Er legte eine Hand unter ihr Kinn und küsste sie auf den Mund. »Sollen wir ein bisschen bummeln?«, fragte er. »Und uns anschließend ein Restaurant suchen?«

Sie hatte einige Vorschläge, sagte jedoch nichts. Das hatte Zeit.

»Was für ein Glück, dass du heute Abend nichts vorhattest«, sagte er schmeichelnd und setzte sich in Bewegung. »Die Schar deiner Bewunderer nimmt wohl stetig zu?«

»Wer weiß«, sagte sie, um mitzuspielen.

»Jemand Interessantes dabei in der letzten Zeit?«

»Kein Kommentar.«

»Ich bin neugierig«, sagte er. Blieb stehen und griff nach ihrem Arm. »Und ein bisschen eifersüchtig.«

»Kann ich gut verstehen.« Sie behielt den Plauderton bei. »Du kannst wohl nicht unter so vielen wählen. Du brauchst schließlich auch Zeit für deine Familie.« Sie war sich selbst nicht sicher, ob sie versuchte, sarkastisch oder nur unbeschwert zu sein.

Sie gingen eine Weile schweigend nebeneinander her.

Woran denkst du?, hätte sie gerne gefragt. Hatte sie ihn mit ihrer Anzüglichkeit gekränkt? Das musste er aushalten können. Sie hätte gerne mit ein paar Worten eine vertrauliche Stimmung geschaffen, aber ihr fiel nichts ein. Irgendetwas klemmte.

»Wie alt ist deine Tochter?«, kam es endlich von ihm. »Zwanzig«, sagte sie schnell. »Ich glaube, ich habe dir bei unserer ersten Verabredung von ihr erzählt.«

»Möglich. Aber ich war wohl mit meinen Gedanken woanders.«

Der Kontakt war wiederhergestellt. Falls er überhaupt unterbrochen gewesen war. Sie erzählte ihm von Emma, nur Positives. Redete ununterbrochen. Sie kamen an einem Restaurant vorbei, in dem Tone mehrmals gewesen war, und sie schlug vor hineinzugehen. Durch ein paar große Fenster konnten sie in das Lokal sehen. Es war gut gefüllt, aber es gab noch freie Tische.

»Können wir nicht irgendwohin gehen, wo weniger los ist?«, bat er. »Ich könnte mir einen etwas intimeren Ort vorstellen.«

Oder mit anderen Worten: einen Ort, an dem die Gefahr geringer ist, gesehen zu werden, dachte Tone. Behielt den Gedanken jedoch für sich. Darin war sie Meisterin. Es lief nach seinen Prämissen. Ihr kam die Situation bekannt vor und sie missfiel ihr ebenso wie ihr eigenes Verhalten. Und alles andere. Es war einfach zu blöde. Trotzdem ging sie weiter neben einem Mann her, zu dem sie den Kontakt auch gleich abbrechen konnte.

Sie gingen eine Viertelstunde, bis sie ein Restaurant fanden, das ihm intim genug erschien. In einer Ecke waren sie vor Blicken und lauschenden Ohren geschützt.

»Ich sehe dir an, dass du verärgert bist«, sagte er, nachdem sie eine Flasche Wein bestellt hatten. »Weil ich nicht in das erste Restaurant wollte. Du hältst mich für feige. Du verurteilst mich und das kann ich verstehen.« Er spielte den Zerknirschten so gut, dass es fast glaubwürdig wirkte, dachte Tone. »Aber ich habe dir schon einmal gesagt, dass meine Ehe nicht so gut ist, wie sie sein sollte«, sagte er in vertraulichem Ton. »Wir bleiben vor allem der Kinder wegen zusammen. Ohne dass ich jetzt näher darauf eingehen will.« Er beugte sich vor und hielt ihre Hände. »Ich brauche etwas anderes«, fuhr er fort und hielt sie auch mit den Augen fest. »Deshalb habe ich angefangen, im Internet zu surfen. Und dich gefunden. Seitdem versuche ich, dich für mich zu gewinnen. Dein Vertrauen zu gewinnen. Ich verstehe, dass du skeptisch bist. Das ist nur recht und billig.«

Ein langer Monolog, dachte Tone. Möglicherweise sagte er die Wahrheit. Möglicherweise war es ein gut einstudierter Bluff. Den er vielleicht früher schon so erfolgreich eingesetzt hatte, dass es einen Versuch wert war, es noch einmal zu versuchen. Sollte er ruhig weitermachen. Er war süß, wie er so dasaß und sein Bestes tat. Sie hatte Lust, ihm zu glauben.

Er war noch nicht fertig. »Aber ich könnte mir vorstellen, dass es noch andere gibt. Dass ich nur einer unter vielen bin. Abends frage ich mich, mit wem du gerade zusammen bist.«

»*So* viele sind es nun auch wieder nicht«, sagte sie fröhlich. Ihr gefiel die Wendung, die das Gespräch nahm. Ungeachtet ob er meinte, was er sagte, oder nicht.

»Hast du dich mit jemandem getroffen, seit wir uns letztes Mal gesehen haben?«, wiederholte er.

Er schien wirklich eifersüchtig zu sein, stellte sie fest. Genau wie letztes Mal, als sie zusammen waren. Sie sagte: »Wir haben uns erst vor drei Tagen das letzte Mal gesehen. In drei Tagen passiert nicht so viel.« In dem Moment, in dem sie das sagte, wunderte sie sich. Drei Tage? War wirklich nicht mehr Zeit vergangen? Es *war* viel in diesen drei Tagen passiert.

Er sah sie forschend an. »Hast du nochmal von Orion gehört? Das war doch das Pseudonym von einem der Männer? Hast du dich mit ihm verabredet?«

Tone zuckte zusammen. Hatte Karl-Erik doch ihre E-Mails gelesen? War das möglich? Wie viel hatte sie ihm in Budal eigentlich von Orion erzählt? Jedenfalls nichts von dem Vorschlag, sich zu treffen. Jetzt war sie froh, dass sie in einem Restaurant saßen und nicht im Halbdunkel durch halbleere Straßen liefen.

»Jetzt hast du dich verraten«, sagte sie. Ihre Stimme war nicht ganz sicher.

»Okay. Ich gebe es zu«, sagte er, nahm die Hände hoch und lächelte entschuldigend.

Es war das kleine Lächeln, das das Fass zum Überlaufen brachte. Die Wut stieg in ihr hoch und machte sich in einer kleinen Explosion Luft. Er hatte sie also wirklich zum Narren gehalten. Sie dachte an die erotischen E-Mails. An die Mail, die sie und Irene gestern Abend geschrieben hatten. Hatte er sie deshalb heute angerufen und sich mit ihr verabredet?

»Falls das ein Witz sein soll, ist es ein schlechter«, sagte sie. Und scherte sich keinen Deut darum, ob sie ihre Stimme unter Kontrolle hatte oder nicht. Sie stand so abrupt auf, dass der Stuhl hinter ihr umfiel.

Er sah ängstlich aus. Ganz einfach ängstlich. Die Wut und seine Entlarvung verliehen ihr eine Macht, die sie weise einzusetzen gedachte.

»Entschuldige bitte«, bat er mit dünner Stimme. »Es war nicht böse gemeint.«

»Verdammt«, fluchte sie noch einmal. »Wenn du wüsstest, wie viele Gedanken ich mir gemacht habe, wer dahinter steckt. Wie viel Unsicherheit ...« Ihre Stimme war kurz davor zu brechen. Weinen war das Letzte, was sie jetzt wollte. »Du verdammter Sadist!«, schleuderte sie ihm entgegen.

»Hör zu«, sagte er. »Sei so lieb und setz dich.«

Sie blieb aus Protest stehen. Ging aber nicht.

»Der PC stand da und ich habe mich nur eingeloggt, um nach meiner Post zu sehen. Ich hatte nicht vor ...« Er suchte nach Worten. »Ja, ich gebe zu, dass das dumm war. Idiotisch. Unverzeihlich. Aber ... plötzlich hatte ich dein Outlook aufgerufen. Es war zu verlockend. Schimpf mit mir, tu, was du willst. Aber du darfst nicht glauben, dass ich dich verletzen wollte. Ich habe geglaubt, dass du es begriffen hast, als ich dir die Geschichte erzählt habe. Ich konnte sie ja nirgendwo anders herhaben. Ich habe dir doch gesagt, dass ich mich eingeloggt habe, um meine Post zu lesen.«

Während er redete, wurde Tone langsam bewusst, was er sagte. Es war genau so, wie sie damals gedacht hatte. Er hatte ihre Post geöffnet und gelesen. Es konnte aber auch nur eine Erklärung sein, zu der er jetzt griff. Das Zittern ließ etwas nach. Ich habe trotzdem allen Grund, wütend zu sein, sagte sie sich. Ein Fremder war in ihre Privatsphäre eingedrungen.

»Ehrlich gesagt, habe ich geglaubt, dass du inzwischen weißt, wer Orion ist. Aber aus dem, was du sagst, entnehme ich, dass du das nicht tust. Okay, ich habe die Mail gelesen, in der du ein Treffen vorschlägst. Ich bin davon ausgegangen, dass er darauf geantwortet hat. Dass er der Mann war, den du zuletzt getroffen hast.«

»Wieso bist du dir so sicher, dass ich mit einem Mann zusammen war?« Ihre Stimme klang scharf und beherrscht. Tone fühlte sich kalt und ruhig.

»Irgendetwas hat mir gesagt ... Vielleicht etwas, was du in einer Mail geschrieben hast. Dass du beschäftigt seist ...« Er bewegte sich auf dünnem Eis.

»Und das Einzige, womit eine Frau beschäftigt sein kann, sind Männer, meinst du?«

Er seufzte tief. »Habe ich jetzt alles kaputtgemacht?«, fragte er und machte einen zerknirschten Eindruck.

»Ein *alles* hat es nie gegeben«, sagte sie und griff nach ihrem Handy. Die Nummer der Taxizentrale war gespeichert. Sie legte einen Hundertkronenschein auf den Tisch. Das war mehr als genug, um ihren Anteil an der halbvollen Flasche zu bezahlen. Sollte er es sich mit dem Rest allein gemütlich machen.

Sie riss ihre Jacke an sich und ging nach draußen, um auf das Taxi zu warten. Im Auto mischte sich die Wut mit einem Gefühl der Trauer. Etwas war vorbei. Dann tauchte Verwunderung auf. Karl-Erik Rogne schien sicher zu sein, dass sie mit einem Mann zusammen gewesen war. Irgendetwas hatte er herauszufinden versucht. Wusste er von ihrem Treffen mit Atle Kristiansen?

Norwegischer Rundfunk, Donnerstag, 25. Oktober, 11.00 Uhr

Tone Tarud musste mit ihrer Dokumentarreihe vorankommen. Sie brauchte einen Zeitplan. Arbeitspläne, Zeitpläne, die Systematisierung von Ideen und anderen Dingen, die man Punkt für Punkt zu Papier bringen konnte, gehörten zu ihren Stärken. Sie griff nach einem leeren Blatt. Im selben Moment gab ihr Handy ein Piepen von sich, um anzuzeigen, dass eine SMS eingegangen war. Sie war von Emma. *Bist du heute Nachm. zu Hause? Ich mache Abendessen, wenn du willst.*

Die gute alte Emma. Die sie eigentlich auch war, wenn ihre positiven Seiten die Oberhand hatten. Irgendetwas schien sie zu quälen, dachte Tone. Schade, dass sie mit ihrer eigenen Mutter nicht darüber reden konnte. *Bin um 5 zu Hause. Danke für die Einladung,* antwortete sie. Sie brauchte lange für dieses Unterfangen. Das war nicht gerade die Art der Kommunikation, in der sie gut war.

Dann schrieb sie auf das leere Blatt:

Donnerstag, 25.10.:

11:00–12.30: Anhören der Aufnahmen zu der Dokumentarreihe

12.30–13:00: Mittagessen

13:00–14:00: Auflisten von Themen, in die sich die Reihe unterteilen lässt. Formulieren eines vorläufigen Schwerpunkts/einer Perspektive

14:00–15:00: Erstellen eines Arbeitsplans mit Zielsetzung für die weitere Arbeit an der Reihe

15:00–16:00: Notieren von Gedanken/Fragen zum Fall Kristiansen. Mona Hegge und Synne Sørensen anrufen?

Es war bereits Viertel nach elf. Zeit, Diktiergerät und Kassetten hervorzuholen. Sie wollte mit dem Interview beginnen, das sie vor ein paar Wochen gemacht hatte. Eine Frau hatte voller Hoffnung einen kleinen Menschen zur Welt gebracht, der viele, viele Jahre später zum Mörder wurde. Der Sohn, ein Mann in den Vierzigern, war Alkoholiker und der Mord an seinem Zechkumpan geschah im Rausch.

Der Mutter war es gelungen, sich ziemlich gut auszudrücken. Sichtlich nervös und nicht sonderlich reflektiert, hatte sie es trotzdem geschafft, einen Teil der Gefühle und Gedanken in Worte zu fassen. Ein Gedanke ließ sie nicht los: Ist es meine Schuld? Sie warf sich vor, in ihrer Fürsorgepflicht versagt zu haben. Hätte er sich nicht unglücklich und vernachlässigt gefühlt, wäre er nicht zum Alkoholiker geworden. Wäre er kein Alkoholiker gewesen, wäre er nicht zum Mörder geworden. Und so weiter. Aber das Problem war, dass sie nicht verstand, was sie falsch gemacht hatte. »Der Tag, an dem du wirklich begreifst, dass dieser kleine Mensch, dem du das Leben geschenkt hast …, dass der all die Werte mit Füßen tritt, die du ihm mitgegeben hast …« Die Frau hatte viele Sätze unbeendet gelassen. Falls Tone dieses Interview für die Sendung nutzen wollte, musste sie über weite Stellen eine Aneinanderreihung halber Sätze zusammenschneiden.

»Nachdem ihr Sohn wegen Mord verurteilt worden war, was haben Sie da gedacht?«, fragte Tones Stimme auf dem Band.

»Ich war mir so sicher, dass es ein Missverständnis war. Dass das nicht sein konnte. So war mein Junge nicht. Er war unglücklich, er war abgestürzt. Der Rausch hatte ihn im Griff ..., aber dass ... « Man konnte hören, wie die Stimme brach. Eine Pause folgte.

Tone erinnerte sich an den Drang, den Arm um die Frau zu legen. Um die grauhaarige Frau in den Siebzigern. Mit ihren weichen, dicken Händen. Putzhänden. Händen, die die Windeln eines späteren Mörders gewechselt, die für den Besuch der Journalistin Waffeln gebacken hatten. Sie hatte eine tiefe Zuneigung zu allen Müttern empfunden. Müttern, die ihren Teil geleistet hatten. Verbrauchten Müttern. Die hilflos zusehen mussten und nicht verstehen konnten, warum ihnen die Kinder den Rücken kehrten. Wenn sie die Stimme auf dem Band hörte, kam dieses Gefühl zurück. Sie war so gerührt, dass ihr die Tränen in die Augen stiegen. Genau in solchen Stunden war es schwer zu verstehen, dass dieselben Mütter auch andere Seiten hatten. Tone und Emma. Tone und ihre Mutter.

Es klopfte an der Bürotür. Eine lächelnde Henriette stand davor. Henriette und ihre Mutter, dachte Tone. Die Kollegin war nur fünf Jahre älter als Emma.

»Was für ein Verhältnis hast du zu deiner Mutter?«, fragte Tone.

Henriette sah sie verwundert an. »Ganz einfach«, sagte sie entspannt. »Wir führen unsere Kleinkriege. Tun das nicht alle? Warum fragst du?«

Tone musste lächeln. So war das Leben. Das normale. Enge Beziehungen waren nun einmal von Spannungen geprägt.

»Ich mache mir gerade so meine Gedanken«, antwortete sie. »Höre einer Mutter zu, die voller Schuldgefühle ist, weil ihr Sohn zum Mörder wurde. Denke an das, was man über seine Nächsten alles nicht weiß. Wie schwer sich vorhersagen lässt, wie das Leben einmal wird.«

Henriette stand in ihrer engen, schwarzen Hüfthose mit Schlag in der Tür. Ein knapper Pulli in kräftigem Blau saß genauso eng. Mit ihrer Modelfigur konnte sie anziehen, was sie wollte, dachte Tone. Die Haare waren wuschelig kurz und gesträhnt. »Ich würde gern mehr über das Projekt hören. Aber eigentlich wollte ich etwas anderes«, sagte sie und verlagerte ihr Gewicht von einem Bein auf das andere. »Diese Sendung über die Tanzveranstaltung für Singles ... Ich könnte mir vorstellen, das Thema in ein oder zwei Sendungen aufzugreifen. Neue Methoden der Partnersuche. Oder besser ausgedrückt: arrangierte Partnertreffen in unserer Zeit. Weißt du eigentlich, dass es Auslandsreisen nur für Singles gibt?«

»Habe schon davon gehört«, murmelte Tone. Es fiel ihr schwer, es laut und deutlich zu sagen, weil es nicht stimmte.

»Und denk mal daran, was heute alles über das Internet läuft. Das greift doch mehr und mehr um sich.«

Tone blieb ihr die Antwort schuldig. Stattdessen bat sie Henriette, sich zu setzen.

Henriette setzte sich auf den einzigen freien Stuhl im Büro, bevor sie sagte: »Ich könnte mir vorstellen, dass du ein paar Ideen hast.« Sie sah Tone erwartungsvoll an. »Vielleicht kannst du ja einen Folgebeitrag machen. Eine Reportage, die wir in der Sendung bringen können. Was hältst du von der Idee, eine Reihe über die Partnersuche via Internet zu machen?«

»Genau an diesem Thema arbeite ich zurzeit«, antwortete Tone. Ohne näher auf die Details einzugehen. Die Aufnahme wäre im Kasten, hätte Anne Lomen sich nicht geweigert.

Henriette hatte knapp zwei Minuten ruhig gesessen. Dann sprang sie schon wieder auf. »Lass uns später darüber reden«, sagte sie und verschwand, einem leichten Parfümduft zurücklassend, durch die Tür.

Im Moment hatte Tone an anderes zu denken. Sie musste sich auf eins nach dem anderen konzentrieren, bevor alles aus dem Ruder lief. Jetzt war die Dokumentarsendung an der Reihe. Sie holte die Kassette mit dem Interview und die Notizen heraus, die sie am Vortag in Bergen gemacht hatte.

Nach ihrem Plan müsste sie jetzt Mittag essen. Den Gedanken an die Kantine hatte sie bereits verworfen. Der Anblick von Henriette Sivertsen inspirierte sie, sich mit dem zufrieden zu geben, was sie mithatte. Einer Mohrrübe.

Sie biss hinein, klickte die Startseite des Internets an und loggte sich ein, um die Post in ihrer privaten Mailbox zu lesen. Die meisten privaten Mails gingen an diese Adresse und nicht an die beim *NRK*. Eine der neuen Mails war von Kristiansen: *Habe versucht, Sie anzurufen, Sie aber nicht erreicht. Ich habe etwas zu erzählen. Wie sieht es bei Ihnen aus? Haben Sie etwas herausgefunden?*

Nein, sie hatte nichts herausgefunden. Sie war mit ihrer Sendereihe beschäftigt gewesen. Sie griff nach dem Hörer, um die Nummer von Atle Kristiansen zu wählen. Entschied sich jedoch anders. Sie wollte ihm zeigen, dass sie an der Sache dran war. Deshalb rief sie das elektronische Telefonbuch auf und suchte nach der Nummer von Lasse Hegge. Ergebnislos. Vielleicht hieß er gar nicht Lasse. Lars? Sie fand zwei Eintragungen auf Lars Hegge und eine auf Lars-Ivar Hegge. Vielleicht war es am besten, erst einmal herauszufinden, nach wem sie suchen sollte.

Unter Synne Sørensen fand sie drei Einträge. Nur eine davon in Oslo, deshalb entschied sie, dass das die richtige sein musste. Ein Anrufbeantworter verkündete *niemand zu Hau-*

se, gab aber eine Handynummer an. Unter dieser Nummer meldete sich eine Frauenstimme mit Synne.

»Spreche ich mit Synne Sørensen geborene Kvam?«, fragte Tone.

Nach einer kleinen Pause kam: »Ja, warum? Geht es um das Jubiläumstreffen?«

»Nein, eigentlich nicht. Aber wir haben aus alten Tagen eine gemeinsame Bekannte. Lotte. Ihre Schwester.«

»Sie kannten Lotte?«, fragte sie skeptisch. »Wie war nochmal Ihr Name, haben Sie gesagt?«

»Ich habe ihn nicht gesagt. Ich heiße Tone. Tone Tarud.«

»Ich kann mich nicht erinnern, diesen Namen schon einmal gehört zu haben.«

Dann hörst du kein Radio, dachte Tone. Oder die falschen Sendungen. Höflich antwortete sie: »Ich kenne sie vom Gymnasium.« Sie hoffte, dass Lotte Kvam auf dem Gymnasium gewesen war. Sie hatte schlechte Vorarbeit geleistet. Alles war so schnell gegangen. Plötzlich hatte sie Lottes Schwester am anderen Ende gehabt.

»Hier in Oslo?«

»Mmmm.« Tone fürchtete, dass noch mehr Fallen kommen könnten, deshalb beeilte sie sich hinzuzufügen: »Ich würde mich gerne mit Ihnen treffen. Ein bisschen reden.«

»Worüber?«

»Über die Ereignisse um ihren Tod.«

»Was gibt es denn da zu reden? Der Fall war schnell aufgeklärt. Ihr Mann hat die verdiente Strafe bekommen.«

»Die er abgebüßt hat.«

Es war eine Weile still, bis Synne Sørensen sagte: »Jetzt schon?«

»Es sind Zweifel aufgekommen, ob er … es wirklich war, ob er sie ermordet hat.« Tone versuchte, Wendungen zu wählen, die sich im Bereich der Wahrheit hielten. »Es kann sein, dass das Verfahren wieder aufgenommen wird.«

»Wer hat Zweifel an seiner Schuld geäußert?«

»Ein Teil der Aussagen sind falsch.« Tone wusste, dass sie sich noch immer auf dünnem Eis bewegte.

»Und welche?« Die Stimme am anderen Ende wurde immer skeptischer und abweisender.

»Das kann ich Ihnen leider nicht sagen.«

»Und was haben Sie damit zu tun?«, fragte Synne Sørensen. In Habtachtposition.

Gute Frage, dachte Tone. »Ich bin Journalistin«, entschloss sie sich zu sagen.

»Journalistin? Soll jetzt wieder in dem Fall herumgestochert werden?«, fragte Synne Sørensen erregt. »Ich schaffe es nicht, noch einmal durch diese Hölle zu gehen.« Ihre Stimme versagte. Sie machte eine Pause, bevor sie weiterredete, hoch und schneidend: »Steckt dieser verdammte Kerl dahinter? Und ihr idiotischen Journalisten geht ihm auf den Leim?«

»Ich versuche nur zu sagen, dass der Fall noch einmal aufgerollt werden kann. Und dass ...«

Sie wurde von Synne Sørensen unterbrochen, die »Verdammt!« rief und auflegte.

»Verdammt«, sagte auch Tone, als sie nur noch das Besetztzeichen hörte. Diese Frau hasste Atle Kristiansen, stellte sie fest. Tone notierte sich die Adresse. Dann wählte sie Kristiansens Nummer. Er nahm nicht ab.

Zurück vor den Monitor. Auch Karl-Erik Rogne hatte eine Mail geschickt. Voller Entschuldigungen und Bitten um Schönwetter. Er habe nie die Absicht gehabt, sich in ihr Privatleben einzumischen. Oder sie zu verletzen. Er habe sich nur von dem Gedanken mitreißen lassen, dass sie sich mit anderen treffe. Damit habe sie eine seiner Schwachstellen berührt. Tone machte sich nicht die Mühe zu antworten.

Sie loggte sich aus und blendete gleichzeitig Karl-Erik aus. Stattdessen holte sie die Unterlagen zu Kristiansen hervor.

Was hatte sie? Es gab keine belastenden Beweise in dem Fall, das war das Wichtigste. Kristiansen war verurteilt worden, weil die Indizien auf ihn wiesen. Er hatte ein Motiv. Und es gab nichts, was seine Unschuld bewies. Die Nachbarin, die ihm ein Alibi hätte geben können, tat das Gegenteil. Sie sagte gegen ihn aus. Einer von ihnen musste die Unwahrheit sagen. Das Gericht entschied, der Frau zu glauben. Die Nächste, mit der sie reden wollte, war Mona Hegge.

Bevor sie dazu kam, ihre Nummer zu wählen, schellte ihr Handy. Atle Kristiansen.

»Sie haben versucht, mich zu erreichen«, sagte er atemlos. »Ich habe einen Spaziergang gemacht. Und vergessen, das Handy mitzunehmen.«

»Ich habe gerade mit Synne Sørensen gesprochen«, sagte Tone, um die Initiative zu ergreifen.

»Was hat sie gesagt?«

»Nichts. Sie hat den Hörer aufgeknallt.«

»Warum?«

»Wahrscheinlich weil sie nicht über den Fall reden wollte. Sie schaffe es nicht, diese Hölle noch einmal zu durchleben, hat sie gesagt.«

»Sie könnte die Hölle längst hinter sich haben, wenn sie damals alles gesagt hätte, was sie weiß«, sagte er bitter.

»Ich werde ihr einen Besuch abstatten«, sagte Tone. »Jetzt hatte ich gerade den Hörer in der Hand, um Mona Hegge anzurufen. Aber Sie wollten mir etwas erzählen?«

»Eine große Überraschung. Gestern Abend habe ich Lasse Hegge gesehen. Ich bin mir sicher, dass er es war. Es war gegen halb zwölf hier in Gamlebyen, ich war gerade auf dem Heimweg. Plötzlich tauchte er aus dem Dunkel auf. Mir war sofort klar, dass er aus dem Hinterhof kam, wo ich wohne. Ich weiß nicht, ob er mich gesehen hat. Dann hat er sich in ein Auto gesetzt und ist weggefahren.«

»Glauben Sie, dass er zu Ihnen wollte?«

»Genau das frage ich mich auch.«

»Haben Sie sich die Autonummer aufgeschrieben?« Tone kam sich wie eine Ermittlerin vor. Auf der Jagd.

»Leider nur die ersten Ziffern. Ich war ganz damit beschäftigt, mir den Mann genauer anzusehen. Aber bei dem Auto handelte es sich auf jeden Fall um einen dunklen Audi. Mit Osloer Kennzeichen. Ich glaube, die Nummer begann mit 58. Und hörte mit 0 auf.«

Damit konnte man etwas anfangen, wenn auch nicht viel. Tone war sich nicht sicher, ob sie Informationen über den Autobesitzer bekommen würde – falls sie es versuchte. Mona Hegge hatte jetzt erste Priorität, daran bestand kein Zweifel. Aber sie wollte noch warten, bevor sie ihr einen Besuch abstattete. Warten, ihre Identität preiszugeben.

Mona Hegge antwortete nach vier, fünf Klingelzeichen.

Diesmal fühlte Tone sich besser vorbereitet. Sie fiel in Dialekt, als sie sagte: »Ich versuche, Lasse Hegge zu erreichen. Wir sind früher zusammen zur Schule gegangen und jetzt planen ein paar von uns ein Jubiläumstreffen«, erklärte sie. »Aber ich weiß nicht, wo Lasse wohnt, und im Telefonbuch gibt es mehrere unter dem Namen.«

»Lasse lebt in den USA. Das tut er seit vielen Jahren«, kam es vorsichtig vom anderen Ende.

»Stimmt, irgendjemand hat das gesagt. Aber eine Klassenkameradin meinte, ihn neulich hier in der Stadt gesehen zu haben.«

»Das kann gut sein. Er war gerade zu Hause. Aber jetzt ist er wieder zurückgeflogen.«

»Schade. Aber Sie haben bestimmt seine Adresse. Wir schicken ihm auf jeden Fall eine Einladung. Das Treffen ist erst im Frühjahr. Vielleicht kommt er ja nochmal nach Hause. Oder er hat Lust, ein paar Worte an die alten Kameraden zu schicken.«

»Sie waren zusammen in der Grundschule, sagten Sie?«

»In der Realschule«, sagte Tone schnell.

»Und ihr Name war?«

»Marit«, sagte sie genauso schnell. »Ich bin in die Parallelklasse gegangen.« Sie ließ Mona Hegge keine Zeit, weitere Fragen zu stellen, und sagte: »Dann schreibe ich mir jetzt die Adresse auf ..., wenn Sie so nett sind, sie herauszusuchen.«

»Einen Augenblick.« Mona Hegge klang nicht ganz überzeugt. Aber sie legte den Hörer beiseite, und als sie ihn wieder aufnahm, las sie eine Adresse vor.

»Hat er auch eine E-Mail-Adresse?«, fragte Tone.

»Wie bitte?«

»Wenn er einen Internetanschluss hat, hat er bestimmt auch eine E-Mail-Adresse. Aber das ist nicht so wichtig.« Tone wusste nicht, wie sie ihr das erklären sollte.

»Ich habe nur die, die ich Ihnen gegeben habe«, sagte Mona Hegge missvergnügt.

Tone bedankte sich und beendete das Gespräch. Sie brauchte einen Kaffee. Also ging sie doch in die Kantine. Als sie den langen Korridor entlanglief, versuchte sie nachzurechnen, wie viele Umbauten und Umorganisationen die Institution in den achtzehn Jahren, die sie hier arbeitete, über sich hatte ergehen lassen. Der *NRK* hatte das gleiche Problem wie sie. Er versuchte, sich selbst zu finden.

Es gab nur wenige Tage, an denen die Kantine etwas Gutes zu bieten hatte. Aber heute war so ein Tag, wie sich herausstellte. Es gab Käsefrikadellen. Frisch und verlockend. Eine reichte ihr nicht.

Torshov, Donnerstag, 17.00 Uhr

Sie nahm den Essensgeruch schon im Treppenhaus wahr. Fisch, stark gewürzt, vermutete Tone, als sie sich der Wohnung näherte.

Emma hatte es mit der Essenseinladung also ernst gemeint. Sie stand mit einer Schürze in der Küche und studierte ein Kochbuch. Der Duft kam aus dem Backofen.

»Es riecht gut«, sagte Tone gut gelaunt.

Emma drehte sich mit erhitztem Gesicht zu ihr um. »Ist gleich fertig.« Sie sah auf die Uhr. »Naja, in fünfzehn Minuten.«

»Kann ich dir irgendwie helfen?«

»Nein. Ich sage Bescheid, wenn es so weit ist.«

Tone ging zum PC. Emma sollte in Ruhe in der Küche arbeiten können. In den letzten Tagen hatten die überregionalen Zeitungen nicht viel Neues über den Mord an Sofie Lyse gebracht. Jetzt wollte sie die Internetseiten der Lokalzeitung durchforsten. Auch hier gab es nicht viel Neues. In einem Artikel wurde der Fall zusammengefasst, wie er sich im Moment darstellte. Der Artikel baute auf früheren Beiträgen auf und berief sich auf die Polizei und andere Quellen.

Sofie Lyse war am Morgen des 16. Oktober nach Lillehammer gefahren. Sie hatte ihre Arbeitsstelle angerufen und sich krankgemeldet. Niemand wusste, mit wem sie sich treffen wollte. Höchstwahrscheinlich mit einer Internetbekanntschaft. Den Informationen der Zeitung zufolge, ging die Polizei von folgender Theorie aus: Sofie Lyse hatte sich für den Dienstagvormittag mit einem Mann in Lillehammer verabredet. Nichts in den Ermittlungen deutete bisher darauf hin, dass er aus Lillehammer kam. Wenn es sich um ein Blind Date handelte, bedeutete das, dass die beiden nur wenig voneinander wussten. Wahrscheinlich hatten sie sich in der Stadt verabredet und dann einen Spaziergang gemacht. Auf dem Spaziergang entlang des Flusses war es zum Streit gekommen. Die Verletzungen der Toten deuteten darauf hin, dass ein Kampf stattgefunden hatte. Die Tote wies beidseitig des Kehlkopfes deutliche Druckstellen auf und hatte starke Kopfverletzungen, die von Schlägen, vor allem auf den Hinterkopf herrührten. An diesen Schlägen war sie gestorben. Indizien gab es nur wenige. Für die Ermittlungen stellten sie keine große Hilfe dar. Ein Mann, der kurz nach dem Mord in dem Waldgebiet gesehen worden war, war verhört worden. Soweit der Zeitung bekannt, stand er vorläufig aber nicht unter Verdacht. Nachdem er es zunächst leugnete, hatte er schließlich zugegeben, die tote Frau über das Internet kennen gelernt zu haben. Die Polizei hatte die zwischen ihnen gewechselten E-Mails auf dem PC der Toten sichergestellt. Aus ihnen ging hervor, dass die beiden sich Mitte September einmal getroffen hatten. Später hatte Sofie Lyse ihm geschrieben, dass sie keinen Grund für ein zweites Treffen sähe. Danach war der Kontakt eingeschlafen. Die Polizei äußerte sich nicht dazu, ob der Mann für den fraglichen Zeitpunkt ein Alibi hatte. Einige andere Personen, die sich in dem Waldgebiet aufgehalten hatten, hatten sich bei der Polizei gemeldet. Sie standen nicht unter Verdacht.

»Das Essen ist fertig.« Emma kam ins Zimmer.

Tone riss die Augen vom Monitor los. Sie druckte den Artikel aus, bevor sie zu Tisch ging. Das Gelesene beseitigte jeden Zweifel, dass Sofie Lyse und Håkon Arfoss sich gekannt hatten.

Emma servierte ein asiatisches Fischgericht mit Reis. Sie hatte eine Flasche Rotwein geöffnet. Auch wenn heute nur ein ganz gewöhnlicher Donnerstagabend ist, sagte sie. Ganz so gewöhnlich nun auch wieder nicht, meinte Tone. Sie bekam nicht jeden Tag ein neues, interessantes Gericht serviert.

Die Köchin war großzügig mit Chili umgegangen. Der erste Bissen, den Tone in den Mund nahm, war heiß und scharf. Sie schob schnell eine Gabel Reis hinterher.

»Ist es dir zu scharf?« Emma sah sie fragend an. »Ich habe mich so an das Scharfe gewöhnt.«

»Nein, nein«, antwortete Tone mit brennendem Mund. »Es ist ausgezeichnet.«

»Ich habe gesehen, dass du über den Lillehammer-Mord gelesen hast. Haben sie den Mörder immer noch nicht gefasst?«

»Nein, es gibt nichts Neues.«

»Macht es dir eigentlich Angst, dass der Mord so nahe bei Budal passiert ist? Und das mit dem Internet? Es könnte doch sein, dass du und Sofie Lyse zufällig zu denselben Männern Kontakt hattet.«

»An so etwas sollte man gar nicht denken«, sagte Tone und fragte sich, wie sie das Gespräch auf ein anderes Thema bringen konnte. Jetzt war es zu spät, Emma zu erzählen, dass sie die Leiche gefunden hatte. »Wie ich dir gestern gesagt habe, habe ich mit Chatten aufgehört.«

»Wie läuft es mit deiner neuen Sendereihe?«, fragte die Tochter umsichtig. »Du wirkst erschöpft. Ich habe mich gefragt, ob dich das sehr mitnimmt. So eng mit Mordfällen in Berührung zu kommen. Hast du nicht manchmal Angst?«

»Ich habe ein paar gute Interviews gemacht. Für die nächste Woche habe ich zwei, vielleicht drei Termine.« Tone hatte auch keine Lust, über die Sendereihe zu reden. Da spielte so viel mit hinein. Sie wollte auf keinen Fall auf den Mordfall und ihre Zusammenarbeit mit Atle Kristiansen zu sprechen kommen.

»Was sagen diese Leute so?«

Tone konnte es trotzdem nicht lassen, wo Emma einmal Interesse an ihrer Arbeit zeigte und sie zu einer Unterhaltung einlud. »Sie fühlen sich vor allem verantwortlich«, sagte sie. »Fragen sich, ob sie Schuld daran haben, dass ihre Kinder zu solchen … Monstern geworden sind, wie andere sie bezeichnen. Viele von ihnen haben große psychische Probleme. Aber sie suchen keine Hilfe. Dafür schämen sie sich zu sehr.«

»Und die Mörder …, sitzen die noch?«

»Die meisten«, antwortete Tone kurz angebunden. Und spürte, wie sich etwas in ihr zusammenzog. Sie durfte nicht darauf eingehen. »Es sind übrigens nicht nur Männer. Nächste Woche will ich mit den Eltern einer Frau sprechen, die ihren Ehemann umgebracht hat. Der einzige Fall, wo beide Eltern bereit sind, mit mir zu reden.«

»Meist sind es nur die Mütter?«

»Frauen haben nicht solche Angst, Scham zu zeigen. Gefühle. Dass es menschlich ist, nicht perfekt zu sein.« Tone hob das Glas zum Prost. Das gab ihr eine gute Gelegenheit, das Thema zu wechseln. »Und du? Was macht das Studium?«

Emma zuckte mit den Schultern. Auch ihr fiel es nicht leicht, über sich zu reden. Vielleicht erklärte das ein wenig ihr Verhältnis, dachte Tone. Keine von ihnen war gut darin, sich mitzuteilen. Tone hatte oft die Menschen beneidet, die einfach den Mund aufmachen und drauflosreden konnten. Für die Zuhörer konnte das ermüdend sein, aber es ließ zumindest keine stummen Pausen entstehen. Und vermittelte den Eindruck, dass die Menschen sich einander öffneten.

»Sind die Vorlesungen interessant?«

»Unterschiedlich.«

Tone wusste aus Erfahrung, dass nicht viel zu machen war, wenn das Visier so schnell heruntergelassen wurde. Deshalb wechselte sie das Thema: »Fährst du morgen nach Bergen?«

»Daraus wird nichts.«

»Kommt Arne her?«, Tone hatte sich den Namen des Jungen – oder des Mannes – gemerkt, den sie noch nie gesehen hatte. Sie wollte auf jeden Fall zeigen, dass sie mit ihm rechnete.

»Arne muss für sein Examen lernen.« Die Antwort war kurz. Das Signal klar: Dieses Thema war Tabu. Emmas Gesicht war angespannt.

Sie haben Stress, dachte Tone. Ein altes Gefühl stieg in ihr hoch. Resultierend aus all den Streits, Missverständnissen, Reibereien und Konflikten mit Männern. Aber was sollte sie dazu sagen? Wenn Emma reden wollte, musste sie den ersten Schritt machen. Alle früheren Versuche, vertrauliche Mitteilungen aus ihr herauszulocken, waren missglückt. Tone kam auf etwas anderes zu sprechen. Ohne darüber nachgedacht zu haben, ob es richtig war, fragte sie: »Vielleicht magst du ja mit nach Budal kommen? Ich muss am Wochenende dort sein. Aber ich habe keine Lust, alleine zu fahren.«

»Warum sollte ich das?« Die Gegenfrage klang ziemlich spitz. Wahrscheinlich, weil Tone sie an ihr Beziehungsproblem erinnert hatte. »Nein, dazu habe ich keine Lust.« Und etwas milder: »Kannst du nicht alleine fahren, Mama? Oder Irene oder jemand anderen mitnehmen? Den Mann, mit dem du verabredet warst ...?«

»Ich denke darüber nach«, sagte Tone gespielt locker. »Ich fahre jedenfalls Samstagmorgen. Dann hast du ein paar Tage für dich.« Sie sah, dass Emma sich freute. Mehr war dazu nicht zu sagen.

Schweigen folgte. Tone nahm sich noch einmal von dem Fisch. Fragte, aus welchem Kochbuch das Rezept war. Schnitt ein neues Thema an: Filme. Sie fragte, welche Filme Emma sich in der letzten Zeit angesehen hatte. Ob sie einen empfehlen konnte. Jetzt lief das Gespräch wie von selbst. Sie befanden sich jenseits aller gefährlichen Pfade. Auf sicherem Grund. Emma hatte viele der neuen Filme gesehen, Filme, von denen Tone sich nicht einmal erinnern konnte, darüber gelesen zu haben. Sie hatte viel zu wenig Zeit, um ins Kino zu gehen, bedauerte sie. Man muss Prioritäten setzen, sagte Emma.

»Wie geht es Vivi?« Vivi war seit der Kindheit Emmas beste Freundin. Jetzt war sie für ein Studienjahr in Australien. Emma erzählte. Als das Telefon schellte, plauderten sie gemütlich.

Tone nahm den Hörer ab. »Tone.«

Emma machte sich bereit für den Fall, dass das Gespräch für sie war. Aber das war es nicht. Es war für keine von ihnen. Am anderen Ende war es still, dann wurde aufgelegt. Emma sah ihre Mutter fragend an. »Wer war das?«

»Niemand. Da muss sich jemand verwählt haben.«

»Das hatte ich in der letzten Zeit schon ein paarmal«, sagte Emma.

»Ja, so etwas ist wohl nicht ungewöhnlich«, antwortete Tone. Sie erzählte nicht, dass es ihr selbst genauso gegangen war. Sie hatte gedacht, dass mit den anonymen Anrufen Schluss sei. Der letzte lag eine Woche zurück. Aber stattdessen wurde hier angerufen. Unter der Osloer Nummer. Der Anrufer musste wissen, dass sie jetzt hier war. Das Telefon hatte kein Display, sodass sie nicht sehen konnte, von welcher Nummer aus angerufen worden war. Sie durfte nicht weiter daran denken, dachte Tone. Musste über etwas anderes reden. Den Tisch abräumen. Abwaschen. Einfache, normale Dinge tun.

Emma wollte sich etwas im Fernsehen ansehen. Eine neue Episode der Serie, die sie am Vorabend geguckt hatte. Tone verlor kein kritisches Wort. Sie räumte die Küche fertig auf. Anschließend setzte sie sich an den PC. Öffnete das Dokument mit dem Tagebuch über den Fall Kristiansen. Das Schreiben ging ihr leicht von der Hand. Aus dem Wohnzimmer hörte sie den schwachen Ton des Fernsehers.

Tone sah nicht auf die Uhr, bis Emma den Kopf zur Tür hereinsteckte und fragte, wie lange sie noch arbeiten wolle. Sie werde langsam müde, sagte sie. Es war halb zwölf.

»Ich höre jetzt auf«, sagte Tone. Nachdem sie ihr Dokument und Word geschlossen hatte, checkte sie ihre Post. Eine Überraschung wartete auf sie: Eine neue Mail von Orion. Er gab ihr Recht, dass sie sich treffen sollten. *Es ist an der Zeit, dass wir füreinander ein Gesicht bekommen. Ich bin gespannt, ob du mit dem Bild übereinstimmst, das ich mir in meiner Fantasie gemacht habe,* schrieb er. Er schlug vor, sich am kommenden Nachmittag zu treffen. Um fünf am Akerselva. Mitten auf der Aamodt-Brücke. Er gab eine unbekannte Handynummer an und bat um ihre.

Akerselva, Freitag, 26. Oktober, 16.50 Uhr

Tone ging schnell den kleinen Hang bei *Hønse-Lovisas Hus* hinunter. Ein Jogger kam ihr entgegengehetzt. Zwei Kabel führten von seinen Ohren zur Taille. Sie beschloss, diese Route auch einmal zu joggen, wenn sie Zeit hatte. Das war Natur pur. Die steilsten Hügel konnte sie ja hinaufgehen. Dieses Wochenende würde jedoch nichts daraus werden, weil sie sich entschlossen hatte, nach Budal zu fahren. Vielleicht könnte sie stattdessen ins Fitnessstudio gehen.

Sie stapfte weiter durch das Laub auf dem Weg. Der Herbst zeigte sich gelb in gelb mit dunklen Baumstämmen. Hier in der Stadt dauerte er viel länger als in der Gegend, in der sie sich versehentlich niedergelassen hatte.

Plötzlich war der Gedanke da: Was machte sie eigentlich hier? Sie dachte an das Gespräch mit Emma am gestrigen Abend. Die Aamodt Brücke kam in Sicht. Bei der Unterführung unterhalb von Mølla wählte sie Irene Eikelis Nummer und steckte das Handy in die Tasche. Sie hatten verabredet, die Leitung die ganze Zeit freizuhalten. Irene saß in einem Café in Grünerløkka. Alles war genau geplant.

Auf der Lichtung oberhalb der Brücke versammelte sich oft eine Gruppe Jugendlicher. Tone hoffte, dass sie auch jetzt da waren. Es würde die Situation sicherer machen. Zwei Personen kamen über die schwankende Brücke. Ein Paar. Mit anderen Worten wohl kaum der Mann, mit dem sie verabredet war. Jetzt hatten die beiden sie ganz überquert und kamen ihr entgegen. Es war zwei Minuten vor fünf. Sonst war niemand in Sicht. Noch fünfzig Meter und sie stand auf der Brücke.

Dort blieb sie stehen. Starrte ins Wasser, um sich nicht suchend umzusehen. Sie wollte sich lieber überraschen lassen, wenn er plötzlich vor ihr stand. Wie würde sie reagieren, falls es ein Bekannter war? Sie hatte kein eindeutiges Bild von dem Mann, dem sie bald von Angesicht zu Angesicht gegenüberstehen sollte. Nur mehrere zusammengesetzte. Zusammengesetzt aus den Männern, die sie im Verdacht hatte.

Schließlich musste sie doch aufblicken. Ein Mann kam den Weg am Fluss entlang. Tone versuchte, zu erkennen, ob sie ihn früher schon einmal gesehen hatte. Ob an seinem Gang etwas Bekanntes war. An seinem Körperbau. Jedenfalls nicht, solange er noch so weit entfernt war, stellte sie fest. Sie sah in die andere Richtung. Dort war keine Menschenseele zu sehen. Auch die Jugendlichen waren nicht da. Im Moment war Tone mit dem auf sie zukommenden Mann allein. Sie warf noch einen Blick auf ihn. Er war leicht gekleidet. Schien nicht weit über dreißig zu sein. Was hatte in Orions Profil gestanden? Nein, er hatte kein Profil gehabt, erinnerte sie sich. Er hatte auf ihr Profil geantwortet. De facto wusste sie weder Alter noch andere Kennzeichen. Aber sie hatte zumindest ihr eigenes Alter angegeben. Da gab es also keine Missverständnisse. Die Gedanken wirbelten so schnell durch ihren Kopf, dass sie sie kaum registrierte.

Jetzt war er noch zwanzig Meter entfernt. Noch immer kam ihr nichts an ihm bekannt vor. Dann war er also doch ein Fremder. Einer, der Frauen suchte. Der auch zu Sofie Lyse Kontakt gehabt hatte. Wie hatte er reagiert, als er in den Zeitungen gelesen hatte, dass sie ermordet worden war? Sollte sie stehen bleiben, tun, als ob nichts sei, und warten, bis er sie ansprach? Oder sich auf andere Art zu erkennen gab?

Jetzt war er auf der Brücke. Tone spürte die Schwankungen. Sie sah auf und begegnete seinem Blick. Lächelte vorsichtig. Er verringerte das Tempo, als wollte er stehen bleiben. Fragte sich vielleicht, ob er sie schon einmal gesehen hatte. Er hatte helles, halblanges Haar und trug Joggingschuhe. Diese beiden Dinge fielen ihr zuerst auf. Nicht besonders schön. Aber auch nicht hässlich.

Er grüßte nicht. Er blieb nicht stehen. Er ging über die Brücke und auf der anderen Seite weiter. Hatte er sie gesehen und festgestellt, dass sie ihm nicht gefiel?, dachte Tone. War das möglich? War er so einfach strukturiert? Seine Gestalt entfernte sich immer weiter. Es war zehn nach fünf.

Oder war er es doch nicht? Tone sah sich um. Ein Mädchen mit einem Hund kam den Hang hinunter. Der Mann und das Mädchen begegneten sich, ohne weiter Notiz voneinander zu nehmen. Das Mädchen blieb kurz darauf stehen, auf Wunsch des Hundes, der ein notwendiges Geschäft zu verrichten hatte. Dann gingen sie unverdrossen weiter.

»Dein Hund hat einen Haufen gemacht«, sagte Tone, als Hund und Besitzerin über die Brücke kamen. Das Mädchen sah sie seltsam an, als wüsste sie nicht, was Tone meinte. Sie war nicht besonders anziehend, zerzauster Pferdeschwanz, Ring in der Nase, bleich und ungeschminkt. Vielleicht fühlte sie sich über die gewöhnlichen Regeln erhaben.

»Hast du keine Tüte mit, um den Haufen aufzusammeln?«, fragte Tone erklärend. Mehr als einmal hatte sie sich über die Umweltverschmutzung durch Vierbeiner geärgert.

»Verpiss dich«, sagte das Mädchen frech und ging weiter. Der Hund sah ganz so aus, als wollte er seiner Besitzerin beipflichten.

Tone fiel so schnell nichts Treffendes ein. Hätte sie einen Stein in der Hand gehabt, sie hätte ihn ihnen nachgeworfen. Es war nicht fair, dass sie so leicht davonkamen. Das Mädchen war viel zu breit um die Hüften, stellte sie zufrieden fest.

Sie überlegte, ihn unter der Handynummer anzurufen, die er ihr gegeben hatte. Falls er sie anrufen wollte, würde er nur das Besetzzeichen hören. Sie holte das Handy aus der Tasche und meldete sich bei Irene.

»Mit wem hast du gesprochen?«, fragte Irene verwundert. »Es klang, als hättest du ›Scheiße‹ gesagt.«

»Mit Passanten«, erklärte Tone kurz. »Er ist nicht gekommen.«

»Was willst du tun?«

»Versuchen, ihn anzurufen. Er kann ja angerufen haben, als besetzt war.« Sie sah auf die Uhr. Kurz vor halb sechs. »Ich rufe dich gleich wieder an«, sagte sie und legte auf. Und dachte sofort, dass das vielleicht nicht so schlau war. Die Sicherheitsgarantie war fort.

Der Zettel mit der Nummer lag in ihrer Tasche. Eine Computerstimme meldete sich und informierte sie darüber, dass sie bei einer nicht vergebenen Nummer gelandet war.

Sie setzte sich in Bewegung. Jetzt war sie ganz allein, kein Mensch in Sicht. Wenn sich nur nicht irgendwo jemand versteckt hielt! Ihr war eiskalt. Neben dem Weg war dichtes Gebüsch. Und hinter dem großen Gebäude ... Ihr Gang war schnell und steif, bald lief sie in kleinen Schritten den Hang hinunter. Blieb erst stehen, als sie die nächste Brücke überquert hatte. Eine Gruppe lachender Jugendlicher kam ihr entgegen. Jetzt ging sie in ihrem gewöhnlichen schnellen Tempo in Richtung des Cafés, in dem Irene wartete.

Das Handy klingelte weder im Café noch auf dem Weg nach Hause.

Tone und Irene hatten verabredet, abends ins Kino zu gehen. In einen der Filme, die Emma vorgeschlagen hatte. Bevor sie sich auf den Weg machte, rief sie Atle Kristiansen an. Sie war gespannt, ob er noch mehr von Lasse Hegge gesehen oder gehört hatte. Ihr Gespräch mit Mona Hegge hatte bestätigt, dass er vor kurzem im Lande gewesen war. Nach dem, was Kristiansen erzählt hatte, musste er immer noch in Norwegen sein. Wusste seine Mutter das nicht? Oder log sie bewusst? Darüber wollte Tone mit Atle sprechen. Außerdem wollte sie ihm mitteilen, dass sie nach Mesnali fuhr.

Aber er nahm nicht ab. Als sie aus dem Kino kamen, versuchte sie es noch einmal. Auch jetzt antwortete er nicht. Es war kurz vor elf und sie gingen in ein Restaurant, um ein Glas Wein zu trinken.

Als das Taxi eine Stunde später draußen vor der Toreinfahrt hielt, beschlich Tone dasselbe Gefühl, das sie schon einmal gehabt hatte. Ein Auto parkte weiter oben in der Straße. Mit eingeschaltetem Licht. Ein dunkler Audi, dachte sie. Aber es war zu weit entfernt, um das erkennen zu können. Sie hatte eine Idee.

»Können Sie einmal um den Block fahren?«, bat sie den Taxifahrer. »Ich möchte sehen, ob ich den Fahrer des Wagens dort kenne«, erklärte sie und zeigte darauf. Der Taxifahrer sollte glauben, was er wollte.

Und das tat er wohl auch, denn er sah sie seltsam an. »Können Sie nicht hingehen und nachsehen?«, fragte er skeptisch.

»Ich bezahle Sie, um rund um den Block zu fahren.« In aller Eile erfand sie eine glaubwürdige Erklärung: »Ich habe ein Problem mit meinem Exmann«, sagte sie in einem vertraulichen Ton. »Er hat Besuchsverbot. Aber es kommt vor, dass er plötzlich auftaucht. Ich will sichergehen, dass er das nicht ist. Denn wenn er es ist, werde ich die Polizei verständigen.«

Der Fahrer brauchte keine weiteren Erklärungen, er fuhr los.

Im selben Moment fuhr auch das parkende Auto los. Es fuhr rückwärts auf den Bürgersteig, machte eine plötzliche Kehrtwendung und fuhr davon, bevor das Taxi es erreicht hatte.

»Jedenfalls haben wir ihn erschreckt«, sagte der Taxifahrer. »Brauchen Sie weitere Hilfe?«

»Haben Sie gesehen, was für ein Auto das war?«, fragte sie.

»Es war ein bisschen weit weg.«

»Kann es ein Audi gewesen sein?«

»Möglich.«

Tone bezahlte und gab dem Fahrer ein gutes Trinkgeld, damit er wartete, bis sie sicher im Haus war.

Es war dunkel in der Wohnung. Emma schien schon zu schlafen. Tone steckte den Kopf in ihr Zimmer, um sich zu versichern, dass die Tochter da war. Sie hätte gerne noch nachgesehen, ob sie neue E-Mails von Atle Kristiansen oder Orion hatte. Aber das konnte sie jetzt vergessen. Sollte sie Kristiansen so spät noch anrufen, um ihm von dem Auto zu erzählen. Nachdem sie darüber nachgedacht hatte, kam sie zu dem Schluss, es zu lassen.

Mesnali, Samstag, 27. Oktober, 9.45 Uhr

Der Nebel lag dicht über der Gegend. Doch durch die graue Brühe tauchten das Haus und die nackten Bäume auf. Nicht ein Blatt hing mehr an den Ästen. Tone Tarud hätte sich ein milderes Wetter mit etwas klarerer Sicht gewünscht. Trotzdem war es besser als die abendliche Dunkelheit, sagte sie sich.

Sie war in aller Frühe in Oslo losgefahren. Sie war mitten in der Nacht aufgewacht und hatte nicht mehr einschlafen können. Deshalb war sie aufgestanden und hatte sich fertig gemacht. Emma hatte sie einen Zettel auf die Küchenbank gelegt.

Jetzt blinkte sie rechts und bog von der Hauptstraße ab auf ihr rot gestrichenes Haus zu. Das jetzt durch die kahlen Bäume gut zu sehen war. Sollte sie diese Idylle wirklich verkaufen? Um in Oslo ein Zimmer mehr zu haben? Der Gedanke schien falsch. Sie musste sehen, ob es noch andere Lösungen gab.

Die Tür zum Schuppen war geschlossen, wie sie ohne Schwierigkeiten sehen konnte. Auch vor der Haustür lagen keine neuen Zigarettenkippen. Sie holte den Schlüssel aus der Tasche und steckte ihn ins Schloss.

Hatte sie den falschen Schlüssel? Sie sah ihn sich genauer an. Als sie das letzte Mal Probleme mit dem Schloss hatte, war sie aufgelöst und ängstlich gewesen. Jetzt war sie ruhig. Der Schlüssel passte trotzdem nicht. Sie drückte die Klinke herunter. Und die Tür ging auf. Hatte sich der Schlüssel doch im Schloss gedreht? Oder war die Tür offen gewesen? Ein Einbruch? Die Gedanken wirbelten durch ihren Kopf. Hatte sie vergessen abzuschließen? War jemand im Haus?

Ihre Brust wurde eng. Sie bekam keine Luft. Auf wackligen Beinen ging sie zurück zum Auto. Rief vom Handy aus die Polizei an. Fragte nach Jon Ruud. Er war nicht da. Es ging also um einen Einbruch. Man riet ihr, bei der Polizei in Ringsaker anzurufen. Eine neue Telefonnummer. Ein Landpolizist würde vorbeikommen. Fehlte etwas?, wollte er wissen. Nein, das wusste sie nicht. Sie beendete das Gespräch.

Sie war sich inzwischen sicher, dass niemand im Haus war. Dann konnte sie ebenso gut hineingehen und nachsehen. Der Landpolizist würde bestimmt bald da sein. Sie stieß die Haustür vorsichtig auf. Warf erst einen Blick hinein. Trat auf leisen Sohlen in die Diele. Kein Zeichen von Leben. Lauschte, bevor sie die Tür zur Küche aufmachte. Alles sah wie immer aus. Keine offenen Schubladen und Schränke. Sie ging weiter ins Wohnzimmer. Keine Anzeichen dafür, dass das Haus durchsucht worden war. Auch im Arbeitszimmer fiel ihr nichts Ungewöhnliches auf. Der PC war ausgeschaltet, ihre Unterlagen lagen genauso unordentlich herum wie sonst. Wenn ein Eindringling im Haus gewesen war, war er mit leeren Händen wieder gegangen.

Sie setzte sich auf den Bürostuhl. Erleichtert, aber trotzdem unruhig. Sie musste nachdenken und überlegen, was passiert sein konnte. Ging es um den PC? War jemand im Haus gewesen, um ihre Unterlagen oder ihre Post durchzusehen? Absurd, sagte sie sich. Aber der Gedanke spukte weiter in ihrem Kopf herum. Sie war jetzt überzeugt, dass sie in der letzten Zeit beobachtet worden war. Es waren zu viele merkwürdige Dinge passiert, als dass das alles Zufälle hätten sein können. Zuletzt der anonyme Anruf am Donnerstagabend. Der Gedanke war plötzlich da: Der Anrufer wollte prüfen, ob sie in Oslo war. Um hier freie Bahn zu haben!

Die Untersuchung des Hauses war noch nicht abgeschlossen. Die obere Etage fehlte noch. Das hatte Zeit, bis die Polizei da war. Sie ging hinaus und versuchte noch einmal, den Schlüssel im Schloss zu drehen. Nein, irgendetwas stimmte nicht. Die Post, dachte sie. Damit konnte sie sich beschäftigen, während sie wartete. Sie ging den Kiesweg hinunter. Der Zeitungsbote hatte es geschafft, alle Zeitungen der letzten Tage in den Briefkasten zu stopfen. Die Post bestand vor allem aus Rechnungen und Reklame. Aber ein interessanter Brief war darunter, ein Umschlag mit dem Logo eines Verlages. Sie riss ihn auf der Stelle auf. Der Verlag hatte ihren Brief mit der Idee für das Buch erhalten, stand da. Bevor sie sich weiter damit auseinander setzten, wollten sie eine detaillierte Darstellung. Keine abschlägige Antwort, dachte sie. Eine Ermutigung, weiterzumachen. Sie freute sich.

Sie sah die Zeitungen durch. Der Aufmacher der Tageszeitung sprang ihr in die Augen: *WER IST ORION?* Tone las die ersten Sätze. *Die Polizei weiß inzwischen mit Sicherheit, dass einer der Männer, die Sofie Lyse über das Internet kennen gelernt hat, sich Orion nennt. Die Identität des Mannes ist bislang noch nicht bekannt.* Sie faltete die Zeitung wieder zusammen und ging mit schnellen Schritten zum Haus hoch. Ihr Puls raste wie nach einem Hundertmeterlauf. Die Polizei jagte Orion! Den Mann, der am Vortag nicht aufgetaucht war. Hatte er gewusst, dass die Polizei hinter ihm her war? Jedenfalls wusste er es jetzt, falls die Osloer Zeitungen auf gleiche Weise berichteten.

Sie setzte sich ins Auto und las weiter: *... Hinweise von Freunden von Sofie Lyse ermöglichen es der Polizei, jetzt mit Informationen an die Öffentlichkeit zu gehen. Viele ihrer Chatfreunde sind in den letzten Tagen verhört worden.* Die Worte flimmerten vor ihren Augen. Das Pseudonym Orion dröhnte in ihrem Kopf. Sie las den restlichen Text: *Die Polizei ist Sofie Lyses E-Mails durchgegangen und dabei auf die Namen mehrerer Männer gestoßen, die Kontakt zu ihr hatten oder sich mit ihr getroffen haben. Die zwischen Sofie Lyse und Orion gewechselten E-Mails lassen darauf schließen, dass beide* *ihre Identität vor ihrer geplanten Verabredung nicht enthüllt haben. Nähere Angaben zu Zeit und Ort sollten nach beiderseitigem Einvernehmen per Telefon ausgetauscht werden. Die Polizei schließt nicht aus, dass Orion mit einem der anderen Männer identisch ist. Keiner der anderen Chatfreunde wird bislang jedoch des Mordes an Sofie Lyse verdächtigt …*

Durch die kahlen Bäume kam das Polizeiauto in Sicht. Tone stieg aus ihrem Auto und begrüßte den uniformierten Beamten. Der vor Energie sprühte. Sofort bombardierte er sie mit Fragen: Was war passiert? Was fehlte? Welche Wertsachen hatte sie im Haus? Hatte sie Spuren entdeckt?

Ihre Antworten kamen zögerlich. Was besaß sie eigentlich, das für einen Dieb interessant war? Die Stereoanlage war alt, der Fotoapparat ebenso und der PC entsprach nicht mehr dem neuesten Stand der Technik. Sie hatte keinen teuren Schmuck, kein Silber, kein Geld … Außerdem fehlte nichts, soweit sie hatte feststellen können. Der Beamte nahm sich auch die obere Etage vor. Tone folgte ihm auf den Fersen. Auch die Räume im ersten Stock sahen nicht aus, als wäre ein Fremder dort eingedrungen.

»Wollen Sie den Einbruch melden?«, fragte er. Ein wenig skeptisch. Sie setzten sich an den Küchentisch. Sie sah sich mit seinen Augen. Eine hysterische Frau. Nicht mehr ganz jung. Die sich über die kleinsten Kleinigkeiten aufregte. Sicher war er nicht überzeugt. Das Schloss kann sich aus anderen Gründen verzogen haben, dachte er bestimmt. Wahrscheinlich hielt er sie für ungeschickt genug, es selbst kaputtgemacht zu haben.

Konnte sie sich vorstellen, dass der Einbrecher nach etwas anderem gesucht hatte?, fragte er. Bewahrte sie irgendetwas im Haus auf? Wichtige Unterlagen? Hatte sie jemanden in Verdacht?

Sie konnte ihm nichts von Bedeutung liefern. Es bestand kein Grund aufzuzählen, was in der letzten Zeit noch alles passiert war. Jon Ruud war hierfür der richtige Ansprechpartner.

Nachdem der Beamte alles Wichtige aufgeschrieben hatte, brach er auf. Den Fotoapparat, den er bei sich hatte, um damit die Verwüstungen nach dem Einbruch zu dokumentieren, hatte er nicht gebraucht. Kaputt war nur das Schloss. Und das musste nicht fotografisch festgehalten werden.

Tone war wieder allein. Sie füllte Kaffeepulver und Wasser in einen Becher, während ihre Gedanken wie von selbst arbeiteten. Erst jetzt merkte sie, wie kalt es war. Sie hatte die Heizung auf ein Minimum heruntergedreht, bevor sie nach Oslo gefahren war. Sie machte eine Runde durch das Haus und drehte sie auf. Diesmal spürte sie keinen Drang, sich an den PC zu setzen. Eher das Gegenteil. Sie wusste, warum. Ihr war klar, dass sie in ihrem tiefsten Inneren Angst hatte, festzustellen, dass doch jemand im Haus gewesen war. Dass sie eine Spur fand, die das eindeutig bewies. Mit anderen Worten: Es war besser, den PC einzuschalten und es hinter sich zu bringen.

Sie hatte mehrere neue Mails. Am meisten interessierte sie die von Atle Kristiansen, die einen Anhang hatte. *Neue Informationen: Ich glaube, dass Lasse Hegge im Lande ist, aber unter einem anderen Namen. Den Grund dafür kann ich später erklären. Ich war gestern bei meiner Mutter und bin auch Mona Hegge begegnet. Ich habe ihr erzählt, dass ich sicher bin, Lasse gesehen zu haben. Sie hielt jedoch daran fest, dass er das Land verlassen hat. Möglicherweise ist er in irgendetwas verwickelt und benutzt deshalb einen Decknamen. Oder – er weiß, dass ich ihm auf der Spur bin. Höchste Priorität: Wir müssen beweisen, dass er Lottes Liebhaber war. Dann wird vieles verständlich. In der Anlage folgt eine Aufstellung dessen, was wir bisher wissen. Plus einiger Fragen und Gedanken.*

Die Nachricht war gegen drei am Vortag abgeschickt worden. Danach hatte sie mehrmals erfolglos versucht, ihn zu erreichen. Sie wollte wissen, ob er mit seinen Nachforschungen weitergekommen war. Sie beschloss, ihn anzurufen, bevor sie den Anhang herunterlud und öffnete.

Es dauerte lange, bis jemand abnahm. So lange, dass sie schon auflegen wollte. Aber plötzlich meldete sich eine Frauenstimme am anderen Ende: »Hallo?«

Tone war überrascht, versuchte jedoch, sich nichts anmerken zu lassen: »Ist Atle Kristiansen zu sprechen?«

Ein paar Sekunden vergingen: »Wer ist denn da?«

»Eine Freundin. Tone Tarud.«

Neue Pause und dann: »Kristiansen kann im Moment nicht mit Ihnen sprechen. Haben Sie eine Nummer, unter der er Sie erreichen kann?«

»Er hat meine Nummer«, wandte Tone ein.

»Ja, gut ..., aber für den Fall ...«

Für welchen Fall?, dachte Tone. Sie nahm jedoch von weiteren Einwänden Abstand und gab der Frau die Informationen, die sie haben wollte.

Nachdem das Gespräch beendet war, blieb sie mit dem Telefon in der Hand sitzen und dachte nach. Wer war diese Frau? Es war nicht Marta Kristiansen, die hätte sie an der Stimme erkannt. Vielleicht hatte er Kontakt zu einer Frau aus seiner Vergangenheit aufgenommen. Zu einer, die etwas wusste. Einer von Lottes Freundinnen. Die Stimme hatte keine Ähnlichkeit mit der von Synne Sørensen. Aber warum war er nicht selbst ans Telefon gegangen?

Die Fragen arbeiteten in ihrem Kopf. Sie wurde den Gedanken nicht los, dass die Frau irgendetwas mit dem alten Mordfall zu tun hatte. Kristiansen schien sich für nichts anderes zu interessieren. Tone ging in die Küche und machte sich noch einen Kaffee. Bleib ruhig, sagte sie sich. Du wirst eine Erklärung bekommen. Und die kann so einfach sein, dass er eine Geliebte hat. Er kann sie kennen gelernt haben, während er im Gefängnis saß. Oder danach. Das dürfte ihm wohl gegönnt sein. Vor allem wenn er wirklich unschuldig gesessen hat.

Alles war still. Tone lief durch das Haus und wartete, ohne genau zu wissen, worauf. Vielleicht auf einen Anruf von Kristiansen. Vielleicht, dass etwas anderes passierte.
Eine der Mails war von Karl-Erik Rogne, der fragte, ob sie immer noch sauer sei. Sie überlegte, einen Strich unter den Streich zu ziehen, den er ihr gespielt hatte, und das Ganze als verzeihbaren Fehler anzusehen. Sie hatte Lust auf einen Liebhaber. Aber er dürfte dieses Wochenende wohl ohnehin nicht frei sein.

Sie öffnete das Dokument von Kristiansen und begann zu lesen. Der erste Teil bestand aus einer Zusammenfassung des Falls. Die kannte sie bereits. Wenig Neues, wie es aussah. Sie blätterte schnell zu den letzten Seiten und las ein bisschen hier und ein bisschen da. Fand auch hier nichts von besonderem Interesse.

Ihre Konzentration ließ nach. Ein neues Schloss für die Tür hatte erste Priorität. Eine einzige Nacht mit unverschlossener Tür! Allein der Gedanke verursachte ihr Gänsehaut. Sie würde sich darum kümmern, wenn sie in der Stadt war. In Kürze würde sie Ruud treffen und ihm von ihren eigenen Erfahrungen mit Orion berichten.

Polizeiwache Lillehammer, Samstag, 12.30 Uhr

Tone Tarud parkte im Hinterhof der Polizeiwache. Der Nebel hatte sich gelichtet und die Sonne brach durch. Ausnahmsweise hatte sie reichlich Zeit. So viel Zeit, dass sie vorher noch eine Besorgung machen konnte. Es war nicht weit, der staatliche Spirituosenladen lag im selben Gebäude. Die Herbstsonne wärmte wie die Frühlingssonne im April, aber die Luft war kalt. Sie bog in der Storgate um die Ecke und betrat den Laden. Für einen Samstagvormittag war es ungewöhnlich leer, sodass sie sofort an der Reihe war. Schnell bat sie um ein paar Flaschen der üblichen Marke.

Als sie mit den klirrenden Einkaufstüten zurück zum Auto ging, kam sie sich irgendwie suspekt vor. Als passten Alkohol und ein Besuch bei der Polizei nicht zusammen. Sie verstaute die Flaschen im Auto. Auf der Polizeiwache wurde sie wie eine alte Bekannte begrüßt.

Jon Ruud lächelte freundlich und bot ihr Platz an. Ob sie einen Kaffee wollte. Sie nahm dankend an. Er holte einen Papierstapel aus einer Mappe und legte ihn vor sich auf den Tisch. Bereit, zu reden.

Sie kam ihm zuvor: »Ich habe heute früh versucht, Sie zu erreichen. Bei mir ist eingebrochen worden.«

»Eingebrochen?«

»Es ist nichts gestohlen worden. Aber es war jemand im Haus. Ich frage mich, ob der Einbrecher es auf meine Post oder ein Dokument auf dem PC abgesehen haben kann.« Tone fühlte, wie das Zittern zurückkam.

»Und an was denken Sie da?« Er sah sie fragend an. »An die Chatkontakte?«

»Vielleicht. Der PC in Budal ist nicht durch ein Passwort geschützt«, fügte sie erklärend hinzu.

»In diesem Fall wird das hier noch interessanter«, sagte er und winkte mit dem Papierstapel. »Wir haben Sofie Lyses Internetkorrespondenz teilweise ausgedruckt.« Er legte die Unterlagen wieder auf den Tisch. »Ich habe mir gedacht, dass wir sie zusammen durchgehen, um zu sehen, ob Sie einige der Männer vom Namen kennen. Wir wissen ja bereits von einem, den sie … gemeinsam hatten. Wenn man das so sagen kann. Es ist nicht böse gemeint.«

Er konnte das sagen, wie er wollte, ihr war es egal. In diesem Moment hätte sie auch ihre eigene Korrespondenz herausgegeben, wenn sie das von ihrer Angst befreit hätte. »Sie denken an Håkon Arfoss?«, sagte sie.

»Genau. Aber es können noch mehr sein. Mich interessiert, ob Sie noch andere identifizieren können?«

»Orion?«, fragte sie. »Ich habe den Zeitungsartikel gelesen.«

»Ihn vor allem. Ich habe übrigens eine Liste mit den Namen der Männer gemacht, zu denen Sofie Lyse Kontakt hatte. Einige mit richtigem Namen, einige nur mit Pseudonym. Anonym. Letztere bereiten uns natürlich die meisten Probleme.«

»Lässt sich nicht zurückverfolgen, woher die Mails gekommen sind? Ich dachte, die Polizei könnte so etwas. Selbst wenn die Leute Pseudonyme benutzen, registrieren sie sich doch mit ihren eigenen Namen.« Tone begann sich zu fragen, ob sie klüger war als die Polizei.

Das war sie wohl kaum, wie ihr bald klar wurde. »Ein bisschen schwieriger ist es schon. Nicht alle haben sich notwendigerweise mit ihrem richtigen Namen registriert.« Er reichte ihr die Liste mit den Namen über den Tisch. »Wir arbeiten daran«, fügte er hinzu.

Die Liste war lang. Sofie Lyse war im Internet aktiver gewesen als Tone. Die meisten Namen hatte sie noch nie gesehen. Außer Arfoss und Orion kannte sie noch zwei: *Henrik* und *den Fischer.* Letzterer hatte das Pseudonym *der Fischer* sowohl in seinem Profil wie auch in den Mails benutzt. Sie wusste von keinem der beiden den vollen Namen. Die Korrespondenz war nur von kurzer Dauer und uninteressant gewesen.

»Und Sie sind sicher, dass das alles ist?«, fragte Ruud enttäuscht. Er studierte eingehend die Unterlagen, als wollte er nicht glauben, dass mehr Hilfe nicht zu erwarten war. Schließlich sagte er: »Ist Ihnen irgendwann die Idee gekommen, dass Orion mit einem anderen Ihrer Chatfreunde identisch sein könnte?«

Natürlich. Das hatte sie die ganze Zeit angenommen. Sie wusste nur nicht, mit wem. Genau das sagte sie jetzt Ruud.

»Einer Ihrer gemeinsamen Chatfreunde ist also der anonyme Orion. Und mit Håkon Arfoss haben Sie sich beide getroffen. Dann wären da noch die beiden, die Sie identifiziert haben. Können Sie sich vorstellen, dass einer der drei Orion ist?«

»Håkon Arfoss natürlich. Ist er es?«, fragte sie ungeduldig.

»Das wissen wir noch nicht. Hieraus geht jedenfalls nicht hervor, mit wem sie sich an dem fraglichen Tag in Lillehammer treffen wollte«, sagte Ruud und winkte erneut mit dem Papierstapel, der einen wichtigen Teil von Sofie Lyses Privatleben in ihren letzten Monaten enthielt. »Und ...«

»Sie können sich doch am Telefon verabredet haben«, unterbrach ihn Tone.

»Genau. Das wollte ich sagen. An dem Tag, an dem sie ermordet wurde, hat Sofie Lyse zwei Anrufe auf ihrem Handy bekommen. Einer kam ebenfalls von einem Handy.«

»Und von wem?«

»Wenn wir das wüssten.«

»Aber wenn Sie die Nummer haben, können Sie den Besitzer des Handys doch feststellen lassen?«

»Das haben wir. Dem Besitzer wurde das Gerät am Vortag gestohlen. Im Hauptbahnhof. Weil es ein Prepaidhandy war, hat er sich erst vor ein paar Tagen gemeldet. Er hat damit gerechnet, dass das Guthaben ohnehin schnell verbraucht sein würde.«

»Und der Diebstahl wurde nicht aufgeklärt?«

»Jedes Jahr werden hier im Land rund 30.000 Handys gestohlen. Das spricht für sich selbst, dass keine großen Chancen bestehen.«

»Demnach ist der Mörder mit einem gestohlenen Handy herumgelaufen?«

Ruud antwortete mit einer neuen Frage: »Haben Sie an dem Tag, an dem Sie die Leiche gefunden haben, einen Anruf von Arfoss bekommen?«

Tone hatte nie mit Arfoss telefoniert, informierte sie ihn. Sie hatten sich per E-Mail verabredet. Dafür hatte jemand sie in der Nacht angerufen. Das könnte Arfoss gewesen sein.

»Auf der Liste gibt es noch einen anderen Namen, für den wir uns interessieren. Robert Kristiansen. Sagt Ihnen der etwas?«

Das musste sie verneinen. Dass sie zufälligerweise zu jemandem mit dem gleichen Nachnamen Kontakt hatte, war sicher nicht wichtig.

»Er hat in den letzten Tagen Mails mit Sofie Lyse ausgetauscht. Und sie hat ihm ein Treffen vorgeschlagen. Sie haben in den Mails nichts verabredet, aber das können sie natürlich per Telefon getan haben. Das Problem ist, dass wir bisher keine Spur von weiteren anonymen Anrufen auf ihrem Telefon gefunden haben. Wir gehen jetzt die registrierten Gespräche auf ihrem Dienstapparat durch.«

»Und Robert Kristiansen? Haben Sie den aufgespürt?«

»Genau das macht ihn interessanter als die anderen. Wir haben mit allen auf dieser Liste, die mit ihrem vollen Namen aufgeführt sind, gesprochen. Mit Ausnahme von Kristiansen. Wir haben mehrere Personen mit diesem Namen ausfindig gemacht. Aber keiner will Kontakt zu Sofie Lyse gehabt haben. Und bei näherer Überprüfung sieht es auch ganz so aus, als würden sie die Wahrheit sagen. Deshalb hatte ich gehofft, von Ihnen mehr zu erfahren.«

Tone hatte nicht mehr zu sagen. Nicht ein einziger Faden war entwirrt worden.

»Dieser Einbruch ...«, sagte Ruud, als sie gehen wollte. »Den sollten Sie melden.«

»Das habe ich. Ich musste die Polizei in Ringsaker anrufen.«

»Sind Sie dieses Wochenende auch alleine im Haus?«

Sie bestätigte, dass sie allein war und dass sie sich nicht sicher fühlte.

»Wenn Sie wollen, können Sie eine Überfallmeldeanlage beantragen«, sagte der Polizeibeamte.

Das wollte sie und Ruud holte den Vordruck heraus, den sie ausfüllen musste. Der Abteilungsleiter musste zustimmen, sagte er. Aber in zwei, drei Tagen würde die Anlage installiert sein.

Nach dem Besuch bei der Polizei blieb Tone erst einmal im Auto sitzen und dachte nach. Dann trödelte sie langsam durch die Stadt. Mit ganz anderen Dingen als mit Fahren beschäftigt.

Vieles in dem Mordfall wies auf Arfoss, dachte sie, daran bestand kein Zweifel. Er hatte zugegeben, sich mit Sofie Lyse getroffen zu haben. Und kurz vor dem Fund der Leiche im Wald gewesen zu sein. Aber es bedurfte der Indizien, damit die Rechnung aufging.

Indizien hatten Atle Kristiansen zu Fall gebracht. Die Haare der Ermordeten im Auto. Aber niemand hatte beweisen können, dass er das Auto gefahren hatte. Das war der unbekannte Faktor, der dafür sprach, dass die Rechnung trotzdem falsch sein konnte. Und doch war er verurteilt worden. Tone glaubte plötzlich, einen Zusammenhang zwischen den beiden Morden zu sehen. Dann entglitt er ihr wieder. Die beiden Fälle vermischten sich. Atle Kristiansen? Warum erreichte sie ihn nicht? Robert Kristiansen? Plötzlich hatte sie bei Grün scharf gebremst. Das Auto hinter ihr hupte. Sie behinderte den Verkehr. Sie stellte fest, dass sie Richtung Strandtorget fuhr. Wie geplant. So durcheinander konnte sie demnach nicht sein.

Heute wollte sie mit dem Training beginnen. Das letzte Mal, das sie im Fitnessstudio gewesen war, zählte nicht. Da war sie nicht motiviert gewesen. Jetzt war sie es. Sie lief in kleinen Schritten die Treppen zu dem Studio hoch und bat um eine Probestunde. Niemand verlor ein Wort darüber, dass sie erst kürzlich eine Probestunde gehabt hatte. Sie hatte Glück. In zwanzig Minuten war Indoor-Cycling.

Wenig später stand sie in einem dunklen Raum mit kleinen blinkenden Lichtern an der Decke. Wie ein Sternenhimmel in einer klaren Nacht. Sie konnte unter ausreichend unbesetzten Rädern wählen. Sie entschied sich für eins in der hintersten Reihe. Die Kursleiterin kam kurz darauf. Frisch und fit. Fragte, ob jemand neu sei. Tone meldete sich nicht, es würde schon in Ordnung gehen. Es handele sich um eine normale und keine Doppelstunde, informierte die Kursleiterin, eine leichte Stunde. Sie würden zwei Aufstiege machen. Sie konnten selbst wählen, wie hoch der eingestellte Widerstand sein sollte. Für Tone war das perfekt. Die Musik wurde aufgedreht, das Training hatte begonnen. Zuerst kam das Aufwärmen.

Es war leicht. Einfach nur treten. Die Kursleiterin fragte, ob alle bereit seien, und fast alle antworteten mit Ja. Tone nicht. Sie sah zur Decke und fragte sich, ob sie den Gürtel des Orion sehen konnte. Was wollte Orion? In der Nacht nach Sofie Lyses Tod hatte sie die erste Mail von ihm bekommen. Unter demselben Pseudonym hatte er Mails an Sofie Lyse geschickt. Sofie hatte Anne Lomen von Orion erzählt. Anne Lomen? Sie war eine der Ersten, mit der sie jetzt reden musste.

Sie begannen mit dem Aufstieg. Der Widerstand wurde stärker. Aufrichten und hinstellen. Klettern. Kräftig in die Pedale treten. Tone mogelte ein bisschen, sie hatte einen minimalen Widerstand eingestellt. Eigentlich war es keine Mogelei, denn alle mussten selbst entscheiden, wie viel sie sich zumuten konnten. Jedenfalls schwitzte sie. Der Schweiß tropfte an ihr herunter und sie musste sich mit dem

Pulloverärmel abtrocknen. Das tat gut. Sie hatte wieder mit dem Training begonnen. Und jetzt würde sie auch die Arbeit an der Serie in den Griff bekommen. Einen Rhythmus finden. Sie sehnte sich nach einem normalen Leben.

Budal, Sonntag, 28. Oktober, 9.30 Uhr

Etwas lag in der Luft. Eine Veränderung. Tone spürte es, noch bevor sie sich aus der Wärme des Bettes losriss, huschte zum Fenster und schob die Gardine ein wenig zur Seite. Der Winter machte einen ersten Versuch. Eine dünne weiße Schicht bedeckte den Boden. Nur hier und da guckten alte Grasbüschel hervor. Der Herbst war gekommen, hatte seine Farbenpracht ausgebreitet und war wieder verschwunden. Genauso schnell, wie es der Sommer vor einigen Monaten getan hatte.

Die Welt war rein und neu. Nicht eine Spur war auf dem Weg oder rund um das Haus zu sehen. Sie war heute Nacht allein gewesen. Keine ungebetenen Gäste waren hier gewesen und hatten sie erschreckt. Niemand hatte spioniert. Das Tageslicht ließ sie sich sicherer und freier fühlen. Ließ sie glauben, dass das Schlimmste überstanden war.

Sie ging ins Bad und stellte sich unter die Dusche. Während das warme Wasser auf ihrer Haut prickelte, ließ sie ihren Gedanken freien Lauf. Plötzlich hatte sie einen Verdacht: Irgendjemand glaubte, dass sie Informationen besaß. Dokumente auf dem PC. Der Betreffende war wiederholt hier gewesen, um zu kontrollieren, ob sie zu Hause war. Deshalb parkten Autos vor dem Haus, deshalb lagen Zigarettenkippen herum. In der Woche, die sie in Oslo gewesen war, hatte er ein leeres Haus vorgefunden, war eingebrochen, hatte ihre Dokumente durchgesehen, den PC durchsucht. Entweder hatte er gefunden, was er suchte, oder die

Bestätigung bekommen, dass sie es nicht hatte. Jetzt hatte er hier nichts mehr zu erledigen.

Je mehr sie darüber nachdachte, desto fester glaubte sie an diese Theorie. Es war dieselbe Person, die in der Wohnung in Oslo angerufen hatte, um zu kontrollieren, ob sie dort war. Als sie ans Telefon gegangen war, hatte er mit freier Bahn gerechnet. Deshalb war der Einbruch am Donnerstagabend erfolgt.

Tone hatte Ruud von dem Einbruch erzählt. Aber den Fall Kristiansen nicht erwähnt. Aus Angst, was er zu ihrem Projekt sagen würde.

Sie blieb extra lange unter der Dusche stehen. Die Dusche war ein Freiraum. Eine Oase der Ruhe. Hier hatte sie Zeit und Muße zum Denken. Trotzdem gab es eine Grenze. Deshalb drehte sie das Wasser ab und griff nach dem Handtuch über dem Haken. Plötzlich sah sie vor ihrem inneren Auge, wie die Tür geöffnet wurde. Wie sie hier gefangen war. Ohne Fluchtmöglichkeit. Aber die Tür war noch genauso geschlossen wie vorher.

Sie durfte sich solchen Vorstellungen nicht hingeben. Das Handtuch fest um sich gewickelt, ging sie zurück ins Schlafzimmer, sah sich gründlich um, spähte in den Gang hinaus. Nein. Sie war allein und hatte nichts zu befürchten. Das Schloss hatte sie erneuern lassen, nachdem sie vom Training gekommen war. Hatte ein zusätzliches Schloss installieren lassen.

Jetzt würde sie diesen neuen Tag begrüßen, den ersten Wintertag. Er versprach, ein schöner Tag zu werden. Ein Arbeitstag. Zuerst wollte sie das Dokument von Atle Kristiansen zu Ende lesen. Am Vorabend hatte sie es liegen gelassen, weil ein paar Freunde angerufen und sich nach Budal eingeladen hatten. Sie hatten bis lange nach Mitternacht zusammengesessen.

Das Telefon klingelte, als Tone bei ihrem späten Frühstück saß. Wie üblich meldete sie sich nur mit »Tone«, als sie den Hörer abnahm.

»Tone Tarud?«, die Frage wurde von einer Frauenstimme gestellt.

Den Bruchteil einer Sekunde fragte sie sich, wer das sein konnte. Hatte sie die Stimme schon einmal gehört?

»Die Journalistin Tone Tarud?«, fragte die Frau. Noch immer ohne sich vorgestellt zu haben.

»Ja?«

»Ich rufe von der Polizei in Oslo an. Mein Name ist Rita Lund.«

Tone wusste nicht, ob sie das als gutes oder als schlechtes Zeichen auffassen sollte. »Ja, bitte«, sagte sie, während das Herz hart in ihrer Brust schlug.

»Sie kennen Atle Kristiansen?« Die Stimme der Frau, die sich Rita Lund nannte, wurde leiser. Reservierter.

»Ein wenig«, sagte Tone vorsichtig.

»Hatten Sie in der letzten Zeit Kontakt zu ihm?«

»Nicht seit ...«, Tone dachte nach, »... Mittwoch. Ich kenne ihn nicht *so* gut«, fügte sie hinzu. Fragen schossen wie Pfeile durch ihren Kopf: Was war passiert? Hatte Kristiansen etwas verbrochen? Warum wurde sie hineingezogen? »Ist Kristiansen festgenommen worden?«, fragte sie. Eine spontane Reaktion.

»Warum sollte er festgenommen worden sein?«

»Das weiß ich nicht. Aber da Sie von der Polizei sind ...«

»Mittwoch?«, sagte die Frau und kam auf die Information zurück. »Und danach hatten Sie keinen Kontakt, auch nicht telefonisch? Oder per E-Mail?«

Konnte es sich einfach um eine eifersüchtige Frau handeln, die ihre Nummer gefunden hatte?, dachte Tone. Eine, die herausfinden wollte, ob Kristiansen sich noch mit anderen Frauen traf? Sie antwortete wahrheitsgemäß: »Ich habe danach mehrmals versucht, ihn anzurufen, ihn aber nicht erreicht.« Plötzlich befiel sie die Ahnung, dass Atle Kristiansen verschwunden war. Gesucht wurde.

»Wir versuchen, Kristiansen zu erreichen«, sagte die Frau, die sich Rita Lund nannte. »Er ist seit ein paar Tagen nicht mehr in seiner Wohnung gewesen. Seine Mutter macht sich Sorgen, dass etwas passiert sein könnte. Sie hat uns benachrichtigt.«

»Und warum rufen Sie mich an?«

»Weil wir wissen, dass Sie ihn kennen. Ihre Visitenkarte lag in der Wohnung ... Außerdem haben Sie gestern Abend angerufen.«

»Waren Sie das, die den Hörer abgenommen hat?«, fragte Tone überrascht.

»Wir waren zusammen mit Marta Kristiansen in der Wohnung. Um zu sehen, ob wir etwas finden, was uns weiterhilft. Seine Mutter wusste, wer Sie sind, aber nicht, dass ihr Sohn und Sie sich kennen. Haben Sie eine Idee, wo er sein kann?« Die Stimme hörte sich skeptisch an.

»Nein, wie gesagt ..., ich habe selbst versucht, ihn zu erreichen.«

»Worüber wollten Sie mit ihm reden?«

»Über ...« Tone hatte keine Lust, darüber zu sprechen. Aber jetzt war etwas mit Kristiansen passiert. »Er hat wegen des Mordes damals Kontakt zu mir aufgenommen«, sagte sie widerstrebend. »Er hat mich angerufen, nachdem ich seine Mutter besucht hatte. Ich habe ihn nur ein paarmal getroffen. Ich sollte ihm bei der Wiederaufnahme seines Verfahrens helfen.«

»*Sie* sollten ihm dabei helfen?«

»Ich habe mir angehört, was er zu sagen hatte.«

»Er hat Ihnen gegenüber nicht erwähnt, dass er vorhatte zu verreisen?«

Tone verneinte. Unruhig, was das zu bedeuten hatte.

»Als Marta Kristiansen am Freitagabend bei ihm vorbeigeschaut hat, stand die Tür zu seiner Wohnung offen. Und noch etwas: Die Wohnung war durchsucht worden.«

»Ein Einbruch?«, fragte Tone und dachte an den Einbruch in ihrem eigenen Haus.

»Das ist nicht ganz klar«, antwortete Lund. »Wissen Sie, ob er noch zu anderen Personen Kontakt hatte, seit er wieder draußen ist?«

»Ich weiß von niemandem.« Tone war unschlüssig, ob sie die letzte Mail erwähnen sollte. »Aber ich kann Sie anrufen, falls ich etwas höre«, sagte sie bereitwillig.

»Ich würde mich gerne etwas eingehender mit Ihnen unterhalten«, sagte die Polizistin Lund. »Arbeiten Sie nicht beim *NRK* hier in Oslo?«

Es überraschte Tone, dass Rita Lund so viel über sie wusste. Aber es konnte natürlich sein, dass sie Radio hörte und den Namen wiedererkannt hatte. Der Gedanke versetzte sie in gute Laune. »Ich bin an zwei bis vier Tagen in der Woche in Oslo«, erklärte sie.

»Können Sie nächstes Mal, wenn Sie hier sind, vorbeischauen?«, bat Lund. Und fügte hinzu: »Marta Kristiansen hat das mit dem Rundfunk erwähnt. Außerdem steht es auf der Visitenkarte.« Sie sagte: »Tschüss«, und legte auf.

Tone ging zu ihrem kalten Tee, dem halb gegessenen, weich gekochten Ei und dem Rest dessen zurück, was einmal ein verlockendes Frühstück gewesen war. Sie steckte den Löffel ins Ei, doch verursachte ihr der Gedanke, das lauwarme Ei im Mund zu haben, Übelkeit. Stattdessen biss sie in das Brot. Der Bissen wuchs in ihrem Mund. Sie kaute und kaute und glaubte, ihn nie hinunterzubekommen.

Die Neuigkeiten über Atle Kristiansen waren ein Schock für sie. Das spürte sie jetzt. Vielleicht hatte er herausgefunden, wo Lasse Hegge war. War zu ihm gegangen, um ihn mit den Mordanschuldigungen zu konfrontieren. Tone versuchte, einen Schluck kalten Tee zu trinken, aber die Hand verweigerte ihr den Dienst und die Tasse knallte auf die Untertasse zurück.

Die letzte Nachricht von Kristiansen hatte sie am Freitagmittag bekommen. Er war also noch nicht lange verschwunden. Die Mutter hatte wirklich schnell reagiert.

Das Problem war, dass er Tone nichts erzählt hatte. In der E-Mail stand, dass er annahm, dass Hegge unter einem Decknamen operierte. Nichts darüber, dass er den Mann gefunden hatte. Sie dürfte die Erste sein, der er berichten würde. Hatte er versucht, sie hereinzulegen? Falls ja, was bezweckte er damit? Sie hatte ihn mehrmals angerufen und keine Antwort erhalten. Er hätte sich schließlich über Handy melden können, auch wenn er nicht in der Wohnung war. Der Gedanke war plötzlich da: Lasse Hegge konnte aufgetaucht sein. Atle Kristiansen konnte sich bedroht gefühlt haben und war untergetaucht. Hegge konnte anschließend in der Wohnung gewesen sein. Nach Spuren gesucht haben.

Tone spann ihre Theorie weiter. Und das, was dabei herauskam, erschreckte sie. Ließ sie nicht mehr los und erschütterte sie.

Falls der Mann entlarvt worden war, konnte er versucht haben, Atle Kristiansen zum Schweigen zu bringen. Sie schaffte es nicht, den Gedanken zu Ende zu denken. Aber neue Gedanken drängten sich auf: Hatte Atle Kristiansen Lasse Hegge erzählt, dass er zu einer Journalistin Kontakt aufgenommen hatte? Dass er an einer Wiederaufnahme des Verfahrens arbeitete ..., und dass Tone Tarud ihm dabei helfen sollte? Er brauchte nicht einmal ihren Namen erwähnt zu haben. Für ihn konnte es nicht schwerer gewesen sein als für die Polizei, ihre Visitenkarte zu finden.

Der Einbruch in Budal! Er konnte anschließend passiert sein. Der Mann konnte Kristiansen umgebracht haben und anschließend nach Budal gefahren sein, um zu sehen, was sich dort an Spuren fand. In diesem Fall musste der Einbruch Freitagabend oder -nacht stattgefunden haben.

Tone riss sich von ihren Spekulationen los. Stand auf und wanderte durch den Raum. Schaltete das Radio ein, um andere Stimmen zu hören. Setzte neues Wasser auf, um frischen Tee zu kochen. Sie wählte die Nummer zu Hause in Torshov. Niemand nahm ab. Sie hinterließ eine Nachricht auf dem Anrufbeantworter und bat Emma, zurückzurufen. Dann versuchte sie es bei Mette Hermansen. Ein Mädchen nahm ab, aber kurz darauf hatte sie Mette an der Strippe. Sie hatte einiges vor für den Tag, wollte aber trotzdem kommen. In ein paar Stunden.

Die beste Methode, sich zu beruhigen, war ein Spaziergang, fand Tone.

Nach einem ausgiebigen Marsch die Landstraße entlang kam Tone zurück zu ihrem Haus. Bis auf ihre eigenen waren keine Spuren im Neuschnee zu sehen. Ungebetene Gäste wären leicht zu entdecken gewesen. Während des Spaziergangs hatte sie niemand auf ihrem Handy angerufen. Auch auf dem Anrufbeantworter war keine Nachricht. Um ihre Unruhe zu dämpfen, rief sie Emmas Handynummer an.

Kein Grund zur Panik, wie sie bald feststellen konnte. Emma kellnerte im Restaurant. »Ich wollte dir nur sagen, dass ich wahrscheinlich bis morgen in Budal bleibe«, erklärte Tone. Ihr fiel nichts Besseres ein. Emma war ein wenig verwundert. Sagte, dass die Mutter die Nachricht ruhig hätte auf den Anrufbeantworter sprechen können. Tone sagte, dass ihr nach Reden zu Mute gewesen sei, ohne sonderlich glaubwürdig zu klingen. Sie führten nie lange Telefongespräche. »Ist etwas passiert?«, fragte Emma misstrauisch. Tone antworte nein, nein, sie habe nur hören wollen, dass es Emma gut ging. Das Gespräch wurde langsam unmöglich. Tone hörte Restaurantgeräusche im Hintergrund und sah ein, dass sie Schluss machen musste. »Pass gut auf dich auf«, sagte sie. Emma wurde noch misstrauischer. »Natürlich«, antwortete sie. »Du bist so komisch.«

»Hier hat es geschneit«, sagte Tone. »Der Winter ist da.«

Tone hätte Emma gerne gewarnt, doch dazu hätte sie sie in alles einweihen müssen. Offen legen müssen, worin sie verwickelt war.

Das Dokument von Atle Kristiansen war über dreißig Seiten lang. Tone hatte die ersten Seiten mit der Zusammenfassung am Vortag kurz überflogen. *Der Fall,* hatte er die ersten acht Seiten überschrieben. Auch bei einem gründlichen Lesen fand Tone in diesem Abschnitt nichts Neues. Die nächste Überschrift hieß *Kindheit und Jugend.* Atle Kristiansen war bis zu den ersten Lebensjahren zurückgegangen und hatte Fakten und Erinnerungen zu Papier gebracht. Tone fragte sich, ob er der Ansicht war, dass irgendetwas davon mit dem Mordfall zu tun hatte. Oder hatte er, als er erst einmal am PC saß, den Drang verspürt, seine Erinnerungen aufzuschreiben? Verschiedenen Ereignissen waren Jahreszahlen zugeordnet. Schule, Arbeit, erste Verliebtheit, erste Begegnung mit Lotte Kwam, Hochzeit, der Mord. Es gab Erinnerungen an Reisen mit den Eltern, an den ersten Schultag, eine ganze Seite über den Vater ...

Tone las einen Teil davon schnell durch. Aber langsam genug, dass ihr nichts Wichtiges entging. Das Dokument war in jedem Fall wertvoll für sie. Es enthielt viele Informationen über ihn, Informationen, von denen er vielleicht wollte, dass sie sie hatte. Die ihr helfen sollten, den Menschen Kristiansen zu erklären. Sie hatte ihm nicht erzählt, dass sie sich mit Plänen für ein Buch trug. Hier hatte sie Material, aus dem sie etwas machen konnte. Zumindest eine Dokumentation über Kristiansen. Ungeachtet dessen, was jetzt passiert war.

Die Ideen für eine neue Dokumentarreihe beschäftigten sie so, dass ihre Augen kaum wahrnahmen, was sie las. Plötzlich war sie hellwach. Der Name Lasse Hegge tauchte zum ersten Mal auf. *Einer der Jungen im Haus war Lasse Hegge. Er wohnte einen Stock unter uns. Wir spielten zusammen, streiften zusammen umher. Aber wir waren nie richtige Freunde. Warum nicht? Irgendetwas stand zwischen uns. Lasse war beliebt, kam gut in der Schule zurecht, aber körperlich war er schwach. Bei Raufereien verlor er immer. Versuchte er sich deshalb auf andere Weise zu behaupten? Ich erinnere mich an eine Episode: Ich hatte mir lange ein Modellflugzeug gewünscht, das wusste Lasse. Das war der Grund, weshalb er mir eines Tages stolz – oder triumphierend – sein Modellflugzeug zeigte. Ich habe mich gefragt, woher seine Mutter das Geld dafür hatte. Die Familie hatte nicht viel. Der Vater vertrank das meiste.*

Und eine andere Episode: Wir hatten eine Mathearbeit geschrieben. Gewöhnlich gehörte ich zu den Mittelmäßigen, aber diesmal hatte ich eine Supernote bekommen. Lasse hatte eine schlechtere und wurde so auf einem Gebiet geschlagen, auf dem er in der Regel besser war als ich. Er rastete richtig aus …

Was er sonst noch über Lasse Hegge schrieb, war ähnlich. Auf Tone wirkte es naiv. Kinder sind Kinder. Und Konkurrenten. Falls Kristiansen es als Hinweis betrachtete, dass aus dem früheren Kindheitskonkurrenten später ein Mörder geworden war, war es schwach. Weiter unten im Text erwähnte er auch eine Episode, von der er Tone bereits früher erzählt hatte. Wie Lasse ihn gefragt hatte, wie es um die Ehe von Atle und Lotte stehe.

Atle Kristiansen schien seine ganze Urteilskraft verloren zu haben. Oder er hatte sich vollkommen darauf eingeschossen, dass der Mann, der seine Frau getötet hatte, Lasse Hegge sein musste. Tone war enttäuscht. Und was den Fall anging, verwirrter als je zuvor.

Ein schriller Laut ging ihr durch Mark und Bein. Die Türklingel. Der Mörder ist hier!, war ihr erster Gedanke. Das Herz schlug ihr bis zum Hals. Sie rührte sich nicht und lauschte. Waren weitere Laute zu hören? Er durfte sie nicht zu fassen kriegen. Sie konnte sich verstecken. Sich die Treppe hinaufschleichen und im Schlafzimmer einschließen. Sie versuchte aufzustehen. Aber der Körper verweigerte ihr den Dienst. Sekunden vergingen. Viele. Nichts passierte. Dann durchschnitt der Laut erneut den Raum.

Budal, Sonntag, 15.10 Uhr

Sie musste einen klaren Kopf bewahren. Logisch denken. Hatte sie etwas, womit sie sich verteidigen konnte? Sie sah sich im Zimmer um. Eine Keramikvase war das Einzige. Die Messer lagen in der Küchenschublade. Wenn sie an die herankommen wollte, musste sie in die Küche laufen. Dabei risikierte sie, ihm durch das Fenster von Angesicht zu Angesicht gegenüberzustehen. Abwarten und sehen, was passierte? Sofort Jon Ruud anrufen? Oder erst einmal in den ersten Stock laufen und gucken, ob ein Auto vor dem Haus stand? Doch dazu kam sie nicht. Das Telefon schellte. Das Display zeigte eine Handynummer an, die sie nicht zuordnen konnte. Das Adressbuch lag auf dem Schreibtisch. Hektisch blätterte sie hin und her. Da war sie. Dann nahm sie den Hörer ab und sagte Hallo.

»Bist du zu Hause?« Mette schrie fast. »Hast du nicht gehört, dass ich geklingelt habe? Langsam mache ich mir wirklich Sorgen.«

Mette Hermansen verlangte eine Erklärung, wollte wissen, was passiert war. Tone versuchte sich an einer kurzen Zusammenfassung, ließ jedoch einiges aus. Zu mehr reichte ihre Kraft nicht. Aber von dem Telefongespräch mit Rita Lund von der Polizei in Oslo musste sie ihr erzählen. Und davon, dass Atle Kristiansen verschwunden war. Dass er möglicherweise dem Mann auf der Spur gewesen war, der seine Frau ermordet hatte. Und dass dieser Mann vielleicht wusste, wer Tone war.

Das sei so schwerer Tobak, dass sie sich erst einmal eine Zigarette anzünden müsse, um klar denken zu können, sagte Mette.

»Bist du sicher, dass dieser Typ dich nicht die ganze Zeit an der Nase herumgeführt hat?«, fragte Mette, als sie vor der Tür standen und sie ein paarmal kräftig inhaliert hatte.

»Kristiansen?« Dieser Verdacht war nicht neu für Tone, aber es gefiel ihr nicht, dass andere ihn so deutlich in Worte fassten. Sie wollte keinen naiven Eindruck machen. Bevor Mette Zeit hatte zu antworten, fügte sie deshalb hinzu: »Natürlich habe ich daran gedacht. Diese Möglichkeit bestand die ganze Zeit. Andererseits weiß ich nicht, welches Motiv er haben sollte. Ich meine, warum hat er dann Kontakt zu mir aufgenommen?«

Mette blies Rauch in die nasskalte Luft. Ihre freie Hand hielt sie vor dem Körper. Sie waren beide nur dünn angezogen. »Du musst dir überlegen, welchen Nutzen er von dir hat«, sagte sie.

»Das habe ich natürlich getan«, sagte Tone schnell, ein wenig ärgerlich und gestresst. »Aber ich habe keine Antwort gefunden.«

Mette machte einen nachdenklichen Eindruck. Tone fiel auf, dass die Freundin dünner aussah als sonst. Hatte sie ein paar Kilo abgenommen? Lag es an den Eheproblemen? Mette trug eine hellbraune, taillierte Jacke über einer dunkelbraunen Hose. Sie hatte noch immer eine schmale Taille, dachte Tone.

»Hmm«, sagte Mette, warf die Zigarette auf den schneebedeckten Boden und trat sie aus. Ein Zigarettenstummel mit Filter.

»Hast du in der letzten Zeit mal hier gestanden und Filterzigaretten geraucht?«, fragte Tone plötzlich. Alle Eindrücke vermischten sich in ihrem Kopf.

Mette sah verwundert aus. »Vor gut einer Woche, ja«, sagte sie. »Als ich dich das letzte Mal besucht habe.«

»Und davor? Als ich mal nicht zu Hause war?«

»Jetzt verstehe ich nicht ganz, worauf du hinauswillst.«

»Vergiss es«, sagte Tone. »Sollen wir wieder hineingehen?« Langsam war sie ganz durcheinander. »Hast du abgenommen?«, fragte sie, um das Thema zu wechseln.

»Sieht man das?«, fragte Mette zufrieden. »Vielleicht ein paar Kilo. Das kommt vom Training.«

Tone glaubte nicht ganz daran. Sie hatte zeitweise selbst hart trainiert, aber nie sichtbar abgenommen. Während sie hineingingen, fragte Mette: »Was hat die Polizei zu Kristiansens Verschwinden gesagt? Haben sie irgendwelche Theorien, warum er verschwunden sein könnte?«

»Nein«, antwortete Tone und konnte sich nicht einmal erinnern, Lund danach gefragt zu haben.

»Hast du mit seiner Mutter gesprochen? Sie weiß bestimmt mehr. Ruf sie an«, forderte Mette sie auf.

Tone sagte, dass sie darüber nachdenken werde.

Mette Hermansen verabschiedete sich am frühen Abend. Wenig später war es dunkel. Tone druckte das Dokument von Atle Kristiansen aus, um es zu Ende zu lesen.

Den Rest des Kapitels *Kindheit und Jugend* hatte sie schnell durch. Ihrer Meinung nach hatte es kaum einen Bezug zu dem Mord. Abgesehen von dem Versuch, den Nachbarjungen als verdächtig hinzustellen. Sein übriger Zweck konnte natürlich der sein, einzelne Lebensbereiche zu einem Ganzen zusammenzufügen. Um eine Geschichte zu schaffen. Etwas, was er *Mein Leben* nennen konnte, ein Leben, das nicht den Stempel *Mörder* trug.

Das nächste Kapitel trug die Überschrift *Gedankensplitter*. Die Bezeichnung *Splitter* war nicht übertrieben, wie sie schnell sah. Es gab nahezu keine Zusammenhänge. Keine Systematik. Einige Zeilen kreisten um ein Thema, eine Seite um ein anderes. Insgesamt waren es acht bis zehn Seiten. Erst als Tone sich dem Ende näherte, stieß sie auf etwas Interessantes. Auf einen Abschnitt, den sie am Vortag übersprungen hatte. Er erschütterte sie. Verwirrte sie. Wühlte sie auf.

Warum habe ich Lasse nicht schon damals verdächtigt? Ich hätte doch merken müssen, dass er nicht davor zurückschreckte, mir zu schaden. Warum habe ich nicht begriffen, dass Mona Hegge ganz bewusst falsch ausgesagt hat? Sie hat sich nicht falsch erinnert. Sie hat bewusst gelogen. Sie wollte Lasses Haut retten. Wusste sie von Lasse und Lotte? Aber warum? Lasse brauchte Lotte nicht. Er war mit einer anderen so gut wie verheiratet. Das hat seine Mutter gesagt. Vielleicht habe ich ihn deshalb nicht als möglichen Liebhaber meiner Frau in Betracht gezogen. Er hatte Anne. Anne Lomen. Die jetzt plötzlich als Sofie Lyses Freundin auftaucht. Das neue Opfer. Ich versuche, eine Verbindung zwischen den beiden zu finden. Aber es gelingt mir nicht. Welche Rolle spielte Sofie Lyse bei dem Ganzen? Es muss ein Zusammenhang zwischen den Morden bestehen. Das kann kein Zufall sein.

Das war neu. Tone konnte kaum glauben, was sie las. Sie starrte mehrere Male auf den Namen. Atle Kristiansen wusste, dass sie Anne Lomen kannte. Er war auf der Tanzveranstaltung gewesen. Dort war sie sowohl Anne als auch Sofie Lyse begegnet. Kristiansen hatte gesagt, dass er dort gewesen war, um mit Lyse zu reden. Warum nicht mit Lomen?

»Bist du sicher, dass er dich nicht die ganze Zeit an der Nase herumgeführt hat?« Mette Hermansens Frage schwirrte ihr

durch den Kopf. Tone fühlte sich total ausgelaugt. Was sollte sie von all dem, das sie in den letzten Wochen gehört und gesehen hatte, glauben? Wem konnte sie trauen?

Atle Kristiansen war zu demselben Schluss gekommen wie sie: dass zwischen den beiden Morden irgendeine Verbindung bestand. Lotte Kristiansen und Sofie Lyse. Sofie Lyse war kurz nach Kristiansens Entlassung aus dem Gefängnis ermordet worden.

Dann fiel ihr wieder ein, was Atle Kristiansen ihr gemailt hatte: Er nahm an, dass Lasse Hegge einen Decknamen benutzte. Ohne genau zu wissen, wonach sie suchte, begann sie, in ihren Mails zurückzublättern. Es dauerte eine Weile, bis sie begriff, was sie sah. Oder nicht sah. Die Mail von Orion, in der er ein Treffen vorgeschlagen hatte, war weg. Sie blätterte um das Datum herum vor und zurück. Die anderen Mails, die sie in diesem Zeitraum erhalten hatte, waren noch da. Nur die von Orion nicht.

Sie suchte weiter und stellte fest, dass sämtliche Nachrichten von Orion fehlten.

Das war der Beweis. Jemand war ins Haus eingebrochen und hatte alle Mails von Orion gelöscht.

Budal, Sonntag, 21.30 Uhr

Wo war Atle Kristiansen? Tone suchte nach ihren Tagebucheintragungen zum Fall Kristiansen. Die die Grundlage ihres Arbeitsprojekts bilden sollten. Würde sie es je auf die Beine gestellt bekommen? Wenn er nicht wieder auftauchte … Die Idee für die Sendereihe war klar: eine Journalistin, die nach der Wahrheit suchte. Sollte etwas daraus werden, musste sie engen Kontakt zu ihm halten, mehrere Interviews in den unterschiedlichen Phasen machen. Sie hatte das Dokument. Ein Teil dessen, was er geschrieben hatte, konnte in der Sendereihe zu seiner Stimme werden. Aber würde sie die Wahrheit jemals herausfinden?

Sie fand die Tagebuchaufzeichnungen nicht. Ihr erster Gedanke war, dass auch sie gelöscht worden waren. Der nächste, dass sie sie vielleicht nie auf den PC in Budal überspielt hatte. Sie konnte sich nicht mit Bestimmtheit erinnern, hier daran gearbeitet zu haben. Natürlich hatte sie eine Sicherheitskopie auf Diskette gezogen. Wo war die? Nicht in der Tasche, die sie immer zwischen ihren beiden Wohnorten hin- und herschleppte. Vielleicht im Auto? Sie legte oft Disketten ins Handschuhfach. Ein sicherer Platz, falls das Haus abbrennen sollte.

Sie musste zum Auto gehen und nachsehen. Als sie in der Diele stand, stellte sie fest, dass die Außenbeleuchtung nicht eingeschaltet war. Hatte sie die nicht eingeschaltet, als Mette gefahren war? Sie drehte an dem Schalter. Nichts. Die Birne in der Lampe musste kaputt sein. Sie konnte sich nicht aufraffen, sie im Dunkeln gegen eine neue auszuwechseln. Das musste warten.

Die Herbstkälte schlug ihr entgegen, als sie die Tür öffnete. Es war weit unter null Grad. Ein paar warme Sonnenstrahlen früher am Tag hatten den Neuschnee schmelzen lassen. Heute Nacht würde es Raureif geben. Sie warf sich eine Jacke über die Schultern und lief in kleinen Schritten die zehn Meter bis zum Auto. Fröstelnd setzte sie sich auf den Fahrersitz und schaltete die Innenbeleuchtung ein.

Im Handschuhfach lagen drei CDs. Sie tauschte sie zu selten aus. Jetzt hatte sie über mehrere Wochen dieselbe Musik gehört. Sie hob sie hoch. Darunter lagen zwei Disketten. *Kristiansen* stand auf der einen. Alles okay.

Aber es war nicht alles okay. Sie merkte es, als sie das Auto abschloss. Hinter ihr tauchte etwas auf. Ein schwacher Laut, eine Bewegung im Dunkeln. Sie drehte sich abrupt um. Wehrlos. Nichts war zu sehen. »Hallo?«, sagte sie. Eine Art

Offensive. »Ist da jemand?« Sie stand reglos da, unfähig, sich zu bewegen. Sollte sie zum Haus rennen?

Ein neuer Laut. Ein Schatten, der um die Hausecke verschwand? Jemand war hier. Sie war sich sicher. Das war kein Tier. Warum gab er sich nicht zu erkennen? Oder sie? Letztes Mal war es wahrscheinlich eine Frau gewesen. Hatte die andere Person genauso Angst wie sie?

Eins, zwei, drei. Ein paar Sekunden ... und sie stand vor der Haustür. Lauschte kurz. Es war ganz still. Sie wusste, einige Meter von ihr entfernt atmete ein anderer Mensch. Der ihr Angst einjagen wollte?

Verdammt! Die Angst wurde zum Zorn. Sie wollte herausfinden, wer das war. Wollte, dass diese Verfolgungen ein Ende hatten. Ohne weiter darüber nachzudenken, bog sie um die Hausecke und prallte gegen jemanden, der dort stand. Der weglaufen wollte. Schnell packte sie zu. Spürte, dass sie einen Jackenärmel in der Hand hielt. Nahm eine Hand in der Luft wahr. Der Schlag traf sie im Nacken.

Wie lange hatte sie hier gelegen? Tone versuchte, sich zu bewegen. Krabbelte auf allen vieren. Arme, Beine, alles schien zu funktionieren. Ein Schmerz vom Nacken aufwärts. Ein Druck im Kopf. Was war passiert? Vorsichtig richtete sie sich auf. Hatte Angst, ohnmächtig zu werden. Ihr Körper war eiskalt, durch und durch. Langsam erinnerte sie sich, was passiert war. Waren seitdem mehrere Stunden vergangen? Sie hätte erfrieren können, dachte sie plötzlich. Wenn sie die ganze Nacht hier gelegen hätte.

Jetzt war sie allein. Daran bestand kein Zweifel. Die Person, die sie niedergeschlagen hatte, war abgehauen. Sie musste ins Haus kommen. Vielleicht wartete er dort drinnen auf sie. Bereit zum nächsten Kampf. Oder war es eine Sie?

Hier konnte sie jedenfalls nicht bleiben. Sollte sie zu einem der Nachbarn gehen? Zu einem von denen, mit denen sie hin und wieder ein paar Worte wechselte. Sie machte ein paar Schritte und merkte, dass ihr schwindelig war. Hielt sich am Fensterrahmen fest. Drehte sich zum Fenster um. Bemerkte, dass man durch die Gardinen ins Arbeitszimmer sehen konnte. Die Person, die da draußen gestanden hatte, hatte sie leicht vor dem PC sitzen sehen können. Jedenfalls war jetzt niemand dort.

Ihre Schritte waren wacklig. Trotzdem musste sie es versuchen. Hineinzukommen und anzurufen.

Auf der Polizeiwache in Lillehammer sagte man ihr, dass sie den Dienst habenden Beamten in Ringsaker anrufen müsse. Tone bat, zu Jon Ruud durchgestellt zu werden. Er war nicht da.

»Ich bin vor meinem Haus niedergeschlagen worden«, sagte sie aufgeregt.

Das änderte den Fall. Zumindest etwas.

»Geben Sie mir Ihre Telefonnummer und Adresse, dann sorge ich dafür, dass jemand kommt«, sagte der Polizist. »Die Details können wir später aufnehmen. Ist jemand bei Ihnen?«

Als sie das verneinte, fragte er, ob sie nicht besser Familienangehörige oder Freunde anrufen sollte.

Während sie auf die Polizei wartete, rief sie Mette an.

»Ich komme sofort«, antwortete die Freundin schockiert. »Bleib ganz ruhig, rühr dich nicht vom Fleck. Ruf mich über Handy an, falls sich etwas tut. Wenn du Geräusche hörst. Mach nicht auf, wenn es klingelt.«

Sie würde wohl aufmachen müssen, wenn die Polizei kam, dachte Tone erschöpft. Sie stellte fest, dass es kurz nach zehn war. Demnach konnte sie nur ein paar Minuten bewusstlos gewesen sein. Vielleicht nur Sekunden.

Die Polizei und Mette Hermansen trafen fast gleichzeitig ein. Beide mussten gerast sein.

»Haben Sie einen Verdacht, wer das getan haben kann?«, fragte die Polizistin.

Tone antwortete, dass sie sich nicht sicher sei. »Aber ich glaube, dass der Überfall in Verbindung mit dem Mord in Lillehammer steht«, sagte sie und merkte sofort, dass sie keine langen Erklärungen schaffte. »Ich habe Sofie Lyse gefunden und seitdem ist ziemlich viel passiert«, sagte sie erschöpft. »Jon Ruud weiß das alles.«

Die Polizistin sah sie überrascht an. »Davon ist mir nichts bekannt«, sagte sie.

»Tone müsste schon längst unter Polizeischutz stehen«, unterbrach Mette. Sie hatte einen Tee gekocht, den sie vor Tone hinstellte.

Die Polizistin nahm ihr Handy und wählte eine Nummer. Beriet sich kurz mit demjenigen, den sie angerufen hatte. Tone bekam nicht viel mit von dem, was gesagt wurde. Mette sprach gleichzeitig mit ihr: »Ich nehme dich nachher natürlich mit zu mir. Das kommt schon alles wieder ins Lot«, sagte sie tröstend und tätschelte Tones Schulter. Tone hörte, dass Mette nicht so ruhig war, wie sie zu sein vorgab.

»Ich werde sofort mit dem Leiter der Mordkommission sprechen«, sagte die Polizistin, die ihr Gespräch beendet hatte. »Er wird sich mit Jon Ruud in Verbindung setzen. Ich übermittle ihm Ihre Erklärung. Man wird dann später Kontakt zu Ihnen aufnehmen. Jetzt müssen Sie erst einmal ärztlich untersucht werden.«

»Ich fahre sie zur Ambulanz«, sagte Mette schnell. »Tone bleibt heute Nacht bei mir. Hier kann sie nicht bleiben.«

Während der Fahrt in die Stadt kam die Reaktion. Sie zitterte am ganzen Körper. In Gedanken erlebte sie das, was passiert war, noch einmal. Die Gefahr, in der sie geschwebt hatte. Aber sie hatte überlebt.

»Ich war auch wütend«, sagte sie zu Mette. »Ich wollte, dass diese Belästigungen aufhören.« Die Worte befreiten, sie redete den ganzen Weg zum Krankenhaus. Wiederholte sich mehrere Male.

Der Arzt sagte, dass alles gut aussähe, empfahl Tone jedoch ein paar Tage Ruhe. Tone äußerte sich nicht dazu. Sie wollte am nächsten Tag nach Oslo fahren. So viel Zeit wie möglich mit Emma in ihrer Wohnung in Torshov verbringen. Falls sie fit genug war, das Interview in Drammen machen. Und sie wollte mit Rita Lund reden.

Polizeipräsidium Oslo, Montag, 29. Oktober, 17.45 Uhr

Tone Tarud traf eine Viertelstunde nach der mit Rita Lund verabredeten Zeit bei der Polizei ein. Abgehetzt. Wie üblich war ihr Zeitplan zu eng gewesen.

Der Tag war einer der stressigsten, an die sie sich erinnern konnte. Und das sagte einiges. Nach dem Frühstück hatte Mette sie nach Mesnali gebracht, wo ihr Auto stand. Anschließend war sie direkt nach Drammen gefahren, um die Eltern zu interviewen, mit denen sie diesen Termin vereinbart hatte. Bevor sie den Block betrat, in dem sie wohnten, wählte sie Rita Lunds Nummer. Das Ergebnis war eine Verabredung für den Nachmittag.

Das Interview mit den Eltern nahm mehr Zeit in Anspruch, als sie veranschlagt hatte. Nicht das Interview selbst, aber das vorausgehende Gespräch. Sie musste sich eine lange, detaillierte Geschichte anhören. Mit dem Gewicht auf ihrer Sicht der Dinge. Und der der Tochter, die zur Mörderin geworden war. An einem Wintertag hatte sie ihren Mann erstochen. Er hatte sie fünfzehn Jahre gequält, erklärten die Eltern. Sie hatten absolut keine Schuldgefühle. So gesehen unterschieden sie sich von Tones früheren Interviewpartnern. In diesem Fall trugen die Tochter und somit auch die

Eltern keine Verantwortung für das, was passiert war. Der Sündenbock war der Ehemann, ein Täter, der zum Opfer wurde. Die Bitterkeit, die die Eltern empfanden, richtete sich jetzt gegen die Behörden, die nichts unternommen hatten, um das, was passiert war, zu verhindern. Die Frau hatte mehrmals Anzeige erstattet, aber nichts war geschehen. Sie meinten, das Scheinwerferlicht müsse auf die gerichtet werden, die sich jeglicher Verantwortung entzogen. Deshalb hatten sie sich zu dem Interview bereit erklärt.

Tone zwang sich zuzuhören, Interesse zu zeigen. Sie musste ihre eigenen Probleme auf Abstand halten. Während der Aufnahme versuchte sie, sich an die Fragen zu halten, die sie auch in den früheren Interviews gestellt hatte. Das war schwierig. Diese Eltern kämpften um etwas. Sie waren zu ihren Bedingungen dabei. Schließlich ließ Tone sie sich die ganze Verzweiflung von der Seele reden, die sich über lange Zeit angestaut hatte. Die Verzweiflung, nicht gehört zu werden und auf Widerstand zu stoßen. Dann beendete sie die Aufnahme mit den üblichen Fragen und bekam angemessen kurze und klare Antworten.

Auf der Fahrt zurück nach Oslo überlegte sie, wie sich ein roter Faden in die Dokumentarreihe bringen ließ. Was sie bis jetzt hatte, ließ mehrere Richtungen zu. In Gedanken spulte sie das letzte Interview ab. Die Mörderin war das Opfer, hatten sie gesagt. Von Atle Kristiansen würde das niemand behaupten. Oder glaubte Marta Kristiansen in ihrem tiefsten Inneren an seine Unschuld? Ein Blick auf die Uhr und Tone sah, dass die Zeit für die nächste Verabredung knapp zu werden begann. Sie fuhr schneller, als es die Geschwindigkeitsbegrenzung erlaubte. Aber nicht so schnell, dass sie ihren Führerschein riskierte. In Grønland hatte sie ein Problem, einen Parkplatz zu finden. Eine weitere Viertelstunde verstrich.

Jetzt war sie endlich hier. Rita Lund gab Bescheid, dass sie herunterkommen und sie abholen werde. Ein paar Minuten später kam eine Frau in den Dreißigern auf sie zu. Durchschnittliches Aussehen, dunkles kurzes Haar, konservative Kleidung.

»Ich habe nicht ganz verstanden, woran Sie und Kristiansen gemeinsam gearbeitet haben«, sagte Rita Lund, als sie in ihrem Büro Platz genommen hatten.

»Er hat Kontakt zu mir aufgenommen, weil er über seinen Fall reden wollte«, antwortete Tone höflich. »Weil ich Journalistin bin.« Das hatte sie am Telefon bereits erklärt.

»Ja, und?«, sagte Lund und runzelte die Stirn, um zu zeigen, dass sie den Zusammenhang nicht verstand.

»Er hatte Pläne, ein Wiederaufnahmeverfahren zu beantragen.«

»Warum?« Rita Lund lehnte sich über den Tisch.

Tone beschlich das Gefühl, einem Verhör unterzogen zu werden. Das Fenster stand offen. Kühle Herbstluft strömte ins Zimmer. Tone hatte die Jacke anbehalten, um nicht zu frieren. Fragte sich, ob sie die Polizistin bitten sollte, das Fenster zu schließen, ließ es jedoch. »Er sagte, er sei unschuldig verurteilt worden«, sagte sie.

»Und das haben Sie ihm geglaubt?« Lund lehnte sich zurück und legte die Hände auf den Schreibtisch. Die Nägel waren lang und rot lackiert und brachen mit dem ansonsten so konservativen Stil.

»Ich war bereit, ihm zuzuhören«, sagte Tone kurz angebunden. »Wissen Sie etwas?«, beeilte sie sich zu fragen. »Haben Sie irgendwelche Theorien, was passiert sein könnte?«

»Leider nicht. Wir sehen uns seinen Bekanntenkreis an. Leute, mit denen er gesessen hat ..., und ein paar Bekannte aus der Zeit vor dem Mord ..., mit ihnen haben wir gesprochen. Niemand hat nach seiner Entlassung von ihm gehört.«

»Wird er gesucht?«, fragte Tone.

»Nicht offiziell. Wir arbeiten an dem Fall, weil seine Mutter ihn als vermisst gemeldet hat. Er ist ja noch nicht lange verschwunden. Wir wissen nicht einmal, ob jemand in die Wohnung eingedrungen ist oder ob Kristiansen sie selbst so unordentlich verlassen hat. Jedenfalls macht sich die Mutter Sorgen. Befürchtet, dass er in etwas hineingeraten ist.« Lund stand auf und schloss das Fenster. Endlich. Sie drehte sich um und sah Tone an, als sie sagte: »Deshalb interessiert mich alles, was Sie wissen.«

»Vielleicht hat die Mutter allen Grund, unruhig zu sein«, sagte Tone und wartete eine Weile, bevor sie hinzufügte: »Es ist möglich, dass Atle Kristiansen der Person auf die Spur gekommen ist, die seine Frau ermordet hat.«

Rita Lund legte die Handflächen zusammen, führte sie zur Nase und sah Tone forschend an. Als wollte sie abschätzen, inwieweit sie sie ernst nehmen sollte. »Aha. Und hat er Ihnen auch erzählt, wer das sein soll?«

»Er glaubt, dass es Lottes damaliger Liebhaber war.«

»Ist das neu?«

»Er hat herausgefunden, wer der Mann ist.«

»Und?«

»Ein früherer Nachbar, Lasse Hegge.«

»Hört sich das in Ihren Ohren glaubwürdig an?«

»Ich erzähle Ihnen, was ich weiß. Es ist an Ihnen, das zu beurteilen.« Tone entschied sich, ihr noch eine Information zukommen zu lassen, eine, über die sie mit Jon Ruud noch nicht gesprochen hatte: »Atle Kristiansen ist der Meinung, dass ein Zusammenhang zwischen dem Mord an Sofie Lyse und dem Mord an seiner Frau vor neun Jahren besteht.«

Falls Rita Lund vorher skeptisch ausgesehen hatte, verstärkte sich der Eindruck jetzt noch. »Und welcher Zusammenhang sollte das sein?«

»Das gehört zu den Dingen, auf die ich eine Antwort zu finden versuche. Aber es könnte doch auch für die Polizei von Interesse sein?«

»Hat er seine … Ideen der Polizei unterbreitet?«

»Er rechnete nicht damit, dass man ihm glaubt.«

Darauf antwortete Rita Lund nicht. Sie bat Tone um weitere Details. Welche Verbindung zwischen Sofie Lyse und Atle Kristiansen bestanden hatte. Tone gab einen schnellen Überblick über die wichtigsten Fakten. Das konnte nicht schaden, dachte sie. Kristiansen hatte ihr nie verboten, mit anderen über den Fall zu reden.

Tøyen, Montag, 18.10 Uhr

Marta Kristiansen war blass und sah älter aus als bei Tone Taruds letztem Besuch. Sie öffnete die Tür, ohne ein Wort zu sagen, und Tone schlüpfte hinein.

»Danke, dass ich komme durfte«, sagte Tone höflich und blieb in der Diele stehen wie beim letzen Mal. Als Marta Kristiansen nicht antwortete, fügte sie hinzu: »Ich dachte, dass ein Gespräch uns beiden von Nutzen sein könnte.«

Marta zuckte resigniert mit den Schultern, wirkte gleichgültig.

Tone redete weiter: »Atle hat zu *mir* Kontakt aufgenommen.«

»Ja, das hat er wohl«, sagte Marta.

»Er wollte Hilfe bei der Wiederaufnahme des Verfahrens. Er hat den Brief gelesen, den ich Ihnen geschrieben habe. Deshalb hat er mich angerufen.« Tone merkte, dass sie zu schnell redete. Sie schaffte es einfach nicht, in solchen Situationen die Ruhe zu bewahren. Aber sie bemühte sich, einen Kontakt zu Marta Kristiansen herzustellen, und hatte Angst, abgewiesen zu werden, bevor sie ihr Anliegen vorbringen konnte. »Sie wissen, dass Atle an einer Wiederaufnahme des Verfahrens arbeitet?«, sagte sie.

Marta seufzte tief. »Ja, darüber bin ich mir im Klaren.«

Dann wies sie ihr mit dem rechten Arm den Weg. »Gehen Sie hinein.« Sie selbst verschwand in der Tür zu einem anderen Raum. Der Küche, nahm Tone an. Wegen Kaffee und so. Aber als ihre Gastgeberin nach einigen Minuten wieder auftauchte, hatte sie nichts in der Hand.

»Er hat angefangen, davon zu reden, als er noch im Gefängnis saß«, sagte sie, bevor Tone ihre Fragen stellen konnte. »Vor allem in der letzen Zeit. Dass er eine Wiederaufnahme will. Dass er herausfinden will, wer Lotte wirklich umgebracht hat.« Sie studierte ihre Hände. Als sähe sie sie zum ersten Mal. Lange, dünne Finger mit einem schmalen Ehering.

Tone lagen einige Fragen auf der Zunge, aber es gelang ihr, den Mund zu halten. Die Erfahrung sagte ihr, dass mehr kommen würde, wenn sie wartete. Und das stimmte.

»Ich habe ihm gesagt, dass er vorsichtig sein muss«, erzählte Marta weiter. Die Augen noch immer auf ihre Finger gerichtet. »Dass er sich das gut überlegen muss. Konzentrierte er alle Gedanken und alle Energie auf eine Wiederaufnahme, könnte ihn das total aus der Bahn werfen. Denn sollte er keinen Erfolg haben, wäre das die endgültige Niederlage. Er ist so ungeduldig, da kann er leicht scheitern.« Sie blickte auf, sah Tone direkt an. »Deshalb habe ich das Interview abgesagt.«

»Was, glauben Sie, ist passiert?«, fragte Tone.

»Warum er verschwunden ist, meinen Sie?«, fragte Marta zurück.

»Sie haben ihn als vermisst gemeldet, weil Sie sich Sorgen machen. Das hat die Polizei gesagt«, erklärte Tone.

»Ich fand es merkwürdig, dass er einfach verschwunden ist …, nicht einmal abgeschlossen hat. Außerdem ist die Wohnung durchsucht worden.«

»Wie viel hat er Ihnen von dem Mordfall erzählt?«, fragte Tone. »Von seinem Verdacht?«

»Nichts. Aber jetzt weiß ich ja, dass er Sie um Hilfe gebeten hat.«

»Ich glaube, er ist dem auf die Spur gekommen, was damals wirklich passiert ist«, sagte Tone und dachte, dass sie das, was sie Lund erzählt hatte, auch Marta erzählen konnte. Auf gegenseitiges Vertrauen setzen wollte.

»Und das hat er Ihnen erzählt?« Marta klang skeptisch.

Tone zögerte. Sie wusste nicht, wie viel sie über die Nachbarin sagen sollte. »Er war sich sicher, dass Ihre Nachbarin Mona Hegge vor Gericht falsch ausgesagt hat.«

»Das ist nichts Neues. Das hat er damals auch behauptet. Da stand Aussage gegen Aussage.«

»Glauben Sie ihm nicht?«

»Ich weiß es nicht.« Marta Kristiansen seufzte. Sie stand auf, ging zum Fenster, schob die schwere Gardine zur Seite und sah hinaus. Als würde sie nach jemandem Ausschau halten.

»Haben Sie Mona Hegges Sohn, Lasse, in der letzen Zeit gesehen?«, fragte Tone.

»Er war im Herbst mal zu Hause«, antwortete Marta und zog die Gardine zurück auf ihren Platz. »Ich habe nicht mit ihm gesprochen.«

»Er soll immer noch in der Stadt sein«, sagte Tone.

»Ach ja?«, sagte Marta uninteressiert.

»Ist Ihnen nie der Gedanken gekommen, dass er der unbekannte Liebhaber von Lotte gewesen sein könnte?«

Marta drehte sich zu Tone um: »Das hätte doch jeder x-Beliebige sein können.«

Also war ihr der Gedanke nicht neu, stellte Tone im Stillen fest. »Haben Sie ihn schon damals verdächtigt?«, fragte sie. »Während der Verhandlung?«

»Er war für mich nicht mehr verdächtig als jeder andere auch. Ich habe doch gesagt, dass es jeder x-Beliebige hätte sein können.«

»Wussten Sie, dass es einen anderen Mann in Lottes Leben gab? Bevor sie ermordet wurde, meine ich.«

»Atle hat es während der Ermittlungen gesagt. Es hat mich nicht gewundert. Um ganz ehrlich zu sein, war Lotte ein leichtsinniges Flittchen. Das habe ich schon beim ersten Mal gemerkt, als ich sie getroffen habe. Aber Atle war blind. So ist die Liebe nun mal, oder wie man das nennen soll.« Marta Kristiansen veränderte sich, während sie sprach. Die gleichgültige Resignation machte Bitterkeit Platz.

»Sie haben versucht, ihm das klar zu machen?«

Sie machte eine ausladende Handbewegung. »So etwas ist sinnlos. Aber ich habe es versucht, das habe ich wirklich. Und nur Undank geerntet. Er, der endlich sein Glück gefunden hatte und so weiter.« Sie holte Luft und seufzte. »Nein, jeder muss seine eigenen Erfahrungen machen. Für Atle waren sie teuer erkauft.«

»Was, glauben Sie, ist passiert?«, fragte Tone noch einmal und stand auf.

»Weiß der Himmel ...«

Tone machte ein paar Schritte und blieb neben dem Foto stehen, das ihr letztes Mal aufgefallen war. Jetzt sah sie, dass es Atle war. Er war auf dem Bild erheblich jünger, aber der Blick war unverwechselbar. »Ich würde es sehr zu schätzen wissen, wenn Sie sich bei mir melden, wenn Sie etwas hören«, sagte sie. Obwohl Marta Kristiansen auch dieses Mal keinen sonderlich kooperativen Eindruck machte. Der Brief, den sie ihr vor einigen Wochen geschrieben hatte, war anders gewesen. Offener. Irgendetwas hatte sie erstarren lassen.

Ein Stockwerk tiefer stand sie vor Mona Hegges Tür. Würde sie Tone auch heute hineinbitten? Tone wartete ein paar Sekunden, bis sie sich entschied. Dann klingelte sie. Und wartete. Kein Anzeichen von Leben auf der anderen Seite der Tür. Sie schellte noch einmal. Eine Minute später gab sie auf und ging langsam die Treppe hinunter.

Als Tone, den Schlüssel bereits im Schloss, vor ihrem geparkten Auto stand, warf sie noch einmal einen Blick auf das Mietshaus. Eine Gardine bewegte sich. Nicht in Marta Kristiansens Wohnung, sondern in der Etage darunter. Irgendjemand spähte durch Mona Hegges Gardinen hinaus. Genau wie Marta es getan hatte. Beobachteten die beiden sich? Verfolgten sie, wer kam und ging? Mona Hegge hatte nicht aufgemacht. Das konnte nur eins bedeuten: Sie wollte keinen weiteren Besuch von der Journalistin, die sie beim letzten Mal hereingebeten hatte. Oder es war gar nicht Mona Hegge, die hinter der Gardine stand und Tone mit den Blicken folgte!

Sie stieg ins Auto und ließ den Motor an. Ihre Hand zitterte. Konnte Lasse Hegge dort gestanden haben?

Emma war zu Hause, stellte Tone fest, als sie die Wohnung in Torshov betrat. Der Fernseher lief. Sie durfte sich nichts anmerken lassen. Keine Unruhe verbreiten. Sie hatte Emma nichts von dem Überfall in Budal erzählt. Tone steckte den Kopf ins Wohnzimmer und sagte Hallo. Emma stand von ihrem Stuhl auf und kam auf sie zu. Sah sie seltsam an. »Ich habe früher mit dir gerechnet«, sagte sie.

»Habe ich nicht gesagt, dass ich erst nachmittags käme?«, sagte Tone verwundert. Es sah Emma nicht ähnlich, sich so aufzuführen.

»Jetzt ist es Abend. Es ist bald acht.«

»Ich hatte ein Interview«, entschuldigte sich Tone. »Es hat ein bisschen länger gedauert als geplant.« Sie hängte die Jacke an den Haken und ging an Emma vorbei ins Wohnzimmer.

»Und du hattest dein Handy ausgeschaltet«, sagte die Tochter hinter ihr.

»Das mache ich während eines Interviews immer. Hast du versucht, mich zu erreichen?« Tone ließ sich auf einen Stuhl fallen.

»Die Polizei in Lillehammer hat angerufen und um Rückruf gebeten. Ruud hieß er, glaube ich.«

»Ach so«, sagte Tone bemüht gleichgültig. »Mit dem habe ich schon einmal gesprochen.« Sie war neugierig, was er wollte.

»Ach ja«, sagte Emma und sah sie streng an. »Und hast du vor, mir zu erzählen, worum es geht?«

Tone dachte schnell nach und antwortete ebenso schnell: »In Budal ist eingebrochen worden. Jedenfalls war das Schloss kaputt, als ich Samstag kam. Das habe ich der Polizei gemeldet.«

»Davon hast du am Telefon nichts gesagt.«

»Ich wollte dich nicht beunruhigen. Außerdem ist nichts gestohlen worden«, fügte sie hinzu.

»Was macht es dann für einen Sinn, einzubrechen? Fehlen nicht einmal Spirituosen?«

»Der oder die das getan haben, haben wohl geglaubt, dass dort mehr zu holen ist. Das Haus steht schließlich tagelang leer.«

»Ich habe mir Sorgen gemacht«, gestand Emma. Ein wenig vorwurfsvoll. »Ich habe gedacht, dass etwas passiert ist. Etwas Schlimmes. Du warst so seltsam, als wir am Wochenende telefoniert haben. Bist du sicher, dass es nur der Einbruch war?«

»Das ist doch schlimm genug«, sagte Tone und fragte sich, ob es richtig war, alles vor Emma geheim zu halten. Sie hätte ihr von dem Fund der Leiche erzählen sollen. Eines Tages würde sie es ohnehin erfahren. »Es tut mir Leid, dass du dir meinetwegen Sorgen gemacht hast«, sagte sie. »Ein Glas Wein dürfte uns beiden jetzt bestimmt gut tun. Es war auch für mich ein anstrengender Tag.«

»Ja, bestimmt«, sagte Emma und schenkte ihr ein kleines Lächeln. »Hast du noch eine Flasche?«

»Wein habe ich immer im Haus«, antwortete Tone. Sie ging in die Küche, um ihre Vorräte zu überprüfen. Es war nicht mehr viel da. Nur eine Flasche Jahrgangswein, die sie geschenkt bekommen hatte. Und die sie für eine besondere Gelegenheit hatte aufbewahren wollen. Und die ist jetzt, entschied sie.

Sie ging ins Arbeitszimmer und wählte Jon Ruuds Nummer in Lillehammer.

Es nahm niemand ab. Sie hinterließ eine Nachricht, dass er jederzeit zurückrufen konnte.

»Es ist schön, dass du heute Abend zu Hause bist«, sagte sie zu Emma.

Jetzt konnten sie zu Alltagsdingen übergehen. All das, was ihr durch den Kopf ging, schob sie zur Seite.

Aber in der Nacht kam es zurück. Als sie nicht schlafen konnte. Der Überfall. Die Familien Kristiansen und Hegge. Sofie Lyse und Orion. Jetzt war zu den anderen noch ein weiterer Name hinzugekommen: Anne Lomen. Warum hatte Atle Kristiansen ihr nicht schon früher von ihr erzählt? Plötzlich kam ihr ein Gedanke: Vielleicht hatte jemand anders ihren Namen ins Spiel gebracht. Da bei ihm eingebrochen worden war, könnte sich auch eine andere Person in das Dokument eingeloggt haben! Ein Fremder könnte das Dokument geöffnet und verändert, etwas hinzugefügt oder gelöscht haben. Eine Person, die den Verdacht auf Anne Lomen lenken oder einfach nur Verwirrung stiften wollte. Dann war das Dokument an Tone geschickt worden. Ihre Adresse war im PC gespeichert. Falls das der Fall war, handelte es sich um eine Person, die wusste, dass sie zu Atle Kristiansen Kontakt hatte.

Hovseter, Dienstag, 30. Oktober, 19.50 Uhr

Synne Kwam Sørensen wohnte im selben Wohngebiet wie Irene Eikeli. Deshalb parkte Tone an der üblichen Stelle. Doch im Dunkeln suchte sie eine Viertelstunde, bis sie die Adresse fand, die sie sich auf dem Zettel notiert hatte.

Ein etwa zehnjähriger Junge öffnete die Tür. Hinter ihm hörte sie den Ton eines Fernsehapparats. »Mama, eine Frau will dich sprechen«, rief der Junge, als Tone fragte, ob Synne Sørensen zu Hause sei.

Lotte Kristiansens ältere Schwester war schlank und gut gekleidet. Sie sah Tone aus braunen Augen fragend an.

Tone lächelte und erklärte, dass sie diejenige sei, die vor ein paar Tagen angerufen hatte, um darüber zu reden, was damals mit Lotte geschehen war. Jetzt galt es, sich zu konzentrieren und sich an die Lügen vom letzten Mal zu erinnern.

»Sie sind die Journalistin? Habe ich Ihnen nicht gesagt, dass ich kein Interesse habe? Ich schaffe es nicht, mich noch einmal mit all dem auseinander zu setzen.« Synne Sørensen war nicht so aggressiv wie bei ihrem ersten Gespräch, als sie den Hörer aufgeknallt hatte. Jetzt sah sie eher traurig aus. Das lange, dunkle Haar war füllig und mit einer Spange hochgesteckt. Sie trug einen rostroten Hosenanzug, die Schultern bedeckte ein brauner Schal. Sie ist schön, dachte Tone. Schöner, als Lotte gewesen war.

»Ich kann Sie gut verstehen«, sagte Tone, um Vertrauen aufzubauen. »Aber inzwischen ist einiges passiert. Wahrscheinlich wird es Kristiansen gelingen, eine Wiederaufnahme des Verfahrens zu erwirken.« Sie sagte das in einem vertraulichen Ton, als stünden sie beide auf derselben Seite. »Deshalb bin ich gekommen, um mit Ihnen zu reden.« Sie sah sich im Treppenhaus um.

Synne verstand die Andeutung und ließ sie herein.

»Atle Kristiansen hat immer behauptet, dass Lotte einen Geliebten hatte. Dass der Liebhaber etwas mit dem Mord zu tun hatte«, sagte Tone, als sie sich in der Küche gegenübersaßen.

»Ein hoffnungsloser Versuch, die Schuld auf andere zu schieben«, sagte Synne ärgerlich.

»Er hat herausgefunden, wer der Geliebte war.«

Synne Sørensen sah sie erstaunt an. »Woher wissen Sie das?«, fragte sie skeptisch.

»Ich habe ein paarmal mit ihm gesprochen. Nachdem ich gehört habe, dass er an einer Wiederaufnahme des Verfahrens arbeitet.«

»Er blufft«, sagte Synne und griff nach einer Packung Zigaretten, die auf dem Tisch lag. »Sie dürfen ihm nicht glauben. Es wird zu keiner Wiederaufnahme kommen, nur weil er den Namen ihres Liebhabers herausgefunden hat.« Sie zündete die Zigarette an. »Hat er Ihnen den Namen genannt?«

»Er hat nur gesagt, dass er weiß, wer es war«, antwortete Tone. »Vor Gericht hatten alle bestritten, dass sie einen Liebhaber hatte. Falls sich also zeigen sollte, dass Kristiansen Recht hatte, hat er gute Karten«, wandte sie ein.

»Untreue gibt niemandem das Recht, zu töten.«

»Aber warum haben Sie damals behauptet, dass es nicht stimmte?«

»Ich wusste doch nicht ...«, sagte Synne Sørensen und fixierte einen Punkt auf dem Kühlschrank. Ein moderner Kühlschrank aus gebürstetem Stahl. Geschmückt mit Kinderzeichnungen, die mit Magnetfiguren befestigt waren. »Ich habe nur gesagt, dass ich von einem Liebhaber nichts wusste. Was hätte ich denn sagen sollen?«

»Aber Sie schließen auch nicht aus, dass es gestimmt haben könnte?«

»Das hatte für den Mord doch keine Bedeutung.«

»Falls Kristiansen unschuldig verurteilt worden ist ...«, versuchte es Tone.

»Aber das ist er nicht«, brach es aus Synne Sørensen heraus. Ihr Gesicht hatte rote Flecken bekommen. »Sie haben einige Male mit ihm gesprochen, sagen Sie. Der Kerl kann einen netten und sympathischen Eindruck machen, aber er ist gefährlich. Manipulativ. Wenn Sie ihn gekannt hätten, käme Ihnen der Gedanke, dass er unschuldig ist, erst gar nicht. Sie haben Lotte doch gekannt. Dann müssen Sie wissen, durch welche Hölle sie gegangen ist!«

»Nach der Schule hatten wir nicht mehr viel Kontakt miteinander«, versuchte Tone sich zu entschuldigen. »Aber dann habe ich sie per Zufall in der Stadt getroffen ..., kurz vor ihrem Tod. Sie war in Begleitung eines gut aussehenden Mannes. Ich habe angenommen, dass es ihr Mann war, aber sie hat ihn mir als guten Freund vorgestellt. Soweit ich das verstanden habe, war er ein Kindheitsfreund von Kristiansen.«

Sørensen sah sie misstrauisch an. Dann zuckte sie mit den Schultern. »Möglich.«

Tone ließ es darauf ankommen: »Haben Sie Lasse Hegge in der letzten Zeit gesehen?«

»Warum fragen Sie nach ihm?«

»Ich glaube, dass Lotte damals mit ihm zusammen war.«

»Ja?« Die schöne Vierzigjährige war noch immer aufgewühlt nach ihrem Ausbruch.

»Ich glaube, dass Lasse Hegge der Geliebte Ihrer Schwester war.«

»Und warum kommen Sie hierher und unterbreiten mir diese Theorie?«

»Um Sie zu informieren, was vor sich geht. Aus demselben Grund könnte ich mir vorstellen, mit Lasse Hegge zu reden, aber ich weiß nicht, wie ich ihn erreichen kann. Offenbar lebt er inzwischen in den USA. Aber in der letzten Zeit soll er im Land gewesen sein. Falls Sie darüber irgendetwas wissen, würde es mich interessieren …«

»Darüber weiß ich nichts«, unterbrach sie Sørensen mit angespanntem Gesichtsausdruck. »Absolut nichts.«

Tone war völlig durchgeschwitzt, als sie wieder vor dem Haus stand. So weit war sie noch nie gegangen, um an Informationen zu kommen. Aber es war leichter gewesen als erwartet. Sie war sich sicher, die Antwort bekommen zu haben, die sie haben wollte.

Auf dem Heimweg fuhr sie über Majorstua. Als sie die große Kreuzung passierte, war sie sich sicher, im Vorbeifahren flüchtig einen ›guten Bekannten‹ zu sehen. In Damenbegleitung. War das seine Frau? Oder eine neue Freundin? Tone war erleichtert, dass sie ihrer Lust, ihm eine Absolutionsmail zu schicken, nicht nachgegeben hatte. Sie war froh, die Episode mit Karl-Erik Rogne hinter sich gelassen zu haben. Sie hätte auf jeden Fall im Minus geendet. Aber ein bisschen verletzt war sie dennoch bei der Erinnerung.

Emma saß vor dem Fernseher. Es sah ganz so aus, als wäre das zur Gewohnheit geworden. Tone setzte sich im Arbeitszimmer an den PC . Sie loggte sich ein und öffnete Word.

Das Telefon klingelte. Sie hörte, wie Emma abnahm. Emma redete, aber Tone verstand nicht, was sie sagte. Die Tür zwischen Wohn- und Arbeitszimmer war nur angelehnt, Emma kam und schloss sie. Sodass sie mit ihrem Telefongespräch allein war. Privatleben hinter dünnen Wänden. Tone spürte einen Hauch von schlechtem Gewissen, dass es so war. Dass keine von ihnen eine richtige Privatsphäre hatte. Das Fernsehen wurde lauter gestellt. Bestimmt war es ihr Freund, dachte Tone. Emma schaffte Hintergrundgeräusche, die übertönen sollten, was sie sagte. Aber Tone hatte nicht die Absicht, zu lauschen. Sie öffnete ihr Arbeitsdokument, um die Erlebnisse des Tages aufzuschreiben. Die unbekannten Faktoren waren in den letzten Tagen nicht weniger geworden. Ganz im Gegenteil.

Die Stimme von Synne Sørensen schwirrte ihr durch den Kopf: Kristiansen ist gefährlich. Entsprach das der Wahrheit? Bis jetzt hatte sie nicht einen einzigen Hinweis, der für einen Zusammenhang zwischen den Morden an Lotte Kristiansen und Sofie Lyse sprach. Das war die nackte und wenig erfreuliche Tatsache. Der einzige Name, der sich mit beiden Frauen in Verbindung bringen ließ, war Anne Lomen. Ihr Name war unversehens in dem Dokument des wegen Mord verurteilten Kristiansen aufgetaucht. Und möglicherweise Atle selbst. Er war auf der Tanzveranstaltung gewesen, um mit Lyse zu reden. Tone verstand noch immer nicht, was er dort gewollt hatte. Und warum hatte sie ihm geglaubt? Weil sie das gerne wollte? Weil die Sache spannend zu werden versprach?

Jon Ruud hatte morgens angerufen. Hatte mehr über den Überfall wissen wollen. Hatte gesagt, dass es mit der Überfallmeldeanlage in Ordnung gehe. Sie würde installiert werden, wenn sie das nächste Mal in Budal war.

Im Nachbarzimmer lief der Fernseher immer noch. Wollte Emma den ganzen Abend davor verbringen?

Vielleicht fühlte sie sich dazu verurteilt, dort zu sitzen, weil ihre Mutter das Arbeitszimmer mit Beschlag belegt hatte, dachte Tone. Sie wollte Emma fragen, ob sie tauschen sollten. Doch bevor sie an der Tür war, hielt das Klingeln des Telefons sie zurück. Sie wartete für den Fall, dass Emma noch einen ähnlich privaten Anruf bekam.

Schritte näherten sich. Die Tür wurde geöffnet. Emma hielt das schnurlose Telefon in der Hand. »Für dich«, sagte sie kurz angebunden und gab ihr das Telefon.

Es war noch einmal Jon Ruud. »Ich habe mit einem Kollegen von der Polizei in Oslo gesprochen«, erklärte er. »Und interessante Neuigkeiten erfahren. Warum haben Sie mir nicht schon früher von Atle Kristiansen erzählt?«

»Weil … weil ich nicht davon ausgegangen bin, dass das etwas mit dem Mord an Sofie Lyse zu tun haben könnte«, antworte Tone stotternd.

»Und jetzt sehen Sie das anders?« Seine Stimme klang schroff.

»Ich habe vor zwei, drei Tagen ein Dokument von Kristiansen bekommen. Ich habe es erst gelesen, nachdem ich bei Ihnen auf der Wache war.« Sie hatte keine überzeugende Erklärung dafür, dass sie das nicht schon früher am Tag erwähnt hatte.

»Ein Zusammenhang zwischen dem Mord an Sofie Lyse und einem vor acht bis zehn Jahren in Oslo passierten Mord würde ein ganz neues Licht auf unsere Ermittlungen werfen. Daran müssen Sie doch gedacht haben?«

»Sicher, nachdem ich das Dokument gelesen … und kurz darauf erfahren habe, dass Atle Kristiansen verschwunden ist«, sagte sie und fügte hinzu: »Deshalb habe ich Rita Lund davon erzählt.«

»Haben Sie noch etwas von Kristiansen gehört? Wissen Sie, wo wir ihn finden können?«

Tone musste beide Fragen verneinen. Mehr denn je war sie im Zweifel, was das Richtige war.

»Kann er das am Sonntagabend vor Ihrem Haus gewesen sein? Haben Sie irgendetwas, das für ihn von Interesse sein könnte?«

Tone glaubte das nicht. Gleichzeitig fiel ihr die Diskette ein, die sie aus dem Auto geholt hatte. Wo war sie? Sie hatte die Diskette in der Hand gehabt, als sie niedergeschlagen worden war.

Jon Ruud wünschte ein weiteres Gespräch in seinem Büro und bat sie, das fragliche Dokument mitzubringen. Tone legte auf und beschloss, künftig alles der Polizei zu überlassen. Sie musste alle Karten auf den Tisch legen. Keine Informationen zurückhalten. Falls Atle Kristiansen Lasse Hegge gefunden und mit seinem Verdacht konfrontiert hatte, konnte alles Mögliche passiert sein. Für den kommenden Tag hatte sie eine Verabredung mit Anne Lomen. Vielleicht wusste sie mehr.

Tone traf eine schnelle Entscheidung. Sie rief die E-Mail von Kristiansen auf, die das Dokument enthielt, und leitete sie an Jon Ruud weiter. Dann ging sie ins Wohnzimmer, um das schnurlose Telefon zurückzulegen.

Emma war auf der Hut: »Noch ein Gespräch mit der Polizei?«, sagte sie. »Ging es wieder um den Einbruch?«

Welches Recht hatte sie, ihre Tochter anzulügen?, fragte sich Tone. Selbst wenn es in bester Absicht geschah. Sie entschloss sich, den Schleier ein wenig zu lüften. »Es ging um die Dokumentarreihe, von der ich dir erzählt habe. Der Sohn einer meiner Interviewpartnerinnen ist verschwunden. Da er vor Jahren wegen Mord verurteilt worden ist, fragt sich die Polizei, ob er etwas mit dem Mord in Lillehammer zu tun haben kann.«

»Und warum rufen sie dich deshalb an?« Emma schien nicht überzeugt.

Tone war drauf und dran, ihr Gewissen zu erleichtern. Vielleicht war das die richtige Gelegenheit, da sie den Mord schon einmal erwähnt hatte. Es fehlte nicht viel und sie hätte ihr alles erzählt. Doch dann besann sie sich anders: »Sie wollten wissen, worüber ich mit seiner Mutter gesprochen habe.«

»Bist du sicher, dass du vorsichtig genug bist?«, fragte Emma. »Du hast es schließlich mit Mördern zu tun.«

»Ich halte mich auf der sicheren Seite.« Tone versuchte, überzeugend zu klingen. Sie hatte sich bereits ein gutes Stück von der Wahrheit entfernt. Eines Tages würde Emma alles erfahren, dachte sie. Wie würde sie auf die Lügen und die Geheimnistuerei reagieren? Jetzt wäre die Gelegenheit, ihr alles zu erzählen.

Stattdessen flüchtete sie vor dem Problem. Redete sich heraus. »Und du?«, fragte sie, um das Thema zu wechseln. »War das dein Freund, mit dem du so lange gesprochen hast?«

»Woher weißt du, dass wir lange geredet haben?«

Tone wusste es natürlich nicht. »Das habe ich nur vermutet.«

»Ich habe mit Bergen telefoniert, ja.« Sie sagte nicht, dass sie mit Arne gesprochen hatte. »Wir sind übrigens nicht mehr zusammen.« Es klang wie eine nüchterne Feststellung. Aber Tone sah, was los war. Sie konnte Emma ansehen, wenn sie verletzt war. Diesem Beobachtungsvermögen lag ein zwanzigjähriges Training zu Grunde. Plötzlich spürte sie, wie die Wut in ihr aufstieg. Ihre hübsche Emma. Wofür hielt dieser Arne sich eigentlich? Dass er ein Mädchen wie Emma einfach zurückwies.

»Glücklicherweise haben andere Mütter auch schöne Söhne«, sagte Tone. Das war wohl das Dümmste, was sie sagen konnte. Aber sie sagte es trotzdem. Wie ein Echo aller Besserwisser früherer Generationen.

»Ja, da dürftest du wohl über langjährige Erfahrungen verfügen«, sagte Emma trocken.

Damit war das Gespräch beendet.

Gran, Mittwoch, 31. Oktober, 14.45 Uhr

Anne Lomen stand mit einer Kundin zwischen den Kleiderständern. Einer Frau in den Fünfzigern, die nach einem Abendkleid suchte. »Ich denke, ich probiere das mal an«, sagte die Frau und hielt ein langes, blaues Kleid mit einem paillettenbesetzten Oberteil vor sich. »Ist das in Ordnung?« Anne lächelte freundlich und sagte, dass es natürlich in Ordnung sei.

Tone hatte mit ihr verabredet, kurz vor drei ins Geschäft zu kommen, wenn Anne für diesen Tag mit der Arbeit fertig war. Die Kundin verschwand hinter dem Vorhang der Umkleidekabine und die Verkäuferin drehte sich resigniert zu Tone um: »Sie hat erst fünf anprobiert. Ich weiß wirklich nicht, wie lange es noch dauert.«

»Ich sehe mich in der Zwischenzeit ein bisschen um«, sagte Tone. Vielleicht fand sie ja etwas Neues für sich. Eigentlich hatte sie sich vorgenommen, mit Neuanschaffungen zu warten, bis sie mindestens drei Kilo abgenommen hatte. Aber es sah ganz so aus, als könnte das noch dauern. Und jetzt konnte sie eine Aufmunterung gebrauchen. Sie sah die Kleidungsstücke auf dem Ständer durch. Nach ein paar Minuten hatte sie den Arm voller Kleider, die sie mit in die Umkleide nahm.

»Das steht Ihnen aber wirklich gut«, hörte sie Annes Stimme. Tone konnte es nicht lassen. Sie spähte hinter ihrem Vorhang hervor. Die Figur der Frau hatte ihre besseren Tage bereits hinter sich, das Kleid saß an den Stellen zu eng, an denen es nicht zu eng sitzen durfte. »Meinen Sie?«, antwortete die Kundin optimistisch. Aber auch skeptisch: »War das rote nicht besser?« Sie besprachen sich kurz, und Tone hörte, wie die Frau wieder in der Kabine verschwand. Sie selbst hatte mehrere Kleidungsstücke anprobiert. Das meiste sah auf dem Ständer besser aus als an ihr. Missmutig nahm sie alles wieder mit und hängte es Stück für Stück zurück, während sie auf Anne wartete.

Schließlich hatte die Kundin sich entschlossen. Sie nahm das rote Kleid. Es war schon nach drei und Anne Lomen hatte für heute endlich Feierabend.

Anne Lomen wohnte in einer Dreizimmerwohnung in einem Reihenhaus, nicht sehr groß, aber groß genug für eine einzelne Person. Sie bot an, etwas zu essen zu machen. Tone sagte, dass das nicht nötig sei. Eine Tasse Tee wäre hingegen nicht schlecht. Ihre Gastgeberin schien erleichtert, dass sie sich keine Umstände machen musste.

»Wir können uns ja schon etwas unterhalten, bis das Wasser kocht«, sagte Tone. Anne war einverstanden und Tone kam direkt zur Sache: »Seit unserem letzten Treffen ist ziemlich viel passiert.«

»Ja?«, Anne sah sie fragend an.

»Sie erinnern sich, dass wir über Atle Kristiansen gesprochen haben? Er ist verschwunden.«

Eine Weile war es still. Anne Lomen wandte ihr den Rücken zu und suchte nach etwas im Schrank. »Verschwunden? Was heißt das?« Sie sagte das, ohne sich umzudrehen.

»Er ist letztes Wochenende als vermisst gemeldet worden.«

Anne drehte sich mit einer Packung Tee in der Hand um. »Und was denken Sie?«

»Dass etwas passiert sein könnte.«

»Du meine Güte«, sagte Anne und holte Tassen aus einem anderen Schrank. »Das ... das klingt so dramatisch, wie Sie das sagen.« Sie stellte die Teetassen auf den Tisch. »Was, glauben Sie, ist passiert?«

»Keine Ahnung«, sagte Tone und fuhr fort: »Waren Sie nicht mit einem von Kristiansens Kindheitsfreunden zusammen? Der im selben Haus in Tøyen gewohnt hat?«

Anne Lomen zögerte. »Wen meinen Sie?«

»Lasse Hegge. Hatten Sie nicht ein Verhältnis mit ihm?« Tone hatte Anne in Verdacht, Zeit gewinnen zu wollen. Als müsste sie sich erst darüber klar werden, was sie sagen sollte.

»Ach, den meinen Sie«, sagte sie dann. »Stimmt, wir hatten ein Verhältnis, aber nur kurz, und es ist ziemlich lange her.«

Anne griff nach ihren Zigaretten. Zündete sich eine an.

»Haben Sie Hegge in der letzten Zeit gesehen? Ich habe den Eindruck, dass Kristiansen ihn zu erreichen versucht hat«, erklärte Tone.

»Ich habe ihn die ganzen Jahre nicht gesehen.«

»Dann war es also nichts Ernstes?«

»Nicht so ernst, dass ich nicht darüber hinweggekommen bin«, antwortete Anne Lomen gleichgültig. »Das ist fast zehn Jahre her.«

»Dann müssen Sie Atle und Lotte Kristiansen auch von damals kennen.«

»Wir hatten keinen Kontakt zu ihnen.«

»Lasse Hegge hat die letzten Jahre im Ausland gelebt. Aber Kristiansen meint, ihn vor kurzem hier in der Stadt gesehen zu haben. Deshalb habe ich gedacht, dass Sie vielleicht von ihm gehört haben.«

»Wir sind miteinander fertig«, sagte sie ein wenig schroff. »Ich weiß nicht, ob Sie zu Exfreunden Kontakt halten, die sich wie die reinsten Drecksäcke verhalten haben.« Sie stand mit dem gekochten Wasser da.

»Nein«, räumte Tone ein, öffnete einen Teebeutel und hängte ihn in die Tasse. »Ich habe nicht gewusst, dass er sich so verhalten hat.«

»Jetzt wissen Sie es. Und ich habe keine Lust, über die Sache zu reden. Falls Sie mich besucht haben, um zu erfahren, wo Lasse sich aufhält, haben Sie den Weg vergebens gemacht«, sagte Anne. Abweisend.

»Natürlich bin ich nicht deshalb gekommen«, sagte Tone, obwohl das nicht ganz stimmte. »Sollen wir gleich mit dem Interview anfangen? Dann setzen wir uns besser an den Computer.«

»Wir können die Tassen mitnehmen«, sagte Anne und ging voraus in einen kleinen Raum, in dem ein Schlafsofa stand und ein Tisch mit einem PC. Sie setzte sich, schaltete das Gerät ein, öffnete die Startseite des Internets und dann den Chat. Auch Tone machte sich bereit. Die Aufnahme konnte beginnen.

Anne Lomen ließ sich gut interviewen, jetzt genauso wie beim letzten Mal. Sie erzählte, warum sie Männer über das Internet suchte, welche Erwartungen sie hatte, sprach über ihre Erfahrungen und die Verabredungen mit zweien der Männer. Alles anonym. Sie zitierte aus Profilen, die sie heraussuchte, las aus Mails vor, die sie bekommen hatte. Auf die Frage, ob sie keine Bedenken hätte, sich mit wildfremden Männern zu treffen, antwortete sie mit Nein. Ihre bisherigen Erfahrungen hatten ihr dafür keinen Grund geliefert, sagte sie.

Während des Gesprächs überflog Tones Blick schnell die Namen der Absender. Die meisten gebrauchten ein Pseudonym. Sie kannte keinen der Namen. Den Namen Orion sah sie nicht. Und Hegge auch nicht.

Tone prüfte, ob die Aufnahme in Ordnung war. Sie sollte nicht länger als fünf bis sechs Minuten dauern. Nur ein Auftakt sein, nach dem Henriette Studiogäste interviewen wollte. Sie griff nach ihrer Jacke. Wollte aber nicht gehen, ohne es noch einmal versucht zu haben. »Da wäre noch eins«, sagte sie. »Ohne Sie drängen zu wollen, über etwas zu sprechen, worüber Sie nicht sprechen wollen. Aber wie ich bereits erwähnt habe ..., glaubt Atle Kristiansen, Lasse Hegge vor kurzem in der Stadt gesehen zu haben. Das ist wichtig. Kristiansen behauptet, unschuldig zu sein, und arbeitet an einer Wiederaufnahme des Verfahrens. Der springende Punkt ist, dass er glaubt, dass Hegge etwas weiß. Deshalb habe ich Sie nach ihm gefragt. Okay?« Als Anne stumm nickte, fügte sie hinzu: »Kristiansen hat Hegge nicht erreicht. Glaube ich. Aber er hat etwas herausgefunden: Er glaubt, dass Hegge einen falschen Namen benutzt.«

»Einen falschen Namen?«

»Oder dass er möglicherweise den Namen gewechselt hat. Die Frage ist natürlich, warum.«

»Und Sie glauben, ich weiß die Antwort?«

»Ich wollte das nur erwähnt haben.«

Anne Lomen sah sie seltsam an, als sie sich verabschiedete. Tone spürte ihren Blick, der ihr folgte, als sie über den Parkplatz ging. Ihr Auto stand neben Annes. Tone setzte zurück und wollte gerade aus der Parklücke fahren, hielt aber wieder an. Das Auto, das dort parkte, war klein. Das Kennzeichen endete auf 44. Sie spulte ihre Gedanken zurück. Nach Mesnali, zu der Fahrt mit Mette. Hatte sie nicht so das Auto beschrieben, das jäh aufgetaucht und dann wieder verschwunden war? Die beiden letzten Zahlen konnten 11 oder 44 sein. Von dem Auto, das dann zurückgekommen war.

Polizeiwache Lillehammer, Donnerstag, 1. November, 10.10 Uhr

»Robert Kristiansen, Atle Kristiansen. Ist Ihnen schon einmal der Gedanke gekommen, dass es sich um ein und dieselbe Person handeln könnte?« Jon Ruud hatte einen Ausdruck des Dokumentes vor sich, das Tone ihm gemailt hatte.

»Kristiansen ist kein ungewöhnlicher Name«, sagte Tone ruhig. Sie hatte das Gefühl, das alles schon einmal erlebt zu haben. Hier in diesem Büro. Die gleiche Frage. Zwei Personen, die eine waren. Orion. Orion und ein Unbekannter. Wer war der andere? Robert Kristiansen, einer von Sofie Lyses Chatfreunden? Jetzt kam noch ein anderer Vorname ins Spiel. Atle.

»Und Sie haben nichts mehr von ihm gehört, seit er Ihnen das geschickt hat?« Er klopfte mit den Fingerkuppen auf den Ausdruck, der vor ihm lag.

»Falls er Lasse Hegge gefunden hat, kann alles Mögliche passiert sein«, sagte sie und hatte wieder das Gefühl, dass etwas sich wiederholte.

Der Polizeibeamte sah sie seltsam an. »Lasse Hegge ist in den USA«, sagte er. »Glauben Sie, dass Kristiansen dort hingeflogen ist?«

»Er lebt in den USA, aber im Moment ist er hier«, protestierte Tone.

»Wir haben mit seiner Mutter gesprochen«, sagte Ruud ruhig. Als wollte er sie zur Vernunft bringen. »Hegge ist vor kurzem für ein paar Wochen hier gewesen, aber vor gut vierzehn Tagen wieder zurückgeflogen.«

»Atle Kristiansen hat ihn vor einer Woche in der Stadt gesehen.« In dem Augenblick, in dem Tone es aussprach, wusste sie, dass es vergebens war. Man glaubte ihr nicht. Man glaubte Atle Kristiansen nicht. Die Polizei glaubte, dass er sie hereingelegt hatte.

»Ich zweifle nicht daran, dass er Ihnen das gesagt hat«, sagte Ruud.

Sie sah keinen Grund, zu antworten.

»Wir wissen, dass Sofie Lyse einen Chatfreund mit Namen Robert Kristiansen hatte«, führte er weiter aus. »Falls die Person, die sich hinter diesem Pseudonym verbirgt, Atle Kristiansen ist, wissen wir auch, dass Sofie Lyse und Atle Kristiansen über das Internet Kontakt hatten. Aber Sie haben ihn nicht über das Internet kennen gelernt, oder?«

»Er hat mich angerufen, nachdem ich seine Mutter um ein Interview gebeten hatte. Ich arbeite an einer Radiodokumentation über die Eltern von Mördern … und Mörderinnen. Aber ich bin ihm schon früher einmal begegnet …« Jetzt kam sie zu dem, was sie schon früher hätte erzählen sollen. Zu der Verbindung, auf die sie hätte hinweisen müssen. Sie fühlte sich unwohl. Das Zimmer begann sich um sie zu drehen.

»Ja?«, ermunterte Ruud sie.

»Einer der Männer auf der Tanzveranstaltung, von der ich Ihnen erzählt habe …, ich wusste damals nicht, dass es Kristiansen war. Sonst hätte ich das natürlich gesagt.«

»Atle Kristiansen war auf der Tanzveranstaltung? Haben Sie mit ihm geredet?«

»Eigentlich nicht. Wir haben einmal getanzt. Oder zweimal.«

»Hat er dort mit Sofie Lyse gesprochen?«

»Er hat einmal mit ihr getanzt.«

»Trotzdem haben Sie ihn nicht mit dem Mord in Lillehammer in Verbindung gebracht?« Die Stimme des Polizeibeamten klang vorwurfsvoll.

»Bis vor kurzem nicht.«

»Und welchen Zusammenhang sehen Sie jetzt?«, kam es trocken von Ruud.

»Lasse Hegge kann in beide Morde verwickelt sein. Er war früher mit Anne Lomen zusammen, der Freundin von Sofie Lyse.«

Ruuds sonst so glatte Stirn legte sich in Falten. »Das fängt jetzt an, kompliziert zu werden«, sagte er. »Wollen Sie meine Theorie hören?«, fragte er mit freundlicher Stimme und fuhr fort, ohne ihre Antwort abzuwarten: »Atle Kristiansen und Sofie Lyse kannten sich. Wahrscheinlich über das Internet. Sie hatten abgemacht, sich auf der Tanzveranstaltung zu treffen. Und sie hatten sich eine Woche später in Lillehammer verabredet. In der Zwischenzeit hat Lyse herausgefunden, dass er ein Mörder ist. Auf dem Spaziergang am Fluss hat sie ihn damit konfrontiert.«

Tone hörte, was er sagte, und wusste, dass es logisch war. Aber es war nur eine Theorie. Aus dem einen oder anderen Grund wünschte sie sich, dass sie nicht stimmte.

»Falls Sie also irgendetwas von Kristiansen sehen oder hören, müssen Sie sich sofort mit uns in Verbindung setzen«, sagte Ruud. »Er wird übrigens in diesen Tagen zur Fahndung ausgeschrieben.« Er sah sie an, bevor er behutsam weitersprach: »Wie geht es Ihnen nach dem Überfall? Es muss ein Schock für Sie gewesen sein.«

»Physisch merke ich nichts. Aber ich habe Angst.«

»Sind Sie zurzeit in Budal? Wenn ja, können wir die Anlage installieren.«

»Heute Nacht habe ich bei einer Freundin hier in der Stadt geschlafen. Aber ich werde heute Nachmittag nach Budal fahren.«

»Dann mache ich einen Termin mit der Sicherheitsfirma«, sagte er.

Tone hatte um dreizehn Uhr einen Interviewtermin in Gjøvik. Ihre Gesprächspartnerin war viele Kilometer gefahren, um sich von ihr interviewen zu lassen. Sie wollte nicht, dass die Nachbarn sahen, dass sie Besuch von einer Journalistin bekam. Deshalb hatte sie vorgeschlagen, sich bei der Schwester in Gjøvik zu treffen.

Die gut sechzigjährige Frau saß auf dem Sofa bereit, als Tone eintraf. Sie hatte sich für das Interview herausgeputzt. Eine elegante hellblaue Bluse, einen dunkelblauen Rock und um den Hals ein neu aussehendes, geblümtes Tuch. Der Wohnzimmertisch war für drei gedeckt. Mit einem Service mit kleinen Blümchen, einer Warmhaltekanne und einer Platte mit selbst zubereitetem Smørbrød.

»Für uns ist er gestorben«, sagte sie über ihren Sohn. Den Mörder.

Brutale Worte, dachte Tone. Sie hatte sie auf Band, wollte aber mehr hören. »Wie meinen Sie das?«, fragte sie.

»Verloren ist er so oder so. Die Trauer um einen Toten wäre einfacher zu ertragen gewesen als all das Böse, das wir erlebt haben. Und ein Landwirt wird nie aus ihm, damit haben wir uns längst abgefunden. Alle Erwartungen in den einzigen Sohn …, dass die Familie weitergeführt wird …, ja, die haben wir zu Grabe getragen.«

»Ist Ihnen nie der Gedanke gekommen, dass er unschuldig sein könnte?«, fragte Tone, wie sie auch die anderen Eltern gefragt hatte.

»Nein, um ehrlich zu sein. Das ist er nicht«, antwortete sie nach einer Denkpause. »Nie. Mit den Jahren lernt man sein Kind kennen. Frederik hatte irgendetwas in sich, das ich nie verstanden habe …«

Die Frau war ganz damit beschäftigt, ihre Trauer darüber zum Ausdruck zu bringen, dass ihr einziges Kind nicht ihren Erwartungen entsprach. Sie weckte Sympathie. Aber irgendetwas hatte sie nicht verstanden, dachte Tone.

Als das Interview beendet war, war die Platte mit den Broten noch fast unberührt. Tone nahm sich eine halbe Scheibe mit Ei und Anchovis. Sie unterhielten sich weiter. Jetzt mischte sich auch die Schwester ein.

»Aber wissen Sie …, im tiefsten Inneren ist er noch mein kleiner Junge«, sagte die Frau, die sie interviewt hatte.

Genau, dachte Tone. Da meldete sich die Mutter zu Wort. Hinter der abweisenden Haltung und den bitteren Worten schlug ihr Herz noch immer für ihn.

»Was Sie da gerade gesagt haben, hätte ich gerne auf Band«, sagte Tone und machte den Rekorder mit einer neuen Kassette startklar.

Die Frau hielt das nicht für nötig, ließ sich jedoch überreden.

Auf der Fahrt nach Hause beschloss Tone, die einzelnen Teile, die sie für ihre Dokumentation zusammengetragen hatte, endlich miteinander zu verbinden. Sie musste mit der Arbeit vorankommen. Einen Rahmen finden, in den sich die unterschiedlichen Interviews einfügen ließen. Dann konnte sie das letzte Interview auch später machen. Sie hatte Marta

Kristiansen noch nicht ganz abgeschrieben. *Mit den Jahren lernt man sein Kind kennen.* Die Frau, mit der sie gerade gesprochen hatte, hatte nie daran gezweifelt, dass ihr Sohn schuldig war. Dachte Marta genauso?

Tone verließ die E6 am Strandtorget und bog nach rechts zum Fitnessstudio ab. Eine neue Stunde Indoor-Cycling. Diesmal stellte sie einen extrahohen Widerstand ein. Wollte den unheimlichen Erlebnissen davonradeln.

Anschließend fühlte sie sich erschöpft, aber in Topform. Humor, Optimismus und Arbeitslust waren ansatzweise zurückgekehrt.

In Budal leuchtete es heimelig aus dem ersten Stock. Ein schwaches Licht, aber genug, um den Anschein zu erwecken, dass dort Leute wohnten. Tone hatte ein paar Lampen angelassen. Die Außenbeleuchtung war noch immer dunkel. Sie ließ die Autoscheinwerfer einige Sekunden aufleuchten, bevor sie den Motor ausschaltete. Alles wirkte ruhig und friedlich. Aber sie war auf der Hut. Der Schlüssel für das neue Schloss lag in der Tasche bereit. Sobald sie im Haus war, wollte sie die Polizei anrufen. Bescheid geben, dass sie zu Hause war. In einer Stunde würde der Monteur der Sicherheitsfirma mit der Überfallmeldeanlage kommen.

Sie stieg aus. Aber sie kam nicht bis zur Haustür.

Budal, Donnerstag, 17.45 Uhr

Die Zigarettenglut sah sie als Erstes. Sie tauchte neben der Tür zum Schuppen auf. Tone machte ein paar schnelle Schritte. Aber sie schaffte es nicht. Die Glut kam ihr entgegen, holte sie ein. Alles war zu spät. Sie hatte das Gefühl, als würde eine kalte Hand nach ihrer Kehle greifen. Sie dachte nicht mehr, aber sie spürte es in ihrem Inneren. Die Katastrophe. Jetzt war sie da.

»Da bist du ja«, sagte die Stimme hinter der Glut. »Ich habe mir gedacht, dass du nicht weit weg sein kannst.«

Ihre Knie wurden weich. Drohten, unter ihr nachzugeben. Aber die Fähigkeit, klar zu denken, kam zurück. »Was willst du hier?«, fragte sie. Versuchte, ihre Stimme unter Kontrolle zu bekommen. Angriff war die beste Verteidigung.

»Ich bin gekommen, um mit dir zu reden. Du bist ziemlich schwer zu erreichen. Aber jetzt hast du mir mehrmals geschrieben, dass du dich mit mir treffen willst.« Er ließ ein kleines Lachen hören.

Die Worte trafen sie wie Schläge. »Orion«, sagte sie. Er war es also. Sie war sich sofort sicher. Er hatte ein Doppelspiel gespielt. »Du kommst ein bisschen spät zu unserer Verabredung«, sagte sie, zufrieden mit sich. Ihre Gedanken suchten nach einem Ausweg. Wenn sie schnell war, konnte sie ins Haus laufen und den Schlüssel herumdrehen. Doch wenn er sie festhielt?

»Ich dachte, mit den Verabredungen wären wir ein für alle Mal durch«, sagte er mit einem falschen Lächeln. »Es hat nicht besonders gut geklappt, könnte man sagen.«

»Nennst du das eine Verabredung, was bei deinem letzten Besuch hier passiert ist?«, fragte sie. »Pflegst du, alle deine Chatbekanntschaften niederzuschlagen?«

»Was faselst du da? Ich war noch nie hier, aber ich weiß, wo du wohnst.« Das Handy lag in ihrer Tasche. Sie hatte es ausgeschaltet, als sie ins Fitnessstudio gegangen war. Sie hatte keine Chance. Nein. Sie hatte den Überfall überlebt. Sie musste sich etwas Cleveres einfallen lassen. »Dann haben wir uns wohl nichts mehr zu sagen«, sagte sie und machte einen Schritt auf die Tür zu. Machte sich bereit. Ihre Hand hielt den Schlüssel in der Tasche umklammert.

Er trat einen Schritt näher. »Bittest du mich nicht hinein?« Er ließ die Zigarette fallen und trat sie mit dem Fuß aus.

»Ich habe mich gefragt, wer vor meiner Tür Kippen verstreut hat«, sagte sie und versuchte, gelassen zu wirken. »Ich konnte mich nicht erinnern, dass du rauchst.«

»Für mehr als diese übernehme ich auch keine Verantwortung«, sagte er. »Ich rauche, wenn die Situation danach ist.« Er lachte noch einmal kurz auf. »Aber wir wollen doch wohl nicht den ganzen Abend hier stehen bleiben und frieren?«

Als sie das Wort *frieren* hörte, merkte Tone, dass sie genau das tat. Der Trainingsschweiß hatte das T-Shirt klamm werden lassen. Sie sehnte sich nach einer Dusche. »Was du mit dem Abend anfangen willst, ist deine Sache«, sagte sie. »Ich hatte einen anstrengenden Tag und brauche einen ruhigen Abend für mich alleine.«

»Ich bitte dich nur um eine halbe Stunde.«

Ihn mit hineinzunehmen wäre noch schlimmer, als hier zu stehen. Sie musste ihn loswerden. Gleichzeitig hatte sie Angst, ihn zu provozieren. Freundlich, aber bestimmt, dachte sie. »Hör zu«, sagte sie. »Wenn es etwas Wichtiges gibt, das du mir noch zu sagen hast, sag es jetzt. Bevor ich hineingehe.«

»Ich möchte mit dir über den Mord an Sofie Lyse reden«, sagte er.

Das Herz schlug ihr bis zum Hals und schloss alle Worte in ihr ein. Sie musste zu Boden sehen, wollte seinen Augen nicht begegnen. Ihre Hand griff nach der Klinke der verschlossenen Tür.

»Es gefällt mir nicht, dass du mich des Mordes verdächtigst«, sagte er. Seine Stimme war ihrem Ohr jetzt noch näher. »Es gefällt mir nicht, dass du mich in ein Netz aus Frauen und Morden verstrickst.«

»Ich habe der Polizei lediglich erzählt, dass ich dich gesehen habe«, brachte sie hervor.

»Ja, vielen Dank. Ohne mich vorzuwarnen, hast du dich an die Polizei gewandt. Sie haben mich wie einen Verdächtigen behandelt. Und als wäre das nicht genug, hast du ihnen deine E-Mails gegeben. Um mir zu schaden. Was zum Teufel habe ich dir getan?«

Der Mann ist verrückt, dachte sie. Sie musste einen klaren Kopf bewahren. Auf der Hut sein. »Das hast du missverstanden«, sagte sie ruhig. »Die Polizei hat die E-Mails von Sofie Lyse durchforstet … und sowohl deinen als auch Orions Namen gefunden.« Sie wusste nicht, ob das, was sie sagte, Sinn machte, aber sie musste weiterreden. »Ich bin unsicher geworden«, fügte sie hinzu. »Nachdem du unter dem Namen Orion vorgeschlagen hast, uns auf der Brücke zu treffen. Und niemand aufgetaucht ist.«

»*Ich* habe dir ein Treffen vorgeschlagen? Wann soll das denn gewesen sein?«

»Das weißt du genau. Vielleicht war auch ich diejenige, die das Treffen vorgeschlagen hat«, berichtigte sie sich.

»Das hört sich schon richtiger an. Du wolltest Orion treffen. Du warst interessiert. Neugierig. Er hat dich erregt. Irgendetwas in dir angesprochen. Gib es ruhig zu.« Håkon Arfoss ereiferte sich langsam.

»Ja und? Ich war neugierig«, sagte sie trotzig. Es war an der Zeit, in die Offensive zu gehen. Sie musste ihre Wut mobilisieren. »Ist das verboten?«

Er lachte, wieder dieses seltsame Lachen. »Verboten nicht. Nur typisch.« Er nahm eine Zigarette aus der Packung, zündete sie an und inhalierte, bevor er sagte: »Und, war er in deinen Träumen? Hat er dich erregt, der mystische Unbekannte?«

Sie schaffte es nicht, die Chance zu nutzen. Die wenigen Sekunden, die er mit der Zigarette beschäftigt war. Vielleicht wäre es ihr gelungen, die Tür aufzuschließen. Seine Worte lösten Übelkeit in ihr aus. Die Fantasien, die sie sich über Orion gemacht hatte. Håkon Arfoss. »Ich habe nur gesagt, dass ich neugierig war«, wandte sie ein.

»Tu nicht so unschuldig«, sagte er ärgerlich. »Ich weiß, was Frauen gefällt. Den mystischen, erotischen Jäger Orion, das ist es, was sie wollen. Sie sind so einfach strukturiert und einfältig.«

»Wie Sofie Lyse«, tastete sie sich vor.

»Die war genauso. Aber ...« Sein Gesicht kam ihrem so nahe, dass sie eine Narbe über dem rechten Auge sehen konnte, »was diese Frauen nicht verstehen, ist, dass ich Orion bin. *Ich.*« Er schlug sich mit der Faust auf die Brust. »Er wohnt in mir!« Er schlug noch einmal zu, um den Ernst der Worte zu unterstreichen. »Zusammen mit dem netten, unkomplizierten Håkon Arfoss. Ich bin zwei Personen. Es gibt mich doppelt. Wen willst du haben? Soll ich für dich Orion sein?«

Er ist wirklich verrückt, dachte sie. Argumente würden ihn nicht erreichen. Sie konzentrierte sich darauf, gleichmäßig zu atmen. Ruhig zu reden. »Wie gefiel Sofie Orion? Hat sie sich mit ihm getroffen?«

»Die arme Frau«, sagte er. »Sie hat darum gebettelt. Auf die gleiche Weise wie du. Sollen wir uns nicht treffen? Ist es nicht an der Zeit, dass wir einander zeigen, wer wir sind? Du ahnst nicht, was für ein Vergnügen es mir bereitet, diese schmierigen Briefe zu lesen. Lechzend nach Nervenkitzel.«

»Hast du dich auch mit ihr verabredet? Ohne aufzutauchen?«

»Orion sollte nur ein Traum sein.«

»Aber dann ist mehr daraus geworden.«

»Plötzlich stand er im Scheinwerferlicht der Polizei.«

»Warum wollte er sich nicht mit uns treffen?«

»Er wollte euch nur zum Narren halten. Wie ihr ihn zum Narren gehalten habt.«

»Ich habe Håkon nicht zum Narren gehalten. Das hat er missverstanden. Wir haben uns getroffen, wie er und ich viele andere getroffen haben. Es hat offenbar nicht gefunkt.«

Arfoss lachte. Er schien sich fast zu amüsieren. »Schluss mit dem Unsinn«, sagte er. »Jetzt hast du wirklich geglaubt, dass ich verrückt bin. Geglaubt, dass es mir ernst ist. Dass ich eine gespaltene Persönlichkeit bin.« Er war einen Schritt zurückgetreten. »Herrgott nochmal. Wie leicht man dich hereinlegen kann.«

Tone war verwirrt. Sie hatte versucht, auf seine verschrobenen Prämissen einzugehen. Jetzt kehrte er alles wieder um. »Warum tust du das?«, fragte sie. »Dich für einen anderen ausgeben? Die Leute hereinlegen?«

»Risikosport. Kommt dir das irgendwie bekannt vor? Ich dachte, du und ich, wir verstehen einander. Sprechen die gleiche Sprache. Wolltest nicht auch du dem Unbekannten begegnen? Dem Dunkel in dir? Dich in die Fallschirme des Lebens stürzen? Auf Sicherungen vertrauen, die reißen könnten?«

Sie wollte nicht mehr. Sie wollte wütend werden. Kräfte mobilisieren. »Pfui Teufel, dir scheint das wirklich Spaß zu machen«, sagte sie. »Warum wolltest du dich mit mir auf der Brücke treffen? Um mich zu quälen? Hast du dich irgendwo versteckt und mich beobachtet? Meine Reaktion. Hat es dich gefreut zu sehen, dass ich mich zum Narren habe halten lassen? Okay. War es das jetzt?« Die Wut hatte die Oberhand gewonnen. Sie wollte nicht den ganzen Abend hier stehen und sich erkälten. »Und jetzt möchte ich gerne hineingehen. Alleine.« Sie suchte nach dem Schlüssel. Jetzt kam es darauf an.

»Klar, damit du mir wieder die Polizei auf den Hals hetzen kannst«, sagte er. Er griff nach ihrem Arm. »Und das will ich nicht mehr. Verstehst du? Keine weiteren Versuche, mich in kriminelle Handlungen zu verwickeln. Weißt du, was mich das kosten kann? Ich habe Familie, eine Firma, einen guten Ruf … Es stimmt, ich liebe Risikosport, unsichere Sicherungen. Aber ich falle nicht gern.«

»Ich habe der Polizei nur gesagt, was ich weiß«, sagte sie schnell. »So ist das.«

»Na schön. So ist das«, äffte er sie nach. »Wenn sich also die Polizei erneut an mich wendet, weiß ich, wer dahinter steckt. Hast du verstanden?« Sein Ton war drohend.

»Außerdem verlange ich, dass du sämtliche Mails löschst, die du von mir bekommen hast. Was weiß ich, wozu du das Material zu gebrauchen gedenkst. Für eine neue Sendung? In der du Leute vorführst, die Kontakte über das Internet suchen? Journalisten gehören der gefährlichsten Gattung an, die es gibt. Dein bisheriges Verhalten hat gezeigt, dass du die Letzte bist, der ich vertrauen würde.«

Anne Lomen, dachte sie. Hatte er mit ihr gesprochen? Sie wusste als Einzige von der Radiosendung. Die E-Mails von Orion? Der Einbruch? Die Steinchen fielen an ihren Platz. »Die E-Mails hast du doch selbst gelöscht, als du hier warst«, sagte sie mutig.

»Schluss mit dem dummen Gerede.«

»Und jetzt kannst du mich vielleicht in Ruhe lassen.«

»Wenn du mich in Ruhe lässt«, sagte er. »Dann sind wir quitt.« Er überraschte sie, indem er ein paar Schritte den Weg hinunter ging. Bevor er sich noch einmal zu ihr umdrehte und sagte: »Von was für einer Verabredung hast du eigentlich gesprochen? Von welcher Brücke?«

»Das weißt du genau«, sagte sie und ging hinein.

Bevor sie die Tür hinter sich schloss, fügte er hinzu: »Ich glaube, du hast mehr Probleme, als du weißt.«

Dann war sie in der Diele. In Sicherheit. Er hatte sie einfach ins Haus gehen lassen. Warum? Was hatte er vor?

Die Reaktion kam später. Als alles vorüber war und sie in der Küche stand. Zuerst ein hohes und unkontrolliertes Schluchzen. Sie sank auf einen Stuhl. Dann griff sie zum Telefon, um die Polizei anzurufen. Ihre Hand zitterte. Sie konnte die Tasten nicht erkennen, sie flossen ineinander. Sie erinnerte sich nicht an die Nummer. Der Atem, dachte sie. Ich muss ruhig atmen. Sie atmete durch die Nase ein und durch den Mund aus. So wie sie es irgendwann beim Training gelernt hatte.

Erst als der Puls langsamer geworden war, rief sie bei der Polizei an und fragte nach Jon Ruud. Er war da, aber leider beschäftigt, sagte eine Frauenstimme. Sanft fragte sie, ob Tone mit jemand anderem sprechen wolle. Nein, sie *musste* mit Jon Ruud sprechen, sagte Tone ungeduldig. Dann sollte sie es besser später nochmal versuchen, sagte die Frau ein wenig bestimmter.

»Ich muss *jetzt* mit ihm sprechen«, sagte Tone und hatte das Gefühl, langsam hysterisch zu werden. »Ich habe wichtige Informationen in dem Mordfall Sofie Lyse«, fügte sie hinzu. »Ich bin Tone Tarud. Ich hatte die Leiche gefunden.«

Das half. »Einen Augenblick«, sagte die Frau. Ein paar Minuten später hatte Tone Jon Ruud am Apparat.

»Ich weiß, wer Orion ist«, sagte sie.

Eine Viertelstunde später rief Jon Ruud zurück und sagte, dass die Polizei die ganze Nacht in dem Gebiet um Budal Streife fahren werde. »Wenn Sie vor dem Haus ein Auto sehen, das hält und dreimal blinkt, wissen Sie, dass wir da sind«, informierte er sie. Wenn sie sich trotzdem nicht sicher fühlte, müsse sie überlegen, woanders zu übernachten. Sie sagte, sie wolle versuchen, zu Hause zu bleiben, wenn es nicht zu lange Zeit dauerte, bis die Streife käme.

»Und von Atle Kristiansen haben Sie noch nichts gehört?«, fragte er.

Das hatte sie nicht. Sie konnte auch nicht verstehen, warum die Polizei nach ihm fragte, wo sie gerade wichtigere Informationen erhalten hatten. »Aber jetzt wissen Sie zumindest, wer Orion ist«, wiederholte sie. »Wahrscheinlich war er es, mit dem sich Sofie Lyse in Lillehammer treffen wollte.«

Ein paar Sekunden war es still am anderen Ende. »Wir glauben nicht, dass Håkon Arfoss Sofie Lyse umgebracht hat«, sagte Ruud. »Wir haben Kristiansen übrigens zur Fahndung ausgeschrieben. Mit der Begründung, dass wir in Zusammenhang mit dem Lyse-Mord mit ihm reden möchten. Nur dass Sie Bescheid wissen.«

»Aber Arfoss war gerade hier und hat mir gedroht, damit ich den Mund halte. Und alle E-Mails lösche. Als er das letzte Mal hier war, hat er mich niedergeschlagen«, sagte sie verzweifelt.

»Sind Sie sicher, dass er das war?«, fragte Ruud.

Tone war sich sicher und brachte keinen Sinn in das Ganze. Sie fragte sich, ob der Polizei Informationen vorlagen, die sie nicht kannte.

Der Monteur der Sicherheitsfirma kam kurze Zeit später. Während er seine Arbeit tat, ging Tone unter die Dusche, um den getrockneten Schweiß abzuwaschen und wieder warm zu werden. Das Telefon klingelte. Sie hörte es, blieb jedoch unter der Dusche stehen. Zehn Minuten. Zwanzig Minuten. Die Zeit verging und die Gedanken wirbelten in ihrem Kopf herum. Ein Name tauchte immer wieder auf: Anne Lomen. War das ihr Auto, das sie in Budal gesehen hatte? Wusste sie doch mehr, als sie sagen wollte? Das Vertrauen erweckende Interviewobjekt, das sich zweimal so gut verkauft hatte. Tone brachte nichts mehr zusammen, alles glitt Stück für Stück auseinander.

Emma hatte angerufen und eine Nachricht hinterlassen. Nichts Besonderes. Sie wollte nur hören, wie es der Mutter ging. Tone rief sofort zurück. Sagte, dass alles in Ordnung sei. Eine andere Alternative gab es nicht. Sie wählte eine weitere Nummer und hatte Anne Lomen am Apparat.

Vorsichtig näherte sie sich ihrem Ziel. »Die Aufnahme ist gut geworden.« Dann fügte sie hinzu: »Haben Sie etwas von Lasse Hegge gehört?«

Am anderen Ende wurde es still. Nicht ganz still allerdings. Im Hintergrund hörte Tone eine leise Stimme. Dann verschwand auch sie. Anne musste die Hand über den Hörer gelegt haben. Dann war sie wieder da. »Entschuldigung. Ich habe nicht verstanden, was Sie gesagt haben. Ich habe Besuch«, erklärte sie.

»Ein Chatfreund?«, fragte Tone, um eine vertrauliche Stimmung zu schaffen.

»Vielleicht«, lautete die unbestimmte Antwort. »Können wir ein andermal reden?«

»Ich hatte gefragt, ob Sie etwas von Lasse Hegge gehört haben«, wiederholte Tone.

»Nein«, kam es gedehnt. »Dann hätte ich mich gemeldet.«

»Natürlich«, sagte Tone leichthin. »Wir reden später. Übrigens … da wäre noch etwas.« Sie hatte sich den Satz genau zurechtgelegt. »Wollten Sie mich vor einer Woche hier in Mesnali besuchen?«

»Sie besuchen? Ich verstehe nicht, was Sie meinen.«

»Das war nur so ein Gedanke. Vor meinem Haus stand neulich ein Auto, das ihrem sehr ähnlich sah. Und das Kennzeichen stimmte auch überein. Deshalb habe ich mich gefragt …, das ist doch ein lustiger Zufall.«

»Ich weiß nicht«, sagte Anne ungeduldig.

»Und Sie haben Ihr Auto auch nicht verliehen?«

»Das muss ein Zufall gewesen sein«, sagte Anne, ohne die Frage direkt zu beantworten. »Wann wird die Sendung übrigens ausgestrahlt?«, redete sie sie weg.

Tone hatte zumindest das Gefühl, dass sie sie wegreden wollte. Sie sagte, dass sie Anne Bescheid geben werde und dass es ihr Leid täte, sie gestört zu haben.

Eine Stunde später war die Überfallmeldeanlage installiert. Kurz darauf rief die Polizei an und informierte sie, dass sie auf ihrem Posten waren. Tone ging früh zu Bett. Sie schlief so gut wie lange nicht mehr. Die Polizei passte auf sie auf.

Budal, Freitag, 2. November, 8.40 Uhr

Das Telefon weckte sie aus einem tiefen Schlaf. »Es ist lange her, seid wir dich das letzte Mal gesehen oder etwas von dir gehört haben«, beklagte sich ihre Mutter am anderen Ende.

»So lange ist es nun auch wieder nicht her, dass wir miteinander gesprochen haben«, wandte Tone verschlafen ein.

»Fünfzehn Tage«, informierte sie die Mutter. »Was machst du zurzeit?«

»Ach, du meine Güte. So lange ist das schon her?« Tone versuchte, zurückzurechnen, gab es jedoch auf. »Ich hatte fürchterlich viel zu tun. Eine neue Sendereihe. Ich erzähle dir später davon.«

»Ja, ja, du und Emma, ihr seid immer so beschäftigt. Ich kann mich auch nicht erinnern, wann wir sie das letzte Mal gesehen haben.«

»Ich werde versuchen, Sonntagabend auf dem Weg nach Oslo vorbeizuschauen«, versprach Tone.

Fünfzehn Tage? Stimmte das wirklich?

Die Polizei rief aus dem Auto an, unmittelbar nachdem sie aufgelegt hatte, und informierte sie, dass sie für heute Schluss machten. Dass ihnen nichts aufgefallen war. Sie würden am Abend zurückkommen, wenn es nötig sein sollte. Sie sollte anrufen, falls etwas passierte. Außerdem hatte sie ja die Anlage.

Tone torkelte ins Bad. Ein neuer Morgen. Jetzt war sie wieder sich selbst überlassen. Der Tag hatte die Nacht abgelöst und sie hatte ihre Arbeit. Sie würde sich auf die Dokumentarreihe konzentrieren. Sich die Aufnahmen anhören. Den Aufbau planen. Vielleicht über das Buchprojekt nachdenken.

Sie musste einige Besorgungen in der Stadt machen und entschied sich, das zuerst zu erledigen. Heute wollte sie sich ein paar ruhige Stunden gönnen. Ins Café gehen, Leute und Leben beobachten, Ideen sammeln, Gedanken denken. Wann hatte sie das zuletzt getan, ohne den Stress im Nacken zu spüren?

Sie stellte das Auto ins Parkhaus, bevor sie ein Café ansteuerte. Unterwegs schaute sie an einem Kiosk vorbei und kaufte ein paar Zeitungen. Die Headlines auf den Titelseiten waren fett gedruckt wie immer. Sie waren so fett, dass sie übersah, was dort stand. Bis sie mit einem schwarzen Kaffee und einem Brötchen, von dem sie die Butter gekratzt hatte, im Café saß. Dort breitete sie eine der Zeitungen aus und sah es. *VERURTEILTER MÖRDER GESUCHT.* Das Bild war älteren Datums, doch war leicht zu erkennen, wen es darstellte. Atle Kristiansen war vor einer Woche spurlos verschwunden, stand dort. Die Polizei interessiere sich für mögliche Hinweise.

Tone wollte sofort ans Telefon stürzen und Jon Ruud anrufen. Hören, ob es etwas Neues gab. Doch zuerst musste ihr Puls sich beruhigen. Alles in ihr war in Aufruhr. Die Augen überflogen den Text, schnappten ein bisschen hier und ein bisschen da auf. Dann versuchte sie, ihn genau zu lesen.

Kristiansen wurde nicht des Mordes an Sofie Lyse verdächtigt, stand da, aber die Polizei war an einem Gespräch mit ihm interessiert. Es stand fest, dass er und Sofie Lyse sich gekannt hatten. Noch unklar war, ob Kristiansen einer ihrer Chatfreunde gewesen war. Als Anlage zum Leitartikel gab es einen weiteren Artikel, in dem der alte Mordfall rekonstruiert wurde. Der Mord an Lotte Kristiansen. Die Frage wurde aufgeworfen, ob es einen Zusammenhang zwischen den beiden Morden gab.

Tone hatte das Gefühl, innerlich zusammenzusacken. Sie brauchte eine weitere Tasse Kaffee. Berief man sich auf ihre Informationen? Hatte nicht sie zuerst die Theorie von einem Zusammenhang zwischen den beiden Morden eingebracht? Aber sie hatte nie Atle Kristiansen verdächtigt. Lasse Hegge wurde nicht einmal erwähnt. Maß die Polizei dem, was sie erzählt hatte, überhaupt keine Bedeutung bei? Und was war mit Håkon Arfoss? Ihr war schwindelig. Wenn sie aufstehen würde, würde sie umkippen.

Vielleicht sollte sie besser Rita Lund anrufen. Tone suchte in der Tasche nach ihrer Karte. Aber sie konnte nicht von dem Café aus telefonieren. Sie blieb sitzen, bis sie den letzten Schluck Kaffee getrunken hatte. Dann stand sie mit unsicheren Beinen auf.

Sobald sie im Auto saß, wählte sie die Nummer, die auf der Karte stand. Sie hatte Glück. Rita Lund war frei und nahm das Gespräch an. Tone bezog sich auf die Zeitungsartikel und fragte, was die Polizei herausgefunden hatte. Nichts, was nicht auch in den Zeitungen stehe, lautete die Antwort, die sie bekam. Nichts Neues von Atle Kristiansen. Mit Lasse Hegge hatten sie nicht gesprochen, sagte Lund.

Tone fasste einen Entschluss. Sie wollte nicht aufgeben, bevor sie nicht mehr über Lasse Hegge herausgefunden hatte. Und es gab zumindest einen Namen, der sich sowohl mit dem Lyse- als auch mit dem Kristiansen-Fall in Verbindung bringen ließ: Anne Lomen.

Als Tone zurück nach Budal kam, setzte sie sich an den PC, um einen detaillierten Plan für die Dokumentarreihe zu erstellen. Vorher sah sie ihre Post durch. Eine neue Nachricht von Orion! Wie konnte er es wagen? Was brachte es ihm, weitere Mails zu schicken, nachdem er seine Identität preisgegeben hatte? Kein Wort über die Konfrontation vom Vorabend. Nur ein paar banale Worte, als sei nichts gewesen. Zu seiner Mail gehörte wieder eine Geschichte:

Eine allein stehende Frau ging nachts alleine nach Hause, durch öde und menschenleere Straßen. Der einzige Laut kam von ihren Schuhen, die über den Asphalt klapperten. Das Echo gab ihr das Gefühl, verfolgt zu werden. Doch wenn sie stehen blieb, um zu lauschen, war es still. Unmittelbar bevor sie die Bar verlassen hatte, hatte ein Unbekannter sie zu einem Drink eingeladen. Sie hatte abgelehnt, aber er hatte trotzdem das Glas, das er in der Hand hielt, vor sie hingestellt. Sie trank. Er fragte, ob sie ihn wiedererkenne, was sie zuerst verneinte. Aber dann hatte sie das Gefühl, ihn schon einmal gesehen zu haben, nur fiel ihr nicht ein, wer er war. »Vielleicht erinnerst du dich später,« sagte er. Kurz darauf ging er.

Später, als sie durch die menschenleeren Straßen nach Hause lief, erinnerte sie sich. Sie waren vor langer Zeit zusammen auf die Grundschule gegangen. Seit der Konfirmation hatte sie ihn nicht mehr gesehen. Aber sie hatte von ihm gehört und über ihn gelesen. Vor einigen Jahren war er wegen Mordes verurteilt worden. Hatte er die Strafe wirklich schon abgebüßt?, dachte sie. Und bekam Angst. Noch mehr Angst, als sie ohnehin bereits hatte. Als sie endlich in ihrer Wohnung war, war sie ganz außer Atem.

In der Nacht konnte sie nicht schlafen, und am nächsten Tag rief sie eine alte Freundin an. Sie wollte mehr wissen über den Mann und den Mord und ob er wirklich schon wieder draußen war. »Warum fragst du nach ihm?«, sagte die Freundin aus alten Tagen. »Weißt du nicht, dass er tot ist? Er hat sich im Gefängnis erhängt.«

Damit endete die Geschichte. Und es gab keine Erklärung, warum er sie ihr geschickt hatte. Der erste Teil der Geschichte stimmte mit dem überein, was sie selbst erlebt hatte. Und der andere Teil: War es Zufall, dass er von einem

Mann schrieb, der wegen Mord verurteilt worden war? Und wenn es kein Zufall war ..., war es noch schlimmer. Die SMS fiel ihr ein: *»Es ist gefährlich, mit dem Feuer zu spielen.«* War das eine Warnung, dass jemand sterben sollte?

Sie las die Geschichte mehrere Male. Und schloss die Mail. Da sah sie es: Der Absender schrieb Oriom mit einem *m* am Ende. Warum operierte er mit einem neuen Pseudonym? Um seine Spuren zu verwischen? Um Verwirrung zu stiften? Sie konnte sich nicht erinnern, dass eine der früheren Mails Oriom als Absender gehabt hatte. Oder hatte sie es übersehen? Alle früheren Mails von Orion waren gelöscht, sie konnte es nicht mehr überprüfen.

Ein Gedanke, der in ihrem Hinterkopf gearbeitet hatte, tauchte auf: Håkon Arfoss hatte sich zu keinem Zeitpunkt zu der Verabredung am Akerselva geäußert.

Budal, Samstag, 3. November, 15.40 Uhr

Tone hörte das Auto, bevor sie es sah. Håkon Arfoss war zurück. Sie wusste es. Das Telefon stand neben dem PC auf dem Schreibtisch. Sie brauchte nur die Nummer der Polizei zu wählen. Die Leitung war immer offen. Sie würden heute Nacht keine Streife fahren, hatten sie gesagt. Es sei denn, es ergab sich etwas Neues. Sie hatte schließlich die Überfallmeldeanlage. Und der mobile Melder? Der lag im Schlafzimmer, fiel ihr ein. Sie hatte ihn am Morgen nicht eingesteckt, weil sie in die Stadt gewollt hatte.

Sie musste nach oben laufen und ihn holen. Eine Autotür schlug zu. Sie war in der Diele, als die Türglocke ertönte. Das Handy in der Hand, lief sie die Treppe hinauf ins Schlafzimmer. Dort ging sie zum Fenster und schob die Gardine einen Spalt breit zur Seite.

Sie kannte das Auto nicht, das dort stand. Ein silbergrauer

Wagen neueren Baujahrs. Welche Marke es war, wusste sie nicht. Von dem Fenster aus konnte sie nicht sehen, wer vor der Tür stand. Sie musste warten, bis er zurück zum Auto ging. Wenn er nicht versuchte einzubrechen. Konnte er so verrückt sein? Bäume und Felder waren mit Raureif bedeckt. Die Welt war nackt und bloß. Dunkel und düster.

Es klingelte wieder. Lang und schrill. Er rechnete wohl damit, dass sie zu Hause war. Ihr Auto ließ darauf schließen. Sie rührte sich nicht vom Fleck, das Handy in der Hand bereit. Ein Mann kam zum Vorschein. Er trat ein paar Schritte zurück. Als wollte er sich versichern, dass sie wirklich nicht da war. Schnell ließ sie die Gardine los, um nicht entdeckt zu werden. Aber sie hatte den Mann erkannt. Das war nicht Håkon Arfoss, der da stand.

Was sollte sie jetzt tun? Jedenfalls nicht die Polizei anrufen. Sich bemerkbar machen? Oder ihn einfach wieder fahren lassen? Sie hatte Lust auf Gesellschaft. Auf jemanden zum Reden. Mehr wollte sie nicht. Sie konnte ihn hereinbitten, ohne ihn zu mehr einzuladen.

Sie zog die Gardine zurück und öffnete das Fenster. »Hej«, sagte sie. »Was machst du denn hier?«

Karl-Erik Rogne lachte. Er sah gut aus, wie er da in der dunklen Jacke über der Jeans stand. »Ich bin auf der Durchreise«, sagte er. »Nichts Unmoralisches. Ich dachte, ich schau mal vorbei, wo ich schon in der Nähe bin. Falls du mir nicht mehr böse bist?«

»Das bin ich eigentlich«, antwortete sie. Aber es stimmte nicht in dem Maße, wie es das hätte tun sollen. Tone war immer schnell zur Vergebung bereit, schnell wieder Freund und gewillt, einen Strich unter das zu ziehen, was gewesen war. Ein bisschen zu schnell, fand sie. Es schadete nicht, wenn die Leute wussten, dass sie sich besser in Acht nahmen.

»Schade«, sagte er. »Ich habe uns etwas Leckeres zum Kaffee gekauft.« Er hielt eine weiße Tüte hoch.

»Falls du mir Kalorien anbieten willst, heißt die Antwort: Nein danke«, sagte sie.

»Was kann ich dir anbieten, zu dem du Ja sagst?«

»Was sollte das sein? Im Großen und Ganzen habe ich, was ich brauche.« Tone fühlte sich wohl. Sie war erleichtert, dass Arfoss nicht zurückgekommen war. »Da du schon einmal hier bist, können wir auch einen Kaffee zusammen trinken«, fügte sie hinzu. Schloss das Fenster, zog die Gardinen ganz zur Seite und ließ den Tag ins Zimmer. Bevor dieser in einen dunklen Abend überging.

Dann standen sie sich in der Tür gegenüber. »Komm rein«, sagte sie. Keine Umarmung. Diese Zeiten waren vorbei. Er hatte sich unglaublich dumm verhalten und sie hatte nicht vor, das zu vergessen. Wenn sie daran dachte, konnte sie richtig ärgerlich werden. Aber was soll's, eine Tasse Kaffee und ein Gespräch waren okay. Gegen Freundschaft hatte sie nichts einzuwenden. Nur mehr konnte er nicht erwarten.

»Gut, dass du etwas zum Kaffee mitgebracht hast.« Sie nahm ihm die Tüte ab. »Solche Sachen habe ich nämlich nicht im Haus. Und auch sonst kann ich dir nicht viel anbieten.«

»Bist du auf Diät?«

»Ich versuche nur, gesund zu leben. Richtig zu essen, Sport zu treiben ... Ich hoffe auf ein langes Leben und ein gesundes Alter.« Sie ging in die Küche, Karl-Erik folgte ihr. »Pulver- oder Filterkaffee?«

»Für mich ist beides okay.«

Gut, dachte sie. Er verhielt sich höflich und bescheiden. Es tat ihm einmal ganz gut, der Bittsteller zu sein. Hier bestimmte sie die Grenzen. Ihre Laune besserte sich spürbar. Es gab Filterkaffee. Obendrauf streute sie ein wenig Aromaverstärker, den sie vor langer Zeit gekauft hatte. Mit Zimtgeschmack. Sie nahm ihn nur selten oder eher nie.

Er setze sich an den Tisch. Auf den Stuhl, auf dem er auch letztes Mal gesessen hatte. Tone holte Tassen und einen

Teller für den Kuchen. Zwei Kopenhagener und zwei andere Teilchen. Sie dachte an Atle Kristiansen, der auch Kopenhagener gekauft hatte. Bei ihm hatte sie aus einem sentimentalen Gefühl heraus zugegriffen. Seine Fürsorge hatte sie gerührt. Das war jetzt anders. Und würde auch so bleiben. Sie musste kühl und ruhig sein.

Sie setzte sich und wartete, dass der Kaffee durchlief. »Dann bist du also ohne die Familie unterwegs am Wochenende«, sagte sie. »Was sagen sie eigentlich zu deiner ganzen Fahrerei?«

»Auftrag ist Auftrag«, sagte er. Und umging die Frage.

Tone begriff, dass er mit einer Frau, die er einmal als Geliebte umworben hatte, nicht über sein Familienleben reden mochte. Deshalb hatte sie diese Frage gestellt. Um klarzustellen, dass er für sie ein Mann mit Familie war. Und nicht länger ein potenzieller Liebhaber. Punktum.

Er hatte erzählt, dass er in einer Werbeagentur arbeitete. Hatte irgendwann den Namen erwähnt, aber sie hatte ihn vergessen. »Ein Auftrag hier in der Stadt?«, fragte sie.

»In Trondheim«, antwortete er. »Deshalb bin ich auf der Durchreise.«

Sie sah auf die Uhr. Kurz nach vier. »Dann hast du bestimmt keine Zeit, hier lange hängen zu bleiben.« Sie fühlte sich gut. Konnte rüberbringen, wie egal ihr das war. Gut, dass sie sich nichts eingebildet hatte.

»Ich fahre erst morgen weiter«, sagte er überraschend.

»Du willst in Lillehammer übernachten?«

»Wenn ich muss«, sagte er lächelnd und tastete sich vor: »Oder hier?«

»Ich nehme zurzeit keine Logiergäste auf«, sagte Tone. Sie fand sich ziemlich schlagfertig. Damit hatte sie sich aus der Affäre gezogen.

»Ein neuer Favorit?« Er fasste ihre Bemerkung auf seine Art auf. »Ist die Konkurrenz härter geworden?«

»Ich rede nicht über mein Privatleben«, sagte sie. »Aus Prinzip nicht.«

»Du spielst also weiter die Rolle der Geheimnisvollen, in deren Leben es viele Männer und Rätsel gibt?«

»Kein Kommentar.« Sie lächelte ihn an. Vor allem, um ihm zu verstehen zu geben, dass es jetzt reichte. Sie stand auf, um den Kaffee zu holen. Um einzuschenken. »Bedien dich von dem, was ich anzubieten habe«, sagte sie und schob ihm den Teller mit den Teilchen hin.

»Du bist schlagfertig heute.« Er sah sie forschend an. »Oder gut gelaunt. Liegt das an Orion? Ist er endlich aufgetaucht?«

Sie hatte keine Lust, über Orion zu reden. Wollte, dass diese Geschichte der Vergangenheit angehörte. Aber das tat sie eben nicht. »Jedenfalls weiß ich jetzt, wer er ist«, sagte sie.

Er hob eine Augenbraue: »So, so, dann hast du dich also mit ihm getroffen? Hat er sich doch noch zu erkennen gegeben?«

Sie konnte es ihm eigentlich erzählen, dachte Tone. Den ersten Teil der Geschichte kannte Karl-Erik ohnehin. Schließlich hatte er ohne ihr Einverständnis einen Teil dessen gelesen, was Orion ihr geschrieben hatte. »Er hat zurückgeschrieben«, sagte sie. »Und vorgeschlagen, dass wir uns verabreden.«

»Und das war sensationell?«

»Kannst du nicht endlich aufhören«, sagte sie ungehalten. Sie war plötzlich wütend. Wütend, dass er die Rolle des eifersüchtigen Verehrers spielte. Dazu hatte er kein Recht.

»Entschuldige«, sagte er zerknirscht. »Ich mache immer alles falsch. Das war nicht meine Absicht.« Sein Lächeln war fort. Er sah deprimiert aus. Traurig.

Vielleicht war auch das nur ein Spiel, dachte Tone. Sie übersah und überhörte es und erzählte dort weiter, wo sie stehen geblieben war: »Wir haben uns verabredet. Aber Orion ist nicht gekommen. Er ist einfach nicht erschienen.«

»Woher weißt du dann, wer er ist?«

»Er ist vor ein paar Abenden hier aufgetaucht. Und hat sich zu erkennen gegeben.« Tone hätte ihm gerne auch von dem Überfall erzählt, ließ es jedoch.

Karl-Erik Rogne sah sie mit großen Augen an. »Und wer ist er?«

»Jemand, mit dem ich mich früher einmal getroffen habe. Ein Chatfreund. Anschließend hat er mir dann unter dem Pseudonym Orion geschrieben. Es gibt eben viele verschiedene Freuden«, seufzte sie. »Eine idiotische Idee.«

»Und wie heißt er wirklich?«

»Das geht nur mich und die Polizei etwas an«, antwortete sie. »Wahrscheinlich ein Psychopath.« Sie entschloss sich, ihm noch etwas mehr zu erzählen: »Er ist mit dem Mann identisch, den ich an dem Tag, an dem Sofie Lyse ermordet wurde, im Wald gesehen habe.« Plötzlich kamen ihr die Tränen. Das Ganze wuchs ihr über den Kopf.

»Was ist passiert?«

»Er … er hat mir gedroht.« Tone nahm sich zusammen und erzählte kurz, was geschehen war.

Karl-Erik Rogne sah sie ungläubig an. Er blieb eine Weile stumm sitzen, bevor er rief: »Aber warum sitzt der Mann jetzt nicht hinter Schloss und Riegel?«

»Weil …, ich weiß es nicht.« Sie konnte einfach nicht darüber reden.

Karl-Erik legte die Hände auf den Tisch und schob den Stuhl zurück. »Jedenfalls sitzt du hier. Unverletzt.« Er lächelte vorsichtig. »Du bist mutig«, sagte er.

Ja, sie war mutig gewesen. Wenn sie jetzt daran zurückdachte. Aber an dem Abend wäre sie vor Angst fast gestorben. Ein bisschen Fürsorge tat gut, dachte sie. Sie war froh, dass er vorbeigekommen war.

Das Telefon unterbrach sie. Tone ging ins Arbeitszimmer, um abzunehmen. Es war Anne Lomen. »Ich habe nachgedacht«, sagte Anne und zögerte kurz. »Über Lasse Hegge.«

Tone wurde aufmerksam: »Haben Sie etwas herausgefunden?« Ihr Herz machte einen kleinen Satz.

»Sie vermuten, dass er im Lande ist und unter falschem Namen auftritt. Oder ... vielleicht war es auch Atle Kristiansen, der das geglaubt ...«

»Es ist egal, wer das geglaubt hat«, unterbrach Tone sie gespannt.

In dem Moment merkte sie, dass sie nicht allein im Zimmer war. Sie saß am Schreibtisch, das Gesicht zur Wand gedreht, aber sie spürte es trotzdem. Und wandte sich um. Karl-Erik Rogne stand in der Tür zwischen Küche und Arbeitszimmer. »Einen Augenblick«, sagte sie zu Anne. Und zu ihrem Gast: »Willst du fahren?«

»Ich bleibe gerne noch etwas, wenn du nichts dagegen hast«, sagte er.

»Ich muss nur mein Telefongespräch beenden«, sagte sie, »dann komme ich wieder.« Sie wollte ungestört mit Anne Lomen reden. »Entschuldigung«, sagte sie ins Telefon. »Was wollten Sie sagen?«

»Es sieht ganz so aus, als hätten Sie Recht«, sagte Anne. »Ich habe mit einem gemeinsamen Bekannten gesprochen. Aus den alten Tagen. Lasse lebt in den USA, ist aber vor einigen Wochen zu Hause gewesen. Ferien oder Geschäft, ich weiß es nicht. Jedenfalls hat er einige Tage bei diesem gemeinsamen Bekannten gewohnt. Dann ist er verschwunden. Hat gesagt, dass er zurück in die USA fliegt. Doch als ich das mit dem falschen Namen erwähnt habe, kam er mit einer interessanten Information: Er hat eine Quittung für einen Leihwagen gefunden. Eine Quittung, die Lasse im Zimmer liegen gelassen hat. Er hatte den Wagen auf einen anderen Namen ausgeliehen.«

»Auf welchen Namen?«, fragte Tone und hielt den Atem an.

Dann zuckte sie zusammen. Ein paar Hände legten sich auf ihre Schultern. So schwer und unerwartet, dass sie zusammenfuhr. Sie hatte nicht gemerkt, dass er noch im Zimmer war. Sie stieß einen Laut aus. Die Hände strichen ihre Arme entlang.

»Sind Sie nicht allein?«, fragte Anne am anderen Ende. »Ich habe einen seltsamen Laut gehört.«

»Es war nichts«, sagte Tone. Sie stand abrupt auf, schob Karl-Erik weg und zeigte auf die Tür.

»Haben Sie Besuch?«

»Ja, heute bin ich an der Reihe«, sagte Tone. »Auch eine Chatbekanntschaft.« Im vertraulichen Ton, wie unter Freundinnen. »Aber wie lautete der Name?«

»Das Auto war auf den Namen R. Kristiansen ausgeliehen.«

Tone war darauf vorbereitet gewesen, dass Anne Håkon Arfoss sagen würde. »Robert Kristiansen?«, fragte sie. »Das ist einer der Namen, die mir die Polizei genannt hat«, erklärte sie. »Er war einer der letzten Männer, mit denen sich Sofie Lyse getroffen hat.« Sie dachte nach und kam zu einem Entschluss. »Sie sollten sich an die Polizei wenden.«

Als sie aufgelegt hatten, blieb Tone sitzen, der Name rotierte in ihrem Kopf. Sie griff nach einem Kugelschreiber und notierte auf einem leeren Blatt: Lasse Hegge. Håkon Arfoss. Orion. Robert Kristiansen. Das machte sie auch nicht klüger. Sie fügte hinzu: Atle Kristiansen.

Dann ging sie wieder in die Küche zu dem, den sie fortgeschickt hatte. Und der zerknirscht aussah. »Entschuldige«, sagte er.

»Was zum Teufel hast du dir dabei gedacht, mich so zu erschrecken?«, sagte sie wütend.

»Es war nicht meine Absicht, dich zu erschrecken. Ich hatte nur solche Lust, dich … zu berühren. Dir irgendwie meine Unterstützung zu signalisieren. Als ich deinen entblößten Nacken sah. Der Nacken ist beim Menschen eine sehr verletzliche Stelle. Er ruft ein ganz bestimmtes Gefühl hervor …, den Drang für den anderen da zu sein vielleicht.« Er sah sie forschend an. »Ich dachte, ich könnte vielleicht deine Verspannungen wegmassieren. Deine Unruhe. Den Stress, unter dem du die letzte Zeit gestanden hast. Und als ich das letzte Mal hier war …, schienst du es zu mögen, massiert zu werden.«

Tone wusste nicht, was sie dazu sagen sollte. »Ich habe mich so erschrocken«, erklärte sie.

»Das habe ich gemerkt, als ich dich angefasst habe«, sagte er. »Dein ganzer Körper hat sich angespannt statt zu entspannen. Ich habe also wieder etwas falsch gemacht.«

»Richtig«, sagte sie. Aber die Wut war wie weggeblasen. Außerdem hatte sie nicht die Kraft, wütend zu sein. Das Telefongespräch hatte ihr noch mehr Stoff zum Grübeln geliefert.

»Etwas Neues?«, fragte Karl-Erik neugierig.

»Nichts Wichtiges«, log sie.

»Ich denke über das nach, was du gerade erzählt hast«, sagte er. »Hast du keine Angst?«

»Natürlich habe ich Angst. Aber in den letzten Nächten hatte ich Polizeischutz.«

»Heißt das, dass die Polizei die ganze Zeit in der Nähe ist?«

»In den letzten beiden Nächten, ja. Heute Nacht nicht. Aber wir haben vereinbart, dass ich anrufe, sobald mir etwas verdächtig erscheint. Außerdem habe ich eine Überfallmeldeanlage bekommen.«

»Soweit ich sehe, hast du sie nicht bei dir.«

Tone führte eine Hand zum Hals und erinnerte sich, dass der mobile Teil noch immer im Schlafzimmer lag. »Ich habe sie bei mir, wenn ich alleine bin«, sagte sie.

Karl-Erik Rogne dachte eine Weile nach, bevor er sagte: »Aber das reicht nicht. Du müsstest rund um die Uhr Polizeischutz haben. Darf ich etwas vorschlagen?« Er wartete ihre Antwort nicht ab, sondern fuhr fort: »Ich bleibe bei dir. Nur solange du willst. Aber wenigstens den Abend über. Ich glaube nicht, dass es gut für dich ist, allein zu sein. Wenn ich in die Stadt fahre, setze ich mich mit der Polizei in Verbindung und bitte sie, auch heute Nacht in deiner Nähe zu bleiben.«

Tone war sich nicht sicher, ob der Vorschlag so gut war. Andererseits hatte sie gerne noch eine Weile Gesellschaft. »Ich kann dir aber nichts zum Abendessen anbieten«, sagte sie. »Und nur von Kopenhagenern kannst du den restlichen Abend nicht leben.«

Der Einwand kam an. Er lachte kurz. »Du hast doch wohl Brot und etwas Aufschnitt da? Oder fastest du?«

»Ich sehe mal, was ich finden kann«, sagte sie. »Vielleicht verbirgt sich noch eine Notration in der Gefriertruhe.«

»Dann leihe ich mir dein Telefon und buche mir ein Zimmer. So bist du auch sicher, dass du mich wieder loswirst. Ich pflege mich Frauen nicht aufzudrängen, die mich nicht eingeladen haben.«

»Gut«, sagte sie. Damit dürfte das geklärt und kein Raum mehr für irgendwelche Fantasien sein.

Budal, Samstag, 17.45 Uhr

Unter den Lebensmitteln, die sich in der Kühltruhe versteckten, waren einige Pizzen. Von der billigsten und einfachsten Sorte. Essen, das Gästen vorzusetzen, sich Tone sonst geschämt hätte. Jetzt kamen sie zum Einsatz. Im Kühlschrank fand sie das eine oder andere, womit sie den Belag aufbessern konnte, sodass die Pizzen reichhaltiger und schmackhafter wurden. Bevor sie aßen, ging Karl-Erik Rogne zum Auto und kam mit einer Flasche Wein zurück.

»Vergiss nicht, dass du noch fahren musst«, erinnerte sie ihn.

»Ich begnüge mich mit Wasser«, sagte er. »Aber ich könnte mir vorstellen, dass du ein Glas Wein gut vertragen kannst.«

Damit hatte er Recht.

Die Pizzen waren durchaus genießbar. Zusammen mit einem guten Wein wurde eine akzeptable Mahlzeit daraus. Das erste Glas war leer, ehe sie sich versah. Sie konnte sich wohl noch ein zweites genehmigen? Sie hatten ihre Pizzen halb aufgegessen, als erneut das Telefon läutete.

»Kannst du es nicht einfach klingeln lassen?«, sagte Karl-Erik und legte seine Hand auf ihre. »Schalte doch den Anrufbeantworter an. Dann kannst du erst hören, wer es ist.«

»Das kann Emma sein«, sagte Tone und stand auf. Sie ging wieder ins Arbeitszimmer. Diesmal schloss sie die Tür hinter sich.

Es war Rita Lund. »Wir haben Atle Kristiansen gefunden«, informierte sie Tone.

Tone wusste sofort, was kommen würde. Es lag an den Worten, die Lund gewählt hatte. Jetzt musste sie den Gedanken zulassen, der sich vor langer Zeit zu formen begonnen hatte. Seit sie die Nachricht erhalten hatte, dass Kristiansen verschwunden war. »Wo?«, fragte sie und sank auf einen Stuhl.

»Am Østensjøvannet. Ertrunken.«

»Nein«, protestierte Tone. Ohne genau zu wissen, wozu sie Nein sagte. Lotte Kristiansen war in diesem See gefunden worden. Nicht ertrunken, sondern ermordet. Und Atle Kristiansen war auch nicht ertrunken. »Was ist passiert?«, brachte sie heraus.

»Wir gehen davon aus, dass er es mit Absicht getan hat.«

»Das glaube ich nicht«, unterbrach Tone sie. »Das kann nicht sein.« Sie hörte ein Geräusch, und als sie sich umdrehte, sah sie Karl-Erik mit einem bittenden Gesichtsausdruck in der Tür stehen.

»Entschuldige …«, sagte er.

»Einen Moment«, sagte sie zu Rita Lund, bevor sie sich an Karl-Erik wandte: »Was ist?« Wütend, dass er sich wieder hereinschlich und sie störte.

»Ich wollte fragen, ob ich nicht einen Kaffee aufsetzen soll?« Als wäre er ein zu gut erzogener Junge, der bei der kleinsten Kleinigkeit um Erlaubnis fragen musste.

Sie nickte und winkte ihn mit der Hand fort. Er verschwand schnell und schloss die Tür hinter sich.

»Ich kann das nicht in Einklang bringen«, erklärte sie Rita Lund. »Mit dem, was ich weiß.« Ihr Kopf funktionierte, wie er sollte. Ihr Körper zitterte, aber ihre Gedanken waren klar. Sie hatte volle Kontrolle darüber.

»Die Leiche wird obduziert. Wir wissen nicht genau, was passiert ist. Er hat mehrere Tage im Wasser gelegen.«

Mindestens eine Woche, dachte Tone. Von dem Tag an, an dem er verschwunden ist. »Das Østensjøvannet. Da ist doch vor neun Jahren auch seine Frau gefunden worden«, sagte sie.

»Darüber sind wir uns im Klaren«, sagte Lund auf eine Weise, als wollte sie das Gespräch beenden.

»Wie geht es jetzt weiter?«, fragte Tone, damit sie nicht auflegte.

»Wie gesagt, die Leiche wird obduziert. Das ist vorläufig alles, was wir sagen können. Wir informieren Sie, wenn wir mehr wissen«, fügte die Polizistin hinzu. Dann war das Gespräch beendet.

Tone war noch nicht fertig. Sie wollte noch mehr sagen. Den Fall erörtern. Ihre Gedanken aussprechen. Alles, was sie wusste und was der Polizei von Nutzen sein konnte. Sie mussten der Sache nachgehen. Sie blieb noch lange sitzen, bevor sie aufstand und zurück in die Küche ging.

Er stand mit dem Rücken zu ihr. Holte Tassen aus dem Schrank. Der Kaffe war fertig. Ein Mann, der Hausarbeit machte, registrierte sie. Erinnerungen zogen an ihr vorbei. Bilder aus einer Zeit mit sicherem Bezugsrahmen. Wie es ihr am liebsten war.

Als er sich umdrehte, hatte sein Gesicht einen wachsamen Ausdruck. »Du siehst traurig aus«, sagte er. »Ist etwas mit deiner Tochter?«

»Das war nicht Emma«, sagte sie und hatte das Gefühl, keine Kraft mehr zu haben.

»Was ist dann los?« Er kam zu ihr, hielt sie fest und führte sie zu einem Stuhl. »Du siehst aus, als würdest du jeden Moment umkippen.«

»Ein Freund von mir … er ist tot«, sagte sie.

Er schenkte Kaffee in die Tassen. »Ein naher Freund?«, fragte er und setzte sich ihr gegenüber.

»Nicht wirklich, aber … sie haben ihn in einem See gefunden.«

»In einem See? Ertrunken?«

»Vielleicht. Vielleicht auch nicht.«

»Du klingst ein bisschen verwirrt. Wenn sie ihn in einem See gefunden haben, ist es wohl am wahrscheinlichsten …«

»Nichts ist wahrscheinlich«, unterbrach sie ihn scharf. Verwundert über sich selbst.

Er schwieg eine Weile. Saß einfach da und sah sie forschend an. »Rede ruhig, wenn du das brauchst«, sagte er und nahm ihre Hände.

Sie hatte keine Lust zu reden. Sie sortierte ihre Gedanken. Atle Kristiansen war ermordet worden, dessen war sie sich immer sicherer. Von derselben Person, die Lotte ermordet hatte. War in denselben See geworfen worden. Ein Mörder lief frei herum. Sie musste die Polizei warnen. Sie überzeugen, dass sie sich irrten, wenn sie Kristiansen des Mordes an Lyse verdächtigten. Glaubten sie wirklich, dass er erst Sofie Lyse umgebracht und sich dann ertränkt hatte? Für die Polizei mochte das ein logischer Gedanke sein. Aber er war falsch. Sie durften keine Zeit verlieren. Sie mussten den Mörder jagen.

»Ich muss mit der Polizei reden«, sagte sie und zog ihre Hände zu sich.

»Mit der Polizei?«, fragte er verwundert. »Warum nicht mit mir?«

»Ich muss sie warnen. Sie dazu bringen, zu begreifen.« Sie hörte selbst, dass sie einen verwirrten Eindruck machte, aber sie konnte das nicht erklären.

»Du scheinst unter Schock zu stehen«, sagte er ruhig. »Falls du etwas erklären musst, sitze ich hier, um zuzuhören. Wenn du lieber mit jemand anderem reden willst, ist ein Arzt wohl besser als die Polizei.«

»Nein, nein ...« Sie musste so schnell wie möglich auf die Polizeiwache.

»Ich schlage vor, dass du dich ein wenig ausruhst, deinen Kaffee trinkst und über alles nachdenkst«, sagte er geduldig, als wäre sie ein hysterisches Kind. »Wenn du dann immer noch meinst, zur Polizei gehen zu müssen, fahren wir zusammen hin. Ich möchte dich in diesem Zustand nicht allein fahren lassen.«

»Du musst ins Hotel«, wandte sie ein.

»Zuerst fahre ich dich zur Polizei, dann zum Einchecken ins Hotel. Danach bringe ich dich hierher zurück. Und du bittest um Polizeischutz für die Nacht.«

»Ja gut«, sagte sie nachgiebig. Und trank einen Schluck von dem lauwarmen Kaffee.

Da durchschnitt das Klingeln des Telefons erneut die Luft.

Budal, Samstag, 18.50 Uhr

Anne Lomen hörte sich hysterisch an: »Kann ich den Mann sprechen, der gerade bei Ihnen ist?«

»Karl-Erik?«, sagte Tone verwundert. Glücklicherweise war sie wieder im Arbeitszimmer, hinter geschlossener Tür.

»Er ist Ihr Geliebter, nicht wahr?«, schrie sie am anderen Ende. »Können Sie ihn bitten, sein Handy einzuschalten?«

»Was ist denn passiert?«, fragte Tone erschrocken. »Karl-Erik ist ein Freund und nicht mein Geliebter«, sagte sie, so ruhig sie konnte. »Er ist verheiratet und hat Familie. Außerdem ...«

»Sie haben gesagt, dass Sie ihn über das Internet kennen gelernt haben ..., und ich weiß, was das heißt.« Sie schien betrunken zu sein. »Sie sollten vorsichtig sein. Mein Bett ist noch warm von seinem Körper. Sagen Sie ihm das ruhig.«

»Ich verstehe nicht ganz, was Sie mir sagen wollen«, sagte Tone, während sich die Gedanken in ihrem Kopf überschlugen. Karl-Erik und Anne Lomen? Hatten Sie und Anne einen gemeinsamen Liebhaber gehabt? Dessen Identität Anne jetzt aufgedeckt hatte? War das doch ihr Auto, das sie in Budal gesehen hatte?

»Nein, Sie verstehen gar nichts«, kam es höhnisch. »Wie gut für Sie. Dann wissen Sie auch nicht, wen Sie da im Haus haben?«

»Karl-Erik Rogne?«

»So nennt er sich also diesmal«, schniefte Anne Lomen. »Hegge und Rogne, ein Name ist so gut wie der andere.«

Ihre erste Reaktion war Übelkeit. Dann spürte sie eine Kälte, die ihr die Brust zusammenschnürte. Der Körper nahm das Signal wahr. Der Kopf nicht. Er funktionierte nicht. Und ihre Stimme auch nicht. Sie war fort.

»Hallo! Jetzt habe ich Ihnen aber einen Schock versetzt, was?«

»Was meinen Sie damit, dass ich vorsichtig sein soll?«, brachte sie hervor, während die beiden Namen in ihrem Kopf herumwirbelten: Lasse Hegge. Karl-Erik Rogne.

»Ich glaube, das wissen Sie ganz gut.«

Eine Sekunde wurde es Tone schwarz vor Augen. Was hatte Anne Lomen ihr gerade erzählt? »Sie haben es gewusst«, flüsterte sie. »Sie haben es die ganze Zeit gewusst. Ich habe Ihr Auto hier gesehen.«

»Ich wollte mit Ihnen reden. Herausfinden, was Sache ist. Er hat sich so für Sie interessiert, deshalb hatte ich das Gefühl, dass da etwas war«, sagte Anne.

»Das eine Mal, als Sie hier waren, haben Sie eine Restaurantquittung verloren«, sagte Tone kalt.

»Ich habe ihm geglaubt«, sagte Anne. »Ich habe geglaubt, dass es ihm diesmal ernst ist.« Ihre Stimme klang gekünstelt hart und angespannt, dann brach sie, war weich und tränenerstickt. »Jetzt habe ich solche Angst ...«

»Noch mehr schlechte Neuigkeiten?« Die Stimme, die fragte, war direkt neben ihr. Sie kam nicht durch die Leitung. Sie war im Zimmer.

»Ich rufe zurück«, sagte Tone und legte auf. Eine spontane Reaktion. Sie hätte sich etwas Besseres einfallen lassen können. Sofort kam ihr der Gedanke, dass sie soeben eine Gelegenheit verspielt hatte, schnelle Hilfe zu rufen. Aber alles ging so langsam. Und es war schwer, das, was passierte, einzuordnen.

»Was quält dich, Tone?« Die Stimme kam noch näher. »Du darfst dich nicht mit Dingen beschäftigen, die dir gefährlich werden könnten.«

»Gefährlich?«, fragte Tone, ohne sich umzudrehen. Sie konnte ihm ihr Gesicht nicht zeigen. »Ich habe mit einer Frau gesprochen, die ich interviewt habe.« Sie erkannte ihre eigene Stimme nicht wieder. Aber sie schaffte es zu reden. »Über ein absolut ungefährliches Thema.«

»Detektivarbeit ist nichts für Amateure«, sagte er.

»Ich bin Journalistin, keine Detektivin«, sagte sie. Noch immer ohne sich umzudrehen. Sie blätterte in den Papieren auf dem Schreibtisch, um einen beschäftigten Eindruck zu machen. Versuchte zu tun, als suche sie nach etwas. Ihr Blick fiel auf das Blatt, auf dem sie die Namen notiert hatte. Sofort wusste sie, dass er sie gesehen hatte. Als er von hier aus das Hotel angerufen hatte. Nicht sie hatte die Kringel auf das Papier gemalt. Er hatte seinen eigenen Namen gelesen. Und eines seiner Pseudonyme. War das wirklich möglich? Sie durfte ihm nicht verraten, was sie gerade erfahren hatte. Musste so tun, als ob nichts sei. Die Polizei anrufen. Als Erstes. Sich auf diesen Gedanken konzentrieren. »Ich muss nur noch einen Anruf erledigen«, sagte sie. Ohne dass ihre Stimme zu sehr zitterte. »Dann komme ich wieder in die Küche.«

So einfach war er nicht loszuwerden. Er stand neben dem Schreibtisch. Bald würde sie ihn ansehen müssen. Damit er keinen Verdacht schöpfte. »Ich habe das Gefühl, dass du dabei bist, dich in etwas hineinzureiten«, sagte er. »Ich mache mir ganz einfach Sorgen um dich.« Er kam noch einen Schritt näher. Sie zwang sich, ihn kurz anzusehen. Sein Gesicht hatte sich verändert. Oder sah sie ihn jetzt mit anderen Augen? Er redete weiter: »Du solltest dich nicht mit Aufgaben belasten, die eine Nummer zu groß für dich sind.«

»Jetzt verstehe ich nicht, wovon du redest«, sagte sie.

»Was wollte Anne Lomen von dir?«, sagte er und legte das schnurlose Telefon vor sie auf den Tisch. Das Telefon, das in der Küche gelegen hatte. Er hatte mitgehört, zumindest mitbekommen, wer angerufen hatte!

»Es ging um eine Radiosendung, wie ich bereits gesagt habe.« Oder hatte sie es gar nicht gesagt? Im Moment erinnerte sie sich nicht genau. Sie musste ihre Lügen im Griff behalten. Vielleicht war es ohnehin sinnlos, wenn er das ganze Gespräch mitgehört hatte. Sie musste die Polizei anrufen. »Ich habe sie interviewt«, sagte Tone trotzig und konzentrierte sich auf ihren Ärger. Das beruhigte ihr Herzklopfen. Die Überfallmeldeanlage. Der mobile Teil, den sie um den Hals hätte tragen sollen, lag im Schlafzimmer. Sie musste versuchen, in die Küche zu dem fest installierten Teil zu kommen. Auch das Handy lag in der Küche. Sie könnte es sich schnappen und rauslaufen. Tone zwang sich, seinem Blick zu begegnen. Und wusste, dass ihr Gesicht sie verriet. Verriet, dass sie etwas wusste. Dass die Situation sich geändert hatte. Dass er nicht mehr vor ihr sicher war. Weshalb auch sie nicht mehr sicher war.

»Wie gut kennst du Anne Lomen?«, fragte er und sah sie forschend an.

»Anscheinend nicht so gut wie du«, antwortete sie kratzbürstig, ein Versuch, die Angst auf Abstand zu halten. »Soweit ich das verstanden habe, seid ihr alte Bekannte. Lasse Hegge und Anne Lomen.«

»Das stimmt«, sagte er ruhig. Er versuchte nicht, zu leugnen, dass er Lasse Hegge war. »Ich denke, ich kenne sie besser als du. Und ich weiß, dass sie gefährlich sein kann.«

»Auf mich hat sie keinen gefährlichen Eindruck gemacht«, sagte Tone.

»Hast du gewusst, dass sie hier war und dir nachspioniert hat? Mehrere Male?«

»Warum sollte sie ein Interesse daran haben, mir nachzuspionieren?«, fragte sie, während sie daran dachte, dass Anne das nicht abgestritten hatte. Sie war hier gewesen, um mit Tone zu reden. Warum hatte sie der Mut verlassen?

»Du wirst gleich verstehen, was sie von dir wollte«, antwortete er. »Wenn du mir erlaubst, es dir zu erklären.« Er zog einen Stuhl zu ihr hin und setzte sich. Nahm ihre Hand.

»Wenn du doch verstehen würdest, dass ich dir nur helfen will.«

Sie antwortete nicht. Ihre Gedanken waren außer Kontrolle geraten. Sie zog die Hand wieder zurück.

»Ich denke, du weißt, dass Anne und ich ein Verhältnis hatten«, sagte er. »Vor langer Zeit. Ich habe sie enttäuscht. Sie hatte auf mehr gehofft. Ist nur schwer damit fertig geworden. Um ehrlich zu sein: Mir hat das Verhältnis nichts bedeutet. Im Grunde genommen.«

»Weil du dich für eine andere Frau interessiert hast«, sagte Tone. Sie konnte jetzt nicht aufgeben. Sie musste kämpfen, indem sie das Gespräch in Gang hielt. »Für Lotte Kristiansen.«

Er war ganz ruhig, als er antwortete: »Lotte und ich hatten uns für eine gemeinsame Zukunft entschieden. Wenn nur dieser Idiot das nicht entdeckt und alles zerstört hätte.«

»Du redest von ihrem Mann? Von Atle Kristiansen?«, fragte sie. Als er nickte, fügte sie hinzu: »Du meinst, dass er alles zerstört hat?«

»Er hat sie umgebracht. Weil er begriffen hat, dass sie einen anderen liebte. Wenn er sie nicht haben konnte, sollte sie auch kein anderer haben. Kurzer Prozess. Zu diesem Zeitpunkt hatte er keine Ahnung, dass ich der andere war. Ich hatte ihn glauben gemacht, dass ich mit Anne Lomen so gut wie verlobt war.«

»Aber mit der Zeit ist er doch misstrauisch geworden. Während er im Gefängnis saß.«

»Und wer, glaubst du, hat ihm die Informationen gesteckt? Wer wusste, dass er damals hinters Licht geführt worden ist? Und sah eine Gelegenheit, sich zu rächen?«

»Du meinst Anne?« Tone war sich nicht sicher, was sie glauben sollte. Ob sie ihm trauen sollte. Bis auf weiteres hatte sie keine große Wahl.

»Damit war alles zu einem gemeinsamen Kreuzzug gegen

mich bereit. Zwei Rachegedanken vereinten sich zu einem. Wusstest du, dass sie sich in der letzten Zeit häufiger mit Atle Kristiansen getroffen hat? Oder hat sie dir das verheimlicht?«

»Was weißt du über meine Verbindung zu Kristiansen?«, fragte sie skeptisch.

»Ziemlich viel«, antwortete er ehrlich. Er schnappte sich das Blatt auf dem Schreibtisch. »Diese Notizen hast du dir nach dem Telefongespräch heute Nachmittag gemacht. Hier steht Atle Kristiansen. Und noch ein paar andere Namen. Versuchst du, einen Zusammenhang zu finden?«

»Ich habe Marta Kristiansen für eine Dokumentarreihe interviewt«, sagte sie. »In der die Angehörigen von Mördern erzählen, wie es ihnen ergangen ist. So bin ich mit Atle in Kontakt gekommen.«

»Und wurdest zu einem Steinchen in einem großen Spiel. Der Gewinn für Atle und Anne bestand darin, den Verdacht auf mich zu lenken. Aber was hattest du davon, in die Sache hineingezogen zu werden?«

»Dann war dir also klar, was Kristiansen wollte?«

»Ich habe kurz vor seiner Entlassung aus dem Gefängnis einen Brief von Atle bekommen. Er war an meine Kindheitsadresse adressiert, an meine Mutter. Mit ihr hast du auch gesprochen. Als ich gemerkt habe, dass du in die Sache verwickelt bist, habe ich mich dafür zu interessieren begonnen.«

»Darum hast du mir nachspioniert? Nicht nur Anne ist im Dunkeln nach Budal gekommen?«

»Anne hatte ein Motiv, dir nachzuspionieren. Aber was du sagst, stimmt: Ich habe an besagtem Nachmittag in einem Auto gesessen und dich aus dem Mietshaus kommen sehen. Nach deinem Besuch bei Marta Kristiansen. Deshalb bin ich der Sache ein wenig nachgegangen. Es war nur gut gemeint. Ich hatte Angst um dich.«

»Hättest du nicht einfach etwas sagen können? Mich warnen können?«

»Hättest du auf mich gehört? Du hattest doch bereits beschlossen, einem verurteilten Mörder zu glauben. Atle hatte dich bereits gut im Griff. Du hast ihm geglaubt, dass er unschuldig verurteilt worden ist. Dass der Mörder ein Bekannter aus der Kindheit sein konnte. Nämlich ich.«

»Weshalb hat Atle Kontakt zu Sofie Lyse aufgenommen? Wenn er die Informationen, die er brauchte, schon von Anne hatte?«

»Er war sich nicht sicher. Wahrscheinlich hat er Anne nicht ganz getraut. Deshalb wollte er mit Sofie reden.«

»Und welche Erklärung hast du dafür, dass Anne mir nachspioniert haben soll?«

»Hier muss ich eins zugeben«, sagte er. »Ich habe Anne aufgesucht. Nachdem mir klar geworden war, dass sie Kontakt zu Atle aufgenommen und sich mit ihm gegen mich verbündet hatte. Du kannst natürlich sagen, dass ich sie wieder hinters Licht geführt habe. Ihr Hoffnung gemacht habe, dass diesmal etwas aus uns wird. Sie hatte nie Glück mit Männern. Das war nicht gerade ehrenhaft von mir, aber ... Fakt war, dass sie misstrauisch war. Sie hat mir im September in Oslo an dem Abend nachspioniert, an dem wir beide uns zum ersten Mal getroffen haben. Ich habe irgendeine dumme Erklärung erfunden. Dann war der Zufall auf ihrer Seite: Sie hat dich auf der Tanzveranstaltung wiedergesehen und bei dem Interview mitgemacht. Ist dir näher gekommen. Die Eifersucht trieb sie um, sie wollte herausfinden, ob ich noch andere hatte.«

»Was du schließlich auch hattest«, Tone brachte keinen Zusammenhang in das Ganze. »Du hast doch Familie ... oder?«

Er ergriff ihre Hände und hielt sie wie in einem Schraubstock. »Das habe ich ihr nicht erzählt. Ich habe hoch gepokert. Aber sie ist misstrauisch geworden, was dich und mich angeht. Deshalb hat sie spioniert. Deshalb ist sie mindestens einmal nach Mesnali gekommen. Sie wollte sehen, ob ich hier war. Irgendwann hat sich ihr Verdacht bestätigt. Der Anruf heute war eine neue Racheaktion. Die Eifersucht hat sie dazu getrieben. Sie wollte mir aufs Neue schaden.«

Tone versuchte, aufzustehen, merkte jedoch, dass ihre Beine sie nicht länger trugen. Sie schienen unter ihr nachzugeben. So vieles stimmte nicht. Wenn Anne … Vielleicht war Atle doch unschuldig, dachte sie. Vielleicht war es nicht falsch gewesen, ihm zu glauben. Das Dreiecksdrama, das zum Mord geführt hatte, war ein Viereckdrama. Ein Vierter hatte sich auf die Füße getreten gefühlt. Atle war nicht der Einzige gewesen, der eifersüchtig war.

Budal, Samstag, 19.35 Uhr

Tone versuchte, sich aus der Apathie zu reißen, in die sie gefallen war. Noch immer passte so vieles nicht. Da waren Partikel, die frei im Raum schwebten. In ihrem Kopf herumwirbelten. Personen, die nicht die waren, für die sie sich ausgaben. Karl-Erik Rogne. Lasse Hegge. Robert Kristiansen. Orion. Håkon Arfoss. Wie hing all das zusammen? Gab es überhaupt einen Zusammenhang.

»Warum hast du einen falschen Namen benutzt?«, fragte sie plötzlich.

»Ich wollte den Namen Lasse Hegge aus der Sache heraushalten«, sagte er, ohne zu zögern. »Den Namen, nach dem Atle auf der Jagd war.«

»Wenn du unschuldig bist, hätte er dir auch nichts anhängen können. Das Gericht hätte ihm niemals geglaubt. Niemand hätte ihm geglaubt«, sagte sie und dachte: niemand außer mir.

»Da war noch ein anderes Problem. Meine Mutter hat vor Gericht nicht die Wahrheit gesagt.«

»Dann stimmt es also, dass sie falsch ausgesagt hat?«

»Sie hat eine falsche Erklärung abgegeben«, berichtigte er sie. »Sie war durcheinander. Falls das herauskommt, könnte es zu neuen Ermittlungen und Verhören kommen. Sie ist alt und krank, deshalb war ich der Ansicht, dass man ihr das ersparen sollte. Der Mörder ist verurteilt worden und die Sache war es nicht wert, wieder aufgerührt zu werden. So wichtig war ihre Aussage nun auch wieder nicht.«

Tone glaubte, was sie hörte. Und gleichzeitig glaubte sie es nicht. Sie hatte das Gefühl, dass nicht alles wirklich logisch war. Noch mehr Teilchen an ihren Platz mussten. Orion, dachte sie. Aber das war Håkon Arfoss. Trotzdem stimmte da etwas nicht. Karl-Erik hatte ihre E-Mails gelesen. Hatte ihr die Geschichte von der einsamen Frau wiedererzählt. Wusste, dass er kein Passwort brauchte, um sich in ihren PC einzuloggen. Die andere Geschichte.

»Du hast mich beobachtet«, sagte sie, »weil du befürchtet hast, ich könnte in Gefahr sein. Das heißt, dass du hier in Budal warst, ohne dich zu erkennen zu geben. Und … du hast mich an dem Abend in Torshov verfolgt. Mich zu Tode erschreckt.«

Er zuckte mit den Schultern. »Ich wollte dir nichts Böses. Eigentlich wollte ich dir an dem Abend alles erzählen. Aber dann habe ich begriffen, dass du Angst hattest. Und dass du vielleicht noch mehr Angst bekommen würdest, wenn ich mit dir redete. Deshalb habe ich mich zurückgezogen.«

»Später hast du mir eine Geschichte geschickt … von einer Frau, die auf dem Heimweg verfolgt wird. In der auch ein Mörder vorkommt. Der Absender war Orio*m*. Hast du geglaubt, ich würde ihn mit Orio*n* verwechseln?«, fragte sie.

Er antwortete nicht. Sah sie nur mit dunklen Augen an. Als würde er sie nicht verstehen.

»Wie viele Mails hast du mir als Oriom geschickt?«, fragte sie. »Als der, mit dem ich mich auf der Brücke treffen wollte? Du bist hier eingebrochen und hast alle Spuren von Orion gelöscht.«

Er versuchte wieder, nach ihrer Hand zu greifen. »Spinnst du jetzt?«, fragte er. »Hast du Halluzinationen? Fantasierst du? Ich kann deinen Gedanken nicht länger folgen. Sollen wir eine Pause machen?«

»Eigentlich hat es mich schon stutzig gemacht, dass du dich so für das Ganze interessiert hast. Dass dich die Männer, zu denen ich Kontakt hatte, so beschäftigt haben«, sagte sie.

»Erstaunt dich das wirklich? Ich habe damit gerechnet, dass du in Gefahr sein könntest. Hast du noch immer nicht begriffen, dass du mir etwas bedeutest?« Er lächelte. Das erste Lächeln seit langem.

Tone glaubte diesem Lächeln nicht. Sie musste aufstehen, dachte sie. In die Küche kommen. Zu der Überfallmeldeanlage. Zu ihrem Handy. »Ich habe mir deine Erklärungen angehört«, sagte sie. »Jetzt möchte ich, dass du gehst. Du hast gesagt, dass du gehst, wenn ich dich darum bitte.« Sie stand von ihrem Stuhl auf.

Aber er griff nach ihrer Hand und zwang sie wieder auf den Stuhl. »Ich kann jetzt nicht gehen, meine Liebe«, sagte er. »Nicht, solange du in diesem Zustand bist.«

»Robert Kristiansen«, sagte sie, während sie sich fragte, wie sie ihn loswerden konnte. »Warum hast du verschiedene Namen benutzt?«

»Sofie Lyse wusste, wer Lasse Hegge ist.«

»Die Polizei hat die zwischen dir und Sofie Lyse gewechselten Mails. Ich habe die Mail gelesen, in der Sofie Lyse und Robert Kristiansen sich verabredet haben. Du hast sie auf der Tanzveranstaltung abgeholt. Du hast draußen im Auto gesessen. Sofie hat es Anne erzählt.« Die letzte Information war aus der Luft gegriffen. Ein Schuss ins Blaue. »Ein Glück für dich, dass ich dich nicht gesehen habe.«

Er starrte sie sprachlos an. Dachte lange nach. Sein Gesicht war verzerrt, fand sie. »Es kann gut sein, dass sich Sofie Lyse und Robert Kristiansen getroffen haben«, sagte er. »Soll die Polizei diese Information ruhig haben. Aber wer ist Robert Kristiansen? Nur *du* kannst ihn mit mir in Verbindung bringen.«

Was wollte er damit sagen? War das eine Drohung? Hatte er Recht? Anne Lomen kannte die Verbindung sicher auch. Sollte sie das erwähnen? Nein, dann setzte sie Anne der gleichen Gefahr aus, in der sie sich befand. Bei ihrem ersten Telefonat heute Abend hatte Tone sie gebeten, Kontakt zur Polizei aufzunehmen. Vielleicht tat sie das jetzt? Falls sie begriff, wie ernst die Lage war. Oder war sie zu hysterisch und zu betrunken? *»Ich habe solche Angst …«* Hatte sie das nicht am Schluss des Gesprächs gesagt? War ihr die ganze Wahrheit endlich aufgegangen? Tone musste hoffen und nachdenken. Und reden. Das Gespräch in Gang halten.

»Das stimmt«, sagte Tone und war erstaunt, wie ruhig sie war. Irgendwo in sich hat der Mensch eine Quelle, aus der er Kraft schöpfen kann, dachte sie. Sie *musste* es schaffen, zu der Überfallmeldeanlage in der Küche zu kommen. Bevor ihr richtig klar war, was sie tat, hatte sie ihm die Hand entzogen und war auf dem Weg aus dem Zimmer. Er war schneller und stellte sich ihr in den Weg. Das Handy, dachte sie. Aber wo war es? Nicht da, wo sie geglaubt hatte. Sie hatte keine Zeit zu suchen. Es blieb nur eins: Sie musste hinauskommen. Fliehen. Er versuchte nicht, sie aufzuhalten.

Die Tür war verschlossen. Sie konnte sich nicht erinnern, sie abgeschlossen zu haben. Wo war der Schlüssel? Gewöhnlich steckte er auf der Innenseite. Sie zog fest an der Tür. Keine Panik, sagte sie sich. Aber es war Panik, was in ihr hochstieg. Er stand in der Diele, einige Schritte von ihr entfernt. »Was hast du jetzt vor?«, fragte er.

»Das sollte ich dich besser fragen«, sagte sie tapfer. »Was willst du eigentlich von mir?«

Er antwortete nicht. Stand nur mit verschränkten Armen gegen die Wand gelehnt da. Sein Gesicht war ausdruckslos.

Tone stand an der Tür. Ohne eine Chance, zu fliehen. »Warum hast du uns eingeschlossen?«, fragte sie.

»Weil ich befürchtet habe, dass genau das passiert. Dass du mich missverstehst. Ich hatte Angst, dass du nicht hören willst, was ich dir erklären muss.«

Sie hörte mit einem Ohr zu, was er sagte. Gleichzeitig konzentrierte sie sich auf die Situation. Er musste die Tür verschlossen haben, als sie den letzten Anruf entgegengenommen hatte, dachte Tone. Er hatte gemerkt, dass er Gefahr lief, entlarvt zu werden, als er den Namen Robert Kristiansen auf dem Blatt gesehen hatte.

»Du hast auch mein Handy genommen.«

»Damit du keine Dummheiten machst. Du hast unter starkem Stress gestanden, Tone«, fuhr er fort. »Ein Mörder hat versucht, dich hereinzulegen. Versucht, deinen guten Willen auszunutzen. Du warst eine leichte Beute, da du zu seiner Mutter Vertrauen gefasst hattest. Deshalb hast du vergessen, die Gegenargumente anzusehen.« Sie standen noch immer in der Diele, ein paar Meter voneinander entfernt. Er streckte die Hand aus. »Wir setzen uns jetzt in die Küche. Dann werde ich dir den Rest in aller Ruhe erklären.«

Sie nahm die Hand nicht. Aber sie hatte ein Problem, sich auf den Beinen zu halten. Deshalb folgte sie ihm. So viele Alternativen hatte sie nicht. Sie kam nicht hinaus und konnte auch nicht die Polizei alarmieren. Er versuchte, wieder einen Normalzustand herzustellen. Aber er hatte ihr alle Möglichkeiten, mit der Umwelt zu kommunizieren, genommen. Ihre einzige Hoffnung war die, den Alarm auslösen zu können, ohne dass er es merkte. Das Handy, dachte sie. Es war bestimmt nicht das erste Handy, das er gestohlen hatte. Anrufe von unbekannten Nummern. Von gestohlenen Handys.

Die Weinflasche war noch halb voll. Er schenkte ihr nach. Sie musste aufpassen. Aber ein paar Schlucke konnten nicht schaden.

Vielleicht schaffte sie es, ins Schlafzimmer zu der mobilen Überfallmeldeanlage zu kommen?

»Ich muss zur Toilette«, sagte sie und stand auf. »Das kannst du mir nicht verbieten.«

»Falls du zu der Überfallmeldeanlage willst, die liegt nicht mehr da, wo du glaubst«, sagte er. »Und die hier in der Küche ist ausgeschaltet. Nur für den Fall, dass dir so etwas vorschwebt.«

Hilflosigkeit überfiel sie. Sie musste reden, während sie nachdachte. »Robert Kristiansen. Karl-Erik Rogne«, sagte sie. »Für die Polizei dürfte es ein Leichtes sein herauszufinden, von wo aus die Mails verschickt worden sind. Selbst wenn du ein Pseudonym als Absender benutzt hast, bist du auf deinen eigenen Namen registriert.«

»Hältst du mich wirklich für so dumm? Eigentlich sollte mich eine solche Unterschätzung verletzen. Ich darf dich aufklären, dass man mehrere Mailadressen haben kann. Registriert auf unterschiedliche, erfundene Namen.«

»Sie werden den Computer finden, den du benutzt hast.«

»Wie weit bringt sie das, einen PC in einem Internet-Café aufzuspüren? Und warum sollten sie sich dafür interessieren? Es gibt keine unaufgeklärten Morde mehr. Atle Kristiansen hat seine Frau umgebracht. Nachdem er sich ertränkt hat, wird niemand versuchen, den Fall neu aufzurollen. Und Sofie Lyse? Soweit ich verstanden habe, wird Atle auch dieses Mordes verdächtigt. Jetzt gibt es nur noch ein Problem.«

»Und das bin ich?«

»Du hast mir ja keine Wahl gelassen. Eigentlich schade. Wir sind so gut miteinander ausgekommen.«

Die Konsequenz aus dem, was er sagte, setzte sich langsam. Trotzdem gelang es ihr, sie auf Abstand zu halten. Tone weigerte sich, sie anzuerkennen. Es musste einen Ausweg geben. Bis auf weiteres musste sie sich auf seine Prämissen einlassen. »Es könnte doch sein, dass dein Auto observiert wird. Ein Mietwagen, nehme ich an.«

»Habe ich es nicht gesagt: Du unterschätzt mich. Wer hat behauptet, dass ich Autos gemietet habe? Das da draußen habe ich mir auf dem Parkplatz in Gardermoen geliehen und höchstwahrscheinlich wird es heute Nacht irgendwo in Oslo wieder auftauchen.«

»Warum hast du dich in meinen PC eingeloggt und meine Mails gelesen, als du letztes Mal hier warst?«

»Das war Zufall. Ich habe zu meiner Überraschung entdeckt, dass ich kein Passwort brauchte, um mich einzuloggen. Somit hatte ich Zugang zu deiner Post. Den Rest weißt du.«

»Und später bist du hier eingebrochen, um weitere Informationen abzurufen. Aber zuerst hast du in Oslo angerufen, um sicherzugehen, dass ich dort war. Hast du gefunden, was du gesucht hast?«

»Gut kombiniert. Ich habe lediglich deine Tagebuchnotizen zu dem Mordfall gefunden, in den du dich hast hineinziehen lassen. Und das Dokument von Atle Kristiansen.«

»Dann hat er dich also doch noch gefunden? Und als er dich mit den Fakten konfrontiert hat, hast du gemerkt, dass er genug hatte, um eine Wiederaufnahme des Verfahrens zu beantragen. Ihr habt euch verabredet … am Østensjøvannet? Oder zu Hause bei Kristiansen?«

»Vielleicht wäre doch eine gute Privatdetektivin aus dir geworden. Aber ich denke, wir hören auf, solange das Spiel noch Spaß macht.«

»Ich habe das nicht als Spiel verstanden. Aber was mich angeht, können wir gerne aufhören. Wenn du fahren willst, für mich ist die Sache erledigt.«

»So habe ich das nicht gemeint.« Er stand auf. »Fahren? Du würdest die Polizei anrufen, sobald ich aus der Tür wäre. Du musst verstehen, dass ich das nicht riskieren kann.« Er kam zu ihrer Seite des Tisches. »Wenn du wüsstest, an wie dünnen Fäden unser Leben hängt«, sagte er. »Ein kleiner Stich. Oder Schlag. Oder Schuss. Eine kleine Sekunde. Und alles ist vorbei. Die Veränderung ist geschehen. Du merkst es kaum.«

Tone musste Zeit gewinnen. Und sie musste schneller sein als er. Die einzige Frage, die ihr einfiel, war: »Warum hast du Lotte Kristiansen umgebracht?« Gleichzeitig drehte sie sich schnell zu der Küchenschublade um und griff nach einem Brotmesser. Sie schloss die Faust um den Griff und richtete das Messer auf ihn.

»Weil sie einen Rückzieher machen wollte«, sagte er und setzte sich, das Brotmesser nur wenige Zentimeter von seinem Körper entfernt, auf den Tisch. Auf denselben Tisch, auf dem sie sich geliebt hatten. Er sprach vollkommen ruhig weiter: »Nach all den Plänen, die wir für die Zukunft gemacht hatten. Sie hat mich den Satz gelehrt: *Wir sollten aufhören, solange das Spiel noch Spaß macht.* Für sie war das das Ende.«

»Und Sofie Lyse?«

»Die beiden waren Freundinnen. Nur drei Personen wussten von Lottes und meinem Verhältnis: ihre Schwester Synne, ihre Freundin Sofie Lyse und meine Mutter.«

»Deine Mutter hat falsch ausgesagt, um dich zu retten. Synne Sørensen ist überzeugt, dass Atle der Mörder ist. Falls ich ihren Worten trauen kann. Warum hat Sofie Lyse während der Ermittlungen nichts gesagt?«

»Weil auch sie Atle für den Mörder hielt. Da hätte es wenig Sinn gemacht, zur Polizei zu laufen und zu erzählen, dass Lotte wirklich einen Geliebten hatte.«

»Hat sie ihre Meinung später geändert?« Tone begannen die Arme wehzutun, da sie das Messer so fest umklammert hielt, aber sie wagte nicht, ihren Griff zu lockern.

»Atle hat Kontakt zu ihr aufgenommen, als er wieder draußen war. Um die Geschichte kurz zu machen: Sofie bekam Zweifel. Er hat den Zweifel gesät. Auf die gleiche Weise, wie er dich an die Angel bekommen hat. Er hat sie aufgesucht. Danach hat sie Kontakt zu mir aufgenommen. Sie hatte Angst, Atle Unrecht getan zu haben, hat sie gesagt. Er ist auf der Tanzveranstaltung aufgetaucht. Wollte nochmal mit ihr reden. Wir hatten an dem Abend verabredet, dass ich sie abhole. Ich wollte versuchen, sie zur Vernunft zu bringen. Sie zum Schweigen zu bringen. Sie zu überzeugen, dass Atle schuldig war. Doch der Zweifel hatte zu großen Raum in ihr eingenommen.«

»Aber du hast sie an dem Abend nicht umgebracht.«

»Ich habe nicht aufgegeben. Habe versucht, sie zu überreden. Aber dann wollte sie mich nicht einmal mehr treffen. Atle hatte sie fest im Griff. Sie hatte die Seite gewechselt. Deshalb habe ich ihr unter dem Namen Robert Kristiansen geschrieben. Mich mit ihr verabredet. Sie war schließlich auf Männerjagd.«

»Und dann habt ihr euch in Lillehammer getroffen?«

Darauf bekam Tone keine Antwort. Alles ging sehr schnell. Sie musste einen Moment nicht aufgepasst haben. Plötzlich hatte sie das Messer nicht mehr in der Hand. Es war in den Händen ihres Gegenübers. Jetzt war die Messerspitze auf sie gerichtet.

»Sollen wir es damit nicht genug sein lassen?«, sagte er. »Ich habe heute Abend noch anderes zu erledigen.«

Sie verstand die Botschaft. Er hatte wirklich vor, von dem Messer Gebrauch zu machen. Sie in einer Blutlache liegen zu lassen, bis irgendjemand vorbeikam und sie fand. So wie sie selbst zufällig eine Leiche gefunden hatte. Das Einzige, was ihn möglicherweise aufhalten konnte, war, das Gespräch fortzusetzen. Vielleicht entschied er sich doch anders.

»Ich habe dich an dem Tag nicht im Wald gesehen«, sagte sie.

»Dessen kann ich mich glücklich schätzen«, sagte er. »Als ich dich vor zwei Wochen hier besucht habe, wollte ich genau das herausfinden. Ich konnte beruhigt wieder fahren. Nichts, was auf mich hinwies. Ganz im Gegenteil. Du hattest bereits einen anderen im Verdacht. Was du aber nicht weißt, ist, dass *ich dich* gesehen habe.«

»Hattest du vor, mich umzubringen, als du letztes Mal hier warst? Wenn ja, hast du nicht hart genug zugeschlagen.«

»Amateurdetektive müssen mit kleineren Verlusten rechnen. Und wenn sie die Warnungen nicht ernst nehmen, kann es wirklich gefährlich werden …«

»Ich versuche, die Zusammenhänge zu verstehen«, sagte sie. Sie bemühte sich, ihre Stimme unter Kontrolle zu bekommen, was ihr nicht ganz gelang. »Wie war das mit Orion? Als du hier eingebrochen bist, hast du da die Post von ihm gelöscht, um den Verdacht auf den Mann zu lenken, der dieses Pseudonym benutzt?« Erst jetzt kapierte sie es.

»Vielleicht.«

»Oder um die Mails zu löschen, die du mir als Oriom geschickt hast? Du bist der Einzige, der wusste, dass ich Orion ein Treffen vorgeschlagen hatte. Du konntest dich ohne weiteres als Orion auf der Internetseite einloggen. Oder war es doch zu schwierig, ein bereits vergebenes Pseudonym zu benutzen? Ist deshalb Oriom daraus geworden? Ich habe den kleinen Unterschied erst gar nicht bemerkt.«

»Schlaues Mädchen«, sagte er mit verzerrtem Gesicht. »Du warst ja so darauf versessen, dich mit ihm zu treffen.«

»Genau zu dem Zeitpunkt, als ich mit Orion verabredet

war, ist Atle Kristiansen ermordet worden. Du wolltest sichergehen, dass ich nicht auftauchte, während du ihn besuchtest?«

»Bingo«, sagte er. »Habe ich es nicht gesagt, du könntest Privatdetektivin sein. Einmal davon abgesehen, dass du ein paar Handicaps hast. Du bist langsam von Begriff und leicht hereinzulegen.«

Tone spürte, dass die Angst jetzt die Oberhand gewonnen hatte. Sie kämpfte um Sekunden, Minuten. Um ihr Leben noch ein wenig zu verlängern. Oder um die Hoffnung auszudehnen. Das Messer im Körper. Wie viele Stiche würden nötig sein?

Es war, als hätte er ihre Gedanken gehört: »Es ist vorbei, bevor du es merkst«, sagte er. »Stell dir vor, du liegst in einem Boot, das auf dem Wasser schaukelt. Lass dich einfach ins Unbekannte treiben.«

Budal, Samstag, 20.20 Uhr

Sie musste einen kurzen Black-out gehabt haben. Hatte keine Ahnung, was passiert war. Ob ihr Körper Messerstiche aufwies. Ob sie in einem Boot auf dem Wasser schaukelte. Das Geräusch einer Autotür weckte sie aus diesem unwirklichen Zustand. Das Messer. Es war kein Blut daran. Sie saß noch immer auf ihrem Stuhl.

»Da kommt jemand«, sagte sie. Ohne es richtig zu begreifen.

Er saß am selben Platz. Es konnten nur wenige Sekunden vergangen sein. Er hörte dasselbe wie sie. Was ging in ihm vor? Er sprang vom Tisch und griff nach ihrem Arm. Zog sie hoch. Hielt ihr mit einer Hand den Mund zu. »Keine Tricks jetzt«, sagte er. Bohrte ihr die Messerspitze in den Rücken. Aber nicht fest. Nur, um sie ins Wohnzimmer zu führen. Sie auf das Sofa zu zwingen. Die Küche war der gefährlichste Raum, falls jemand ins Haus sah. Genau das musste er gedacht haben.

Es klingelte an der Tür. Wie es schon früher am Tag geklingelt hatte. Sie hätte sofort die Polizei anrufen sollen. Aber sie war so erleichtert gewesen, ihn zu sehen und nicht Håkon Arfoss. Zu spät, jetzt daran zu denken. Jetzt würde sie Arfoss mit Freuden in Empfang nehmen, auch wenn er verrückt war. Aber er war kein Mörder.

»Wir verhalten uns ganz ruhig«, verlangte Lasse Hegge und hielt sie fest.

Vielleicht war es die Polizei. Es musste die Polizei sein. Aber die Tür war abgeschlossen. Sie würden sie aufbrechen müssen. Sie wussten, dass sie sich nicht sicher gefühlt hatte. Jetzt parkte ein fremdes Auto vor dem Haus. Und niemand antwortete. Vielleicht begriffen sie nicht, dass sie in Gefahr war?

Es klingelte nicht noch einmal. War es doch nicht die Polizei? Konnte es Arfoss sein, der aufgab, weil er sah, dass sie Besuch hatte?

Hegge hielt sie fest. Sagte kein Wort. Lauschte.

Da hörte sie das Geräusch einer Tür, die geöffnet wurde. Schritte. Und kurz darauf rief jemand zur Küchentür herein: »Hallo?«

Es war eine Frauenstimme. Sie kam ihr irgendwie bekannt vor.

»Hallo? Mama?«

Emma! Warum kam sie hierher? Tone musste sie warnen. Sie durfte nicht ins Wohnzimmer kommen. Das war gefährlich für sie beide. Kehr um, bat sie innerlich. Das Gebet kam nicht dort an, wo es sollte. Die Schritte näherten sich.

»Bist du da?«

Dann stand sie in der Tür. Starrte die beiden auf dem Sofa an. Versuchte, die Situation zu deuten. »Ich … entschuldige.

Ich dachte, du würdest dich hier oben einsam fühlen. Ich wollte dich überraschen. Ein paar Freunde wollten nach Lillehammer, da konnte ich mitfahren. Ich habe versucht anzurufen, aber es war dauernd besetzt. Dein Handy war auch aus. Ich habe mir das Auto geliehen, um herzukommen.«

Die Worte quollen aus ihr heraus. Sie war unsicher. Sah von einem zum anderen.

Mach, dass du rauskommst, dachte Tone. Wusste nicht, wie sie sie warnen sollte. Hatten sie zusammen eine Chance gegen Lasse Hegge? Er hatte ein Messer.

»Vielleicht passt es doch nicht so gut?«, sagte Emma. »Aber du könntest zumindest etwas sagen.« Ihre Stimme war verzweifelt.

Der Anblick ihrer verwirrten Tochter gab Tone eine unerwartete Stärke, mit der sie sich aus Hegges Griff befreite. Vielleicht hatte er ihn auch gelockert. Sie sah schnell zu ihm hin. Das Messer war weg. Hinter dem Rücken versteckt? Nichts verriet ihn. Nichts, was Emma einen Wink geben konnte, was los war.

»Es passt mir sehr gut, dass du gekommen bist«, sagte Tone und stand vom Sofa auf. Bereit zu verteidigen, was sie liebte. »Das ist Lasse Hegge. Er wird langsam lästig. Deshalb möchte ich dich um etwas bitten, Emma: Nimm das Handy und ruf die Polizei an, 110, lass dir den wachhabenden Polizisten in Lillehammer geben und sag ihm, dass Tone Tarud ein Problem hat. Den Rest erkläre ich dir später.«

Emma starrte sie ungläubig an. Blieb, wo sie war.

»Bitte tu, was ich dir gesagt habe. Es ist ernst.« Wahrscheinlich schrie sie. Sie wusste es nicht.

Emma schien endlich zu verstehen. Sie drehte sich auf dem Absatz um und war aus dem Zimmer.

Aber Lasse Hegge war schneller. Blitzschnell sprang er vom Sofa hoch und lief hinter ihr her.

Hatte er das Messer bei sich? Tone sah sich um, hinter dem Sofa und auf dem Boden. Das Messer war weg. Sie musste ihnen hinterher. Emma verteidigen. Das war das Einzige, woran sie denken konnte: Emma in Sicherheit bringen. Gab es etwas, was sie als Waffe benutzen konnte? Sie hatte doch noch mehr Messer.

Schnell in die Küche. Eine Schublade aufgerissen. Ein Tranchiermesser gegriffen. Durch den Raum gestürzt. Raus in die Kälte. Sollte sie die Polizei anrufen? Das dauerte zu lange.

Niemand war zu sehen. In der undurchdringlichen Dunkelheit konnten sie überall sein. »Emma!«, rief sie. »Ich bin auf dem Weg. Wir schaffen das.« Aber wohin war sie auf dem Weg? Höchstwahrscheinlich war Emma Richtung Straße gelaufen. Wenn sie Glück hatte, gelang es ihr, ein Auto anzuhalten. Es kam keine Antwort. Sollte sie eine Taschenlampe mitnehmen? Oder verlor sie damit nur wertvolle Zeit? Nicht denken, handeln. Sie machte eine Kehrtwendung, lief ins Haus, sah sich panisch nach der großen Leuchte um. Da war sie. Tone griff im Laufen nach der Lampe und stürzte wieder hinaus. »Emma«, rief sie erneut. »Ich bin hier.«

Da hörte sie einen Ruf. Oder einen Schrei. Er kam nicht vom Weg, er kam aus dem Wald. War Emma dorthin geflüchtet? Glaubte sie, dort leichter entkommen zu können? Falls sie versucht hatte, sich zu verstecken, war ihr das nicht gelungen. Der Schrei konnte nur eins bedeuten. Tone lief los, die Taschenlampe vor sich herschwenkend. Sie versuchte, dem Pfad zu folgen. Hoffte, dass die beiden das Gleiche getan hatten. Er war unwegsam. Sie hatte keine Kontrolle über ihre Füße. Plötzlich verlor sie den Halt und fiel nach vorn. Riss sich die Hand an der hart gefrorenen Erde auf. Kam wieder auf die Beine. Lief mit einem brennenden Schmerz in ihrem linken Knie weiter.

»Emma, wo bist du?«, rief sie. »Sag was, damit ich dich finden kann!«

Nichts war zu hören. War es bereits zu spät? Tone blieb einige Sekunden stehen und lauschte. Sie hörte nichts bis auf ihren eigenen panischen Atem. Weiter. Weiter. Sie durfte nicht aufgeben. Es war ihre Schuld, dass Emma in Gefahr war. Sie hätte sie schon vor langer Zeit warnen müssen. Hätte sich nie mit dem Mordfall beschäftigen dürfen. Tränen schossen ihr in die Augen. Aber sie hatte keine Zeit zu weinen. Sie musste ihre Tochter finden.

Der Lichtkegel fiel auf etwas, was auf dem Weg lag. Etwas Rotes. Blut? Ein roter Limonadenverschluss? Wiederholte sich die Geschichte? Ihr war schwindelig. Wurde sie langsam verrückt? Sie blieb kurz stehen. Es war ein Handy. Emmas Handy. Sie war auf der richtigen Spur. Aber warum lag ihr Handy hier? Tone hob es auf, steckte es in die Tasche. Hatte keine Zeit, eine Nummer zu wählen. Noch nicht. Emma zu finden war wichtiger. Warum antwortete sie nicht? Sie wollte nicht daran denken, was das bedeuten konnte. Wie schafften sie es, im Dunkeln dem Weg zu folgen?

Plötzlich sah sie sie. Zwei Menschen auf dem Weg. Der eine hielt den anderen fest. Tone richtete das Licht auf sie. Zwei ängstliche Augen. Zwei wilde Augen. Auf sie gerichtet. Emma lebte. Wo war das Messer, das er mitgenommen hatte?

»Lass sie los«, rief Tone dem verzweifelten Mann zu. »Du kannst abhauen. Wir werden dich nicht aufhalten.«

»Komm nicht näher«, schrie er. Dann sah sie das Messer. »Wenn du näher kommst, mache ich Gebrauch davon.« Die Schneide streifte Emmas Hals. »Es ist mir ernst.«

Tone versteckte das andere Messer hinter ihrem Rücken. Sollte sie einfach auf ihn losgehen und zustechen? Nein, das würde Emma nur noch mehr in Gefahr bringen. »Was willst du von uns?«, rief sie.

»Was glaubst du? Das hast du dir alles selbst zuzuschreiben. Du hättest dich nicht in Dinge einmischen sollen, die dich nichts angehen.«

»Bitte, lass sie gehen«, sagte Tone.

Sie bettelte um ihrer beider Leben. Vielleicht nicht um ihres, aber um Emmas. »Nimm mich, töte mich, mach, was du willst. Aber lass Emma gehen. Sie kann nichts für das, was passiert ist.«

Emma sagte nichts. Sah sie nur starr an. Was dachte sie?

»Hörst du eigentlich, was du da sagst?«, fragte Hegge. »Hörst du, wie wahnsinnig dein Vorschlag ist?«

»Du erreichst nichts, indem du uns umbringst. Man wird dich sofort fassen.«

Aber Tone wusste, dass sie mit jemandem redete, der die Situation nicht länger logisch einschätzte. Mit einem Mann, der aus Verzweiflung handelte. Der bereits drei Leben auf dem Gewissen hatte. Was spielten ein paar weitere da noch für eine Rolle?

»Ich habe die Polizei alarmiert«, sagte sie. »Wenn du uns in Ruhe lässt, kannst du noch abhauen, ehe sie hier sind.«

»Du hast die Polizei nicht angerufen, dazu hattest du keine Zeit«, sagte er, aber sein Blick war unsicher.

Er war beliebt, kam gut in der Schule zurecht, aber körperlich war er schwach ..., bei Raufereien verlor er immer. Wo hatte sie diese Sätze gelesen? Sie standen in dem Dokument, das Atle Kristiansen ihr gemailt hatte. War Lasse Hegge körperlich immer noch schwach? Konnten sie ihn gemeinsam überwältigen? Erst musste sie ihm das Messer abnehmen. Würde es ihr gelingen, ihn abzulenken?

»Ich habe das Handy auf dem Weg gefunden«, sagte sie. Um es aus der Tasche zu nehmen, musste sie Messer oder Taschenlampe loslassen. Sie entschloss sich für die Lampe. Schaltete sie unvermittelt aus und ließ sie fallen.

»Was zum Teufel machst du da?«, rief er.

»Ich versuche, dich zu überzeugen, dass ich die Wahrheit sage.« Sie war bereit, sich auf ihn zu stürzen. Bereit, von dem Messer Gebrauch zu machen, falls es nötig sein sollte.

Jetzt bot sich Emma die Gelegenheit, auf die sie gewartet haben musste. Eine Sekunde der Unachtsamkeit. Sie trat ihm mit aller Kraft mit dem Absatz auf den Fuß. Das reichte, dass er den Griff so weit lockerte, dass sie sich umdrehen konnte. Dann trat sie ihm mit dem Knie in den Schritt und entwand sich ihm. Während er zusammengekrümmt dastand, trat Tone ein paar Schritte vor, sodass sie hinter ihm stand. Sie hob das Messer und stach zu.

Nicht fest, aber fest genug, dass er es spürte und sich auf sie konzentrierte. Er drehte sich abrupt um. Sie konnten sich im Dunkeln nur erahnen. Aber beide wussten jetzt, dass der andere ein Messer hatte.

»Lauf weg«, rief Tone Emma zu. »Hau ab. Denk nicht an mich. Ich komme schon zurecht. Ruf die Polizei.«

War das eine Messerspitze, die sie auf der Brust spürte? Durch die Kleidung. Wie kräftig musste er zustechen, um sie zu töten?

»Du hast selbst darum gebeten«, sagte er drohend.

Aber er hatte die Oberhand verloren. Emma war frei. Das Schlimmste, das er Tone antun konnte, war, ihrer Tochter ein Leid zuzufügen. Das hatte er gewusst. Und das hatte er in den Minuten und Sekunden ausgenutzt, die sie sich gegenüber gestanden hatten. Er spürte, dass die neue Situation Tone die Angst nahm. Jetzt, wo sie das Wichtigste gerettet hatte, konnte sie alles wagen. Aber warum ging Emma nicht? Tone spürte, dass sie noch bei ihnen war.

Plötzlich sauste etwas durch die Luft. Irgendetwas war hochgehoben worden und knallte herunter. Alles passierte innerhalb einer Zehntelsekunde. Lasse Hege sackte in sich zusammen. Tone konnte ihm das Messer abnehmen und es weit in den Wald hineinschleudern. Dort würde es im Dunkeln unmöglich so schnell zu finden sein. Jetzt galt es, das eigene Messer festzuhalten. Er blieb leblos liegen, aber Tone war auf der Hut. Rechnete damit, dass er jederzeit aufstehen und sich auf sie stürzen konnte.

»Was ist passiert?«, fragte sie Emma.

»Ich habe zugeschlagen«, sagte Emma. »Mit einem Knüppel, der auf dem Weg lag. Ich habe ihn entdeckt, als du mit der Taschenlampe geleuchtet hast. Ich habe ihn am Kopf erwischt, glaube ich.«

»Er kann jeden Moment wieder zu sich kommen.«

»Aber wir haben die Oberhand«, sagte Emma.

»Falls er nicht tot ist.«

Emma schaltete die Taschenlampe ein. Er lag mit dem Gesicht zum Boden. Am Hinterkopf war ein roter Fleck. Blut klebte im Haar.

»Rufst du an?«, sagte Emma. Sie hatte sich auf einen Baumstumpf gesetzt. »Du hast doch das Handy, oder?«

Tone hielt das Telefon in der Hand. Sie wollte anrufen. Konnte sich aber nicht an die Nummer erinnern. Sie musste es wieder mit dem Notruf versuchen.

»Psst, ich glaube, das war eine Autotür«, sagte Emma und stand auf. »Ich sehe Scheinwerfer.«

Konnte die Rettung so nah sein? Eine Autotür schlug zu. Im selben Moment rührte sich etwas neben Tone. Eine Hand griff nach ihrem Fuß. Sie hielt den Messergriff gut fest. »Ruf ihnen zu, dass wir hier sind«, sagte sie zu Emma.

Emma begann mit der Taschenlampe zu winken und zu johlen. Lasse Hegge hob leicht den Kopf. Dann fiel er wieder in sich zusammen. Jedenfalls war er nicht tot, stellte Tone fest. Sie registrierte, dass es ihr nahezu gleichgültig war. Sie hatten in Notwehr gehandelt. Ein Hund bellte ein paar hundert Meter weiter unten. Eine raue Männerstimme antwortete auf Emmas Johlen. Die Hilfe war auf dem Weg.

»Atle Kristiansen war unschuldig«, sagte Tone, als sie ein paar Stunden später mit heißer Schokolade und einer Decke um die Schultern auf der Polizeiwache saßen. »Ich habe nie geglaubt, dass er Sofie Lyse umgebracht oder mich überfallen hat.«

»Das haben wir eigentlich auch nicht«, sagte Jon Ruud. Das überraschte sie. »Als er verschwunden ist, haben wir befürchtet, dass ihm etwas zugestoßen ist. Wir haben ihn zur Fahndung ausgeschrieben, um Hinweise zu bekommen. Und um einen eventuellen Mörder zu verwirren. Er sollte sich etwas zu sicher fühlen.«

»Haben Sie gewusst, wen Sie jagten?«

»Wir haben mehrere Hinweise bekommen. Zu Personen und Autos, die dort, wo er wohnte, gesehen worden sind. Der beste kam von Ihnen. Sie haben uns den Namen und das Dokument geliefert.«

»Aber mir haben Sie von all dem nichts gesagt«, sagte Tone gekränkt.

»Ein paar Theorien muss die Polizei eben für sich behalten.«

Tone sagte nichts mehr dazu. Da war noch eine Frage, auf die sie gerne eine Antwort haben wollte: »Hat Anne Lomen irgendetwas gesagt, warum sie heute Abend angerufen hat?«

»Ich habe nicht selbst mit ihr gesprochen. Der Kollege, der den Anruf entgegengenommen hat, hat sich tatsächlich gefragt, ob er ihn ernst nehmen soll. Die Frau schien total betrunken zu sein, hat er erzählt. Aber da in dem Betrunkenengeschwätz Ihr Name fiel, hat er Alarm geschlagen. Im Protokoll steht, dass sie einen Hinweis auf einen Mörder und Frauenverführer geben wollte.«

»Ich glaube, sie hat erst ganz zum Schluss Verdacht geschöpft, dass Lasse Hegge in den Mord verwickelt war«, sagte Tone. Sie spürte den Drang, Anne Lomen zu verteidigen.

Der Arzt, der Lasse Hegge untersucht hatte, rief an. Er konnte mitteilen, dass Hegge eine Gehirnerschütterung hatte, die aber nicht lebensgefährlich war.

Als sie mit der Befragung fertig waren, wurden Tone und Emma in einem Polizeiauto nach Hause nach Budal gefahren. Beide waren sich einig, es zu versuchen, um einander über die beängstigenden Erlebnisse hinwegzuhelfen, die mit dem Haus verbunden waren. Erlebnisse, die sie so schnell wie möglich hinter sich lassen wollten. Ruud hatte ein Gespräch mit einem Krisenhelfer vorgeschlagen. Sie hatten das Angebot angenommen. Wollten jedoch bis zum nächsten Tag damit warten.

In Budal machte Tone Feuer im Ofen und öffnete eine Flasche Wein, bei der sie ein wenig zur Ruhe kommen konnten.

»Ich denke, du schuldest mir eine brauchbare Erklärung«, sagte Emma.

»Ich wollte dich nicht beunruhigen«, sagte Tone. »Deshalb habe ich nichts gesagt.« Dann begann sie mit der langen Geschichte. Die damit anfing, dass sie ein paar Männer über das Internet kennen gelernt hatte. Als sie eines Tages auf dem Weg zu einer Verabredung war, ging sie durch den Wald am Mesnaelva entlang. Dort entdeckte sie eine Leiche.

Krimis von Kirsten Holst

Du sollst nicht töten!

Deutsche Erstausgabe
Aus dem Dänischen von Paul Berf
ISBN 3-89425-501-3

»Die dänische Queen of Crime: Kirsten Holst sorgt mit ihrem Krimi, in dem es um eine Serie von Morden in Jütland geht, für Hochspannung.« (Neues Deutschland)

Wege des Todes

Deutsche Erstausgabe
Aus dem Dänischen von Hanne Hammer
ISBN 3-89425-510-2

»Die Charaktere sind sorgfältig gezeichnet, ihre Sprache ist authentisch und klar und die Atmosphäre sachlich und lebendig – zugleich ein bisschen wie ein Wallander-Krimi und doch mit ganz eigener Note. Bitte mehr davon!« (Lit4U.de)

In den Sand gesetzt

Deutsche Erstausgabe
Aus dem Dänischen von Hanne Hammer
ISBN 3-89425-517-X

»Aus Skandinavien entern stets wieder beste Autoren unsere Büchertische. In Dänemark sind die Romane der Holst Bestseller, Amerika hat ihr den Edgar-Allen-Poe-Preis verehrt. Vergnüglich die Motiv- und Mördersuche, genau die richtige Unterhaltung für längere Abende am Kamin.« (Blitz Leipzig)

Zu lebendig zum Sterben

Deutsche Erstausgabe
Aus dem Dänischen von Hanne Hammer
ISBN 3-89425-529-3

Ihr neuer Job als Ladendetektivin ist so langweilig, wie Bea ihn sich vorgestellt hatte. Bis sie die charismatische Marion kennen lernt und sich mit ihr anfreundet. Wenig später ist Marion tot …
»Dieser Roman ist mehr als ein raffinierter Krimi … Sehr empfehlenswert!« (Buchprofile)